Fynn Haskin

Der Mondmann – Blutiges Eis

FYNN HASKIN

DER MOND MANN

BLUTIGES EIS

GRÖNLAND-THRILLER

lübbe

Die Bastei Lübbe AG verfolgt eine nachhaltige Buchproduktion. Wir verwenden Papiere aus nachhaltiger Forstwirtschaft und verzichten darauf, Bücher einzeln in Folie zu verpacken. Wir stellen unsere Bücher in Deutschland und Europa (EU) her und arbeiten mit den Druckereien kontinuierlich an einer positiven Ökobilanz.

MIX
Papier | Fördert gute Waldnutzung
FSC® C014496

Dieser Titel ist auch als Hörbuch und E-Book erschienen

Originalausgabe

Die Veröffentlichung dieses Werkes erfolgt auf Vermittlung der literarischen Agentur Peter Molden, Köln

Textredaktion: Frank Weinreich, Bochum
Umschlaggestaltung: Massimo Peter-Bille
Einband-/Umschlagmotive: © shutterstock: railway fx | Alex Stemmers | ESB Professional | Melinda Nagy | mexrix |
Satz: Dörlemann Satz, Lemförde
Gesetzt aus der Minion
Druck und Einband: GGP Media GmbH, Pößneck

Printed in Germany
ISBN 978-3-404-18865-9

2 4 5 3 1

Sie finden uns im Internet unter luebbe.de
Bitte beachten Sie auch: lesejury.de

To my father-in-law,
the inuk at heart.
F. H.

»Wir glauben nicht. Wir fürchten uns.«
Antwort eines Inuk-Führers auf die Frage
des Polarforschers Knud Rasmussen (1879–1933),
woran sein Volk glaube.

PROLOG

Ein Irrgarten aus Eisschollen säumte die Küste, weiße Inseln im tiefblauen Meer. Es plätscherte leise, als Natuk das Doppelpaddel ein ums andere Mal in das eiskalte Wasser senkte und das *qajaq* mit kurzen, kräftigen Stößen vorantrieb.

Es war noch das Boot, das seine Mutter einst für ihn gebaut hatte – auf die alte Weise, mit einem Rahmen aus Treibholz und einem Gerüst aus Knochen und Sehnen, das von Robbenhaut überzogen war. Nicht, wie sie sie heute herstellten, aus imprägnierter Leinwand oder gar aus Fiberglas …

Der *alte* Weg.

Von Kindesbeinen an hatte Natuk gelernt, darin zu sitzen und das Gleichgewicht zu halten. Zunächst in einem Grundriss aus Steinen, den man für ihn auf dem Boden ausgelegt hatte, später dann in einem kleinen Übungsboot. Die Balance zu halten, selbst dann, wenn etwas Unvorhergesehenes geschah oder das Wasser rau wurde, war einst lebenswichtig gewesen, hatte den Unterschied zwischen einem lebenden Jäger und einem toten bedeutet. Und das nicht nur, weil ein Mann, der den Umgang mit dem Kajak nicht beherrschte, darin allzu leicht ertrinken konnte. Sondern auch weil derjenige, der bei der Robbenjagd nicht erfolgreich gewesen war, ohne Beute nach Hause zurückgekehrt und langsam und elend verhungert war.

Natuk musste an seinen Cousin Iggiaq denken, der nach Süden gegangen war, nach Nanortalik, und dort Fahrten für Touristen organisierte. Natuk verstand nicht, was all diese Menschen aus fernen Ländern hier oben im Norden wollten. Sie waren keine Inuit, wussten nicht, wie man ein Kajak lenkte oder eine Harpune warf, und doch wollten sie es unbedingt versuchen. Iggiaq hatte erzählt, dass sie dann laut lachten und Spaß dabei hatten … Offenbar, dachte Natuk, gab es dort, wo diese Menschen herkamen, wenig Freude. Deshalb reisten sie an ferne Orte, um dort zu finden, was sie zu Hause nicht hatten … und doch hatten sie nichts verstanden.

Natuk war achtunddreißig Jahre alt.

Er war seinen Eltern dankbar dafür, dass sie ihn noch auf die alte Weise erzogen hatten, auch wenn die Zeichen der Veränderung damals bereits deutlich zu erkennen gewesen waren. Sie hatten ihm beigebracht, in Wolken und Wellen zu lesen und den Schnee und das Eis zu riechen. Sein Vater war Jäger gewesen, so wie Natuks Großvater und dessen Vater vor ihm; viele Generationen lang, soweit die Erinnerung reichte. Auch Natuk wäre gerne Jäger geworden wie seine Ahnen, hätte seinen Lebensunterhalt lieber mit der Jagd nach Robben bestritten als damit, im Hafen von Illokarfiq Motorboote zu warten. Doch die Zeiten waren andere, die Welt veränderte sich.

Alles veränderte sich.

Selbst das Eis.

Noch in den Tagen von Natuks Kindheit waren die Fjorde nördlich von Illokarfiq während des Winters von einer dicken Eisschicht bedeckt gewesen, in die man tiefe Löcher hatte schlagen müssen, wenn man jagen wollte. Jetzt war das Eis viel dünner, bisweilen sogar so dünn, dass man es nicht mehr begehen konnte. Es zwang die Jäger dazu, aufs Wasser auszuweichen – oder im Supermarkt von Illokarfiq einzukaufen. Tiefgefrorenes Fleisch aus anderen Ländern, während hier das Eis zurückging, mit jedem Jahr ein wenig mehr.

Flach wie ein Blatt lag das Kajak auf dem Wasser, dessen dunkelblaue Farbe zwischen den Schollen von eisiger Tiefe kündete, während es heller und türkisfarben wurde, je näher man dem Eis kam. In Natuks Kindheit wäre es nicht möglich gewesen, um diese frühe Zeit des Jahres die Küste so dicht zu passieren. Inzwischen ging das, und wenn das schmelzende und dadurch unberechenbare Packeis auch eine Gefahr darstellte, so ließ er es sich doch nicht nehmen, an freien Tagen in den Anorak aus Robbenhaut und die Überhosen aus Eisbärenfell zu schlüpfen, die sein Vater ihm hinterlassen hatte, und sich aufs Wasser zu begeben, um dem Leben seiner Vorfahren nachzuspüren. Und gelegentlich auch seine Harpune zu werfen, um nicht ganz aus der Übung zu kommen. Das Zeug aus dem Supermarkt mochte vor dem Verhungern schützen, aber nur Robbenfleisch konnte einen Mann wirklich ernähren.

Auch die Tiere hatten ihr Verhalten geändert, zeigten sich nicht mehr, wie sie es einst getan hatten. Und doch hatte Natuk vorhin erst einen silbern schimmernden Rücken erblickt, der für einen kurzen Moment aus dem Wasser aufgetaucht war, um dann sofort wieder darin zu verschwinden – *natseq*, die verbreitetste Art der Gegend. Die Ausländer bezeichneten diese Robbenart als »Ringrobben« wegen der Rückenzeichnung in ihrem Fell. Natuk gab sich keinen großen Hoffnungen hin, das Tier tatsächlich zu erlegen, aber ihm nachzustellen, war eine willkommene Abwechslung und würde seine Jagdinstinkte wieder ein wenig schärfen. Sein Vater hatte die Fähigkeit besessen, eine Robbe im Wasser zu riechen, ihren feinen Atem vom Geruch des Meeres, des Eises und dem anderer Tiere zu unterscheiden. Natuks Nase bekam die meiste Zeit über nur den Gestank von Abgasen, Rost und altem Motoröl vorgesetzt, entsprechend groß war seine Sehnsucht danach, hinauszufahren in den Fjord und dem Odem der Natur nachzuspüren, der Kälte und der Freiheit.

Doch als er für einen Moment das Paddeln einstellte, die Augen schloss und in der Luft nach Spuren von *natseq* suchte, stieg ihm ein anderer Geruch in die Nase: streng, beißend und alles andere überlagernd. Alarmiert riss Natuk die Augen auf und sah sich um. Doch die mehrere Meter hohen eisblauen Wände, die ihn zu zwei Seiten umgaben, nahmen ihm die Sicht. Mit kräftigen Paddelschlägen manövrierte er das Kajak aus der Engstelle – und sah die schmale Rauchsäule, die jenseits des Ufers in den Himmel stieg und sich grau und dunkel vor einer verschneiten Felswand abzeichnete.

Natuks erste Reaktion war freudige Überraschung: Er kannte diese Bucht und die Familie, die einst in der Jagdhütte dort gelebt hatte. Soweit er wusste, waren sie vor einigen Jahren in eines der umliegenden Dörfer gezogen – hatten sie es sich womöglich anders überlegt und waren zurückgekehrt?

Sein erster Impuls war, sie sofort zu besuchen. Doch dann überkam ihn eine plötzliche Sorge: Wieso sollten sie zurückgekehrt sein? Um die Jagdsaison zu beginnen, war es noch zu früh, die Zeit der Winterstürme noch nicht ganz vorüber. Außerdem zeugte eine Rauchsäule wie diese von einem Ofen, der nicht richtig arbeitete. Was also hatte das zu bedeuten?

Natuks erster natürlicher Reflex war es, das Paddel wieder ins Wasser zu senken und die Flucht zu ergreifen. Aber sein Pflichtbewusstsein ließ das nicht zu.

Die Familie, die die Hütte einst bewohnt hatte, das waren Freunde von ihm gewesen, Stene und seine Frau Pipaluk. Auch wenn er sie seit drei Wintern nicht gesehen hatte, hatten sie doch Speise und Feuer geteilt, und der Anblick der graublauen Rauchsäule, die von ihrem ehemaligen Zuhause aufstieg, erfüllte Natuk mit genug Besorgnis, um nach dem Rechten sehen zu wollen. Vorsichtig brachte er das Kajak näher an das Ufer heran, eine bogenförmige Ausschmelzung bot die Möglichkeit, an Land zu gehen.

Er konnte das leise Knacken des Eises hören, als er sich ihm näherte, dazu die Paddel, die jetzt nur noch flüsterten. Ansonsten lag das Wasser still, selbst der Wind schien den Atem anzuhalten. Ein leises Schaudern überkam Natuk, zusammen mit einem Gedanken, den er rasch wieder zu verdrängen suchte. Doch wie alle schlechten Gedanken war er hartnäckig.

Zu den Dingen, die Natuks Vater ihn gelehrt hatte, gehörte auch die Überzeugung, dass die Natur nicht den Menschen und Tieren allein gehörte, und dass es zwischen Eis und Himmel mehr Dinge gab, als der Verstand zu begreifen vermochte – uralte Wesen, die seit Anbeginn der Zeit dies Land bewohnten, die sich von Furcht ernährten und deren Element die Kälte und die Dunkelheit des arktischen Winters war, Dämonen und böse Geister.

Die *qallunaat* mochten nicht an sie glauben, doch sie waren so wirklich wie der Wind, der die Wolken umher trieb, oder der Schnee, der zu Boden fiel.

Natuk konnte nicht verhindern, dass sich sein Herzschlag beschleunigte. Er erreichte das Ufer und ging längsseits. Mit dem Eisanker machte er das Kajak fest, dann löste er die Splinte aus Robbenknochen, mit denen sein Anorak am Süllrand des Bootes befestigt war und so eine Spritzdecke bildete. Beim Aussteigen erwog Natuk, die Harpune mitzunehmen, die auf dem Vordeck in ihren Lederschlaufen steckte, und sich auf diese Weise behelfsmäßig zu bewaffnen. Doch zum einen wäre eine solche Waffe gegen einen Dämon sicherlich nutzlos, und zum anderen wollte Natuk ihn auch nicht gegen sich aufbringen. Er ging ohne die Harpune an Land.

Die Stelle war gut gewählt, dank der Ausschmelzung stellte das Erklimmen des Eises keine Schwierigkeit dar. Kaum hatte Natuk die Abbruchkante erreicht, konnte er die Quelle der Rauchsäule erkennen. Es war tatsächlich die Hütte, die Stene und Pipaluk einst bewohnt hatten – eigentlich ein alter Transportcontainer aus Metall, in den der geschickte Stene eine Öffnung für eine Tür geschnitten hatte und eine weitere für den Kamin, aus dem jetzt der dunkle Rauch quoll.

Die Hütte stand im Schutz einer steilen Felswand, die sie vor Wind und Wetter schützte, dennoch war sie mit Drahtseilen am Boden verzurrt wie Gepäck auf dem unsteten Deck eines Schiffes. Einsame Pflöcke steckten dort im Eis, wo sich einst Stenes Schlittenhunde getummelt hatten; die blaue Farbe, mit der Pipaluk den Container vor ein paar Jahren gestrichen hatte, war in der Kälte fast ganz abgeblättert, und der Rost kam darunter zum Vorschein. Die Behausung wirkte verlassen – wäre da nicht der graublaue Rauch gewesen, der unverändert aus dem metallenen Kamin stieg, der wie sich wie ein dürrer Knochenfinger in den grauen Himmel reckte.

Dies war kein guter Ort mehr.

Natuk vermochte nicht zu sagen, ob es die Lehren seines Vaters waren oder seine natürlichen Instinkte, die ihn warnten, doch am liebsten wäre er umgekehrt. Dennoch gab er sich einen Ruck und ging weiter über die blendend weiße Fläche, der Hütte entgegen. Seine Blicke glitten über den Boden, aber da waren keine Fährten, die er hätte lesen können, weder von Menschen noch von Tieren. Und doch musste jemand den Ofen angezündet haben.

Natuks Herzschlag beschleunigte sich mit jedem Schritt, so als würde er sich einer Beute nähern – dabei hatte er plötzlich das Gefühl, selbst beobachtet zu werden.

Gehetzt schaute er sich um. Die Kapuze des Anoraks schränkte sein Sichtfeld ein, also schlug er sie zurück. Doch wohin er auch blickte, ob in Richtung der felsigen Klippen oder des Fjordes – da war niemand außer ihm.

Inzwischen hatte er sich dem Container bis auf zwanzig Schritte genähert.

»Stene?«, rief er laut, schon um die bleierne Stille zu durchbrechen. »Stene, bist du das? Bist du wieder zu Hause?«

Er bekam keine Antwort, und er wunderte sich noch nicht einmal darüber. Dies war nicht länger der Ort einer freundlichen Begegnung. Eine Düsternis hatte sich darüber gelegt, die sich nicht in Worte kleiden ließ. Aber Natuk konnte sie fühlen. Wie eine dunkle Wolke hatte sie sich über ihn gebreitet, und verfinsterte sein Herz, und mit jedem Schritt wurde es schlimmer.

»Stene? Pipaluk? Ich bin es …« Er brach ab, ehe er dazu kam, seinen Namen laut auszusprechen. Falls wirklich ein Dämon im Spiel war, wollte er sich ihm nicht leichtfertig zu erkennen geben.

Endlich erreichte er den Container. Fetzen einstmals bunter Wimpel hingen an einem der rostigen Seile. Die unbestimmte Furcht, die Natuk schon zuvor verspürt hatte, verstärkte sich. »Stene?«, fragte er noch einmal.

Abermals kam keine Antwort.

Natuk wünschte sich nun doch, die Harpune mitgenommen zu haben, um wenigstens etwas zu haben, woran er sich festhalten konnte; nicht nur mit den Händen, sondern auch mit dem Verstand. Da sah er einen Spalt, der zwischen Tür und Angel klaffte. Das Haus war unverschlossen!

Mit hämmerndem Herzschlag trat Natuk vor, gab der Tür mit der behandschuhten Rechten einen Stoß. Knarrend schwang sie ins Innere, und Natuk bückte sich und beugte sich vor, um einen Blick hinein zu werfen.

Das Erste, was er spürte, war die Wärme, die von dem Benzinofen ausging. Womöglich blockierte etwas die Zuluft, sodass keine ordentliche Verbrennung zustande kam. Das mochte der Grund für die Rauchentwicklung sein. Natuk wollte hineingehen, um sich darum zu kümmern – als er den scheußlichen Gestank wahrnahm.

Der beißende Odem von Blut … und von Tod!

Ein halberstickter Schrei drang aus Natuks Kehle, Ausdruck blanken Grauens, als er erkannte, dass das, was dort vor dem Ofen lag, ein menschlicher Körper war! Er prallte entsetzt zurück, glitt dabei auf dem Boden aus und stürzte. Und in dem Augenblick, da seine Gestalt nicht länger den Eingang versperrte, fiel Tageslicht in die Hütte und riss das nackte Grauen aus dem Halbdunkel.

Blut …

Überall war Blut!

Am Boden, auf den wenigen Möbeln, sogar an den Wänden – und mit Entsetzen erkannte Natuk, dass Blut auch der Grund war, warum er ausgeglitten war: Er lag darin, in einem See aus dunkelrotem Lebenssaft! Das weiße Fell seiner Hosen war damit besudelt, seine Handschuhe, mit denen er sich abgestützt hatte. Er begann zu schreien, während er strampelnd versuchte, wieder auf die Beine zu kommen. Es gelang ihm nicht sofort, seine Stiefel fanden auf dem glitschigen Metall keinen Halt. In seiner Not wälzte er sich herum und raffte sich auf die Knie – nur um sich einem zweiten leblosen Körper gegenüber zu sehen. Und dieses Mal Auge in Auge.

Der junge Mann – oder vielmehr das, was von ihm übrig war – lag auf einem alten Feldbett, die Glieder auf groteske Weise abstehend, so als wolle er ihm zuwinken. Der Brustkorb war eine einzige klaffende Wunde, die Kleider blutdurchtränkt. Doch am entsetzlichsten war sein Gesicht anzusehen, das Natuk totenbleich anstarrte, den Mund zu einem lautlosen Schrei aufgerissen. Das eine Auge war in namenlosem Terror geweitet, anstelle des anderen klaffte ein dunkles blutiges Loch im Schädel des Toten.

In diesem Moment konnte Natuk das Böse in der Hütte nicht nur unterschwellig spüren – es schien jeden Winkel des Containers zu durchdringen und drohte auch ihn zu erfassen!

Dass er die ganze Zeit über geschrien, sein Entsetzen und seine Furcht laut hinausgebrüllt hatte, merkte er erst, als ihm die Stimme plötzlich versagte. Von Panik getrieben, gelang es ihm endlich, sich auf die Beine zu raffen, und er stürzte zum Ausgang, wollte nur noch fort von diesem grässlichen Ort, an dem ein grausamer Dämon gewütet hatte.

Doch Natuk kam nicht weit.

Einen Sekundenbruchteil, ehe er durch die schmale Tür flüchten konnte, wurde diese plötzlich wieder verfinstert – von einer Gestalt, die von draußen ins Licht trat. Einer hünenhaften, grässlichen Gestalt, die Natuk wie ein zum Leben erwachter Schatten erschien. Ein Schatten, der nicht von dieser Welt stammen konnte.

Natuk erstarrte und riss die blutigen Hände empor, so als wollte er sich hinter ihnen verstecken. »Bitte«, stieß er hervor, am ganzen Körper vor Entsetzen zitternd, »nicht mi-«

Er kam nie dazu, den Satz zu vollenden.

Ein Paar gewaltiger Zähne biss zu und erwischte ihn mit mörderischer Wucht. Der eine durchbohrte seine Schulter, der andere zerfetzte Kehle und Halsschlagader.

Der heulende Laut, mit dem Natuk Olsen um sein Leben gefleht hatte, erstarb in einem Gurgeln. Als das grässliche Gebiss ihn wieder freigab, kippte er nach vorn und schlug auf den Boden. Das letzte, was er sah, war sein eigenes Blut, das aus ihm hervorquoll, über die Türschwelle nach draußen kroch und das weiße Eis rot färbte.

1

Jens Lerby wartete nicht gerne.

Er mochte es vor allem nicht, einer Uhr dabei zuzusehen, wie sie sich mit quälender Langsamkeit um sich selbst drehte, und dabei noch mit einem spöttischen, selbstgefälligen Ticken das Verstreichen jeder einzelnen Sekunde kommentierte. Und doch tat er nichts anderes, während er auf einem nüchternen Stuhl aus Stahlrohr in einem nicht minder nüchternen Gang saß und darauf wartete, endlich eingelassen zu werden.

Zur Abwechslung – oder vielleicht auch nur als Leerlaufhandlung – warf er einen Blick auf seine Armbanduhr und stellte fest, dass eine Differenz von einer guten Minute bestand. Die Frage, welche von beiden Uhren wohl recht haben mochte, die große offizielle, die gegenüber der Treppe mit dem neoklassizistischen Geländer an der Wand hing, oder die mickrige kleine, die er an einem ledernen Band am Handgelenk trug, erübrigte sich vermutlich. Für einen Augenblick erwog er, sein Smartphone zu zücken und es zum Schiedsrichter zu berufen, aber er ließ es bleiben. Es war lächerlich, sein Handy als Uhr zu benutzen. Ein Telefon war nun mal ein Telefon. Kein Fotoapparat, kein Kino. Und auch ganz gewiss kein Plattenspieler …

»Kommissar Lerby?«

Ein nervös wirkender junger *Politikadet* in tadellos sitzender blauer Uniform tauchte wie aus dem Nichts vor ihm auf. War das eine Verbeugung, die der Junge mit dem geleckten Blondhaar da andeutete?

»Direktor Sørensen erwartet Sie jetzt.«

Lerby nickte und erhob sich. Es fiel ihm schwerer, als er gehofft hatte. Die vergangene Nacht steckte ihm noch in den Knochen. Und auch in seinem Nacken, der sich anfühlte, als wollte er jeden Moment abbrechen und seinen Kopf durch den Gang rollen lassen, was Sørensen vermutlich sehr entgegengekommen wäre. Doch allem Schmerz zum Trotz hielt Lerbys Nacken der Beanspruchung stand und trug seinen Kopf dem Uniformierten hinterher durch ein Vorzimmer, in dem eine Bürokraft in geblümtem Kleid Berichte tippte. Eine lederbeschlagene Tür wurde geöffnet, dann fand sich Lerby im Amtszimmer seines Vorgesetzten wieder.

Wie viele der Büros im Kopenhagener *Politigården* strahlte auch dieses denkmalgeschützte Würde aus. Grüner Teppich, mit dunklem Holz getäfelte Wände, in der Luft ein Hauch von Bohnerwachs. Lerby konnte sich dunkel erinnern, wie er als junger Anwärter das erste Mal in einem solchen Amtszimmer gestanden hatte, ergriffen von Respekt und geschüttelt vor Ehrfurcht. Beides hatte sich im Lauf der Jahre verflüchtigt – so wie das Haar auf dem Kopf des Mannes, der hinter dem wuchtigen, wie ein Bollwerk mitten im Raum stehenden Schreibtisch aus Eichenholz thronte.

Birger Sørensen, 50, *Chefpolitiinspektør* und Lerbys direkter Vorgesetzter.

Eine nicht unbeträchtliche Leibesfülle zeichnete sich unter dem rosafarbenen Hemd mit der Ascot-Krawatte ab; der Aufstieg auf der Karriereleiter schien körperlich nur mäßig anstrengend zu sein – auf Sørensens Haupt hatte er dafür umso heftigeren Tribut gefordert. Durch die Gläser einer schmalen Hornbrille sah der Direktor Lerby an.

»Jens.« Es klang wie ein Seufzen. Vielleicht war es auch eine Verwünschung.

»Birger.«

»Nimm Platz«, forderte sein Vorgesetzter ihn auf und wies ihm den samtbezogenen Besucherstuhl an. Sørensen selbst war damit beschäftigt, einen Bericht durchzugehen – vermutlich den vom Vorabend, so als müsste er sich den Sachverhalt erst noch einmal genau vor Augen führen. Endlich legte er das Schriftstück beiseite, nahm die Lesebrille ab und massierte die Nasenwurzel. »Jens, Jens, Jens«, murmelte er dabei, »was soll ich nur mit dir anfangen?« Er hob den Blick und sah ihn direkt an. »Es gab eine Zeit, da waren wir uns ähnlich, weißt du noch? Derselbe Geburtsjahrgang …«

»Zweiundsiebzig«, erwiderte Lerby, um die Sache abzukürzen.

»Zweiundsiebzig«, bestätigte der andere nickend. »Wir waren zur selben Zeit auf der Akademie, machten im selben Jahr unseren Abschluss. Dies hier«, fügte er hinzu und vollführte eine Geste, die nicht nur sein Amtszimmer, sondern das gesamte ehrwürdige Gebäude der Politigård einzuschließen schien, »könnte längst dir gehören.«

»Danke«, erwiderte Lerby säuerlich. »Weißt du, ich hab schon ein Büro. Es ist nicht ganz so geräumig und repräsentativ wie deins, aber …«

»Musste das wirklich sein?«, fragte Sørensen. Der Blick seiner blassblauen Augen wurde bohrend. »Unflätige Widerworte gegen den Polizeipräsidenten? Ausgerechnet auf seiner Verabschiedung in den wohlverdienten Ruhestand?«

»Ich bin eben ein wahrheitsliebender Mensch«, brummte Lerby zu seiner Verteidigung.

»Du wirst dir noch alles ruinieren«, sagte Sørensen voraus. »Was, verdammt, ist nur los mit dir?«

»Fragst du mich das als Polizeidirektor?«

»Nein, als dein Kollege … dein Freund. Wir kennen uns schon so viele Jahre.«

»Viele Jahre.« Lerby nickte.

»Was soll das nun wieder bedeuten?«

Lerbys Blick und Miene blieben unbewegt. »Hast du in letzter Zeit mal in den Spiegel gesehen?«, fragte er nur. »Dich gefragt, was du zustande gebracht hast in dem halben Jahrhundert, das seit ’72 vergangen ist?«

»Ist es das?«, fragte der andere dagegen. »Versuchst du mir zu sagen, dass du eine Krise durchmachst, weil du über fünfzig bist? Legst du deshalb dieses seltsame Verhalten an den Tag?«

»Definiere ›seltsam‹.«

»Störrisch wie ein verdammter Teenager!«, wurde Sørensen deutlicher. »Ich meine, du hattest schon immer deinen eigenen Kopf, aber diese Gleichgültigkeit neuerdings, dieser Hang zur Insubordination …«

»Wenn du es so sagst, klingt es bedrohlich«, kommentierte Lerby trocken. »Jetzt bin ich auch besorgt.«

Sørensen seufzte wieder, resignierend, wie es schien. »Warum kannst du nicht einfach durch die Gegend vögeln wie andere in deinem Alter? Wenn dir der Sinn nach Veränderung steht, dann fahr deine Ehe an die Wand, aber nicht deine Karriere!«

»Du meinst, so wie du?«

Sørensen verzog das Gesicht. Sein Blick fiel unwillkürlich auf jene Stelle seines Schreibtischs, wo zwischen dem Monitor des Computers und einem Ständer mit gespitzten Bleistiften gut zwanzig Jahre lang ein schlichter Rahmen aus Pinienholz gestanden hatte, mit einem Bild seiner Frau darin und der beiden Töchter, als sie noch klein gewesen waren. Jetzt war dieser Platz leer.

»Du warst einmal der beste Analyst, den diese Abteilung hatte«, wechselte er das Thema.

»War?« Lerby hob die Brauen.

»Ich will nicht um den heißen Brei herumreden. Deine Renitenz in letzter Zeit und deine Bockigkeit … Die jungen Kollegen meiden dich, halten dich für unberechenbar und launisch. Manche haben regelrecht Angst vor dir. Und nach der Nummer von gestern Abend …«

»Worauf willst du hinaus, Birger?«, fragte Lerby mit einer Gelassenheit, die ihn selbst überraschte. Wie so manches, das er in letzter Zeit an sich entdeckte. »Komm schon, sag es frei heraus. Ich bin ein großer Junge.«

»Im Justizministerium gab es Stimmen, die eine Suspendierung verlangt haben, aber mit Blick auf deine Verdienste konnte ich das verhindern – stattdessen ist man übereingekommen, dir einen neuen Fall zu übertragen.«

»Als Strafe?«

»Als eine Chance, dich zu bewähren«, verbesserte Sørensen. »Und auch als Gelegenheit, um ein wenig Abstand zu gewinnen.«

»Abstand?«, hakte Lerby nach. »Wo wollt ihr mich hinschicken? Aalborg? Læsø?«

»Der Fall, von dem ich spreche«, fuhr Sørensen fort, »betrifft eine ganze Reihe von ungeklärten Todesfällen.« Er zog eine der Schubladen seines Schreibtischs auf und beförderte ein Kuvert aus braunem Papier zutage, das er quer über den blank polierten Tisch schlittern ließ. Lerby fing es auf, öffnete es und hielt die großformatigen Abzüge dreier Fotografien in den Händen.

Auf jeder von ihnen war die vorherrschende Farbe ein hässlich braunes Dunkelrot.

Die Farbe von getrocknetem Blut.

Viel Blut …

»Ungeklärt?« Lerby rümpfte die Nase. »Ich würde sagen, die haben ein Problem mit einem Amok laufenden Metzger.«

Sørensens Blick vermittelte deutlich, wie unpassend er die Bemerkung fand. »Was genau geschehen ist, sollst du herausfinden«, sagte er nur. »Die lokale Polizeibehörde ist überfordert und soll Unterstützung durch einen erfahrenen Fallanalytiker erhalten.«

»Wo?«, fragte Lerby noch einmal, schon weil er ahnte, dass ihm die Antwort nicht gefallen würde.

Die Blicke der beiden Männer begegneten sich über dem Schreibtisch, und für einen Moment herrschte eisiges Schweigen in dem ehrwürdigen Amtsraum.

»Illokarfiq«, eröffnete Sørensen schließlich.

»Illo-*was*?«

»Grönland«, lautete die Erklärung. »Illokarfiq ist eine an der südlichen Ostküste gelegene Siedlung.«

»Scheiße!«, sagte Lerby ungeniert. »Und das soll keine Strafe sein?«

»Du bist schon mal dort gewesen …«

»Ich bin für drei Wochen in der Hauptstadt Grönlands gewesen. Hab ein Seminar in Nuuk gehalten«, brachte Lerby in Erinnerung.

»Dennoch bist du seit Tjerborgs Ausscheiden derjenige aus meiner Abteilung, der noch über die meiste Grönland-Erfahrung verfügt …«

»… und auch derjenige, der unflätige Widerworte gegen den Polizeipräsidenten erhoben hat.«

»Du hast ihn auf seiner Abschiedsfeier vor allen Gästen ein dämliches Arschloch genannt.«

»Ein selbstgefälliges Arschloch«, verbesserte Lerby. »Und dafür setzt es die Höchststrafe?«

»Glaub es mir oder glaub es nicht – du hättest diesen Fall auch dann übertragen bekommen, wenn du den scheidenden Präsidenten kein … du weißt schon was … genannt hättest.«

»Glaub ich *nicht*«, versicherte Lerby.

»Es steht dir frei, das so zu sehen. Ist deine Entscheidung. So wie es meine Entscheidung ist, dich nach Illokarfiq zu schicken. Und die steht fest.«

Lerby atmete tief ein und aus. Allerhand Gedanken gingen ihm durch den Kopf, aber keiner davon war wirklich brauch-, geschweige denn artikulierbar.

»Wann?«, fragte er schließlich nur.

»An deiner Stelle würde ich nach Hause fahren und packen – du bist für den ersten Flug morgen früh gebucht.«

2

Lerby saß auf seinem gewohnten Platz in der *S-tog* und sah aus dem Fenster, doch wegen der Dunkelheit, die draußen herrschte, konnte er nichts als sein eigenes Gesicht erkennen. Die graublauen Augen müde, die Wangen ein wenig beutelhaft, die Nase leicht gekrümmt seit einer Keilerei in der achten Klasse, das dunkelblonde Haar an den Schläfen merklich verblassend. Lerby kannte dies Gesicht, aber an diesem Abend kam es ihm dennoch seltsam fremd vor.

Grönland …

Warum nicht gleich der Nordpol?

Oder der Mond?

Er mochte weder Kälte noch Schnee, und mit Eis konnte er schon in einem Wodkaglas nicht viel anfangen. Selbst wenn es wirklich nur für diese eine Untersuchung sein sollte – ihn dorthin zu schicken, kam einer Strafversetzung gleich. Und natürlich war dieser Effekt beabsichtigt, da konnte Sørensen erzählen, was er wollte. Lerbys erster Impuls war daher gewesen, Ausweis und Marke auf den Tisch zu pfeffern und den Dienst zu quittieren, diese ganze Heuchelei mit einem einzigen heroischen Akt zu beenden … Doch dazu hätte es eines Willens bedurft, einer Kraft, die er nicht hatte, oder jedenfalls nicht mehr …

Gewiss, er hatte sich einen bestimmten Ruf erworben, war berüchtigt dafür – wie hatte Sørensen es ausgedrückt? – Vorgesetzten Widerworte zu geben. Doch für eine Auseinandersetzung oder einen Neubeginn genügte das nicht. Sticheleien, ein wenig Zynismus und ab und an eine echte, offene Beleidigung – das war alles, was ihm geblieben war, die Rache des kleinen Mannes.

Es war erbärmlich.

Er war erbärmlich.

Wie an jedem Abend stieg er an der Haltestelle Lingby aus, und wie an jedem Abend legte er das letzte Stück Weg zu Fuß zurück. Nach etwa zehn Minuten erreichte er das hübsche kleine Einfamilienhaus, das er dort bewohnte, komplett mit Ehefrau, Schäferhund und einem Zweitwagen vor der Garage. Natürlich elektrisch betrieben, so viel war man der Umwelt schuldig.

Eva war bereits zu Hause, sie hatte die Kanzlei früher verlassen und italienisch gekocht. Der Duft von frischer Pasta erfüllte das Haus, auf dem Esstisch standen brennende Kerzen.

»Bekommen wir Besuch?«, fragte Lerby besorgt.

»Nein«, drang es zu seiner Beruhigung aus der Küche. »Das ist nur für uns beide. Stellst du schon mal die Teller raus?«

»Geht klar.«

»Und mach eine Flasche Wein auf – den guten, wir haben etwas zu feiern!«

»Ach ja?« Lerby holte die Pasta-Teller aus dem Schrank und stellte sie auf den Tisch, legte gedankenverloren das Besteck dazu. Dann ging er in den Keller, holte eine Flasche des 2016er Barolo, entkorkte sie und schenkte zwei Gläser ein.

»Willst du denn nicht fragen?«, kam es aus der Küche.

»Was fragen?«

»Vielleicht, was es zu feiern gibt?« Eva war im Durchgang zur Küche erschienen, eine Schüssel mit frisch zubereiteten Spaghetti alla Napoletana in den Händen. Sie trug noch ihr Kostüm aus dem Büro, hatte nur den Blazer abgelegt – und die weiße Bluse mit dem Jabotkragen hatte prompt schon Tomatensauce abbekommen. Ihr blondes Haar trug sie noch immer hochgesteckt, und von einer kecken Strähne abgesehen, die sich widerspenstig gelöst hatte und ihr ins Gesicht fiel, saß es jetzt am Abend weiterhin perfekt. Auch Lerby trug noch Hemd und Sakko, doch von einer auch nur halbwegs manierlichen Erscheinung konnte keine Rede sein.

Jedenfalls kam er sich nicht so vor, eher wie durchgekaut und ausgespuckt …

Evas wasserblaue Augen sahen ihn erwartungsvoll an, sie schien noch immer auf eine Antwort zu warten. Im Kopf ging Lerby rasch alles durch. Er war sich ziemlich sicher, dass keiner von ihnen Geburtstag hatte, und geheiratet hatten sie im Spätsommer; um eine Fangfrage konnte es sich also nicht handeln. »Also gut: Was gibt es zu feiern?«, tat er ihr den Gefallen und nahm mit einer übertrieben feierlichen Geste am Esstisch Platz.

Ein Schatten huschte über ihr Gesicht, doch sie schien fest entschlossen, sich ihre gute Laune nicht verderben zu lassen. Sie trat an den Tisch und stellte die Schüssel ab, dann setzte sie sich ebenfalls und griff nach ihrem Rotweinglas. Der Barolo funkelte rubinrot im Licht der brennenden Kerzen.

»Rate«, forderte sie ihn auf und strich sich die lose Haarsträhne hinters Ohr. Sie schien entschlossen, den Moment auszukosten.

»Ein Lotteriegewinn?«, fragte er und hob auch sein Glas.

»Fast.« Sie lächelte unbeirrt. »Kevin hat mir die Partnerschaft angeboten.«

Schweigen trat ein.

Kevin hieß mit vollem Namen Kevin Wilberg und war Evas Arbeitgeber. Die Anwaltskanzlei, in der sie arbeitete, unterhielt Niederlassungen in Oslo, Stockholm und Kopenhagen, und Kevin war einer der Seniorpartner – Mitte vierzig und unverheiratet, dafür sportlich, charmant und stets gut gekleidet. Und bei der Begeisterung, mit der Eva immer von ihm sprach, war Lerby schon der Gedanke gekommen, dass er womöglich mehr für sie war als nur ihr Vorgesetzter …

»Gratuliere«, sagte er nur. Sein Weinglas hielt er immer noch, eisern wie die Freiheitsstatue im Hafen von New York ihre Fackel.

Eva stieß ihr Glas sanft an seines und nahm einen Schluck

Wein, während er reglos verharrte. Ihm war nicht nach Wein zumute. Eher nach Wodka, aber es war besser, das nicht zu sagen.

»Was hast du?«, fragte sie.

»Nichts.«

Sie stellte ihr Glas ab und sandte ihm einen Blick zu, der ihn unmissverständlich aufforderte, sie nicht zum Narren zu halten.

»Ich gratuliere dir«, bekräftigte er deshalb. »Ich freue mich für dich, wirklich …«

»… und siehst dabei aus, als wäre jemand gestorben«, fügte sie mit freudlosem Lächeln hinzu.

Er nickte. Sie kannte ihn gut. Zu gut, vermutlich … »Wirst du das Angebot annehmen?«, fragte er.

»Natürlich, warum nicht?« Die widerspenstige Strähne war ihr wieder ins Gesicht gefallen, und sie strich sie abermals zurück. »Es ist ja nicht so, dass diese Beförderung aus dem Nichts gekommen wäre. Ich habe hart dafür gearbeitet.«

»Und – unsere Familie?«, fragte er und hätte sich gleich darauf am liebsten die Zunge abgebissen.

»Welche Familie?«, fragte sie dagegen. »Oliver ist ausgezogen, wenn du dich erinnerst. Er lebt in Hamburg und wird allem Anschein nach auch dort bleiben. Und was Emma betrifft … Ich meine, sie besucht uns noch an den Wochenenden, aber wenn sie ihr Studium erst beendet hat, dann …«

»Schon gut.« Lerby winkte ab.

»Ich brauche das, Jens«, sagte sie und sah ihm dabei auf eine Weise in die Augen, wie sie es selten tat. Eine ungewohnte Verletztheit schwang darin mit. »Eine neue Perspektive, verstehst du?«

Er sah sie nur an, schweigend und unbewegt.

»Sehnst du dich nicht auch manchmal danach?«, fragte sie. »Ich weiß, du bist kein Freund von Veränderungen und hast es gern, wenn die Dinge so bleiben, wie sie sind. Aber ich empfinde das nicht so. Es genügt mir nicht, jeden Tag meinen Job zu machen und am Abend ein Glas Rotwein zu trinken. Ich will …«

»… mehr«, ergänzte er nur.

»Ist das falsch?«, fragte sie.

Lerby lächelte matt. »Was willst du von mir hören? Dass ich mich für dich freue? Dass ich dir gratuliere? Das habe ich gerade gesagt, oder nicht?«

Sie sah ihn schweigend an. Es war schwer zu sagen, was in ihrer Miene vor sich ging. Da war Bitterkeit, glaubte Lerby zu erkennen. Natürlich war da Bitterkeit …

»Ja«, räumte sie ein, »das hast du.«

»Sie schicken mich weg, Eva«, erwiderte er übergangslos, so als wäre es die logische Folge.

Ihre Brauen hoben sich. »Wovon sprichst du?«

»Grönland«, sagte er nur.

Eva sah ihn verunsichert an. »Das ist ein Witz, oder?«

»Es klingt so, ich weiß. Aber ich fürchte, Sørensen hat es ernst gemeint.«

»Birger? Was hat er damit zu tun?«

»Ihm verdanke ich diese … Chance.«

»Was hast du getan?«, wollte Eva jetzt wissen.

»Darum geht es nicht, sagt er jedenfalls. Sondern um eine Untersuchung, einen Mordfall, eigentlich mehrere.« Die Fotografien die Sørensen ihm hingeschoben hatte, tauchten erneut vor seinem inneren Auge auf. Er wischte die Erinnerung rasch beiseite, darin war er gut …

»Und warum du?«

»Weil ich der mit der meisten Erfahrung bin«, lautete die lächerliche Antwort. Dass sie nicht einmal gelogen war, war beinahe noch lächerlicher.

Eva legte den Kopf schief, ihr Blick wurde durchdringend. »Für wie lange?«

»Weiß ich nicht.« Er schüttelte den Kopf.

»Und … das hast du einfach so hingenommen? Du hast nicht widersprochen? Ausgerechnet du?«

»Was hätte ich sagen sollen?«, stellte diesmal Lerby die Gegenfrage. »Mein Vorgesetzter ist nicht wie deiner, Eva. Er lädt mich nicht in teure Restaurants ein und trägt mir eine Partnerschaft in seiner Firma an. Er ist ein karrieregeiles Arschloch, der Frau und Kinder verkaufen würde, wenn er sich dadurch einen Vorteil verspräche! Und wenn ich recht darüber nachdenke, hat er sie bereits verkauft …«

»Das klingt gerade so, als ob mir alles in den Schoß fallen würde, während du um alles kämpfen musst.«

»Und das ist nicht so?«

Ihr Blick blieb forschend, so als wollte sie herausfinden, ob er es ernst meinte – tatsächlich wusste er es selbst nicht. Er hatte es so dahingesagt, vielleicht nur, um irgendetwas zu sagen. Vielleicht auch, um sie zu verletzen.

»Entschuldige«, schob er leise hinterher.

Eva schürzte die Lippen, sah auf die Spaghetti, die auf dem Tisch vor sich hin dampften, so als wollten sie auf sich aufmerksam machen. Lerby beschlich eine dunkle Ahnung, dass sie unverzehrt bleiben würden.

»Willst du darüber reden?«, fragte Eva schließlich.

»Worüber?«

Es war eine dämliche Frage zu viel. Der Tropfen, der das ohnehin üppig gefüllte Fass zum Überlaufen brachte. Eva stürzte den Inhalt ihres Weinglases hinunter, dann stand sie entschlossen auf.

»Ich bin weg«, gab sie bekannt.

»Warum? Wollten wir uns nicht einen schönen Abend machen? Deinen Erfolg feiern?« Es klang so zynisch, dass er sich dazu hätte gratulieren können – hätte er sich nicht gleichzeitig so elend und schuldig gefühlt.

Sie nickte und atmete dabei mehrmals tief ein und aus wie jemand, der um Fassung ringt. »Du nennst Birger ein Arschloch«, stellte sie fest, »aber in Wahrheit bist du selbst zu einem geworden. Dein ständiges Selbstmitleid, deine passive Aggressivität – ich habe allmählich genug davon!«

»Da bist du nicht die einzige«, versicherte Lerby im Gedenken an Sørensen und seine Kollegen. Und auch den eben erst aus dem Dienst geschiedenen Polizeipräsidenten …

»Warum tust du das?«, fragte sie ihn, und er sah Tränen in ihren Augen blitzen.

»Ich weiß es nicht«, gestand er – und das war ehrlich.

»Bin ich dir gleichgültig geworden? Ist es das?«

Er sah sie an, unverwandt. »Bitte nimm es nicht persönlich«, sagte er leise. »Mir ist so ziemlich alles gleichgültig geworden.«

»Wie erbärmlich du bist.« Sie straffte sich, ihre Miene wurde hart. »Wann geht dein Flug?«, wollte sie wissen.

»Morgen früh.«

»Gute Reise«, sagte sie. »Pass auf dich auf.«

Er nickte nur. »Du auch.«

Sie blieb noch einen Moment stehen, schien etwas sagen zu wollen, doch sie überlegte es sich anders, machte auf dem Absatz kehrt und verließ das Wohnzimmer.

»Wohin gehst du?«, rief Lerby ihr nach. »Zu ihm?«

Ihre sich rasch entfernenden Schritte und das leise Geräusch, mit dem die Haustür ins Schloss fiel, waren die einzige Antwort, die er bekam.

Seinen letzten Abend vor der Abreise nach Grönland verbrachte Polizeikommissar Jens Lerby daraufhin allein – sah man von einem halb gefüllten Glas Barolo und einem verzweifelt dampfenden Haufen Pasta ab, die seine einzige verbliebene Gesellschaft darstellten. Und während er so am Tisch saß, musste er an seine Kindheit denken, an seinen Onkel in Jütland, bei dem er als Junge manchmal zu Besuch gewesen und mit dem zusammen er auf Entenjagd gegangen war.

Lerby hatte nicht allzu viele Erinnerungen daran, aber er

konnte sich noch genau an das aufgeregte Schnattern der Enten und den beißenden Pulvergeruch erinnern, der aus den leeren Hülsen der Schrotpatronen drang.

Und genauso fühlte er sich.

Wie eine dieser leer geschossenen, nutzlos gewordenen Hülsen.

3

Neun Stunden nach seinem romantischen Abschiedsessen mit Eva saß Lerby bereits im Flugzeug – einem Airbus 330–200 der Air Greenland, der ihn von Kopenhagen nach Kangerlussuaq bringen würde. Von Kangerlussuaq aus – einer an der Westküste Grönlands gelegenen Siedlung, deren internationaler Flughafen als Drehkreuz für die gesamte Insel diente – würde ihn eine Propellermaschine nach Kulusuk an der Ostküste fliegen, von wo ihn wiederum ein eigens gecharterter Helikopter nach Illokarfiq bringen würde. Eine direktere und damit auch schnellere Verbindung war kurzfristig offenbar nicht zu bekommen gewesen – oder vielleicht hatte Sørensen auch einfach nur Spesen sparen wollen, auch das war möglich.

Bis zu seiner Abreise war Eva nicht mehr nach Hause zurückgekehrt. Wo sie gewesen war, darüber konnte Lerby wenn überhaupt nur spekulieren, und dazu hatte er keine Lust. Nachdem er die Flasche Barolo, die sie eigentlich zusammen hatten trinken wollen, allein geleert hatte, hatte er sich noch zwei Wodka pur genehmigt. In diesem Zustand hatte er gepackt und war irgendwann gegen zwei Uhr morgens eingeschlafen. Dass der Wecker schon knapp drei Stunden später wieder rappelte, hatte nicht zur Besserung seines Zustands beigetragen.

Ein Taxi hatte ihn zum Flughafen gebracht, und er hatte die Maschine bestiegen. Da saß er nun an einem Fensterplatz, blickte auf die Wolkenfetzen, die unter ihm dahintrieben. Dazwischen gab es immer wieder Lücken, die Blicke auf die endlos scheinende, grau schimmernde Fläche des Atlantiks gewährten.

Der Dame auf dem Nebensitz – dem Akzent nach, mit dem sie

ihr Menü bestellt hatte, eine Deutsche – schien die Aussicht ebenfalls zu gefallen. Sich bald aufrichtend, dann wieder nach vorn beugend, pendelte sie auf ihrem Sitz umher, um eine möglichst gute Perspektive zu erheischen. Als sie schließlich auch noch begann, mit dem Handy vor Lerbys Gesicht herumzufuchteln, um Bilder durch das kleine Fenster zu schießen, wurde es diesem zu viel.

»Würden Sie lieber am Fenster sitzen?«, fragte er ganz direkt und auf Englisch.

Sie sah ihn so erstaunt an, als hätte er ihr spontan die Ehe versprochen. »Wenn es Ihnen nichts ausmacht.«

»Nicht doch.«

Er wartete, bis sie ihren Platz geräumt hatte, zwängte sich dann auf den Gang und ließ sie auf seinem Sitz Platz nehmen. Die Dame mit dem roten Kurzhaarschnitt lächelte ihm dankbar zu, und er hoffte, damit nun seine Ruhe zu haben – doch sie hatte seine freundliche Geste als Aufforderung zur Konversation missverstanden.

»Ist das Ihr erster Flug nach Grönland?«

»Nein.« Er schüttelte den Kopf.

»Bei mir ist es das erste Mal«, versicherte sie mit ihrem harten deutschen Akzent. »Es ist ein Kindheitswunsch – ich wollte immer schon mal richtige Eisberge sehen. Und man weiß ja nicht, wie lange es sie noch gibt, nicht wahr?«

Sie sah ihn erwartungsvoll an, und er rang sich ein höfliches Lächeln ab. Sie mochte Ende dreißig sein und schien allein zu reisen – was sie offenbar ändern wollte. Aus dem kleinen Rucksack, den sie als Handgepäck dabeihatte, holte sie einen Reiseführer hervor, der mit Dutzenden von Einmerkern gespickt war. Ein jeder markierte eine Sehenswürdigkeit, die sie während ihres Aufenthalts zu besichtigen gedachte, und sie begann, sie alle nacheinander zu beschreiben, und das so detailliert, dass Lerby sich schon fragte, warum sie diese Reise überhaupt noch machte, wo sie doch alles schon so genau wusste. Um der Uhr einen kleinen Schubs zu geben – die Flugzeit nach Kangerlussuaq betrug immerhin knapp fünf Stunden – bestellte er sich einen Wodka.

»Eis?«, fragte der Flugbegleiter.

»Bloß nicht.«

»Sie mögen kein Eis?«, erkundigte sich prompt seine Nachbarin.

»Nein.«

»Nur nicht im Wodka oder generell nicht?«

»Beides.«

Sie lachte. »Warum fliegen Sie dann nach Grönland, wenn Sie kein Eis mögen?«

Das Getränk kam, und Lerby nahm einen tiefen Schluck. »Fragen Sie das meinen Vorgesetzten.«

»Sie reisen geschäftlich?«

Er nickte.

»Wie interessant.«

Er nahm noch einen Schluck. Ihren erwartungsvollen Blick ignorierte er.

»Mein Beruf ist ja nicht sehr aufregend, ich arbeite bei einer großen Versicherung. Aber ich reise gerne – möchten Sie wissen, wo ich schon überall gewesen bin?«

»Eigentlich nicht«, erwiderte Lerby wahrheitsgemäß, aber er sagte es wohl zu freundlich, denn sie nahm es als Scherz und legte los. Und so erfuhr er, dass sie in den Jahren vor der Pandemie in Thailand gewesen war, in Australien und in Südafrika. Zur Vorbereitung auf diese Reisen schien sie weitere Reiseführer gelesen zu haben und anders als Lerby, der solche Dinge einfach nicht behalten konnte, war sie in der Lage, zu jedem dieser Themen und Länder aus dem Stegreif einen Vortrag halten. Was sie dann auch tatsächlich tat. Als sie irgendwann auf die kulinarische Seite des Reisens zu sprechen kam und auf die vielen köstlichen Spezialitäten, die es in aller Welt zu futtern gab, sah Lerby seine Chance …

»Falls sich in Grönland die Gelegenheit dazu ergibt«, sagte er mit leicht lauerndem Unterton, »sollten Sie unbedingt *kiviaq* versuchen.«

»Was ist denn das?« Sie betätigte die Notizbuchfunktion ihres Smartphones, das sie die ganze Zeit über nicht aus der Hand gelegt hatte.

»Nun«, begann Lerby genüsslich zu erklären, »man nehme zwei Dutzend Krabbentaucher – das ist eine in Grönland heimische Vogelart – rupfe ihnen sämtliche Federn aus und packe sie in eine Robbe, die man zuvor ausgehöhlt hat.«

»A-ausgehöhlt?« Anfangs hatte sie noch mitgeschrieben, jetzt stutzte sie.

»Genau«, bestätigte Lerby. »Die Robbe wird erlegt und ausgenommen, nur die Speckschicht auf der Innenseite der Haut wird drangelassen. Da hinein kommen die Krabbentaucher. Dann wird der Robbensack wieder zugenäht, sodass das Innere luftdicht eingeschlossen ist.«

»Und was geschieht dann?«, fragte sie, jetzt schon fast ängstlich.

»Dann wird das Ganze in ein Loch im Boden gelegt und vergraben. Da lässt man es dann ruhen. Die Ungeduldigen buddeln es schon nach ein paar Monaten wieder aus, wahre Feinschmecker dagegen warten damit bis zu einem Jahr.«

»Und dann?« Ihre Stimme war nur noch ein Flüstern.

»Dann wird die Tüte aufgemacht«, entgegnete Lerby gnadenlos. »Der Gestank holt einen fast von den Beinen, kann ich Ihnen sagen – aber das Fleisch ist herrlich zart …«

Ihr Gesicht hatte sich aschfahl verfärbt, und ihre Blicke huschten panisch suchend umher.

»Vordersitz«, sagte Lerby nur, worauf sie hektisch in die Ablage griff und zwischen den Anweisungen für den Notfall und einem Prospekt der Fluglinie eine kleine graue Tüte entdeckte, die sie mit bebenden Händen öffnete. Es kam nicht zum Äußersten, ihr Magen beruhigte sich schnell wieder. Doch für den Rest des Fluges hatte Lerby Ruhe.

Er leerte seinen Wodka, dann stellte er die Rückenlehne seines Sitzes schräg, verschränkte die Arme vor der Brust und schloss die Augen. Da die vergangene Nacht kurz gewesen war, nickte er tatsächlich ein – aber gut schlief er nicht. Denn im Schlaf verfolgten ihn Bilder.

Von Eva, wie sie aus dem Zimmer stürmte.

Von einer endlos grauen See.

Von weißen Eisbergen.

Und rotem Blut.

4

Als helles Sonnenlicht in ihr Gesicht fiel, erwachte Pallaya Shaa. Wie spät mochte es sein?

Sie blinzelte.

Die Sonne stand noch nicht sehr hoch, vermutlich war es erst gegen sechs. Aber wieso, in aller Welt, war die Jalousie hochgezogen?

Sie hörte hinter sich ein leises Räuspern und drehte sich im Bett herum. Ein wenig überrascht stellte sie fest, dass Craig bereits aufgestanden war. Mehr noch, er war schon fertig angezogen, trug Jeans und seinen dicken grauen Troyer. Und er war frisch rasiert, hatte den roten Kinnbart entfernt, den sie so an ihm mochte …

»Hey«, grüßte sie lächelnd.

»Hey«, erwiderte er.

»Ich liebe dich«, hauchte sie als Morgengruß.

Er nickte nur, erwiderte jedoch nichts. Stattdessen sah er nur zu Boden, fuhr sich durch das glatt gekämmte kupferfarbene Haar. Hätte sie es nicht besser gewusst, hätte sie gesagt, dass er wegen irgendetwas nervös war.

»Alles in Ordnung?« Sie richtete sich halb im Bett auf. Dass die Decke an ihr herabglitt und ihre Brüste enthüllte, kümmerte sie nicht. Erstens war es angenehm warm in seinem Apartment. Und zweitens hatte er schon weit mehr von ihr gesehen, letzte Nacht und in vielen anderen davor.

»Klar«, bestätigte er und versuchte sich jetzt auch an einem Lächeln; aber es wirkte ebenso gehetzt wie seine ganze Erscheinung. »Das heißt … nein«, korrigierte er sich dann. »Ich … muss dir etwas sagen, Pally.«

»Ja?« Sie setzte sich ganz auf, strich sich das blauschwarze Haar aus dem Gesicht und sah ihn aufmerksam an.

Er schluckte sichtbar, sein Mund ging mehrmals auf und zu wie bei einem Fisch auf dem Trockenen. Es sah komisch aus, und sie lachte leise, was ihn noch mehr zu verunsichern schien.

»Bitte lach nicht«, flüsterte er. »Was ich dir sagen muss, ist auch so schon schwer genug.«

»Was ist los?« Sie hob die schmalen Brauen. »Du machst mir Angst, Liebling.«

»Es ist nichts, wirklich«, beteuerte er, und sein blasses Gesicht wurde dabei beinahe so rot wie sein Haar. »Eigentlich ... ist es sogar ein Grund zur Freude.«

»Ja?« Sie sah ihn forschend an, jähe Hoffnung schöpfend. Was mochte es wohl sein, das er es vor Nervosität kaum über die Lippen brachte und andererseits keinen Aufschub zu dulden schien, sodass er es ihr am frühen Morgen schon mitteilen musste?

»Ich habe die Stelle bekommen!«, platzte er heraus.

»Die Stelle«, wiederholte sie.

»Du weißt schon – die Assistenzstelle am Lehrstuhl für anthropologische Forschungen in Toronto.«

»Auf die du dich beworben hast?«, hakte Pally nach. »Die du dir so sehr gewünscht hast?«

Er nickte nur.

»Aber das ... das ist doch großartig!«

»Ja«, bestätigte er mit einem langen Seufzer, ihrem begeisterten Blick wich er aus.

»Was hast du, Craig?« Sie runzelte die Stirn. »Freust du dich denn nicht?«

»Doch, sogar sehr. Es ist nur ... ich soll die Stelle dort bereits morgen antreten.«

»Morgen?« Sie wusste sich keinen Reim darauf zu machen, sah ihn nur verständnislos an. »Aber ...«

»Ich weiß«, sagte er nur und nickte wieder.

Pallys Blick glitt von ihm zur Tür und zu dem Koffer und dem großen Rucksack, die dort standen, allem Anschein nach fertig gepackt. Vermutlich hatten sie schon gestern Abend dort gestanden, aber Pally hatte sie wohl nicht gesehen. Zugegeben, sie waren mit anderen Dingen beschäftigt gewesen …

»Du … du gehst?«, fragte sie und kam sich dabei dumm vor und völlig überrumpelt.

»Mein Flug geht heute Abend«, gestand er leise.

»Aber wieso …?« Sie schüttelte den Kopf. »Ich meine, wenn sie dich so unbedingt haben wollen, warum haben sie es dir dann so spät …« Sie unterbrach sich, als sie seinen Blick bemerkte – und kam sich gleich noch ein wenig dümmer vor. »Sie haben es dir nicht kurzfristig gesagt, richtig? Du weißt es schon seit Längerem …«

»Drei Wochen«, gestand er.

»Warum hast du nichts gesagt?«

»Ich … wollte nicht, dass du traurig bist.«

»Traurig?« Sie schüttelte abermals den Kopf. »Ich hätte mich für dich gefreut! So wie ich mich jetzt für dich freue!«

»Ich weiß«, räumte er ein, kleinlaut wie ein Dieb, den man auf frischer Tat ertappt hatte. »Aber …«

In diesem Moment fiel es Pally wie Schuppen von den Augen. »Du machst gerade Schluss mit mir«, stellte sie fest. Sie war selbst überrascht, wie leicht ihr das von den Lippen ging.

»Pally, ich …«

»All das Gerede, dass du mich mitnehmen willst, dass ich dich nach Kanada begleiten soll, wenn du einen Posten bekommen solltest …«

Er seufzte. »Ich weiß.«

»Das ist deine Idee gewesen, Craig. Nicht meine!«

»Ja.« Er nickte wieder und sah zu Boden.

»Und jetzt willst du das nicht mehr?«

Kopfschütteln.

»Warum redest du dann nicht mit mir? Warum überrumpelst

du mich mit dieser Neuigkeit, nachdem wir vergangene Nacht noch …« Sie unterbrach sich und sah ihn forschend an. »Was sollte das eigentlich sein? Ein letztes Mal um der alten Zeiten willen? Weißt du überhaupt, wie verletzend das ist?«

Sie kämpfte jetzt mit den Tränen, nicht so sehr der Trauer, als vielmehr des hilflosen Zorns. Sie zog das Laken an sich hoch und presste es an sich. Vorhin war sie nur unbekleidet gewesen. Jetzt kam sie sich nackt vor. »Warum hast du nicht gesagt, dass du alleine gehen willst? Hattest du Angst, dass ich dir eine Szene machen würde?«

Sein ausweichender Blick zum Fenster hinaus verriet mehr als jedes Geständnis.

»Dass ich unsere Beziehung womöglich ausnutzen würde, um von hier wegzukommen?«, mutmaßte Pally weiter.

Er erwiderte noch immer nichts, aber als er sich ihr endlich wieder zuwandte, hatte auch er Tränen in den Augen. »Es tut mir leid, Pally«, sagte er leise. »Damals, als wir uns an der Uni kennenlernten, da schien zwischen uns beiden alles klar zu sein. Ich meine, wir haben beide studiert und hatten eine schöne Zeit zusammen. Aber dann …«

»Verstehe«, fiel sie ihm ins Wort. »Aber dann bist du hierhergekommen und hast meine Heimat kennengelernt.«

Craig nickte wieder, zum ungezählten Mal.

»Willkommen in der wirklichen Welt«, knurrte sie.

»Das ist es nicht«, versicherte er, »ich bin wirklich gerne hier gewesen …«

»Natürlich – die Menschen hier haben dir ja auch dabei geholfen, deine Abschlussarbeit in Inuit-Ethnologie abzuschließen. Vermutlich ist sie ein Grund dafür, dass sie dich in Toronto genommen haben.«

»Vermutlich«, gab er zu.

Ein freudloses Grinsen huschte über Pallys Züge. »Freut mich, wenn wir helfen konnten.«

»Darum ist es mir nicht gegangen, und das weißt du«, fand er jetzt doch die Kraft, sich halbwegs zu verteidigen. »Aber mir ist eben irgendwann klar geworden, dass das mit uns beiden nicht so weitergehen kann.«

»Warum nicht? Weil ich eine *Inuk* bin? Weil ich deiner Karriere hinderlich sein könnte?« Erneut blieb er eine Antwort schuldig, und das machte Pally nur noch wütender. »Wann ist dir das klar geworden, Craig?«

»Vor einer Weile.«

»Verstehe. Und wie viel genau ist eine Weile? Ein Monat? Zwei? Gestern Nacht jedenfalls habe ich noch nichts davon gemerkt, dass du dich von mir trennen willst.«

In seinem grauen Troyer stand er da, händeringend, und schien noch etwas erwidern zu wollen. Dann wandte er sich jedoch ab und schlüpfte in seine Jacke, die am Haken bereit hing. »Es tut mir leid«, murmelte er, »ich muss gehen.«

»Sieht ganz so aus«, sagte sie nur.

»Die Miete für das Apartment ist noch bis zum Ende des Monats bezahlt, du kannst dir mit deinen Sachen also Zeit lassen«, fügte er hinzu.

»Danke, Craig. Das ist sehr großzügig von dir«, versicherte sie mit einem Tonfall, der jedes Wort Lügen strafte.

»Ich wollte dich nie verletzen, das musst du mir glauben. Pally«, beschwor er sie und brachte es noch fertig, einen Schritt in ihre Richtung zu machen, so als wollte er sich zu ihr herabbeugen und sie zum Abschied küssen.

»Halt!«, rief sie und riss den linken Arm abwehrend empor. »Wage es ja nicht!«

»Verzeih«, bat er, »ich wollte nicht … es ist nur …«

»Was?«, fragte sie unwirsch.

»Kannst du mich vielleicht später zum Heliport fahren?«, fragte er, auf die Schlüssel deutend, die neben ihr auf dem Nachtkästchen lagen. »Ist ein weiter Weg mit all dem Gepäck …«

5

Die Maschine von Kopenhagen war pünktlich in Kangerlussuaq gelandet, und Lerby hatte seinen Anschlussflug zu der der Ostküste vorgelagerten Insel Kulusuk bekommen. Das Equipment hatte gewechselt, statt des geräumigen Airbus' war es jetzt eine zweimotorige Dash-8, das robuste Arbeitstier von Air Greenland, das ihn auf die andere Seite von Grönland brachte.

Lerby mochte Propellermaschinen nicht besonders, waren sie den Launen von Winden und Thermik doch in viel höherem Maße ausgesetzt als ein großes Linienflugzeug. Immerhin waren von den knapp vierzig Kabinenplätzen nur etwas über die Hälfte besetzt, sodass er sich diesmal nicht mit einem Sitznachbarn zu arrangieren brauchte. Um unmissverständlich klarzustellen, dass er keine Gesellschaft wünschte, hatte er die Tasche mit dem Handgepäck kurzerhand auf den Sitz neben sich gestellt und sie angeschnallt wie einen leibhaftigen Passagier. Es hatte funktioniert, und endlose Kilometer Schnee und Eis waren unter der Maschine hinweggezogen, ehe sie schließlich in Kulusuk gelandet war.

Was Lerbys Reiselust betraf, so war die spätestens hier erschöpft gewesen, und er hatte nichts dagegen gehabt, in das einzige Hotel am Platz zu gehen und erstmal einen Drink an der Bar zu nehmen und danach eine heiße Dusche. Doch Sørensens Plan sah noch eine weitere Etappe vor, und so ging Lerby am späten Nachmittag an Bord eines knallroten Eurocopter AS 350, der ihn das letzte Stück des Weges nach Illokarfiq brachte und seinen mit mehreren Flugzeug-Mahlzeiten und drei Wodkas gefüllten Magen einer harten Belastung unterzog.

Zum Glück war der Flug nur kurz.

Die Aussicht, die sich Lerby bot, als der Hubschrauber in die weite, von Bergen umgebene Bucht einschwenkte, an deren südlichem Ufer Illokarfiq lag, war zugleich majestätisch und erbärmlich: Ehrfurcht gebietend war der Anblick der blendend weißen schneebedeckten Gipfel, die die graue See umlagerten, und des hellblau schimmernden Eises, das einen Teil der Bucht und des sich anschließenden Fjords bedeckte; geradezu Mitleid erregend wirkte für Lerby dagegen der menschliche Versuch, in dieser unwirtlichen, von Kälte und Wind durchpeitschten Gegend eine Siedlung zu errichten, die sich rings um einen kleinen Hafen duckte. Einfache, aus Blech, Holz und Beton errichtete Häuschen krallten sich trotzig in den kargen Boden, und als wollte man dafür sorgen, dass sie im unendlichen Weiß des grönländischen Winters nicht verloren gingen, waren sie alle bunt gestrichen: Es gab rote, blaue und gelbe Häuschen, und ab und zu fand sich sogar ein grünes darunter, so als wollte man den Namen »Grönland« wenigstens auf diese Weise rechtfertigen. Tatsächlich handelte es sich dabei wohl um einen frühen Fall von irreführender Werbung: Als der Wikinger Erik Thorvaldsson, genannt Erik der Rote, im Jahr 982 wegen eines von ihm begangenen Mordes von Island fliehen musste, flüchtete er sich an die Küste eines anderen, wohl auch damals schon recht kargen Eislandes. Und weil er keine Lust hatte, dort allein sein Dasein zu fristen, verbreitete er die Mär vom »grünen Land«, das nur darauf warte, besiedelt und urbar gemacht zu werden … und der Name Grönland war geboren.

Inzwischen sank der AS 350 bereits dem Landeplatz entgegen, der zusammen mit einem Hangar, einem Terminalgebäude und einem sich munter blähenden Windsack auch schon den gesamten Heliport bildete. Lerbys Laune, als er sich endlich losschnallen und aussteigen durfte, entsprach der Temperatur vor Ort und lag weit unter null.

Ein Air-Greenland-Mitarbeiter half ihm dabei, sein Gepäck zu entladen, dann war er mit dem Trolley auch schon zum Terminal unterwegs. Er hatte das Gebäude kaum erreicht, als die verspiegelte Glastür aufflog und ihm ein junger Mann mit kupferrotem Haar entgegenkam. Er schleppte ebenfalls einen Rollkoffer und war zudem mit einem riesigen Rucksack beladen, unter dessen Gewicht er beinahe niederzugehen schien – doch das war bei Weitem nicht sein einziges Problem. Eine junge Frau mit blauschwarzem Haar, dem Aussehen nach eine Inuk, war ihm dicht auf den Fersen und redete lautstark auf ihn ein – und da sie Englisch sprach, kam Lerby nicht umhin, jedes einzelne Wort zu verstehen.

»... hast wirklich Nerven! Mich zuerst abservieren und dann noch fragen, ob ich dich zum Flugplatz fahre! Weißt du, warum ich dir den Gefallen tue? Damit ich auch sicher weiß, dass du in diesen beschissenen Helikopter gestiegen und abgeflogen bist! Und komm ja nie wieder, hörst du ...?«

Wären Lerby seine Mitmenschen nicht herzlich egal gewesen, hätte er womöglich Mitleid gehabt – auch wenn er sich vermutlich unschlüssig gewesen wäre, mit welchem der beiden. So war er froh, als die Tür hinter ihm zufiel und das Lamento der jungen Frau draußen blieb.

Wirklich warm war es auch im Terminalgebäude nicht, aber es gab einen Schalter und einen Kaffeeautomaten. Und einen jungen Mann in der dunkelblauen Uniform der grönländischen Polizei. Der Anblick war vertraut, da sie jener der dänischen Gesetzeshüter entsprach – mit dem Unterschied, dass der dazugehörige Parka ein wenig winterfester schien ...

»Kommissar Leribi?«, fragte der Mann, der Mitte zwanzig sein mochte – Lerby hatte Probleme damit, das Alter der Einheimischen mit ihren von Sonne und Wind gegerbten Gesichtern einzuschätzen. Die dunklen Augen des jungen Polizisten blickten ihm erwartungsvoll entgegen.

»Lerby«, verbesserte er mit einem Nicken.

»Daavi Keldsen«, stellte der andere sich lächelnd vor. »Ich bin hier, um Sie abzuholen.«

»Haben Sie keinen Dienstgrad?«

»Äh – Polizeimeister Keldsen«, stellte sich der andere noch einmal vor. Sein Dänisch war fließend, aber ein gewisses Befremden war ihm anzuhören.

»Gut, danke.« Lerby nickte.

»Hatten Sie eine gute Reise?«

»Geht so«, knurrte Lerby. Er hätte von nervtötenden Sitznachbarn berichten können, von qualitativ mäßigem Wodka, von schaukelnden Helikoptern und seiner Abneigung gegen Kälte ganz allgemein – aber er ließ es bleiben. Er würde keinen Augenblick länger hier verweilen, als es zur Erledigung seiner Aufgabe unbedingt erforderlich war. Wozu also überflüssigen Smalltalk betreiben?

»Mein Wagen steht vor der Tür«, meinte Keldsen, ein wenig unbeholfen durch die Glastür auf der Vorderseite deutend, und ging Lerby voraus nach draußen. Inzwischen hatte leichter Schneefall eingesetzt. Obwohl Lerby seinen Winteranorak trug und einen Pullover aus Polarfleece darunter, fror er schon jetzt wie ein Schneider, was seine Laune noch weiter sinken ließ.

Der dunkelblaue Toyota Hilux mit der nüchternen Aufschrift *Politi* parkte direkt vor der Tür. Lerby gab seine Sachen in den Kofferraum und nahm auf dem Beifahrersitz Platz. *Politibetjent* Keldsen ließ gerade den Motor an, als unmittelbar vor dem Kühler ein Mann auftauchte. Er trug einen blauen Anorak und eine leuchtend rote Wollmütze, die schief auf seinem Kopf saß und ihn ein wenig wie eine Rettungsboje aussehen ließ. Eine Rettungsboje allerdings, die heftig wankte, denn der Kerl war sturzbetrunken.

Er schlug gegen den Kühlergrill und prallte ein paar Schritte zurück. Für einen Moment hatte es noch den Anschein, als könne er sich auf den Beinen halten, dann bekam er Schlagseite und stürzte bäuchlings in den schmutzigen Schnee.

Keldsen sagte etwas auf Grönländisch, das sich in Lerbys Ohren wie eine Verwünschung anhörte. Dann löste er rasch seinen Gurt und stieg aus, um dem Gestürzten zu helfen.

Was die beiden zusammen aufführten, mutete wie ein bizarres, unbeholfenes Ballett an. Der Betrunkene, der sich auf den Rücken gedreht hatte, schien kein großes Interesse daran zu haben, wieder auf die Beine zu kommen. Die helfende Hand, die der Polizist ihm reichte, schlug er mit fahrigen Bewegungen beiseite, ehe Keldsen ihn schließlich beherzt am Anorak packte und auf die Beine zog. Mit einem lauten Ruf machte er zwei Mechaniker auf sich aufmerksam, die drüben am Hangar standen und sich unterhielten. Der Betrunkene schien ihnen nicht unbekannt zu sein, denn sie stießen sich gegenseitig mit den Ellbogen an und lachten, verspotteten ihn offenbar. Keldsen schien ein Machtwort zu sprechen, denn schließlich kamen sie herüber und nahmen sich des Mannes an, während der Polizist wieder zu Lerby in den Wagen stieg.

»Alkohol«, sagte er nur, als er den Toyota anließ. Dabei blickte er stur geradeaus durch die Windschutzscheibe und mied den Blick seines Fahrgasts, so als würde er sich für den Betrunkenen schämen. »Großes Problem hier.«

Dann gab er Gas, und der schwere Wagen fuhr an, rollte über die Auffahrt auf die Straße, die hinunter nach Illokarfiq führte. Dabei passierten sie ein verbeultes Schild aus Metall, dem der Rost kräftig zugesetzt hatte.

»*Tikilluarit* – Willkommen«, stand darauf geschrieben.

Lerby war sich da nicht so sicher.

6

Durch das Dossier, das Sørensen Lerby mitgegeben hatte, war dieser über die Gegebenheiten vor Ort bereits unterrichtet, als er in Illokarfiq eintraf.

Die an der dünn besiedelten Ostküste gelegene Ortschaft, die die Bezeichnung »Stadt« in Lerbys Augen kaum verdiente, zählte rund zweitausend Einwohner, von denen die allermeisten Inuit waren. Nur ein sehr geringer Teil, etwa fünf Prozent, waren Ausländer; die meisten Dänen, dazu ein paar Schweden, Norweger, Isländer und Kanadier. Für grönländische Verhältnisse war die Siedlung mit allem ausgestattet, was zum Leben nötig war: Neben der örtlichen Polizeistation gab es eine Kirche, eine Tankstelle, ein Museum und sogar ein Tourismusbüro; dazu zwei Supermärkte, eine Bar sowie ein Hotel (selbst wenn Lerby sicher war, dass auch dieses seine Bezeichnung nicht verdiente).

In weiten Serpentinen wand sich die Straße vom Heliport aus der Bucht entgegen, an deren karge Hänge sich Illokarfiq schmiegte, den Gewalten der Natur und – zumindest nach Lerbys Auffassung – auch dem gesunden Menschenverstand zum Trotz.

Aus der Luft betrachtet hatten die bunten Häuschen noch einen recht pittoresken Anblick geboten; aus der Nähe wirkten sie sehr viel weniger anheimelnd, und das nicht nur, weil sie auf der dem Wind zugewandten Seite halb von Schnee begraben waren. Man konnte auch sehen, wie Wetter und Kälte den Dächern und Fassaden zugesetzt hatten: Vielerorts war die bunte Farbe teilweise abgeblättert, stapelten sich Unrat und Schrott in den Auffahrten. Hier lag das rostige, von Eis überzogene Wrack eines Geländewagens, dort balgten sich ein paar Schlittenhunde um ein Stück

Fleisch, eine Ecke weiter spielten zwei Kinder mit einem alten Kühlschrank, den sie kurzerhand zu ihrer Behausung gemacht hatten. Die auf Lerby einprasselnden Eindrücke waren so vielfältig wie deprimierend.

Schon bei seinem ersten Aufenthalt in Grönland war er erschüttert gewesen, wie sehr sich das Leben in diesem formal zwar autonomen, jedoch noch immer zu Dänemark gehörenden Territorium von jenem im Mutterland unterschied – und dabei hatte er damals nicht viel mehr gesehen als die Hauptstadt Nuuk und das dortige Kongresshotel. Es war einer der Gründe dafür gewesen, dass er nicht mehr hierher hatte zurückkehren wollen: Das Land strotzte vor zu vielen ungelösten Fragen und gab keine Antworten. Nur gut, dass er sich über Dinge wie diese keine Gedanken mehr machte, sagte er sich. Längst nicht mehr.

Da es Mitte März war und später Nachmittag, begann es bereits zu dämmern. Gegen 17.30 Uhr würde die Sonne vom Himmel verschwunden sein und eine fast dreizehnstündige Nacht beginnen, von der Lerby eines schon jetzt mit absoluter Sicherheit wusste: dass er sie auf gar keinen Fall nüchtern verbringen wollte …

»Soll ich Sie direkt zur Wache bringen?«, erkundigte sich Keldsen. »Der Chef erwartet Sie bereits.«

»Heute nicht mehr«, wehrte Lerby ab, »die Reise war lang und anstrengend. Können Sie mich direkt zum Hotel fahren?«

»Natürlich.«

»Und vorher vielleicht zu einem Supermarkt«, fügte Lerby hinzu – er hatte keine Lust, einsam an einer Hotelbar zu sitzen wie ein frustrierter Ehemann, dessen Frau es just in diesem Moment mit einem anderen trieb.

Auch wenn vermutlich genau das der Fall war …

Keldsen, der jede Ecke in Illokarfiq genau zu kennen schien, weil er wahrscheinlich sein ganzes Leben hier verbracht hatte, bog in eine Seitenstraße ab. Zwischen einer Reihe rot gestrichener Wohnhäuser hindurch, die wegen des felsigen, abschüssigen Geländes auf hölzernen Pfählen errichtet waren, erreichten sie einen weiten, schneebedeckten Platz, auf dem einzelne Fahrzeuge parkten. An der Stirnseite gab es ein flaches Gebäude, auf dessen blauer Fassade große weiße Buchstaben um Kunden warben. Auch wenn Lerby sich lieber die Zunge abgebissen hätte, als es zuzugeben: Die Größe des Supermarkts beeindruckte ihn. Vielleicht, sagte er sich, war die Welt hier ja doch noch nicht ganz zu Ende.

»Lassen Sie sich Zeit«, meinte Keldsen, nachdem er den Wagen geparkt hatte, »ich werde hier solange warten.«

Lerby nickte und stieg aus. Seine Knie waren noch immer ein wenig weich vom Helikopterflug, aber vielleicht lag es auch an der Luftveränderung. Ein wenig unsicher stieg er die Stufen zum Eingang empor und trat durch die Tür.

Ein Geruch von Kunststoff und Lösungsmitteln schlug ihm entgegen, der wohl vom grünen Bodenbelag stammte, in dem sich das grelle Licht der Deckenbeleuchtung spiegelte. Unter den Neonröhren reihten sich Dutzende von Supermarktregalen aneinander, säuberlich in Reih und Glied, sodass man fast den Eindruck hätte gewinnen können, irgendwo auf dem europäischen Festland zu sein – hätte in den Fächern der Regale nicht weitgehende Leere geherrscht.

Lerby schritt die Gänge ab. Wo sich zu Hause Massen von Konservendosen, Einmachgläsern und Fertigprodukten drängten und um das Interesse des Käufers buhlten, war das Angebot hier eher … unterschiedlich. Während es zum Beispiel haufenweise saure Gurken und Bohnen in roter Tomatensoße gab, war nur noch eine einzige Dose eingelegter Pfirsiche vorhanden. Auch Ananaskonserven waren Mangelware, wie es aussah. Von exotischeren Geschmäckern ganz zu schweigen.

»Willkommen in der wirklichen Welt«, murmelte Lerby leise vor sich hin.

»Kann ich Ihnen helfen?« Eine Einheimische trat zu ihm, der leuchtend blauen Weste nach eine Angestellte des Supermarkts.

Da Lerby der einzige Kunde im Laden war, genoss er ihre ungeteilte Aufmerksamkeit.

»Nein danke«, erwiderte er, ein wenig unbeholfen, auf die halb bis gar nicht gefüllten Regale deutend, »ich wollte nur … Ich habe mich gefragt, warum es keine Ananas gibt.«

Die Angestellte, eine stämmige Frau mittleren Alters mit kurzgeschnittenem Haar und munteren Augen, sah ihn einen Moment lang zweifelnd an. Dann kicherte sie verschämt, so als ob sie sich ein lautes Lachen verkneifen müsste.

»Aufgegessen«, erklärte sie dazu. »Alle hatten in diesem Winter viel Lust auf Ananas. Irgendjemand hatte so ein Rezept im Internet aufgetan … Ananaskuchen. Und alle wollten diesen Kuchen backen«, fügte sie erklärend hinzu, und als sie diesmal kicherte, entblößte sie ein lückenhaftes Gebiss.

»Verstehe – und wann wird die nächste Lieferung erwartet?«

»Etwa in drei Monaten«, erwiderte sie und schien es ernst zu meinen.

Der Gesichtsausdruck, mit dem Lerby sie ansah, wirkte wohl wenig intelligent.

»Im Juni«, fügte sie erläuternd hinzu, »wenn das große Frachtschiff wieder im Hafen festmachen kann. Vielleicht auch schon Ende Mai, das Eis geht jedes Jahr früher.«

»Und … bis dahin?«, kam Lerby nicht umhin zu fragen.

»Essen wir etwas anderes«, sagte die Frau und lachte wieder. Sie schien das wirklich komisch zu finden, und obwohl Lerby schlechter Laune war, musste er über ihre heitere Gelassenheit schmunzeln.

Zum Glück war er nicht gekommen, um Ananas zu kaufen – wohl aber einen wärmenden Pullover aus Islandwolle, den er in der entsprechenden Ecke auch tatsächlich entdeckte. Und in der gut sortierten Abteilung für alkoholische Getränke fand er auch eine Flasche Wodka. Das Label kannte er nicht; es war wohl eine einheimische Sorte, vermutlich selbst gebrannt und dazu angetan, ihm die Eingeweide zu perforieren. Die Menschen hier schienen nicht wählerisch zu sein, was ihren Fusel betraf, und wahrscheinlich konnten sie sich auch gar nichts anderes leisten.

Er bezahlte und verließ den Supermarkt, ging wieder hinaus zum Polizeiwagen, auf dessen Dach und Motorhaube sich eine dünne Schneeschicht gebildet hatte.

»Alles bekommen?«, fragte Keldsen.

Lerby brummte eine unverständliche Antwort. Der Polizist ließ den Wagen wieder an und fuhr zum Hotel, einem Komplex mehrerer langgestreckter Gebäude am westlichen Ortsrand, die wie viele andere in Illokarfiq auf Stelzen standen. Keldsen erbot sich, Lerbys Gepäck die Stufen hinaufzutragen, aber der lehnte dankend ab. Stattdessen wies er den jungen Polizisten an, ihn anderntags pünktlich um acht Uhr morgens abzuholen, dann stieg er aus und erklomm die steile Treppe, während der Toyota im dichter werdenden Schneefall verschwand.

Im Hotel war es angenehm warm. Die Lobby war schlicht, aber einigermaßen gemütlich eingerichtet, die kleine Rezeption war unbesetzt. Erst nachdem Lerby die Klingel betätigt hatte, kam eine junge Frau in Rock und Bluse, deren schwarzes Haar sie zum Pferdeschwanz gebunden hatte.

»Willkommen in Illokarfiq«, grüßte sie auf Englisch und mit jenem verschämten Lächeln, das Lerby inzwischen schon kannte. »Sie wünschen?«

»Lerby ... Polizeikommissar Lerby«, stellte dieser sich vor und ließ seinen Dienstausweis sehen. »Meine Dienststelle in Kopenhagen hat ein Zimmer für mich gebucht.«

Die Rezeptionistin nickte und wollte etwas erwidern – doch er ließ es erst gar nicht dazu kommen.

»Nein, es war kein angenehmer Flug«, sagte er schnell, »und ja, es ist mein erster Aufenthalt hier an der Ostküste.«

»Okay«, sagte die Frau, aber es klang mehr wie eine Frage. Sie lächelte wieder, dann wandte sie sich ihrem Computer zu und drückte ein paar Knöpfe auf der Tastatur. »In Ordnung«, bestätigte schließlich und ließ ein Formular ausdrucken, das sie ihm hinschob. »Sie bleiben für unbestimmte Zeit?«

Lerby erwiderte nichts, er unterschrieb einfach.

»Frühstück gibt es ab 6 Uhr hier unten in der Lobby. Die Bar hat bis …«

»Ich habe, was ich brauche«, versicherte er und nahm das Plastikkärtchen entgegen, das sie ihm gab.

»Erdgeschoß, letzte Tür links.«

Er nickte, dann war er auch schon auf dem Weg zu seinem Zimmer, das sich tatsächlich ganz am Ende des mit dunkelrotem Teppich beschlagenen Korridors befand. Wenigstens, dachte Lerby grimmig, würde er dort seine Ruhe haben.

Er zog die Karte durch den vorgesehenen Schlitz, das Schloss sprang auf, und er trat ein. Da es draußen weiterhin schneite und die Dämmerung inzwischen vollends eingesetzt hatte, empfing ihn graues Halbdunkel. Es roch nach Kunststoff, Putzmittel und kaltem Zigarettenrauch; irgendein Idiot hatte sich nicht an das Verbotsschild an der Tür gehalten.

Im Halbdunkel tastete Lerby nach dem Lichtschalter und knipste die Deckenbeleuchtung an. Der Raum war beinahe quadratisch und nüchtern möbliert – es gab ein Bett, einen Wandschrank, einen kleinen Schreibtisch und darüber einen Fernseher an der Wand. Ein schmaler Durchgang führte in ein winziges Badezimmer.

»Ganz großes Kino«, knurrte Lerby.

Er trat ein und ließ die Tür hinter sich zufallen. Sein Gepäck ließ er einfach stehen, zog stattdessen die Wodkaflasche aus der Papiertüte und öffnete den Schraubverschluss. Zu müde, um sich um ein Glas zu kümmern, nahm er einen Schluck aus der Flasche und ließ sich auf die Bettkante sinken.

Erst jetzt, als das Gesöff in seinem leeren Magen brannte, merkte er, wie müde er tatsächlich war. Nicht so sehr von der

Reise, sondern auch von dem, was davor gewesen war … von seiner Arbeit und dem gestrigen Abend, von allem, was schief lief in diesem seltsam gewordenen Leben.

Erschöpft.

Mit einem weiteren Schluck ließ er sich nach hinten aufs Bett sinken. Es war weich und bequem. Eigentlich hatte er eine Dusche nehmen oder zumindest seine Jacke ausziehen wollen … oder wenigstens die Schuhe.

Aber wie er dort lag und an die Decke starrte, übermannte ihn bereits der Schlaf.

Sein letzter bewusster Gedanke galt der Frage, wie er es nur aushalten sollte in dieser Kälte, an diesem gottverlassenen Ort. Andererseits, womöglich war es ja der richtige Platz für jemanden, der sich so verloren fühlte wie er. So fremd und fern wie der Mann auf dem Mond.

7

Am nächsten Morgen erwachte Lerby schon früh.

Da er die Jalousie nicht geschlossen hatte, fiel Sonnenlicht durchs Fenster und machte den Raum so gleißend hell, dass an Schlaf nicht mehr zu denken war.

Es war kein gutes Erwachen.

Sein Schädel dröhnte, die Zunge klebte ihm am Gaumen und fühlte sich an wie ein alter Scheuerlappen, und die Tatsache, dass er noch seine Klamotten vom Vortrag trug, komplett mit Anorak und den Winterstiefeln an seinen Füßen, irritierte ihn ziemlich. Mit einer Verwünschung wälzte er sich vom Bett, entledigte sich seiner Kleider und schleppte sich ins Badezimmer, wo er eine heiße Dusche nahm. Und mit ihm selbst wurde auch seine antrainierte Disziplin allmählich munter.

Er rasierte sich und schlüpfte in frische Kleider, sodass er wieder halbwegs aussah wie ein zivilisierter Mensch. Statt des teuren, jedoch offenbar recht nutzlosen Polarfleece zog er den neu erstandenen Islandpullover an, der am Hals zwar kratzte, aber sehr viel zuverlässiger wärmte. Um sechs Uhr dreißig war er bereits in der Lobby, um zu frühstücken, brachte außer einer Tasse Kaffee und ein paar Keksen jedoch noch nichts hinunter. Und da es längst dämmerte und der Schneefall zudem aufgehört hatte, ließ er sich von der Rezeptionistin – es war dieselbe wie am Vorabend – den Weg zur Polizeistation beschreiben und begab sich zu Fuß auf den Weg.

Eisig kalte Luft empfing ihn draußen, die Anzeige neben dem Hoteleingang lautete auf minus zwölf Grad. Da diese Luft aber trocken war und kaum Wind ging, war es zu ertragen. Die Ledertasche mit den Unterlagen hatte er am Riemen über der Schulter, die Hände vergrub er samt Handschuhen in den Taschen seines Anoraks. Auf dem Kopf trug er ein wahres Ungetüm von Fellmütze, das er sich vor Jahren für einen Urlaub in den französischen Alpen gekauft hatte. Eva hatte ihn damals ausgelacht wegen des hässlichen Dings, heute leistete es ihm gute Dienste.

Die Erinnerung an zu Hause verdrängte er rasch wieder und rief sich ins Hier und Jetzt zurück. Kleine bunte Häuser säumten die Straße zu beiden Seiten. Nur in wenigen brannte Licht, die meisten Einwohner schliefen offenbar noch. Ein Mann war draußen, um die Hunde zu füttern, die sich im Vorgarten tummelten und aufgeregt bellten – große Grönlandhunde mit weißem oder grauem Fell, vermutlich ein Schlittengespann. In anderen Gärten stapelte sich Schrott, der darauf wartete, abtransportiert oder verwertet zu werden und derweil traurig vor sich hin rostete – ein ziemlich deprimierender Anblick, der auch nicht unbedingt dazu beitrug, Lerbys Stimmung zu heben.

Die Polizeiwache von Illokarfiq befand sich im Ortsinneren, sofern man überhaupt davon sprechen konnte. Wenn es so etwas wie eine gewachsene, logische Struktur der Siedlung gab, so erschloss sie sich Lerby nicht. Im Gegenteil – Verwaltungsgebäude, öffentliche Einrichtungen wie Kirche, Schule oder Gemeindehaus und Läden zur Deckung des täglichen Bedarfs schienen recht willkürlich verteilt zu sein. So wie überhaupt die ganze Ortschaft aussah, als wären ihre Häuser mehr oder weniger zufällig um die Bucht verstreut worden, wie Würfel, die man geworfen und dann einfach liegengelassen hatte. Unten am Hafen, wo sich auch das Treibstofflager und die Tankstelle befanden, gab es eine gewisse Konzentration von Gebäuden, die ihren Ursprung wohl in dem alten Militärstützpunkt hatten, aus dem Illokarfiq einst hervorgegangen war. Alles andere war hastig und in erkennbar großer Eile hochgezogen worden; vermutlich im Zuge der Siedlungsprogramme, die die dänische Regierung in den 1970er- und

1980er-Jahren aufgelegt hatte, um den Inuit ein sesshaftes Leben nach westlichem Standard zu ermöglichen. Millionen von Kronen waren in diese Maßnahmen geflossen – dies also war das Ergebnis.

In der Dienststelle immerhin brannte bereits Licht. Es war ein einstöckiger, aus vorgefertigten Elementen errichteter Bau, vor dem der Toyota Hilux und zwei Motorschlitten parkten. Eine Leuchtanzeige hing über dem Eingang, die weithin sichtbar POLITI verkündete. Auf einem Gitterrost stampfte Lerby den Schnee von seinen Schuhen, dann ging er hinein. Ofenwärme bullerte ihm entgegen, der Geruch von frisch zubereitetem Kaffee stieg ihm in die Nase. Das Klappern einer ausgeleierten Computertastatur war zu hören, dazu säuselte leise ein Radio.

Der Raum war ebenso schmal wie lang, mit einer Theke an der Stirnseite, über der eine Scheibe aus Plexiglas schwebte. Dahinter hatte man zwei Schreibtische zusammengeschoben. Zwei Terminals standen darauf, eine Beamtin – den Abzeichen auf ihrer hellblauen Dienstbluse nach eine Polizeiobermeisterin – war dabei, einen Bericht zu tippen, sie war die Urheberin des infernalischen Klapperns. Noch weiter hinten teilte eine gläserne, mit Plakaten zugepflasterte Trennwand den Raum, und dahinter befand sich – mutmaßlich – das Büro der Dienststellenleitung. Daneben führte eine Tür in den rückwärtigen Teil des Gebäudes, wo es vermutlich noch weitere Räume und ein paar Haftzellen gab.

Den Uniformierten, der vorn an der Theke seinen Dienst versah, kannte Lerby bereits – es war Keldsen.

Der Polizeimeister verschluckte sich beinahe an dem Kaffee, von dem er gerade einen Schluck genommen hatte. »Kommissar Lerby!«, stieß er hervor, worauf auch seine Kollegin am Schreibtisch aufblickte. Wie Politibetjent Keldsen war auch sie eine Einheimische und hatte entweder nicht genug Routine darin oder schlicht keine Lust, ihren Unmut zu verbergen. Fast widerwillig unterbrach sie ihre Arbeit, strich sich eine Strähne ihrer rabenschwarzen Pagenfrisur aus dem Gesicht und nickte Lerby zu. Vermutlich hatte ihr Kollege ihr bereits erzählt, dass mit dem *qalluna*, wie die Grönländer die Dänen zu nennen pflegten, nicht gut Kirschen essen war. Oder wie auch immer die verdammte Metapher lauten mochte in einem Land, in dem es keine Kirschen gab …

Keldsen konnte sich gar nicht beruhigen. Verwirrt sah er zuerst auf seine Armbanduhr und dann auf die Uhr an der Wand, wobei er heftig die Stirn runzelte.

»Ich weiß, wir hatten acht Uhr vereinbart«, sagte Lerby deshalb. »Aber ich bin früh aufgewacht und konnte nicht mehr einschlafen, also …«

»Morgensonne«, sagte die Beamtin, über deren Gesichtszüge nun doch ein Grinsen huschte.

»Genau das.« Lerby nickte. »Und Sie sind …?«

»*Politiassistent* Marie Lynge«, stellte sie sich vor, korrekt mit Amtsbezeichnung – vermutlich hatte Keldsen sie auch diesbezüglich schon vorgewarnt.

»Steht man bei Ihnen nicht auf, wenn man einen vorgesetzten Beamten grüßt?«

Die Polizistin seufzte und erhob sich mit einiger Langsamkeit – den Grund dafür konnte Lerby schon im nächsten Moment deutlich erkennen. Sie war schwanger, im siebten Monat mindestens.

Er nickte ein wenig verlegen, dann kam er um die Theke herum und ging nach hinten zu dem Glaskasten, in dem er den Leiter der Dienststelle vermutete. Dass Keldsen und Lynge sich hinter seinem Rücken Blicke zuwarfen, womöglich auch Grimassen schnitten, nahm er gleichmütig in Kauf. Im Gegenteil, es hatte schon etwas Anheimelndes, erinnerte es ihn doch an seine Dienststelle und die Kollegen zu Hause.

Lerby verzichtete darauf anzuklopfen. Er drückte die Klinke und trat einfach ein.

Das Büro war nicht groß, vielleicht drei Meter im Quadrat. Die beiden Glaswände waren mit Tabellen, Rundschreiben und einem ausladenden Jahreskalender beklebt, sodass man weder groß hinaus- noch hineinsehen konnte. An der Rückwand gab es ein Regal, das bis zur Decke mit Aktenordnern gefüllt war, in der anderen Wand ein Fenster, durch das fahles Morgenlicht fiel. Auf dem Schreibtisch in der Mitte herrschte Chaos – Bücher, Formulare, ein weiß-rotes Grönland-Fähnchen, zwei Tassen mit Resten von kaltem Kaffee und ein Notebook wetteiferten um den begrenzten Platz.

Der Bürostuhl hinter dem Schreibtisch war leer.

»*Politiassistent* Inasson ist heute noch nicht zum Dienst erschienen«, meldete Keldsen, der Lerby hinterhergeeilt war. »Er wird aber bald hier sein.«

»Hm«, machte Lerby nur. Er trat vollends ein, ging hinter den Schreibtisch und zog den Stuhl zurück. Mit einer beiläufigen Geste ließ er seine Tasche von der Schulter gleiten und warf sie darauf.

»Äh – Kommissar?« Keldsens dunkle Augen betrachteten ihn mit einer Mischung aus Überraschung und Entsetzen.

»Das ist von nun an mein Büro«, stellte Lerby klar, während er die Handschuhe auszog und auf die einzige freie Ecke des Tisches legte. »Bitte räumen Sie den Schreibtisch auf und stellen Sie sicher, dass ich hier Internetzugang habe.« Er unterbrach sich, als er den etwas zweifelnden Blick des Polizisten bemerkte. »Internet, Sie wissen schon«, fügte er erläuternd hinzu, »dieses große, weltweite Datennetz, von dem jetzt alle reden …«

Keldsen wusste sichtlich nicht, was er erwidern sollte. »Er macht Witze«, stellte seine Kollegin Lynge fest, die ebenfalls hinzugetreten war. Ihr Dänisch war ebenso flüssig wie seines, aber sie sprach es wie ihre Muttersprache *Kalaallisut*, langsam und leise.

»Wirklich?« Die Zweifel in Keldsens Miene hielten sich hartnäckig.

»Ja, nur ein Witz«, bestätigte Lerby seufzend und zur sichtlichen Erleichterung des jüngeren Kollegen. »Es ist nur so, dass ich hier unbedingt Internet brauche, um mit Kopenhagen in Verbindung zu treten.«

»Kein Problem«, beteuerte Keldsen und reckte sicherheitshalber noch einen Daumen hoch, während Lynge damit begann, die über den Schreibtisch verstreuten Unterlagen und Utensilien einzusammeln.

»Sie wissen beide, warum ich hierhergeschickt wurde, oder?«, erkundigte sich Lerby.

Der Polizist nickte. »Wegen der drei toten Leute«, bestätigte er. Es war eine eigenartige Formulierung. Lerby vermutete den Grund dafür in der Tatsache, dass Dänisch für Keldsen eine Fremdsprache war, dennoch kam es ihm seltsam vor.

»Wegen der drei Morde«, drückte er es auf seine Weise aus und nickte. »Ich muss die Leichname inspizieren. Wo befindet sich das örtliche Kühlhaus?«

Wie zuvor tauschten die beiden Polizisten Blicke.

»Das Kühlhaus«, wiederholte Lerby. »Für die Leichen.«

Die beiden schmunzelten, was er reichlich unpassend fand. Offenbar hatte er schon wieder etwas Komisches gesagt, diesmal allerdings, ohne es zu wollen.

Statt einer Antwort deutete Lynge nur zum Fenster hinaus. Lerby wandte sich um. Das Fenster blickte auf den Parkplatz, der sich hinter der Wache erstreckte. Neben einem weiteren Geländewagen stand dort ein weißes Zelt mit einem roten Kreuz darauf – und ihm wurde klar, was die beiden meinten.

»Natürlich, sowas braucht man hier nicht«, sagte er und blies dabei geräuschvoll durch die Nase. »Das ganze Land ist ein einziges Kühlhaus …«

8

Der harsch gefrorene Schnee knirschte unter seinen Stiefeln, als Lerby den Dienstparkplatz überquerte und zum Zelt ging. Mit klammen Fingern – die Handschuhe hatte er im Büro gelassen – löste er die Knebel, mit denen der Zelteingang verschlossen war, und schlüpfte hinein.

Das Innere war denkbar übersichtlich eingerichtet: Drei Bahren mit leblosen, von blauen Plastikplanen bedeckten Körpern darauf. Zwei Baulampen auf Stativen, die alles in helles Licht tauchten. Und mittendrin, wie eine Erscheinung, eine schlanke Gestalt im beigefarbenen Daunenmantel.

»Wer sind Sie?«

Die Gestalt drehte sich um. Es war eine Frau, etwa in Lerbys Alter und auch ebenso groß wie er, mit blauen Augen und energischem Kinn. Auf Äußerlichkeiten schien sie keinen allzu großen Wert zu legen, ihr blondes, an einigen Stellen bereits von Weiß durchzogenes Haar hatte sie zu einem praktischen Dutt gebunden; sie war ungeschminkt und ihre Wangen waren gerötet von der Kälte. »Dasselbe könnte ich dich fragen«, kam es nicht eben freundlich zurück. »Aber da du hier so ungeniert reinplatzt, nehme ich mal an, dass du der schlaue Kerl bist, den man uns versprochen hat, der Profiler aus Kopenhagen.«

»Kommissar Jens Lerby, Mordkommission«, bestätigte Lerby ein wenig verblüfft. Die Frau sprach Dänisch, aber mit einem etwas anderen Zungenschlag. Schwedisch, nahm Lerby an. Was auch erklärte, warum sie ihn so ungeniert duzte. Auch in Dänemark nahm man es mit der formellen Ansprache nicht so genau, doch gab es zumindest im Dienstverkehr noch gewisse Abstufungen, die sein Gegenüber allerdings nicht zu kümmern schienen. »Und Sie sind?«

»Anna Persson … Dr. Anna Persson, Gerichtsmedizinerin aus Nuuk«, stellte sie sich vor und hielt ihm ungeniert die Hand hin, mit der sie vermutlich noch vor ein paar Augenblicken Leichen untersucht hatte. Lerby widerstand dem Reflex, danach zu greifen.

»Bist einer von den Korrekten, wie?«, fragte sie. »Hier im hohen Norden halten wir es gerne unkompliziert.«

»Sie …« Lerby unterbrach sich. »Du lebst schon lange hier?«

Ihr bleiches Gesicht dehnte sich zu einem Grinsen. »Seit fast zwanzig Jahren. Davor war ich in Lingköping.«

»NFC?«, fragte Lerby.

»Nur dass es damals noch SKL hieß – *Statens Kriminaltekniska Laboratorium*«, erklärte sie.

»Ganz schön qualifiziert«, erkannte Lerby an.

»Was mit anderen Worten bedeutet, dass ich schon eine ganze Menge übles Zeug gesehen habe«, bestätigte die Forensikerin. »Aber das hier«, fügte sie hinzu, in Richtung der drei Bahren deutend, »stellt so ziemlich alles in den Schatten. Hattest du schon Frühstück?«

»Nur Kaffee und ein paar Kekse.«

»Gut.«

Sie wandte sich nach einem Hocker um, auf dem die Kiste mit ihren Utensilien stand, und nahm Latexhandschuhe heraus, die sie sich überstreifte.

»Bereit?«, fragte sie dann.

Lerby nickte – so bereit man eben um sieben Uhr morgens für so etwas sein konnte. So bereit man *überhaupt* jemals für so etwas sein konnte.

Persson trat an die erste Bahre und schlug die Plane zurück. Es war der Leichnam eines jungen Mannes, und obwohl er bereits von Blut und Verunreinigungen gesäubert worden war, war der Anblick niederschmetternd. Die Fotos aus der Fallakte, die noch am Tatort aufgenommen worden waren, hatten Übles erahnen lassen, doch die Wirklichkeit war noch um vieles schlimmer. Zusammen mit dem Blut und dem Schmutz schien auch das Gesicht des Toten verschwunden zu sein. Und noch manches mehr …

»Kein schöner Anblick«, sagte Persson mit Gleichmut in der Stimme. »Bei allen drei Opfern ist der Tod durch Perforation lebenswichtiger Organe oder Gefäße und den daraus resultierenden Blutverlust eingetreten. Nummer eins weist zwei solcher Wunden auf, verursacht von einem konisch geformten Gegenstand von etwa vierzig Zentimetern Länge und wenigstens fünf Zentimetern Durchmesser.«

»Konisch?«, hakte Lerby nach.

»Von einem scharfen oder spitzen Tatwerkzeug zu sprechen wäre angesichts der Art der Verwundungen nicht zutreffend«, erläuterte die Pathologin. »Sehen Sie diese Verletzungen hier um die Wundränder? Ein spitzes Objekt wäre eingedrungen, ohne das umliegende Gewebe derart zu beschädigen. Das lässt nur den Schluss zu, dass es sich um einen vergleichsweise stumpfen Gegenstand gehandelt hat – die Perforation von Haut und Gewebe kam nur zustande, weil er offenbar mit beträchtlicher Wucht eingedrungen ist. Das Opfer wurde zweimal getroffen, einmal im Gesicht, wobei Maxilla und Nasenbein zertrümmert und durchschlagen wurden. Die stumpfe Spitze ist anschließend am Hinterkopf wieder ausgetreten.«

Lerby verzog keine Miene. Er sah das getrocknete Blut im Inneren der Wunde, die wie ein Krater im Gesicht des Toten klaffte, und die im grellen Licht glänzenden Reste dessen, was einmal ein menschliches Gehirn gewesen sein musste. Am Anfang seiner beruflichen Laufbahn hatte ein Anblick wie dieser ihn bis ins Mark erschüttert und seinen Magen bisweilen rebellieren lassen. Doch Lerby hatte sich eine zuverlässige Rüstung zugelegt, eine dienstliche Routine, die verhinderte, dass ihm das Grauen zu nahe kam oder Emotionen von ihm Besitz ergriffen. Das konnte er gut – so gut, dass es ihm zur zweiten Natur geworden war. In sämtlichen Lebensbereichen …

»Dann war das wohl der zweite Hieb«, folgerte er mit einem Augenrollen. »Wäre es der erste gewesen, hätte der Täter wohl kein zweites Mal zuschlagen müssen.«

»Der andere Hieb war nicht weniger tödlich – er ist unterhalb des Schlüsselbeins eingedrungen und hat die Aorta subclavia zerfetzt. Der gewaltige Blutverlust dürfte zu sofortigem Herzstillstand geführt haben.«

Lerby nickte – das passte zu den Bildern, die er vom Tatort gesehen hatte. »Die Frage bleibt bestehen: Warum noch ein zweiter Hieb, wenn der erste bereits mit derart mörderischer Wirkung ausgeführt wurde?«

»Sag du es mir, du bist der Analytiker von uns beiden.« Persson trat an die zwei anderen Bahren und zog die Planen ebenfalls zurück.

Die leblos bleichen Körper zweier weiterer Männer lagen darauf. Auf den Fotos vom Tatort hatte Lerby sie schon gesehen, doch erst in diesem Augenblick wurden sie für ihn wirklich und greifbar. Das eine Opfer mochte etwa im Alter des ersten sein, das andere war älter. Genau wie der erste Leichnam wiesen auch diese beiden klaffende Wunden auf, die mit zerstörerischer Wut in ihre Körper getrieben worden waren. Nur waren es diesmal noch viel mehr.

»Opfer Nummer zwei zählt insgesamt fünf Stichwunden, bei Nummer drei sind es acht.«

Im hellen Licht der Baulampen nahm Lerby die beiden Leichen in Augenschein. Womit hatten sie es hier zu tun? Mit einer Art von Furor? Bisweilen kam es vor, dass sich Mörder beim Verüben ihrer Bluttat in einen regelrechten Rausch steigerten und ihr Opfer nicht nur töten, sondern es vollständig zerstören wollten. Dann ging es ihnen darum, es nicht nur seines Lebens, sondern seiner Menschlichkeit zu berauben – der Zustand der beiden leblosen

Körper ließ durchaus so etwas vermuten. Zumal auch ihre Gesichter grausam entstellt worden waren; bei dem einen Leichnam waren das linke Auge und der Hals durchbohrt, beim anderen die Schädeldecke, sodass ein großes dunkles Loch darin klaffte. Fetzen von zerrissenem Gewebe umlagerten die Ränder der von Blut gereinigten Wunden und offenbarten die barbarische Gewalt, mit der der Angriff erfolgt sein musste.

Und das war nicht die einzige Gemeinsamkeit …

»Fällt dir etwas auf?«, fragte Persson.

»Es sieht … fast wie ein Muster aus«, stellte Lerby fest. »Die Abstände zwischen jeweils zwei Einstichen scheinen ähnlich zu sein.«

»Nicht nur ähnlich, sie sind gleich«, eröffnete Persson, »ziemlich exakt zweiundzwanzig Zentimeter, ausgehend von den angenommenen Punkten des Fremdkörpereintritts. Zudem lassen die Wunden auch auf einen ähnlichen Eintrittswinkel sowie auf identische Krafteinwirkung schließen.«

»Und das bedeutet?«

»Dass sie paarweise entstanden sind – mit Ausnahme des perforierten Schädels. Dafür habe ich eine vergleichsweise leichte Verletzung an der linken Schulter entdeckt. So konnte ich auf die ungefähre Länge des Tatwerkzeugs schließen.«

Lerby schnaubte. Dr. Persson hatte zweifellos Recht, jeweils zwei der Wunden wirkten wie Wiederholungen ihrer selbst und waren fraglos gleichzeitig entstanden. Den einen der beiden Männer hatte es zweimal im Unterbauch erwischt, bei dem anderen waren sie über den gesamten Rumpf verteilt. Sein Herz musste dabei regelrecht gepfählt worden sein.

»Irgendeine Ahnung, was sowas angerichtet haben könnte?«, fragte Lerby. »Die Wucht des Aufpralls muss ungeheuer gewesen sein, die Tatwaffe entsprechend schwer …«

»Allerdings – was auch vermuten lässt, dass wir es mit einem männlichen und wohl auch ziemlich kräftigen Täter zu tun haben.

Worum es sich bei dem Tatwerkzeug genau gehandelt hat, kann ich dir nicht sagen … zugespitzte Holzpfähle womöglich, vielleicht irgendein Gebrauchsgegenstand, eine Art Rechen.«

»Mit zwei Zinken?« Lerby hob die Brauen.

»Vielleicht auch eine Keule oder sowas, was weiß ich? Deine Vermutung ist im Augenblick so gut wie meine.«

»Wann werden wir mehr wissen?«

»Ich habe an den Wunden Gewebeproben entnommen. Möglicherweise finden sich darin Spuren, die Rückschlüsse auf die Tatwaffe zulassen. Aber hier in Illokarfiq fehlen mir die Möglichkeiten für eine genaue Analyse. Ich habe die Proben per Kurier zu meinem Kollegen nach Nuuk geschickt. In ein paar Tagen sollten wir von ihm hören.«

Lerby nickte, während er seinen Blick von einem toten Körper zum anderen schweifen ließ. »Und wenn es sich um Bisswunden oder so etwas handelt?«, überlegte er. »Kannst du einen Vorfall mit einem Raubtier kategorisch ausschließen?«

»Absolut. Die einzigen Raubtiere, mit denen es hier ab und zu Ärger gibt, sind Eisbären. Normalerweise jagen die von schwimmenden Eisschollen aus, doch im Zuge der Klimaerwärmung gibt es davon immer weniger. Also treibt sie der Hunger in die Siedlungen.«

»Schon mal ein Opfer einer Eisbärenattacke gesehen?«

»Mehrere – und die sehen nicht so aus«, erwiderte Persson, auf ihre drei leblosen Schützlinge deutend. »Ganz abgesehen davon, dass ein ausgehungerter Eisbär nicht drei Menschen zu Tode beißen und seine Beute dann achtlos liegenlassen würde. Und da es keinen nennenswerten Gewebeverlust gibt …«

»Punkt für dich«, gab Lerby zu.

»Dies hier«, fügte die Pathologin mit einem sardonischen Lächeln hinzu, »ist ganz zweifellos nicht das Werk eines Raubtiers, sondern einer intelligenten und durch und durch zivilisierten Kreatur.«

Lerby schnitt eine Grimasse. »Hat diese zivilisierte Kreatur Spuren am Tatort hinterlassen? Im Polizeibericht finden sich dazu kaum Angaben.«

»Weil es nicht viel zu berichten gibt. Es wurden raue Mengen an Spuren der Opfer gefunden – Fährten im Schnee und natürlich jede Menge Blut. Die Wände der Hütte waren förmlich damit gestrichen. Aber nicht ein einziger Hinweis auf den oder die Täter.«

Lerby sah Persson prüfend an. Er war nicht sicher, was ihm die beherzte Schwedin damit sagen wollte, aber ihm war aufgefallen, dass der Polizeibericht an dieser Stelle seltsam schwammig geworden war, so als ob der Beamte, der ihn verfasst hatte, sich um eine konkrete Formulierung gedrückt hätte.

»Bist du selbst am Tatort gewesen?«

»Natürlich. Ich wurde sofort nach dem Auffinden der Leichen hinzugezogen und war bei der Beweisaufnahme vor Ort. Die Kollegen hier sind das ziemlich professionell angegangen.«

»Professionell …«, echote Lerby und bedachte sie mit einem Blick, der nicht nur das Zelt und die darin aufgebahrten Leichen, sondern auch die Polizeiwache und eigentlich ganz Illokarfiq meinte.

»So professionell es eben geht«, schränkte sie ein.

»Im Bericht stand, die Untersuchungen zum Tathergang dauerten noch an …«

Persson nickte. »Inzwischen kann ich ausschließen, dass es einen Kampf gegeben hat. Jedenfalls gibt es keine Merkmale, die darauf hindeuten – keine Schürfungen oder Schnitte an den Armen, auch keine gebrochenen Gliedmaßen. Außerdem hat die Untersuchung ergeben, dass die beiden jüngeren Mordopfer zum Tatzeitpunkt sturzbetrunken waren. Hatten sich wohl in diese Hütte zurückgezogen, um zu bechern. Wir haben auch zwei fast leere Schnapsflaschen gefunden.«

»Sonst ein Hinweis auf Drogen?«, fragte Lerby.

»Nein. Das Zeug, mit dem sich die jungen Leute in Europa wegballern, ist hier im Norden nicht das Problem. Hier hängt man noch ganz altmodisch an der Flasche.«

»Hab ich gemerkt«, versicherte Lerby eingedenk des Betrunkenen, der Keldsen am Heliport fast vors Auto gelaufen wäre. Und natürlich der gut sortierten Spirituosenabteilung im Supermarkt ...

»An jedem Ersten des Monats, wenn die Leute ihre Stütze vom Staat kriegen, bilden sich Schlangen vor den Geschäften«, erklärte Persson. »Und nicht, um Lakritz zu kaufen.«

Lerby nickte. »Konnte man die Identität der beiden jüngeren Mordopfer inzwischen ermitteln?«

»Nein, noch immer nicht. Die beiden scheinen nicht aus der Gegend zu stammen, und es wurden auch keine Papiere bei den Leichen gefunden.«

»Hat der Täter sie mitgenommen?«

»Oder sie hatten gar keine, was auch nicht ungewöhnlich wäre. Wir wissen nur, dass sie am Tag vor ihrer Ermordung noch hier im Ort gesehen wurden, als sie den Schnaps kauften, den sie dann getrunken haben. Waren mit einem Boot hier, das allerdings spurlos verschwunden ist.«

»Und der andere Mann?« Lerby trat zu dem Mordopfer, dessen Kopf und Unterleib durchbohrt worden waren. Der Gesichtsausdruck, der im wahrsten Sinn des Wortes auf den Zügen des Toten eingefroren war, schien noch immer blankes Entsetzen auszudrücken, der Mund war zu einem lautlosen Schrei geöffnet.

Persson griff wieder in ihre Wundertüte und beförderte diesmal ein kleines Notebook zutage, das sie aufklappte und anschaltete. Der Bildschirm sprang zwar an, blieb aber seltsam fleckig. »Verdammte Kälte«, knurrte sie und rüttelte daran, worauf sich die Flecke ein wenig verlagerten. Dann las sie vor: »Natuk Olsen, 38 Jahre alt und hier aus Illokarfiq stammend. Er arbeitete unten am Hafen als Tankwart.«

»Kannte er die beiden?«

»Lässt sich nicht sagen. Aber wie's aussieht, war er nicht bei der Party dabei. Jedenfalls fand sich in seinem Blut kein Alkohol.«

»Was hatte er dann da draußen zu suchen?«

»Seine Kollegen an der Tankstelle haben ausgesagt, dass er sich für die traditionelle Jagd begeisterte – Robben, du weißt schon. Er hatte noch eins von diesen Kajaks, die man heute eigentlich nur im Museum zu sehen bekommt, wie früher aus Knochen und Robbenhaut gebaut. Mit dem zog er ab und zu los. Auf den Spuren seiner Vorfahren ...«

»... ohne zu ahnen, dass er ihnen schon bald begegnen würde«, fügte Lerby trocken hinzu. Im Polizeibericht hatte die Fotografie von einem Leichnam gesteckt, der auf der Türschwelle der Hütte gelegen hatte, halb drin und halb draußen. Ein Mann in traditioneller Inuit-Kleidung, die über und über mit Blut besudelt gewesen war.

Das also war Natuk Olsen.

Lerby griff nach der Plane und deckte den Leichnam wieder zu.

»Du hast mich noch nicht nach dem Todeszeitpunkt gefragt«, stellte Anna Persson fest.

»Weil es wenig Sinn hätte in einer Gegend, die eine verdammte Tiefkühltruhe ist. Wenn eines der Opfer auf der Schwelle liegend aufgefunden wurde, muss das bedeuten, dass die Tür die ganze Zeit über sperrangelweit offenstand.«

»Volle Punktzahl.« Persson grinste schief. »Tatsächlich macht die Kälte die Feststellung des genauen Todeszeitpunkts unmöglich, sodass wir uns nach Indizien richten müssen.«

»Wie dem Besuch der beiden späteren Mordopfer im örtlichen Supermarkt.«

»Das war vor drei Tagen«, bestätigte die Schwedin.

»Und wann ist Olsen zu seinem Ausflug mit dem Kanu aufgebrochen?«, fragte Lerby.

»Vorgestern Morgen«, sagte eine Stimme hinter ihm. »Und es heißt *qajaq.*«

Lerby fuhr herum.

Ein Mann war ins Zelt getreten. Für einen Grönländer war er ungewöhnlich groß und von schlanker, sehniger Gestalt. Die Abzeichen seiner dunkelblauen Uniform wiesen ihn als *Politiassistent af 1. grad* aus, was Lerby zu dem Schluss veranlasste, dass er das Vergnügen mit Polizeihauptmeister Ejnari Inasson hatte. Der Leiter der Wache von Illokarfiq war inzwischen also zum Dienst erschienen …

»Wer in aller Welt gibt Ihnen das Recht, mein Büro zu beschlagnahmen?«, erkundigte sich der Mann, dessen Alter Lerby auf Mitte vierzig schätzte. Sein Dänisch war akzentbehaftet, aber nicht jenes halblaute Wispern, das Lerby von anderen Inuit gehört hatte, sondern im Vergleich dazu ein wahrer Donnerhall. Dunkle Augen glommen wie Kohlen in seinem Gesicht, die hageren Gesichtszüge wirkten wenn nicht wütend, so doch angespannt. Das schwarzgraue Haar war zu einem militärischen Bürstenschnitt getrimmt.

»Politiassistent Inasson?«, fragte Lerby nur.

»Genau der«, bestätigte der Uniformierte, hinter dem jetzt auch Keldsen auftauchte, der einen nervösen bis bestürzten Ausdruck im Gesicht trug. »Ich komme zur Arbeit, und meine Leute sagen mir, dass ich kein Büro mehr habe. Was soll der Mist?«

»Mein Name ist Lerby. Kommissar Lerby, Fallanalytiker der Mordkommission Kopenhagen.«

»Ich weiß, wer Sie sind. Ich lese meine E-Mails.«

»Dann wissen Sie auch, dass ich von jetzt an die Ermittlungen in diesem Fall leite.«

»Sie können leiten, was Sie wollen – aber nicht von meinem Büro aus.«

»Ich fürchte, da irren Sie sich.« Lerby schürzte die Lippen, dann trat er auf den anderen zu. »Wenn Sie nicht nur die Mail gelesen hätten, sondern auch das Kleingedruckte im Anhang«, fügte er ruhig hinzu, »dann wüssten Sie, dass ich als Profiler des *Politigården* mit umfangreichen Befugnissen ausgestattet bin. Dazu gehört auch, mir für die Dauer meiner Ermittlungen hier einen den Anforderungen entsprechenden Arbeitsplatz anzueignen.«

»Und mein Büro entspricht Ihren Anforderungen?« Das Glühen in Inassons Kohleaugen schien an Intensität noch zuzunehmen. »Ich bin geschmeichelt.«

»In der Tat«, konterte Lerby und hielt seinem Blick stand. »Sobald jemand das Chaos auf dem Schreibtisch beseitigt und ordentlich Staub gewischt hat.«

Inasson starrte ihn an.

Die Brust des Polizisten, der nicht nur einen halben Kopf größer war als Lerby, sondern fraglos auch kräftiger, hob und senkte sich unter heftigen Atemzügen. Für einen Moment hatte es den Anschein, als wollte er handgreiflich werden – da sagte Persson etwas auf Grönländisch, und im nächsten Moment brach der eben noch so angespannte Inuk in schallendes Gelächter aus. Mehr noch, Inasson streckte einen langen Arm aus und klopfte Lerby ermunternd auf die Schulter. Auch Keldsen wirkte plötzlich wieder entspannt.

»Ich verstehe«, meinte Inasson mit seiner Donnerstimme. »Habe ich mir gleich gedacht. Kein Problem – Sie können mein Büro haben.«

»Da-danke«, sagte Lerby einigermaßen verblüfft. Sein fragender Blick ging zu Persson, aber die zuckte nur mit den Schultern.

»Brauchen Sie noch weitere Unterstützung?«, erkundigte sich Inasson. Lerby versuchte zu ergründen, ob aus seinen Worten eine gewisse Ironie herauszuhören war, aber soweit er es sagen konnte, war das nicht der Fall.

»Ja«, bestätigte er deshalb. »Wir müssen herausfinden, wer diese beiden jungen Männer waren und ob eine Beziehung zu dem dritten Mordopfer bestand. Ich möchte, dass Sie die Stadt mit Flugblättern pflastern.«

»Und was sollen wir darauf drucken?«, wandte der Grönländer berechtigterweise ein. »Porträts der zertrümmerten Visagen?«

»Ich werde beim Erkennungsdienst in Kopenhagen Phantombilder erstellen lassen.«

»Das wird nichts bringen«, wandte Inasson ein, »die beiden sind ...«

»Ich will keinen Widerspruch, ich will Aktion«, stellte Lerby klar. »Lassen Sie mich wissen, wenn die Steckbriefe fertig sind. Ein paar davon werde ich selbst verteilen, um mit den Leuten zu reden.«

»Na klar«, bestätigte der Dienststellenleiter mit einem leisen Seufzen.

»Außerdem würde ich gerne den Tatort besuchen.«

»Wozu? Die Spurensicherung ist abgeschlossen, die Kollegin aus Nuuk hat ihren Job gemacht«, erwiderte Inasson, auf Dr. Persson deutend.

»Das stimmt«, pflichtete diese bei.

»Und mein Job ist es, mir einen genauen Überblick des Tathergangs zu verschaffen«, konterte Lerby. »Und das kann ich nur vor Ort. Veranlassen Sie also bitte alles Notwendige, damit wir so rasch wie möglich aufbrechen können«, fügte er hinzu, worauf der Dienststellenleiter und sein Untergebener das Zelt verließen und nur Lerby und Persson zurückblieben.

»War das nötig?«, fragte die Schwedin.

Lerby blieb eine Antwort schuldig. »Was hast du vorhin zu ihm gesagt?«, wollte er stattdessen wissen.

»Dass du nur einen Witz gemacht hast mit dem Staub wischen.«

Lerby hob eine Braue. »Hab ich nicht.«

»Ich weiß«, versicherte Persson, »und er wusste es vermutlich auch. Aber es hat euch beiden eine Möglichkeit eröffnet, ohne einen Streit oder Gesichtsverlust aus dieser Sache herauszukommen – und Inasson hat sie genutzt.«

»Verstehe«, sagte Lerby nur, auch wenn er sich nicht wirklich sicher war, ob er verstand.

»Du bist nicht mehr zu Hause, mein Freund«, fügte die Forensikerin hinzu und schickte ihm ein Zwinkern. »Du weißt doch, wie es heißt – andere Länder, andere Sitten. Bist du in Rom …«

9

»… mach's wie die Römer«, hallte Anna Perssons Ratschlag noch wie ein vielfaches Echo in Lerbys Bewusstsein nach, während er im Heck des kleinen Motorboots saß, das Polizeimeister Keldsen mit großem Geschick zwischen den Eisschollen hindurch manövrierte. In seinem blauen Parka, die Schirmmütze tief ins Gesicht gezogen, stand er aufrecht am Steuer, während Lerby frierend auf der Achterducht kauerte und sich hinter den Spritzschutz aus Plexiglas duckte wie ein Soldat unter schwerem Beschuss.

Er versuchte ehrlich, zu verstehen, was Persson ihm damit hatte sagen wollen, aber so ganz klar wurde es ihm nicht. Die Forensikerin lebte seit fast zwanzig Jahren in Grönland, er war noch nicht einmal vierundzwanzig Stunden hier; sie war mit den Eigenheiten der Einheimischen und der hiesigen Mentalität bestens vertraut, während er das undurchschaubare, in seinen Augen auch völlig unberechenbare Wesen dieser Menschen wohl niemals begreifen würde. Eigentlich wollte er das auch gar nicht. Überhaupt, wie sollte er eine ihm so fremde Mentalität verstehen, wenn er nicht einmal seine eigene Frau verstand? Doch wenn er auch nicht gerne hier war und seine Versetzung eine Strafe darstellte – seine dienstliche Neugier war geweckt und mit ihr auch sein Jagdinstinkt.

Lerby wollte diesen Mordfall lösen.

Er wollte herausfinden, was genau sich in jener einsamen Jagdhütte zugetragen hatte und wer für den grausamen Dreifachmord Verantwortung trug. Vielleicht, sagte er sich, ließ sich so zumindest ein wenig Ordnung in das um sich greifende Chaos bringen …

Das Röhren des Motors wurde leiser, als Keldsen die Geschwindigkeit verringerte. Vom Packeis aus, das dem Hafen von

Illokarfiq vorgelagert war, waren sie in See gestochen und hatten die weite Bucht durchquert, um dann dem Verlauf der zerklüfteten Küste nach Norden zu folgen. Da der Frühling nahte und die Tage spürbar länger wurden, schmolz das Eis bereits und zerbrach in kleinere Schollen, die nun die Küstenlinie säumten und ein wahres Labyrinth bildeten, das Wind und Strömung beständig veränderten. Das Gewirr der im Wasser treibenden, teils bizarren Formationen bot einen eindrucksvollen Anblick, wozu auch die unterschiedliche Färbung des Wassers beitrug: In unmittelbarer Nähe der kleinen Eisberge war die See nicht dunkelblau, sondern türkisfarben und durchsichtig, sodass man das weit in die Tiefe reichende Eis erkennen konnte. Die alte Weisheit, dass von einem Eisberg stets nur die Spitze zu sehen war, kam Lerby unwillkürlich in den Sinn, und er sagte sich, dass sich Menschen und Eisberge in dieser Hinsicht nicht so unähnlich waren. Er fuhr herum, als es neben ihm markig knackte. Keldsen lachte in freundlichem Spott.

»Keine Sorge, das ist nur das Eis«, versicherte er. »Je wärmer es wird, desto mehr Risse und Sprünge bilden sich darin, und das hört man.«

»Und hier ist Olsen in seinem Kajak langgekommen?«, fragte Lerby. Schon an Bord eines Motorboots war die Gefahr, sich im Eis festzufahren oder zwischen größeren Brocken zermalmt zu werden, nicht unbeträchtlich – wie es sich anfühlte, hier in einer drei Meter kurzen Nussschale aus Tierhaut und -knochen zu sitzen, mochte er sich gar nicht ausmalen.

Keldsen nickte. »Das ist kein Problem. Olsens Vater war Jäger und hat ihm alles beigebracht. Jäger spüren, was mit dem Eis passiert, noch bevor es passiert. Sie riechen es.«

Lerby schürzte anerkennend die Lippen, auch wenn es ihm reichlich unwahrscheinlich vorkam. »Können Sie das auch?«

»Nein«, gab der Polizist unumwunden zu. »Aber wenn wir uns im Eis festfahren, klettern wir auf die nächste Scholle und fordern über Funk Hilfe bei der Zentrale an.«

»Sehr beruhigend.« Lerby nickte wieder. Allerdings war, Inasson um Hilfe zu bitten, so ziemlich das Letzte, was er heute noch tun wollte …

Keldsen drosselte das Tempo abermals. Das Motorgeräusch ging in ein leises Tuckern über, kleine graue Abgaswolken stiegen auf. »Wir sind fast da«, erklärte der junge Polizist dazu. Seine Stimme klang plötzlich gepresst, und Lerby ahnte, woran das liegen mochte.

»In dem Bericht, den ich bekommen habe, steht, dass Sie der erste waren, der am Tatort eintraf …«

Keldsen nickte, während er starr geradeaus blickte. Lerby hatte schon oft genug in diese unbewegten, scheinbar ausdruckslosen Mienen geblickt, um zu wissen, dass sie stets zu Menschen gehörten, die Grauenvolles gesehen hatten und nicht darüber sprechen wollten. Die Gesichter mochten ohne Regung bleiben, doch die Augen spiegelten das Grauen noch lange wider – manchmal auch für immer.

»Es ist nicht gut, noch einmal hinzufahren«, meinte der Grönländer. Angesichts seiner sonst eher unterwürfigen Haltung musste es ihm schwergefallen sein, das zu sagen.

»Warum nicht?«, fragte Lerby.

Keldsen erwiderte nichts, sondern kniff die Lippen zusammen, so als wollte er sich selbst daran hindern, zu sprechen. Lerbys dienstliches Misstrauen, das ihm irgendwann zur zweiten Natur geworden war, erwachte. Er erinnerte sich, dass es auch im Gespräch mit Anna Persson einen Moment gegeben hatte, in dem sie entgegen ihres sonst so mitteilsamen und hemdsärmeligen Wesens für einen Augenblick wortkarg geworden war.

»Hat es etwas mit den Spuren zu tun, die am Tatort gefunden wurden?«, erkundigte er sich deshalb.

Keldsen sandte ihm einen kurzen, nervösen Blick über die Schulter. »Es ist nicht gut, über diese Dinge zu sprechen«, sagte er prompt. »Sie sollten sie ruhen lassen.«

»Das kann ich nicht. Ich bin Polizeibeamter und habe einen Auftrag zu erfüllen – genau wie Sie.«

Der Polizist nickte, aber es war ihm anzusehen, dass er lieber widersprochen hätte. Mit langsamer Fahrt war das Boot an einer Eisscholle entlanggeglitten, die so ausgespült war, dass sie ein natürliches Dach bildete, das im fahlen Tageslicht in allen Blauschattierungen schimmerte und einen seltsam unwirklichen Schein verbreitete. Jenseits der Scholle tat sich eine kleine Bucht auf, dort steuerte Keldsen das Boot ans Ufer und stellte den Motor ab. Während er es am Eis festmachte, murmelte er leise vor sich hin.

»*Qanoq*?«, fragte Lerby.

Keldsen zuckte zusammen. »Sie sprechen unsere Sprache?«

»Nur ein wenig«, versicherte Lerby – tatsächlich hatte er die meisten Wörter, die er bei seinem letzten Aufenthalt in Grönland aufgeschnappt hatte, längst wieder vergessen. An dieses eine, das schlicht »Wie bitte?« bedeutete, erinnerte er sich vermutlich nur, weil er es damals so häufig benutzt hatte.

»Es ist nichts«, versicherte Keldsen fast erleichtert und machte eine wegwerfende Handbewegung. »Ich war nur in Gedanken.«

Er benutzte einen Eispickel dazu, ein paar Stufen in die rund zwei Meter hohe Wand zu schlagen, an der er das Boot vertäut hatte. Dann stieg er hinauf und bedeutete Lerby, ihm zu folgen.

Lerby war einigermaßen froh, das Boot zu verlassen und wieder festen Boden unter die Füße zu bekommen – so fest gefrorenes Wasser eben sein konnte. Allerdings fühlten Schnee und Eis sich völlig anders an, als er es vom Skiurlaub her kannte oder von den paar Flocken, die ab und zu in Kopenhagen fielen. Der Schnee war harsch und rau, das darunter liegende Eis erinnerte an massiven Beton, so als wollte es niemals wieder schmelzen. Und doch war der Widerstreit der Elemente, von Wasser, Wind, Sonne und Eis ein Schauspiel, das hier in steter Wiederkehr jedes Frühjahr stattfand.

Keldsens helfende Hand streckte sich ihm entgegen, die er jedoch nicht ergriff. Sportlicher Ehrgeiz, der ihm selbst ein wenig kindisch vorkam, redete ihm ein, dass er das Eis aus eigener Kraft erklimmen musste. Auf allen Vieren kam er oben an und richtete sich auf.

Einmal mehr bot sich ein beeindruckender Anblick: eine makellos weiße Fläche, auf der vor dem Hintergrund einer sich steil erhebenden Felswand eine einsame Hütte stand. Im Grunde war es noch nicht einmal eine wirkliche Behausung, sondern ein alter Handelscontainer, den man dazu umfunktioniert hatte.

»Worauf warten wir?«, drängte Lerby und zog los. Er war dankbar für die Schneebrille, die er trug; das gleißende Weiß hätte sonst in den Augen geschmerzt. Keldsen schien eines solchen Schutzes nicht zu bedürfen, seine Augen waren den Lichtverhältnissen angepasst, und der Schirm seiner Dienstmütze genügte ihm. Zudem schienen ihn andere Sorgen zu plagen, denn er sprach wiederum leise vor sich hin.

Grönländisch …

»Schon wieder in Gedanken?« Lerby schickte ihm einen Seitenblick.

Keldsen verstummte wieder, hatte nun aber offenbar das Gefühl, eine Erklärung schuldig zu sein. »Nur ein Gebet«, sagte er lakonisch.

»Sind Sie religiös?«, fragte Lerby direkt. Die meisten Inuit gehörten der evangelischen Kirche an, was noch auf die Missionare zurückging, die ab dem frühen achtzehnten Jahrhundert in Grönland gewirkt hatten. In so ziemlich jedem Dorf gab es zumindest eine kleine Kirche.

»Nicht diese Art von Gebet«, erwiderte der Jüngere. Er wirkte unangenehm berührt, und Lerby fragte nicht weiter nach, zumal sie nun bei der Hütte anlangten.

Nach Spuren im Schnee brauchte er jetzt natürlich nicht mehr zu suchen – die zahlreichen Polizisten, die hier herumgetrampelt waren, dazu noch der Wind und der frisch gefallene Schnee, hatten sie längst beseitigt. Allerdings waren vor dem Eingang noch Flecken zu sehen, die rosarot schimmerten. Die Tür selbst war mit einem Vorhängeschloss gesichert und durch eine Banderole der Polizei versiegelt worden, die den Ort als Schauplatz eines Verbrechens kennzeichnete.

Lerby wollte das Siegel aufbrechen, doch Keldsen berührte ihn am Oberarm, so als wollte er ihn zurückhalten.

»Vorsicht«, mahnte er.

Lerby wusste mit der Warnung nichts anzufangen, hatte keine Ahnung, worauf sie sich beziehen oder wovor er sich in Acht nehmen sollte. Nur eines konnte er deutlich sehen: dass die Sorge des jungen Polizisten echt war. Ebenso wie die Furcht in seinen dunklen Augen.

Lerby nickte, um seine Ruhe zu haben, dann trat er vor die Tür, brach das Siegel und zückte den Schlüssel, den Inasson ihm mitgegeben hatte. Das Schloss war eingefroren, sie mussten ein Feuerzeug zur Hilfe nehmen, um es aufzutauen. Dann endlich sprang der Mechanismus auf, und die Tür war offen.

Lerby schob die Schneebrille auf seine Stirn, dann drückte er die Tür ins dunkle Innere der Hütte.

»Licht«, verlangte er.

Keldsen pflückte die Taschenlampe von seinem Ausrüstungsgürtel und reichte sie ihm. Lerby knipste sie an und ließ ihren Lichtkegel durch die Behausung schweifen, über Boden und Wände. Ohne die Kälte wäre der Gestank wohl kaum auszuhalten gewesen. Altes, verunreinigtes Blut, zumal in dieser Menge, pflegt einen penetranten Geruch zu entwickeln, der Lerby in jungen Jahren öfter an die Grenze zur Übelkeit gebracht hatte. Unter diesen besonderen Bedingungen jedoch war alles konserviert worden; eingefroren in einem Zustand, der noch ziemlich genau dem entsprach, der auf den am Tatort gemachten Fotos dokumentiert worden war. Doch wie zuvor bei den Leichen wurde die grausame Realität des Falls erst in diesem Moment für Lerby wirklich fassbar. Vielleicht war das sogar der Hauptgrund dafür gewesen, dass er den Tatort unbedingt selbst hatte besuchen wollen.

Wer immer den Tod der drei Männer zu verantworten hatte, er hatte ein wahres Massaker angerichtet. Mehr noch, das Blut der Opfer war nicht allein aufgrund der Gewalteinwirkung an die Wände gelangt; nach der Mordtat hatte es dem oder den Tätern gefallen, ihre Hände in den noch warmen Lebenssaft zu tauchen und die Wände damit zu beschmieren, wie Maler, die ein abstraktes Kunstwerk zu schaffen trachteten.

Doch warum gerade hier? Warum zu diesem Zeitpunkt? Und warum waren gerade diese drei zu Opfern geworden?

Lerbys Aufgabe als Fallanalytiker bestand darin, Antworten auf all diese Fragen zu finden und gegebenenfalls ein Profil derjenigen Person zu erstellen, die die Tat begangen hatte. Es zeichnete sich jetzt schon ab, dass dies unter den gegebenen Voraussetzungen alles andere als einfach werden würde.

Auf dem metallenen Boden der Behausung sowie dem Feldbett, das in einer Ecke stand und nicht weniger besudelt war als der Rest der Kammer, hatte man Markierungen angebracht, die Aufschluss darüber gaben, wo und in welcher Position die Leichen aufgefunden worden waren. Auf seinem Smartphone hatte Lerby die Bilder aus dem Polizeibericht gespeichert. Er rief sie auf und verglich sie mit den Gegebenheiten vor Ort.

Eines der Mordopfer hatte man auf dem Feldbett aufgefunden, das andere vor dem Ofen. Olsen, der Jäger, hatte in der offenen Tür gelegen.

Lerby nahm an, dass die beiden jungen Männer zuerst gestorben waren. Wenigstens einer von ihnen hatte wohl auf dem Bett gesessen, vielleicht hatten sie sich gerade unterhalten, als das Verderben über sie hereingebrochen war. Es sprach alles dafür, dass der Angriff sie völlig überrumpelt hatte, denn Hinweise darauf, dass die beiden sich zur Wehr gesetzt hätten, hatte Persson nicht gefunden. Ganz abgesehen davon, dass sie in volltrunkenem Zustand wohl auch kaum dazu in der Lage gewesen wären. Der Tod hatte sie unerwartet ereilt und mit derartiger Wucht, dass sie ihm nichts entgegenzusetzen hatten. Doch wie passte Olson in dieses Bild?

Warum war er hier aufgetaucht?

Hatte er die beiden jüngeren Männer doch gekannt?

Was mochte es sein, dass die drei miteinander verband, sodass sie hier zusammen gestorben waren? Oder hatte Anna Persson Recht, und der Freizeitjäger war nur zur falschen Zeit am falschen Ort aufgetaucht? Es wäre ein seltsamer Zufall gewesen, und natürlich war Lerby im Lauf seiner Dienstzeit einigen wirklich merkwürdigen Zufällen begegnet. Doch in diesem Fall wollte er nicht recht daran glauben. Sein Instinkt riet ihm davon ab.

Er sah zu Keldsen, der nicht eingetreten, sondern respektvoll und gesenkten Hauptes vor der Tür geblieben war. Sein Mienenspiel verriet, dass er die Schrecken, die hier vor zwei Tagen auf ihn gelauert hatten, gerade noch einmal durchlebte …

»Das erste Mal?«, fragte Lerby.

Der junge Polizist nickte nur.

»Es ist immer beschissen«, gab Lerby mitleidlos bekannt, »aber das erste Mal ganz besonders.«

»Kann … man etwas dagegen tun?«

»Sich eine Rüstung zulegen.«

»Und das hilft?«

»Natürlich«, bestätigte Lerby nickend. »Es ist wie mit jeder guten Rüstung – sobald du sie trägst, spürst du nichts mehr.«

Er wandte sich ab und schritt im Lichtschein der Lampe die Wände ab, um alles noch genauer in Augenschein zu nehmen. In der Ecke hinter dem Feldbett fand er eine rostige Konservendose. Das Etikett hatte sich längst verabschiedet, sodass man nicht mehr erkennen konnte, was darin gewesen war. Ananas vermutlich nicht, dachte Lerby.

»Das stammt wohl noch von den früheren Bewohnern«, mutmaßte Keldsen von der Tür aus.

»Kennen Sie die Leute?«, wollte Lerby wissen.

»Ja. Sie stammen aus der Nähe von Illokarfiq. Haben viele Winter hier gelebt, bis sie dann weggezogen sind.«

»Wohin?«

»In ein Dorf, ein gutes Stück den Fjord hinauf. Dort leben Inuit noch nach dem alten Weg.«

Lerby wusste mit dem Begriff nichts anzufangen. Er wandte sich um und sandte seinem Begleiter einen fragenden Blick.

»Robbenjagd«, erläuterte dieser achselzuckend. »Die Art unserer Vorfahren.«

»Für Sie wäre das wohl nichts?«, deutete Lerby seinen distanzierten Tonfall.

»Für keinen von uns Jüngeren«, entgegnete der Polizist mit einer gewissen Befremdung. »Wir leben in einer anderen, einer neuen Zeit.«

»Das ist wahr«, bestätigte Lerby, fragte aber nicht weiter nach. Keldsens Verunsicherung war offensichtlich, und er war schließlich nicht hier, um für seine Untergebenen den Seelenklempner zu spielen. »Diese Leute, die hier gelebt haben«, erkundigte er sich stattdessen weiter, »wann sind die weggezogen?«

»Vor drei Wintern.«

»Trotzdem würde ich mich gerne mit ihnen unterhalten«, beharrte Lerby.

»Wozu? Sie sind längst fort.«

»Aber vielleicht besteht ein Zusammenhang, und wenn es so ist, möchte ich ihn gerne erfahren.«

»Wie gesagt, die Leute wohnen nicht mehr in Illokarfiq, sondern ein gutes Stück weit ...«

»Dann schaffen Sie sie her!«, blaffte Lerby ihn an. »Ich will verdammt nochmal herausfinden, was hier geschehen ist. Sie etwa nicht?« Er war offenbar lauter geworden, als es in diesen Breiten üblich war, er konnte es an Keldsens beleidigt herabgezogenen Mundwinkeln erkennen. Er wollte etwas Versöhnliches hinterherschicken, als der Lichtschein der Lampe, den er weiter hatte kreisen lassen, den kleinen Benzinofen erfasste.

Es war ein kleines kastenförmiges Gerät, das dem Design und der englischsprachigen Beschriftung nach noch aus Kriegszeiten stammte. Ein metallenes Ofenrohr führte durch die Decke nach draußen, die Belüftung erfolgte über ein seitlich montiertes Gitter. Darüber war ein Befüllstutzen für das Benzin angebracht.

Lerby vermochte selbst nicht zu sagen, was ihn dazu veranlasste, den Schraubverschluss zu entfernen und daran zu schnuppern. Eigentlich wollte er nur wissen, ob sich noch Benzin in dem Ofen befand – doch plötzlich stieg ihm noch ein anderer Geruch in die Nase, schwer und ranzig.

Er zog einen Handschuh aus und befühlte die Innenseite des Stutzens, rieb die Finger aneinander und roch abermals daran.

»Motoröl«, stellte er fest.

»Was?«, fragte Keldsen von der Schwelle.

»Jemand hat Motoröl in den Ofen geschüttet«, wiederholte Lerby nachdenklich.

»Aber das funktioniert doch nicht …«

»Richtig.« Lerby nickte. »Entweder, jemand hat das nicht gewusst oder die Kanister verwechselt. Oder derjenige hat absichtlich das Benzin im Tank mit Öl vermischt.«

»Wieso sollte jemand so etwas tun?«, schnaubte Keldsen und musste trotz seiner Anspannung kurz grinsen. »Ist doch kein Zweitaktmotor.«

Lerby stutzte.

Sein Begleiter hatte völlig Recht. Zweitaktmotoren benötigten ein spezielles Gemisch aus Öl und Benzin, da die Schmierung der beweglichen Motorteile über den Treibstoff erfolgte. Die Folge waren blaue und nicht sehr wohlriechende Abgase …

»Vielleicht«, mutmaßte er, »hat jemand Aufmerksamkeit erregen wollen. Eine Rauchsäule, die ein Benzin-Öl-Gemisch erzeugt, wäre weithin zu sehen.«

»Jemand?« Keldsen war nun offenbar doch neugierig geworden und streckte zumindest seinen Kopf in die Hütte. »Sprechen wir von einem Notsignal?«, wollte er wissen.

Lerby nickte nachdenklich. »Entweder das, oder … Was, wenn der Mörder *wollte*, dass seine Opfer gefunden werden? Wenn er es war, der das Öl in den Tank geschüttet hat, damit jemand darauf aufmerksam wird und nach dem Rechten sieht?«

»Jemand? Sie meinen Natuk Olsen?«

»Ich meine die Polizei«, wurde Lerby präziser. »Dass Olsen in der Nähe war und die Rauchsäule sah, war womöglich gar nicht beabsichtigt.«

»Sie meinen, er ist nur zur falschen Zeit am falschen Ort gewesen? Hat den Mörder auf frischer Tat ertappt?«

»Und deshalb musste er sterben«, folgerte Lerby.

»Oder es war eine Falle«, gab der Jüngere schaudernd zu bedenken. »Vielleicht sollte Olsen ja angelockt werden.«

»Von wem? Aus welchem Grund?« Lerby schüttelte den Kopf. »Dafür gibt es zumindest im Augenblick keine Anhaltspunkte.«

Keldsen sah ihn konsterniert an. Dann verschwand sein Kopf wieder aus dem Eingang. Dabei murmelte er erneut etwas in seiner Sprache, und diesmal glaubte Lerby, ein einzelnes Wort aufzuschnappen.

Amaruq.

Er zog den Handschuh wieder an, sah sich noch einmal um und verließ die Hütte dann. Die Sonne war inzwischen hinter grauen Wolken verschwunden, und es hatte erneuter Schneefall eingesetzt. Lerby schloss die Tür ab und brachte die Banderole wieder an, dann eilte er Keldsen hinterher.

»Warten Sie!«

»Was ist?« Inmitten der tanzenden Flocken wandte der junge Polizist sich um. Wachsende Nervosität war ihm anzumerken. »Wir müssen uns beeilen, die See wird unruhig.«

»Was haben Sie da vorhin gerade gesagt?«, wollte Lerby wissen.

»Gar nichts … ein Gebet, wie ich schon erklärt habe.«

»Und was heißt *Amaruq*?«

Für einen Moment war Keldsen nur bass erstaunt. »Sagen Sie das nicht«, knurrte er dann, während er sich bereits abwandte und weiter zum Ufer ging. »Nicht so laut. Und nicht hier.«

»Warum nicht?« Lerby hatte Mühe, mit den ausgreifenden Schritten des Inuk mitzuhalten. »Haben Sie etwa Angst, dass …?« Er brach ab, und nicht nur, weil die kalte Luft in seinen Lungen brannte. Sondern auch, weil ihm plötzlich etwas klar zu werden begann. »Worüber genau reden wir hier?«, wollte er von dem jungen Polizisten wissen. »Geht es um irgendwelchen abergläubischen Hokuspokus?«

»Das ist kein Hokuspokus«, rief Keldsen über die Schulter zurück. Er wandte sich nicht mehr zu ihm um, sondern ging einfach weiter. »Aber es ist nicht Ihre Schuld, dass Sie das nicht wissen.«

»Verstehe, weil ich Däne bin, ein *qalluna*, richtig?«

»Richtig«, kam es lakonisch zurück. »Sie fragen nicht, und ich antworte nicht. Und jetzt müssen wir uns beeilen, damit wir nicht in einen Schneesturm geraten.«

Lerby blieb kurz stehen, um Atem zu fassen.

Keldsen hatte fraglos Recht, innerhalb weniger Minuten hatte der Schneefall beträchtlich zugenommen, die Sicht betrug jetzt keine zweihundert Meter.

Er eilte ihm nach und beschloss, vorerst keine Fragen mehr zu stellen. Aber sein Wille, herauszufinden, was sich in dieser Hütte zugetragen hatte, war jetzt noch größer als zuvor. Denn eines war Jens Lerby klar geworden: So schräg das alles auch sein mochte – mit Aberglauben hatte es nichts zu tun. Diese drei Männer waren so tot, wie sie es nur sein konnten. Und irgendjemand hatte die Tat begangen.

10

Im Urlaub an der See hatte Lerby schon Motorboote gesteuert; vor vielen Jahren, als die Kinder noch klein gewesen waren, zur Freude der Familie. Damit erschöpfte sich seine nautische Erfahrung allerdings auch schon – wäre er an diesem Tag allein mit einem Boot unterwegs gewesen, hätte er sich mit an Sicherheit grenzender Wahrscheinlichkeit entweder im Treibeis festgefahren, im Schneegestöber verirrt oder wäre an einer Eisscholle zerschellt.

Daavi Keldsen hingegen hatte das kleine Boot so sicher durch Eis und Schnee gesteuert wie ein Kopenhagener Taxifahrer sein Gefährt zur Hauptverkehrszeit über den Andersens Boulevard und Lerby wieder sicher nach Illokarfiq zurückgebracht. Gesprochen hatte er dabei allerdings kein einziges Wort mehr, und seine verkniffene Miene hatte tiefe Besorgnis, wenn nicht Furcht verraten. Lerby war klar gewesen, dass dies nichts mit dem Sturm zu tun hatte, der an diesem Nachmittag über die Küste fegte. Für die Einheimischen, die an das widrige Wetter gewohnt waren, schien es ohnehin nur ein raues Lüftchen zu sein, und sie gingen weiter ihrer Arbeit nach.

Da die Kollegen am *Politigården* zügig gearbeitet hatten, konnten die Flugblätter mit den Phantombildern der beiden ermordeten Männer noch am Nachmittag verteilt werden. Inasson übernahm den nördlichen Teil des Ortes, Keldsen den südlichen, während Marie Lynge die Wache besetzt hielt. Den Ortskern behielt Lerby für sich selbst und wurde im Supermarkt vorstellig, den er bereits kannte. Tatsächlich stand wieder dieselbe Verkäuferin an der Kasse, mit dem Unterschied, dass diesmal sehr viel mehr los war. Eine ganze Schlange von Kunden, die meisten von ihnen Einheimische, hatte sich vor der Kasse gebildet.

Lerby trat an die Pinnwand, die die neuesten Sonderangebote verkündete, und hängte den Steckbrief auf. Die Phantombilder, mit denen um Hinweise bezüglich der beiden Ermordeten gebeten wurde, waren halbwegs brauchbar geworden – warum die gute Marie Lynge sie auf rosafarbenes Papier kopiert hatte, würde aber wohl für immer ihr Geheimnis bleiben.

Mit dem restlichen Stapel unter dem Arm überholte Lerby die Schlange und ging direkt zur Kasse. Keiner der Wartenden beschwerte sich, man tauschte nur bedeutsame Blicke – vermutlich waren die Leute von Illokarfiq daran gewohnt, dass sich Besucher vom Festland danebenbenahmen.

»Ach, Sie sind es«, sagte die Supermarktangestellte und lächelte. »Ich weiß jetzt, wer Sie sind.«

»Lerby, Kriminalpolizei«, stellte sich dieser trotzdem noch einmal vor und legte ihr den größten Teil des Stapels hin. »Könnten Sie mir einen Gefallen tun und jedem Ihrer Kunden ein solches Flugblatt mitgeben? Es geht um eine wichtige Ermittlung.«

Sie nahm eines der Blätter und warf einen Blick darauf. »Die Toten in der Jagdhütte?«, fragte sie, und ihm entging nicht das leichte Zittern in ihrer Stimme und der gehetzte Blick, den er genauso bei Keldsen gesehen hatte.

Lerby schnaubte. Schlechte Nachrichten verbreiteten sich offenbar auch hier oben im Norden recht schnell. »Werden Sie es tun?«, fragte er, ohne auf die Frage einzugehen.

»Okay«, bestätigte sie zögernd. »Aber es wird nichts nützen.«

»Warum nicht?«

»Weil niemand hier diese beiden Männer kennt«, erwiderte sie rundheraus. »Sie waren hier im Supermarkt.«

»Ich weiß«, versicherte Lerby, »aber was hat das eine denn mit dem anderen zu tun?«

Irgendjemand in der Schlange lachte, und auch die Verkäuferin begann zu kichern. Es war kein unfreundliches oder hämisches Lachen, nur die Amüsiertheit über jemanden, der das Offenkundige nicht erkannte, eine geradezu kindliche Freude.

»Was hat das zu bedeuten?«, fragte Lerby verärgert, jetzt an alle gewandt. »Wollen Sie mich auf den Arm nehmen? Oder verschweigen Sie mir absichtlich etwas? Ist das auch wieder irgendein abergläubischer Hokuspokus?«

»Nein«, sagte jemand und trat aus der Schlange. »Das ist Wissenschaft.«

Es war eine junge Frau Mitte zwanzig. Sie trug Jeans, Boots und Anorak, darunter eine Bluse aus kariertem Flanell. Wie die meisten Inuit-Frauen war sie kräftig gebaut, ohne dabei übergewichtig zu wirken. Ihr glänzend schwarzes Haar trug sie offen. Auf ihrer Stirn hatte sich eine Zornesfalte gebildet, und ihre dunklen Augen starrten Lerby in unverhohlenem Ärger an. Genau diese verdrossene Miene war es, die ihm bekannt vorkam. Er war sicher, diese Frau schon einmal irgendwo gesehen zu haben …

»Wissenschaft?«, hakte er nach.

»Ganz recht«, bestätigte sie. Sie sprach kein Dänisch, dafür aber bestes, flüssiges Englisch mit einem sehr amerikanischen Klang. »Wir Grönländer können hören, woher jemand kommt. Die beiden Männer haben *Kitaamiutut* gesprochen.«

»Und?«

»Das bedeutet, dass sie aus dem Westen stammten«, erläuterte die junge Frau mit genervtem Augenaufschlag. »Die Leute hier an der Ostküste sprechen *Tunumiutut*, das ist ein völlig anderer Dialekt. Deshalb kennt die beiden hier auch kein Mensch, da können sie so viele Flugblätter verteilen, wie Sie wollen.«

»Das … wusste ich nicht«, musste Lerby widerstrebend zugeben. Jäh wurde ihm jetzt auch klar, warum Inasson von der Aktion mit den Steckbriefen nichts gehalten hatte. Beziehungsweise warum Marie Lynge sie auf das Papier gedruckt hatte, das sie am wenigsten brauchte …

»Gehört das bei Ihnen auf dem Festland zu den Ermittlungsmethoden?«, fragte die junge Frau weiter.

»Wovon sprechen Sie?«

»Davon, sich wie ein Arschloch zu benehmen«, erwiderte sie prompt, legte die Tüte mit den Kartoffelchips, die sie hatte kaufen wollen, in das Regal neben der Kasse zurück, machte auf dem Absatz kehrt und verließ den Supermarkt. Die anderen Kunden blieben mit betretenen Mienen zurück, wobei Lerby nicht recht wusste, ob diese Reaktion nun ihr galt oder ihm.

Mit dem Rest der rosafarbenen Flugblätter auf dem Arm stand er da und kam sich vor wie ein Trottel – und im Grunde, so sagte er sich, war er das auch.

Er verabschiedete sich mit einem Nicken und verließ den Laden ebenfalls. Draußen dämmerte es. Von der streitbaren Inuk war nichts mehr zu sehen. Sie war in den Schleiern verschwunden, die der frisch fallende Schnee über die Straßen hängte. Lerby stieß eine Verwünschung aus und ging zum nächsten Laden, einer Autowerkstatt, um dort den Rest seiner Flugblätter abzuladen, mochte es helfen oder nicht.

Denn auch wenn er hier fremd war und von den Gegebenheiten vor Ort nichts wusste; wenn er keine Ahnung hatte, wie man ein Motorboot durch das Packeis steuerte, und nicht in der Lage war, westgrönländischen Dialekt von ostgrönländischem zu unterscheiden – eines wusste er mit absoluter Sicherheit: dass sich die Menschen hier vor etwas fürchteten.

Und er wollte herausfinden, was das war.

11

Als Pally im dichten Schneegestöber die Stufen des kleinen Holzhauses hinaufstieg, das sich unweit des Supermarkts an einen kargen Hang duckte, war sie noch immer wütend.

Was bildeten sich diese Typen vom Festland eigentlich ein? Glaubten die, sie hätten ein gottgegebenes Recht, in Illokarfiq einzufallen und sich wie gestandene Vollidioten zu benehmen? Anmaßend und unverschämt waren sie, einer wie der andere. Bildeten sich vermutlich ein, etwas Besseres zu sein! Sie kamen ungebeten und hatten keine Ahnung von den grundlegendsten Dingen, aber das hielt sie nicht davon ab, alles an sich zu reißen und durcheinanderzubringen. Und dann, noch bevor es kompliziert werden konnte, waren sie auch schon wieder verschwunden!

Ihr Herz klopfte heftig, ihr Gesicht war heiß. Sie atmete mehrmals tief ein und aus – und mit der kühlen Luft, die in ihre Lungen strömte, kam auch die Erkenntnis, dass sie sich im Grunde gar nicht so sehr über den Gesetzeshüter aus dem fernen Kopenhagen aufregte, sondern vielmehr über Craig.

Trotzdem bereute sie kein einziges Wort.

Sie stopfte den Schlüssel ins Schloss, öffnete die Tür und drückte sie mit Kraft nach innen. Der Rahmen hatte sich verzogen, um diese Jahreszeit musste man ein wenig Gewalt anwenden, um sie aufzubekommen. Pally klopfte den Schnee von ihren Stiefeln, dann trat sie in die kleine Diele des Hauses. Sehr viel wärmer als draußen war es hier nicht, die Heizung fiel immer wieder aus. Trotzdem entledigte sie sich ihrer Schuhe und des Anoraks.

»Großvater!«, rief sie im örtlichen Dialekt, den sie ebenso beherrschte wie das als Amtssprache eingeführte Grönländisch des

Südens. Sprachen zu lernen, war ihr schon immer leicht gefallen; die dänische hatte sie in der Schule ebenso in sich aufgesogen wie die englische, die sie ebenfalls fließend sprach. Dazu hatte natürlich auch ihr Aufenthalt in Kanada beigetragen. Und Craig – auch wenn sie sich im Augenblick lieber die Zunge abgebissen hätte, als das offen einzugestehen. »Ich bin wieder zu Hause!«

»Du bist spät«, grummelte es aus dem Wohnzimmer.

»Tu mir leid.«

»Hast du alles bekommen?«

»Deine Tabletten ja, die Chips nicht. Es war … ziemlich viel los im Supermarkt.«

Von der einfach ausgestatteten Küche ging sie ins Wohnzimmer. Obwohl die Dämmerung wegen des Schneefalls schon früher eingesetzt hatte, brannte kein Licht. Pallys Großvater saß in seinem abgewetzten Ohrensessel, inmitten von Möbeln, die nicht weniger alt und abgewohnt waren. Er legte keinen Wert auf derlei Dinge, der Luxus der modernen Welt war ihm fremd und verdächtig.

Pally schaltete die kleine Stehlampe neben dem kalten Heizkörper an. Ihr Licht tauchte den karg eingerichteten Raum in warmen Schein.

»Scheiße«, sagte ihr Großvater leise. Er trug seinen alten Isländer, das lange graue Haar war zu einem Zopf geflochten, der ebenso zu ihm gehörte wie der Ohrring, der aus einem Eisbärenzahn gefertigt war. Pally hatte ihren Großvater noch nie ohne dieses Schmuckstück, seinen Talisman, gesehen. »Was soll ich jetzt essen?«

»Ich mache uns etwas«, erwiderte Pally. »Ich habe gerade nachgesehen, es sind Bohnen und Eier da.«

»Du?« Ihr Großvater, dessen wettergegerbtes Gesicht sie als Kind stets an altes Leder erinnert hatte, sah sie unverwandt an. Das Licht der Stehlampe spiegelte sich in seinen schwarzen Augen. »Du bist eine lausige Köchin«, stellte er fest. »Genau wie deine Mutter, die war auch eine lausige Köchin.«

Pally verdrehte die Augen. Sie wusste, dass er es nicht böse meinte. Trotzdem ... »Wir wollten das lassen, Großvater«, sagte sie und ging in die Küche. »Weißt du, wen ich im Supermarkt getroffen habe?«, fragte sie, während sie zusammensuchte, was sie brauchte: Bohnen, Eier, Fett und eine Pfanne.

»Wen?«, kam es zurück.

»Diesen Ermittler aus Kopenhagen.«

»Lerby«, erwiderte ihr Großvater. »Ich habe schon von ihm gehört. Er ist ein Trottel.«

»Was ist eigentlich passiert, dass sie uns jemanden schicken?«, erkundigte sich Pally. Sie schaltete den Herd an und gab Fett in die Pfanne. »Ich hab nur gehört, dass es drei Tote gegeben hat, draußen in der alten Jagdhütte.«

»Das ist wahr«, bestätigte ihr Großvater. Und nach einer endlos scheinenden Weile, in der Pally bereits die Dose mit den Bohnen geöffnet und ihren Inhalt in die jetzt heiße Pfanne geschüttet hatte, fügte er hinzu: »Sie waren gezeichnet.«

»Was?« Pally war verblüfft genug, um die Pfanne samt ihres brutzelnden Inhalts im Stich zu lassen. Sie ging zurück ins Wohnzimmer. »Das ist nicht dein Ernst, oder?«

Ihr Großvater wandte das Haupt und sah sie direkt an, und sie erschauderte unter dem Blick seiner alten, weisen Augen. »Es ist sehr viel ernster, als du ahnst, Kind«, sagte er. »Wir leben nicht in gewöhnlichen Zeiten, die Welt verändert sich. Das Eis verschwindet und bringt zum Vorschein, was besser verborgen bleiben sollte.«

Er hatte langsam gesprochen und fast flüsternd, so wie damals, wenn er ihnen als Kinder die alten Geschichten erzählt hatte. Von *Immap ukuua*, der Mutter des Meeres und Herrin der Tiere, und von anderen Mythengestalten der *Kalaallit* ...

»Fängst du jetzt wieder an, von Geistern und Dämonen zu erzählen wie früher?«, fragte sie. »Die Geschichten ziehen nicht mehr, Großvater. Ich bin kein kleines Kind mehr.«

»Natürlich, ich vergaß.« Er lachte spöttisch auf. »Du bist ja inzwischen erwachsen und aufgeklärt, eine richtige Wissenschaftlerin. Deshalb hast du ja auch bei den Amerikanern studiert.«

»Kanadier«, verbesserte sie, während sie wieder zurück in die Küche ging. Doch wenn sie glaubte, das Thema damit zu beenden, so hatte sie sich geirrt.

»Was hast du nochmal studiert?«, rief Großvater ihr hinterher.

Pally schalt sich eine Närrin, während sie mit einem hölzernen Pfannenwender in den leicht angebrannten Bohnen stocherte. Sie war selbst schuld. Warum nur hatte sie auch damit angefangen? »Vergleichende Ethnosoziologie«, seufzte sie. »Die Gebräuche der Inuit-Völker.«

»Wie interessant«, meinte ihr Großvater, als hörte er davon zum allerersten Mal. »Ich frage mich nur, warum sich jemand mit einer Kultur befassen sollte, an die er nicht glaubt! Wie will man das, woran man nicht glaubt, jemals wirklich verstehen?«

»Vielleicht glaube ich ja, Großvater«, gab Pally zu bedenken. »Nur eben anders als du.«

»Du glaubst die falschen Dinge, das ist das Problem – genau wie bei deiner Mutter. Ich habe dir gleich gesagt, dass dich der Amerikaner verlassen würde!«

»Kanadier«, verbesserte sie seufzend. Jetzt war das Gespräch da, wo sie es absolut nicht hatte haben wollen …

»Es war so klar wie das Eis, das im Frühjahr schmilzt. Er, mein Kind, ist die neue Welt – du hingegen bist die alte.«

Pally schnaubte. Sie hätte gerne widersprochen, hätte gesagt, dass das so nicht stimmte, dass sie ein Kind beider Welten war und das jeweils Beste dieser Welten zusammenbringen und vereinen wollte. Angesichts der aktuellen Ereignisse kam ihr das jedoch selbst naiv und dämlich vor.

Vielleicht, sagte sie sich, während sie die Eier aufschlug und den Inhalt über die fettglänzenden Bohnen verteilte, hatte ihr Großvater Recht. Es stimmte ja, er hatte immer vorausgesagt, dass

Craig sie eines Tages sitzen lassen würde. Sie hatte es nur nicht wahrhaben wollen. Doch am Ende war es genauso gekommen.

»Du musst dir endlich klarmachen, dass das Leben, wie du es dir vorgestellt hast, nicht funktionieren wird«, drang es aus dem Wohnzimmer herüber. »Wer zwischen zwei Welten wandelt, wird früher oder später zwischen ihnen zermalmt. Wie ein Kajak zwischen zwei Eisbergen. Du musst diesen Traum aufgeben, Enkeltochter. Je eher, desto besser.«

Pally nahm die Pfanne vom Herd, das Essen war fertig.

»Hast nicht du mir beigebracht, dass ich mir meine Träume stets bewahren soll, Großvater?«, fragte sie.

»Ja, früher«, drang es tonlos aus dem Wohnzimmer zurück. »Aber ich sagte es schon, Kind – dies ist eine andere Zeit.«

12

Als Lerby am nächsten Morgen durch die einsamen, erst allmählich erwachenden Straßen von Illokarfiq ging, kam er sich vor wie auf einem anderen Planeten.

Als Kind hatte er sich oft gefragt, wie es sein mochte, auf einem anderen Himmelskörper zu landen oder einen Spaziergang auf dem Mond zu unternehmen. Überhaupt hatte der bleiche, scheinbar beständig seine Form ändernde Erdtrabant stets eine gewisse Faszination auf ihn ausgeübt. Vielleicht lag es ja daran, dass er am Tag der letzten Mondlandung, dem 11. Dezember 1972, zur Welt gekommen war. Oder er war einfach schon immer ein Sonderling gewesen und hatte von einsamen, entlegenen Orten geträumt. Nun, in dieser Hinsicht waren seine Wünsche in Erfüllung gegangen.

Den Abend hatte er damit verbracht, im Internet ein paar Recherchen anzustellen und einen Bericht für Birger Sørensen zu schreiben: Ermittlungen aufgenommen, verschiedene Spuren, kaum konkrete Hinweise, keine besonderen Vorkommnisse.

Keine der vorgefertigten Masken, die das Datenzentrum der dänischen Polizei für Ermittlungsberichte bereithielt, war dazu geeignet, die hiesige Wirklichkeit auch nur annähernd zu erfassen. Die Andersartigkeit, die Einsamkeit, das eigenartige Wesen der Menschen.

Die verdammte Kälte.

Mit trotz Handschuhen tief in den Taschen seines Anoraks vergrabenen Fäusten legte Lerby den Weg zur Polizeiwache einmal mehr zu Fuß zurück. Irgendwie hatte er wohl gehofft, dass die kargen Straßen mit ihren bunten Häuschen und den Schrotthalden vor den Türen ihm heute schon etwas vertrauter vorkommen würden. Oder wenigstens weniger fremd und bedrohlich. Inzwischen wusste er, dass das naiv gewesen war.

In den Schnee, der in der ersten Nachthälfte gefallen war, war in der zweiten heftiger Wind gefahren, der ihn an erhöhten, dem Wetter ausgesetzten Stellen abgetragen, an anderen hingegen bis zu zwei Meter hoch angehäuft hatte. Viele Häuser waren hinter weißen Wänden verschwunden, und spätestens jetzt begriff Lerby auch, warum manche Behausungen hier auf Pfählen über dem Boden errichtet waren.

Es war still, totenstill beinahe, und nicht nur, weil der Schnee jeden Laut zu dämpfen pflegte. Infolge der Behinderungen auf den Straßen waren auch keine Fahrzeuge unterwegs, und selbst die Hunde, die sich am Vortag noch lautstark um ihr Futter gebalgt hatten, schienen sich an diesem Morgen für betretenes Schweigen entschieden zu haben.

In dieser Stimmung kam Lerby in der Polizeiwache an. Obermeisterin Lynge war bereits da. Sie hatte sich Kaffee gemacht und bot auch ihm eine Tasse an, aber bitteren Muckefuck hatte er schon im Hotel getrunken, also lehnte er dankend ab. Stattdessen zog er sich in Inassons Büro zurück, dessen Glaswände heute nicht mehr ganz so zugepflastert waren wie noch am Vortrag. Auch der Schreibtisch war tatsächlich weitgehend geleert worden, einzig das Fähnchen in den grönländischen Nationalfarben behauptete einsam die Stellung.

Lerby ließ sich auf dem Schreibtischstuhl nieder, der sich mit metallischem Ächzen beschwerte, und packte seine Tasche aus, das Notebook und die aktuellen Unterlagen. Weil er feststellen musste, dass seine eigenen Stifte den Dienst versagten – sie waren vom Marsch durch die Kälte schlicht eingefroren –, zog er auf der Suche nach Ersatz diejenigen Schubladen des Schreibtischs auf, die nicht abgeschlossen waren. Einen neuen Schreiber fand er zwar nicht, dafür aber einen durchsichtigen Plastikbeutel, der von einer *Arctic Candy Factory* aus Nuuk stammte und – konsequenterweise – Gummi*eis*bären enthielt. Da die Tüte bereits angerissen war und Lerby zudem die Neugier packte, griff er hinein und schob sich eines der hellblauen Bärchen, die laut Aufschrift nach Birne, Bergamotte und Vanille schmecken sollten, in den Mund.

Es war schauderhaft.

Viel zu süß und intensiv für sein Empfinden. Er musste an sich halten, die ungeliebte Süßigkeit nicht auf die Tastatur des Notebooks zu spucken. Hastig angelte er sich ein Papiertaschentuch, setzte den unglücklichen Bären darin bei und vergrub ihn im Abfallkorb – erst jetzt bemerkte er, dass er Zuschauer hatte.

Nicht nur die hochschwangere Marie Lynge, sondern auch der inzwischen auf der Wache eingetroffene Daavi Keldsen standen vor der Glastür des Büros und schauten ihn mit ungläubig geweiteten Augen an.

Lerby räusperte sich, nicht nur aus Verlegenheit, sondern auch, um den klebrig-süßlichen Geschmack loszukriegen. Dann winkte er Keldsen herein.

»*Kumoorn*«, grüßte der junge Polizist in der Landessprache, die Grußformeln wie diese zum größten Teil aus dem Dänischen oder Englischen übernommen hat.

»Morgen«, erwiderte Lerby, den Gummibären-Zwischenfall geflissentlich überspielend. »Irgendwelche Neuigkeiten?«

»Ja, da ist Besuch für Sie.«

»Wer?«

»Alf Norby-Larson, der Leiter des örtlichen Tourismusbüros.«

Lerby hob die Brauen. Aus dem Dossier wusste er, dass Illokarfiq eine solche Einrichtung hatte – aber was mochte deren Leiter von ihm wollen? »Soll reinkommen«, ordnete er an. »Aber sagen Sie ihm gleich, dass ich nicht viel Zeit habe.«

»Verstanden.«

Keldsen verschwand, nur um Augenblicke später mit dem Besucher zurückzukehren – einem Mittdreißiger im teuren Designermantel, sportlich, blond und gutaussehend. Er wäre auch gut als Betreiber eines Kopenhagener Hipsterclubs durchgegangen.

»Danke, dass Sie sich Zeit nehmen, Kommissar«, sagte er.

»Herr Norby-Larson?«, erkundigte sich Lerby.

»Alf«, verbesserte der jovial, »hier am Polarkreis sind wir nicht sehr förmlich.«

»Habe ich schon gehört«, meinte Lerby und bot ihm einen Platz auf dem Besucherstuhl an, den Keldsen ihm rasch hinstellte, ehe er sich wieder entfernte und die Tür hinter sich schloss. »Was führt Sie zu mir?«

»Nun, ich …« Der Besucher setzte sich, wich Lerbys Blick jedoch aus und spielte stattdessen mit einer der Troddeln an der Kapuze seines Parkas. »Ich weiß, warum Sie hier sind«, eröffnete er schließlich.

»Das ist ja auch kein Geheimnis«, erwiderte Lerby gelassen.

»Gewiss, aber womöglich haben Sie bereits bemerkt, dass sich Neuigkeiten hier sehr schnell verbreiten.«

»Ist das so?«

»Die Menschen in Illokarfiq wissen von den Morden … den drei Morden, um genau zu sein«, fuhr Norby-Larson fort. »Und es gibt Gerüchte, die um sich greifen.«

»Welcher Art?«

»Dass … wie soll ich es ausdrücken? Dass es möglicherweise kein Mensch gewesen ist, der diese drei Männer umgebracht hat«, erwiderte der andere, wobei er auf seinem Stuhl hin und her rutschte, so als hätte er die optimale Sitzposition noch nicht gefunden.

»Sondern?«, hakte Lerby dennoch unbarmherzig nach. Er mochte es nicht, wenn Leute um den heißen Brei herumredeten. Und Norby-Larson schien darin viel Übung zu haben.

»Kommissar«, sagte er, »anders als Sie bin ich nicht erst seit ein paar Tagen hier im Norden und kenne die Mentalität der Menschen ganz gut. Schon jetzt sind einige im Ort der Meinung, dass irgendein übernatürliches Wesen diese Leute umgebracht hat – ein Geist aus alten Inuit-Mythen. Und vermutlich wird es nicht mehr allzu lange dauern, bis noch mehr Leute zu dieser Überzeugung gelangen und sich Panik wie ein Lauffeuer verbreitet.«

Lerby sah sein Gegenüber prüfend an. Er hatte die Furcht in Keldsens Miene nicht vergessen, seine Scheu davor, den Ort der Bluttat noch einmal zu betreten. So wenig, wie er sein leises Gemurmel vergessen hatte oder das eine Wort: *Amaruq …*

Ein leiser Schauder durchrieselte Lerby, und er ärgerte sich ein bisschen darüber. »Sind Sie gekommen, um mir das zu sagen?«, erkundigte er sich ein wenig unwirsch.

»Sie sollten das nicht unterschätzen. Es dürfte kaum eine Gegend auf der Welt geben, wo der Mythos grauenvollere und blutrünstigere Kreaturen hervorgebracht hat als hier. Die Angst vor diesen Schreckgespenstern ist in kalten und dunklen Winternächten entstanden, Kommissar. Sie treibt die Inuit seit viertausend Jahren um – und steckt ihnen bis heute in den Knochen.«

Lerby nickte und musste erneut an Keldsen denken – und an die Frau im Supermarkt. Dass Norby-Larson Recht hatte, ließ sich nicht von der Hand weisen. »Warum erzählen Sie mir das alles?«, wollte er wissen. »Soll ich nach irgendwelchen Geistern fahnden?«

Der andere lachte, ein wenig zu laut für Lerbys Geschmack, um dann sogleich wieder ernst zu werden. »Sie wissen, wer ich bin?«, fragte er und sah Lerby dabei unverwandt an.

»Man hat es mir gesagt – der Leiter des örtlichen Tourismusbüros.«

»So ist es. Und da dieses Büro aus EU-Mitteln finanziert wird sowie vom dänischen Außenministerium, sitze ich gewissermaßen als ein – wenn auch sehr bescheidener – Repräsentant des *Udenrigsministeriet* vor Ihnen.«

Lerby straffte sich. »Und?«

»Und um es vorsichtig auszudrücken: Ich bin besorgt um die Reputation dieses Ortes.«

»Verstehe.« Lerby nickte. »Sie sorgen sich, dass keine Touristen mehr an die Ostküste kommen, wenn sich die Sache in großem Stil verbreiten sollte.«

»Lassen Sie mich Ihnen kurz verdeutlichen, worum es hier geht, Kommissar: Der Tourismus während der Sommermonate ist eine der wenigen verlässlichen Einnahmequellen, die die Menschen hier haben. Wenn sie versiegt, werden sehr viele vor allem männliche Inuit auf der Straße sitzen. Was dies im Hinblick auf Alkoholmissbrauch, häusliche Gewalt und die hiesige Selbstmordrate bedeutet, brauche ich Ihnen wohl nicht zu erläutern. Sie ist hier an der Ostküste Grönlands ohnehin höher als in jedem anderen Teil der Welt. Wussten Sie das?«

»Nein«, gab Lerby zu.

»In den Medien wird gerne kolportiert, dass es an der Kälte liege oder daran, dass es den ganzen Winter über praktisch dunkel ist. Aber das ist nicht der wahre Grund. Mit Eis und Finsternis setzen sich die Inuit seit Tausenden von Jahren auseinander, und sie sind wirklich gut darin. Es ist die moderne Welt, die ihnen zu schaffen macht.«

Lerby seufzte. Einen Moment lang starrte er auf die beinahe leere Tischplatte vor sich und konnte spüren, wie sich aus dem Hintergrund seines Bewusstseins ein leises Gefühl von Betroffenheit anschlich. Reflexhaft entsann er sich der Rüstung, über die er verfügte.

»Dann sollte ich den oder die Täter ermitteln und dingfest machen«, sagte er betont sachlich.

»Das ist richtig.« Norby-Larson nickte. »Und ich wollte Sie ermutigen, dies möglichst effizient und rasch zu tun – bevor sich hier im Ort eine Panik entwickelt, von deren Folgen sich die Menschen womöglich niemals wieder erholen.«

Lerby sah sein Gegenüber an. »Aber natürlich liegt es Ihnen

fern, mich irgendwie unter Druck setzen zu wollen, richtig?«, fragte er mit dünnem Lächeln.

»Natürlich.« Der Leiter des Tourismusbüros erwiderte das Lächeln, unverbindlich wie ein routinierter Politiker. »Selbstverständlich biete ich Ihnen meine Unterstützung bei Ihren Ermittlungen an. Aufgrund meiner Tätigkeit verfüge ich über ein weit verzweigtes Netzwerk an Verbindungen, welches ich Ihnen gerne zur Verfügung stelle.«

»Danke.« Lerby nickte und stand auf. »Und jetzt entschuldigen Sie mich bitte. Ich habe zu tun.«

»Natürlich.« Das Lächeln wurde noch ein wenig breiter und unverbindlicher, dann erhob Norby-Larson sich ebenfalls.

»Darf ich Ihnen einen Vorschlag machen? Die in Illokarfiq ansässigen Dänen – wir sind gerade mal zwölf – treffen sich einmal in der Woche zu einer Art Clubtreffen. Sie sind herzlich dazu eingeladen.«

»Das ist sehr freundlich«, räumte Lerby ein. »Aber ich denke nicht, dass ich …«

»Verstehe.« Der andere nickte. »Sie haben in der kurzen Zeit, die Sie hier sind, sicher bereits eine Menge Freunde gefunden und können sich vor Einladungen kaum retten. *Takuss'*, Kommissar«, grüßte er und war auch schon zur Tür hinaus – und Lerby blieb allein zurück in diesem gläsernen Büro, das ihm nicht gehörte, sich aber immer mehr mit Problemen füllte.

Seinen Problemen.

Keuchend ließ er sich wieder in den Schreibtischstuhl sinken, der wiederum ächzte, und starrte an die aus vergilbten Kunststoffquadraten zusammengesetzte Decke, so als könnte er dort die Lösung des Falles finden. Er hätte in diesem Moment wer weiß was für einen Wodka pur gegeben.

Jäh war ihm klar geworden, was die Stille zu bedeuten hatte, die am Morgen über der Siedlung gelegen hatte, so bleiern und schwer, dass es sogar ihm als Außenstehendem aufgefallen war: Es war Furcht, die um sich griff und die Menschen in ihren Häusern verharren ließ.

Die Furcht vor etwas, das da draußen war.

Die Angst vor dem Mörder.

13

Den Vormittag verbrachte Lerby damit, einige Recherchen im Internet vorzunehmen – die Verbindung war zu seiner Überraschung vergleichsweise schnell und stabil – sowie einen kurzen Rapport nach Kopenhagen zu schicken, in dem er freilich noch nicht von großen Fortschritten berichten konnte. Was ihm der Leiter der örtlichen Tourismusbehörde bei seinem morgendlichen Besuch erzählt hatte, ließ Lerby geflissentlich unter den Tisch fallen.

Nach dem Mittag traf er sich erneut mit Anna Persson, die ihn in ihr kaltes Reich auf dem Parkplatz der Polizeiwache gerufen hatte. Anders als am Vortag trug sie diesmal einen Einmal-Overall aus blauem Vlies, dessen Kapuze sie hochgeschlagen hatte, dazu einen Mundschutz.

»Gibt's Neuigkeiten, Doc?«, erkundigte sich Lerby, als er das Zelt betrat. Stechender, antiseptischer Geruch stieg ihm in die Nase.

»Nicht, was die Identität der beiden Mordopfer betrifft, da tappen wir nach wie vor im Dunkeln«, erwiderte die Forensikerin in ihrem rauen Alt, der heute sogar noch ein wenig rauer war als sonst, und nahm die Maske ab. »Dafür bin ich auf etwas anderes gestoßen, das dich interessieren dürfte.«

»Nämlich?« Lerby trat zu ihr, wobei er den Geruch so gut wie möglich ausblendete.

»Wie es aussieht«, eröffnete Persson schlicht, »war Schnapstrinken nicht das einzige, was die beiden in jener Hütte gemeinsam getan haben.«

»Du meinst … sie waren ein Paar?«

»Das weiß ich nicht, Lerby – ich bin Pathologin und keine Beziehungstherapeutin. Aber ich kann bestätigen, dass sie vor ihrem Ableben miteinander intim gewesen sind«, erwiderte die Schwedin in ihrer unnachahmlichen Art.

»Hm«, machte Lerby.

»›Hm‹ was?«

»Ich frage mich«, überlegte er, während er die beiden noch immer unidentifizierten jungen Männer mit einem Seitenblick streifte, »ob sich daraus ein Mordmotiv ergeben könnte – ich meine wegen ihrer Homosexualität.«

»Das solltest du dich auch fragen – ist 'ne konservative Gegend hier«, versicherte Persson. »Aber das ist nicht dein vorrangiges Problem.«

»Sondern?«

»Dein Problem ist, Sherlock, dass im Ort geredet wird. Die Inuit sind dabei, sich ihren eigenen Reim auf die Geschehnisse zu machen. Die alte Dame, bei der ich zur Untermiete wohne, traut sich vor Angst schon nicht mehr vor die Tür.«

»Fang du nicht auch noch damit an«, knurrte Lerby. »Nachdem mich dieser Typ heute Morgen besucht hat …«

»Welcher Typ?«

»Ein gewisser Norby-Larson vom örtlichen Tourismusbüro.«

»Alf Norby-Larson?«

»Du kennst ihn?«

»Nur flüchtig.«

»Etwa ein verflossener Liebhaber?« Lerby wusste selbst nicht, warum er das sagte. Vermutlich, weil Persson selbst kein Blatt vor den Mund nahm und ihre Geschwätzigkeit ansteckend auf ihn wirkte.

Die Pathologin lachte nur heiser auf – und überging die Frage. »Es überrascht mich, zu hören, dass es ihn an die Ostküste verschlagen hat«, sagte sie nur. »Ich hatte vor ein paar Jahren in Nuuk mit ihm zu tun. Er arbeitete für das dänische Außenministerium und wirkte ziemlich ehrgeizig.«

»Tut er immer noch«, versicherte Lerby. »Aber vielleicht ist er ja den falschen Leuten auf die Füße getreten und deshalb hier im Nirgendwo gelandet.«

»Oder er hat es versäumt, den *richtigen* Leuten den Arsch zu küssen.« Persson grinste wieder. »Was wollte er von dir?«

»Kurz gesagt hat er mir einen Vortrag gehalten, was für ein abergläubisches Völkchen die Inuit doch seien. Und dass ich mich bei den Ermittlungen gefälligst ranhalten solle, um negative Auswirkungen auf den örtlichen Tourismus zu vermeiden.«

»Das hat er gesagt?«

»Sinngemäß. Er hat mir außerdem etwas von grausigen Mythengestalten erzählt und davon, wie sehr die Angst vor dem Übernatürlichen den Einheimischen noch immer innewohne.«

»Das stimmt, und es ist kein Wunder«, pflichtete Persson bei. »Man muss bedenken, dass die Inuit seit ein paar tausend Jahren in einem Land leben, in dem die meiste Zeit des Jahres Eiseskälte und monatelang Dunkelheit herrschen. Da kann man durchaus mal auf trübe Gedanken kommen. Zumal, wenn es eine Reihe rätselhafter Morde gibt und die Opfer aussehen, als wären sie bei lebendigem Leib gepfählt worden.«

»Wohl wahr«, gab Lerby zu. »Sogar die örtliche Polizei ist nicht frei davon. Keldsen hat gestern beim Besuch des Tatorts leise Gebete gemurmelt.«

»Und das gefällt dir nicht?«

»Es hat bei Ermittlungen nichts zu suchen«, stellte Lerby klar, an seine Schläfe deutend. »Ich bin es gewohnt, mit dem Verstand zu arbeiten, mit analytischen Methoden.«

»Schön für dich.« Persson sah ihn fast ein wenig mitleidig an.

»Keldsen erwähnte auch einen Namen, *Amaruq*«, fuhr Lerby fort. »Ich habe recherchiert – der *Amaruq* ist ein sagenhafter, riesiger Wolf aus der Mythenwelt der Inuit. Ein Einzelgänger, der alle frisst, die so unvorsichtig sind, sich nachts und allein im Eis auf die Jagd zu begeben.«

»Ich kenne die Geschichte«, versicherte Persson.

»Wusstest du auch, dass der *Amaruq* in manchen Gegenden mit Hörnern dargestellt wird?«

»Mit Hörnern?«

»Konische Tatwerkzeuge, weißt du noch?« Lerby sah sie fragend an.

»Willst du das in deinen Bericht schreiben? Dass die Mordopfer mutmaßlich von einem mythischen Wolf angefallen und von seinen Hörnern durchbohrt wurden?«

»Blödsinn«, knurrte Lerby unwirsch. »Aber natürlich frage ich mich, ob das mehr als bloßer Zufall ist. Morde wie diese, bei denen man die Opfer derart zurichtet, werden nicht im Affekt verübt, sondern von einem Täter, der, manchmal über einen langen Zeitraum hinweg, eine tödliche Gewaltfantasie entwickelt hat und diese schließlich auslebt. Die möglichen Motive dafür sind vielfältig, meist jedoch im psychologischen Profil des Täters zu finden – Rachegelüste, Hass auf einzelne Personen oder ganze Bevölkerungsgruppen …«

»Wie zum Beispiel Schwule«, ergänzte Persson.

»… und der unbedingte Wille zu deren Bestrafung oder Vernichtung steht dabei im Mittelpunkt«, fuhr Lerby fort. »Ich gehe davon aus, dass unser Täter hier keine Ausnahme von der Regel macht. Mit einem einzigen kleinen Unterschied: Seine Tötungsfantasie beruht nicht auf einer abstrakten Idee oder einer konkreten Psychose. Sondern auf den Ängsten, die den Inuit seit Jahrtausenden innewohnen und die sie offenbar bis zum heutigen Tag verfolgen.«

»Ich ahne, worauf du hinauswillst. Aber ich weiß nicht, ob mir diese Schlussfolgerung gefällt …«

»Darum geht es nicht.« Lerby schüttelte den Kopf, während er gedankenverloren die leblosen Körper der beiden Namenlosen betrachtete. »Von diesen Überlegungen ausgehend, spricht einiges dafür, dass auch der Täter ein Inuk ist.«

»Wenn es so ist, kämpfst du gleich an mehreren Fronten«, folgerte Anna Persson unbarmherzig. »Gegen den Mörder, gegen die Einheimischen und gegen die Zeit. Denn mit jedem Tag, der verstreicht, und in jeder dunklen Nacht wird die Furcht schlimmer werden. Und wenn sich tatsächlich bewahrheiten sollte, dass der Täter einer von ihnen ist, wird sich die Furcht der Leute in Wut entladen.«

»Danke für die Zusammenfassung.«

»*Varsågod.*« Die Schwedin lächelte dünn. »Übrigens brauche ich eine Unterschrift von dir.« Sie trat an den kleinen Beistelltisch und griff nach einem Formular, das obenauf lag und das sie Lerby reichte.

»Was ist das?«

»Die Freigabe für den Leichnam von Natuk Olsen. Er hat keine lebenden Verwandten, aber der Pastor und der örtliche Schamane sind hier gewesen und haben darum gebeten.«

»Der Pastor und der Schamane?« Lerby sah sie staunend an. »In trauter Einheit?«

»Warum nicht?«, fragte sie dagegen, als ob es das Selbstverständlichste der Welt wäre.

»Ist die Untersuchung denn abgeschlossen?«

»So gut wie. Ich wurde bereits nach Nuuk zurückbeordert, mein Flug geht übermorgen.«

Lerby überlegte kurz. »Dann steht der Freigabe zur Bestattung nichts im Weg«, entschied er schließlich und unterschrieb. »Aber ich will den Abschlussbericht noch vor deiner Abreise auf dem Tisch haben, gleich morgen früh.«

Persson sah ihn an, dann hob sie die behandschuhte Rechte und deutete einen militärischen Gruß an. »Zu Befehl, Kommissar.«

14

Daavi Keldsen war Lerbys Anweisung nachgekommen und hatte den gegenwärtigen Aufenthalt der beiden Inuit ermittelt, die früher in dem zur Behausung umfunktionierten Container gewohnt hatten, der zum Schauplatz eines dreifachen Mordes geworden war. Es handelte sich um Stene Stensen und seine Frau Pipaluk, die noch bis vor wenigen Jahren völlig allein dort draußen gelebt hatten – nach dem alten Weg der Inuit –, ehe sie entschieden hatten, sich einer der kleinen Siedlungen anzuschließen, von denen es im weiteren Umkreis von Illokarfiq einige gab. Die zählten jeweils nicht mehr als zehn oder zwanzig Einwohner, Einheimische allesamt; kein Festlandseuropäer oder Amerikaner hielt es dort draußen im Nirgendwo lange aus.

Selbst mit dem Motorschlitten betrug die einfache Fahrzeit etwas mehr als zwei Stunden – Keldsen und Inasson waren am späten Vormittag mit zwei Fahrzeugen aufgebrochen. Gegen siebzehn Uhr trafen sie mit den beiden Zeugen ein. Inasson schlug vor, bis zum nächsten Tag mit der Befragung zu warten, aber Lerby bestand darauf, ihnen zumindest noch ein paar grundsätzliche Fragen zu stellen. Er gab den beiden eine halbe Stunde, um sich von der Fahrt ein wenig auszuruhen, und ließ sie mit heißem Kaffee und einer warmen Mahlzeit versorgen.

Die beiden Besucher ließen alles bereitwillig geschehen. Der Jäger und seine Frau waren kleinwüchsige Menschen mit von Wind und Sonne gegerbten und von Falten zerfurchten Gesichtern. Nichts an ihrer Erscheinung deutete darauf hin, dass sie über Jahre in nahezu vollständiger Isolation gelebt und in dieser Zeit der Kälte und der Dunkelheit des Winters tapfer getrotzt hatten.

Auf der Polizeiwache von Illokarfiq wirkten sie nun hilflos und beinahe verloren. Unwillkürlich musste Lerby an das denken, was Alf Norby-Larson gesagt hatte – dass es weder das Eis noch die Einsamkeit waren, die den Inuit zusetzte, sondern die moderne Welt.

Um exakt 17.45 Uhr ließ er die beiden in der Begleitung von Keldsen, der als Übersetzer fungieren würde, in sein Glaskastenbüro kommen – und war überrascht, dass sich noch eine weitere Person hinzugesellte. Es war ein Mann mit wettergegerbtem Gesicht, der genau wie die Stensens schon viele Jahre auf dem Buckel hatte, dessen genaues Alter jedoch unmöglich zu schätzen war. Anders als Stene, dessen graues Haar kurz geschnitten war, trug er seins zu einem langen Zopf geflochten. An seinem linken Ohr hing ein auffälliges Schmuckstück, ein Raubtierzahn, soweit Lerby das beurteilen konnte, in den filigrane Symbole geschnitzt waren.

»Die Zeugen haben um Beistand gebeten«, erklärte Keldsen, noch ehe Lerby fragen konnte, »und den *angakkoq* mitgebracht.«

»Was soll das sein?«, fragte Lerby verblüfft. »Sowas wie ein Anwalt?«

Der Alte mit dem Zopf sagte etwas in seiner Sprache, worauf die beiden Zeugen lachten.

»Was hat er gesagt?«, wollte Lerby von Keldsen wissen.

»Nichts weiter.«

»Los doch, raus damit.«

Keldsen schürzte die Lippen und sah zu Boden. »Dass Sie ein Trottel sind.«

»Ist das so?« Lerby grinste freudlos. »Vielleicht sollte ich den alten Knaben einfach rauswerfen lassen.«

»Bitte tun Sie das nicht, Kommissar. Der *angakkoq* ist hier, um den Zeugen zu helfen. Er ist der Wahrheit verpflichtet.«

»Sie meinen, so wie der, dass ich ein Trottel bin?«

Keldsen errötete. »Nein, Kommissar. Ich meine …«

»Vergessen Sie's.« Lerby wartete, bis die Stensens Platz genommen hatten. Keldsen und der Alte blieben hinter ihnen stehen.

»Danke, dass Sie den weiten Weg auf sich genommen haben, ich weiß das sehr zu schätzen«, sagte er dann, wobei er Pausen machte, damit Keldsen übersetzen konnte. Es war seltsam, zu hören, wie sich Lerbys hartes Dänisch in die fließend weiche, von klickenden Verschlusslauten durchsetzte Sprache der Inuit verwandelte. Die Dinge schienen weniger dringlich zu sein, wenn sie auf Kalaallisut gesagt wurden, so als wohnten dieser Sprache über Jahrtausende geübte Geduld und Gelassenheit inne – die Lerby sich jedoch weder leisten konnte noch wollte.

Er stellte sich vor und überprüfte dann die Personalien der anwesenden Zeugen und ihres wortkargen Beraters, der sich nur schlicht »Magnus« nannte, nicht mehr und nicht weniger – und allmählich wurde Lerby klar, welche Position dieser Mann innehatte und was *angakkoq* tatsächlich bedeutete …

»Er ist der Schamane des Ortes, richtig?«, fragte er, an Keldsen gewandt.

»Er ist ein Nachfolger des großen Maratse«, bestätigte Keldsen, als würde das alles erklären. »Er kennt Wege zur Wahrheit und wird helfen, wo er kann.«

Lerby hatte keine Ahnung, was das bedeuten sollte. Er wusste natürlich, dass die grönländischen Ureinwohner vor ihrer Christianisierung durch evangelische Missionare einem kruden Naturglauben gefolgt waren, der dem Meer, dem Wind, dem Eis und selbst den Sternen am Himmel gehuldigt hatte; so wie er wusste, dass sich Elemente dieses Schamanismus bis in die Gegenwart erhalten hatten. Er hatte auch gehört, dass es vereinzelt noch Männer und Frauen gab, die das alte Wissen bewahrten, doch noch nie zuvor war er einem echten *angakkoq* begegnet.

Er konnte sich nicht recht vorstellen, was der Schamane zu der Befragung beitragen sollte. Aber es war deutlich zu spüren, wie eingeschüchtert und befangen Stene Stensen und seine Frau waren. Wenn nun die Anwesenheit des Alten ihnen half, ein wenig aus sich herauszukommen, dann sollte es Lerby recht sein.

»Sie wissen, warum Sie hier sind?«, fragte er an die beiden gewandt. »Was in Ihrer ehemaligen Behausung geschehen ist?«

Die beiden bejahten.

»Eines der Opfer ist ein Jäger namens Natuk Olsen«, fuhr Lerby fort. »Haben Sie ihn gekannt?«

»Er war ein Freund«, übersetzte Keldsen Stenes leise Erwiderung.

»Haben Sie ihn gut gekannt?«

»Er war ein Freund«, lautete die Antwort wieder.

»Was heißt das? Wie oft haben Sie ihn gesehen?«

Die Eheleute sahen zuerst einander an, dann den Schamanen. Die Ratlosigkeit war ihren ältlichen Gesichtern anzusehen, die Frage, so einfach sie nach Lerbys Begriffen gestellt sein mochte, überforderte sie sichtlich.

»Was ist los?«, wollte Lerby von Keldsen wissen.

»Für diejenigen von uns, die noch auf die alte Weise leben, zählen solche Dinge nicht«, versuchte der junge Polizist zu erklären. »Sie leben in der Gegenwart, nicht in der Vergangenheit und erst recht nicht in der Zukunft. Deshalb können sie auch nicht sagen, wie oft sie jemanden gesehen haben. Fragen Sie lieber danach, was sie zusammen getan haben.«

»Na schön«, seufzte Lerby, und Keldsen übersetzte.

»Sie haben sich öfter gegenseitig besucht und manches Mal zusammen gejagt«, kam die Antwort prompt. »Robben für gewöhnlich, aber einmal auch einen Narwal, der sich im Packeis verirrt hatte. Das war eine gute Jagd.«

»Meinen Glückwunsch«, knurrte Lerby und nickte dem alten Jäger zu, der angesichts der schönen Erinnerung sein lückenhaftes Gebiss zu einem Lächeln entblößte. »Wann ist der letzte Besuch gewesen?«

Das Lächeln verschwand, und die Blicke wurden wieder ratlos.

»Ich weiß«, seufzte Lerby, »keine Fragen über die Vergangenheit. Dann also die Gegenwart: Jetzt leben sie nicht mehr dort, nicht wahr?«

»Nein, heute führen sie ein neues Leben.«

»In welchem Jahr sind sie weggezogen?«, hakte Lerby nach, ehe ihm klar wurde, dass auch diese Frage wohl keine Antwort erhalten würde. »Wie viele Jahre?«, schob er deshalb rasch hinterher.

»*Pingasut*«, entgegnete Stene und hob drei Finger.

Drei Jahre also, überlegte Lerby. So lange hatte die Hütte leer gestanden …

»Warum sind sie fortgegangen?«, wollte er wissen.

Die Frage löste wiederum Verwirrung aus, aber auf andere Weise als zuvor. Diesmal hatten die beiden Inuit ihn zweifellos verstanden, schienen jedoch nicht sicher, was sie erwidern sollten, denn ihre fragenden Blicke gingen wieder zum Schamanen, der nur kurz die Augen zusammenkniff. Und Lerby hatte die Mimik der Menschen hier inzwischen gut genug beobachtet, um zu wissen, dass dieses Zusammenkneifen eine Verneinung bedeutete …

»Ihre Verbindung war kinderlos geblieben, und sie hatten keine Nachkommen. Deshalb wollten sie nicht länger allein leben aus Sorge vor dem Alter«, übersetzte Keldsen – aber nicht Stene hatte diesmal geantwortet, sondern Pipaluk. Vielleicht, weil ihm das Thema peinlich war, vielleicht auch, weil die Tradition der Inuit eine strenge Arbeitsteilung zwischen den Geschlechtern vorsah und Familienfragen in die Zuständigkeit der Frau fielen. Doch etwas an ihrer Antwort stellte Lerby nicht zufrieden.

»War das der einzige Grund?«, hakte er nach und sah die beiden dabei prüfend an. Wieder erkannte er Unsicherheit, beinahe Furcht in ihren dunklen Augen. Und er war sich nicht sicher, ob diese Furcht ihm galt – oder dem alten Schamanen, der hinter den beiden stand und das Gespräch verfolgte.

»Ich glaube ihnen nicht«, sagte Lerby deshalb.

»Kommissar«, raunte Keldsen ihm halblaut zu, »jemandem zu

unterstellen, die Unwahrheit gesagt zu haben, ist unter den *kalaallit* ein schwerwiegender Vorwurf …«

»Übersetzen Sie, was ich gesagt habe«, verlangte Lerby unnachgiebig, und Keldsen kam der Aufforderung nach, wenn auch leise und ein wenig stockend, so als wollte er die Bedeutung der Worte ein wenig mildern.

Die Bestürzung in den Mienen des Jägers und seiner Frau war unübersehbar, nur das Gesicht des Schamanen blieb völlig unbewegt. Als ihre Blicke ihn jedoch diesmal trafen, hob er kaum merklich die Brauen, was eine Bejahung bedeutete. Die Antwort, die der alte Stene daraufhin gab, war kurz und bündig.

»Sie haben ihr altes Haus verlassen, weil dort ein böser Geist sein Unwesen trieb«, übersetzte Keldsen.

»Eine böser Geist«, echote Lerby. Er verspürte den Drang zu einer spöttischen Bemerkung oder wenigstens dazu, die Mundwinkel abschätzig fallen zu lassen. Aber er tat weder das eine noch das andere. Etwas sagte ihm, dass es besser war, darauf zu verzichten. »Wie hat sich dieser … böse Geist geäußert?«, fragte er stattdessen, betont ernst und sachlich.

Stene Stensen antwortete wieder, und es hörte sich an wie ein ebenso leiser wie trauriger Gesang.

»Die Hunde waren eines Morgens tot«, übersetzte Keldsen.

»Was heißt das?«, fragte Lerby.

»Sie haben nicht mehr gelebt«, präzisierte der Polizist.

»Verdammt, das ist mir klar. Aber wie sind sie gestorben? War es die Kälte? Hunger? Ein Raubtier?«

Keldsen übersetzte die Frage – und erhielt prompte Antwort. »Nein«, erwiderte er daraufhin, »sie waren einfach tot, von einem Tag zum anderen.«

»Und darin haben sie das Wirken einer bösen Macht erkannt?« Lerby schüttelte verständnislos den Kopf. »Haben sie nicht nach der Ursache gesucht?«

»Was hätte es genutzt? Sie waren doch tot.«

»Sicher«, räumte Lerby ein, der nicht recht wusste, was ihn mehr in Unruhe versetzte, die einsilbigen Antworten der beiden Zeugen oder Keldsens stoische Übersetzung. »Aber sie hätten die Hunde doch untersuchen lassen können, womöglich sind sie krank gewesen oder ...«

»Sie waren tot«, ergriff der Schamane nun zum ersten Mal das Wort, zu Lerbys Überraschung nicht in Kalaallisut, sondern auf Dänisch, das er flüssig zu beherrschen schien. »Warum ist es für euch Europäer so schwer, sich mit etwas abzufinden?«

»Weil wir gerne die Ursachen erfahren möchten«, erwiderte Lerby. »Die Gründe, warum etwas geschieht.«

»Und du glaubst, du würdest sie erkennen?« Der Schamane sah ihn an, ohne dass festzustellen gewesen wäre, was in den kohlschwarzen Augen vor sich ging. »Für einen Jäger da draußen im Eis sind Schlittenhunde alles. Sie sind die Grundlage seines Lebens, sein einziger Weg, an Beute, an Nahrung zu kommen. Verliert er sie, so verliert er alles, und so etwas geschieht nicht aus Zufall, denn alles ist miteinander verbunden. Und es geschieht noch immer«, fügte er rätselhaft hinzu, ohne zu erklären, was er damit meinte.

»Was soll das bedeuten?«, fragte Lerby deshalb.

»Du bist ein *qalluna* und kannst das nicht verstehen – aber die Menschen hier wissen, wann es besser ist, Dinge zu meiden und der Natur zu weichen. Nämlich dann, wenn böse Mächte im Spiel sind.«

»Böse Mächte? Sie denken, dass irgendwelche dunklen Kräfte dafür verantwortlich sind, dass drei Männer getötet wurden? Dass diese alte Hütte auf irgendeine Weise ... verflucht ist?«

»Wieder sprichst du über Dinge, von denen du nichts verstehst.«

Lerby schürzte die Lippen. Der alte Knabe brachte ihn völlig durcheinander. Er wusste selbst nicht recht, ob er derjenige war, der sich über den Schamanen lustig machte, oder ob es in Wirklichkeit nicht vielmehr umgekehrt war. Ein unerklärlicher Ehrgeiz packte ihn. Er wollte unbedingt durchblicken lassen, dass er nicht so unbedarft war, wie der alte Magnus zu glauben schien.

»Sie sprechen von bösen Geistern«, sagte er, wobei er Keldsen mit einem Seitenblick streifte. »So wie der *Amaruq*?«

Die schwarzen Augen des Schamanen sahen ihn bedeutungsvoll an – und dann geschah etwas, womit Lerby nicht gerechnet hatte: Der weise Magnus, Nachfolger des großen Maratse, gab ein geräuschvolles Grunzen von sich und lachte anscheinend recht vergnügt in sich hinein. Und seine beiden Schützlinge lachten mit, nicht laut und ausladend, aber doch voller Ausgelassenheit. Von der Anspannung, unter der sie eben noch gestanden hatten, war in diesem Moment nichts mehr zu spüren.

Ein paar Augenblicke lang war Lerby nur verdutzt. Dann reichte es ihm. »Darf ich fragen, was so komisch ist?«

»Du bist komisch«, beschied ihm der Schamane ungeniert, nachdem er und die anderen sich wieder beruhigt hatten. »Das, was du sagst, ist komisch. Der *Amaruq* ist kein Geist, sondern eine Gestalt aus unseren Sagen. Ein Wesen, das unsere Ahnen ersonnen haben, um die Unvorsichtigen unter uns vor den Gefahren der nächtlichen Jagd zu warnen.«

»Sie glauben also gar nicht, dass er wirklich existiert?«

»Natürlich nicht, hältst du mich für einen *sianiippoq*?«

Lerby erkannte das Wort von vorhin, deshalb wusste er jetzt, dass es »Trottel« bedeutete.

»Womit wir es hier zu tun haben, ist etwas völlig anderes«, klärte der alte Magnus ihn auf, und seine Stimme senkte sich dabei fast zu einem Flüstern. »Es ist ein *tupilaq*.«

»Verstehe«, log Lerby. »Und was ist das nun wieder?«

»Ein Dämon«, erklärte der Schamane schlicht – und nicht nur die Stensens, sondern auch Daavi Keldsen schienen sich in diesem Moment innerlich zu verkrampfen, jeder Anflug von Heiterkeit war jäh aus ihren Mienen gewichen.

»Echt jetzt?« Lerby schnaubte.

»Ich weiß, dass Menschen wie du so etwas für Unfug halten. Aber das ist es nicht. Ein *tupilaq* ist keine Ausgeburt der Fantasie, sondern von Menschen gemacht. Ein Wesen aus vielen, das Werkzeug eines zerstörerischen Willens.«

»Und dieses Werkzeug hat all diese Leute umgebracht?«, fragte Lerby wenig überzeugt.

»Er ist schon lange hier. Er hat gewartet und beobachtet, wie ein Jäger, der an einem Robbenloch auf der Lauer liegt. Stene und Pipaluk gehen noch den alten Weg und glauben an die alte Welt. Deshalb haben sie seine Anwesenheit gespürt und sind gegangen. Doch das Böse lauert noch immer dort draußen in jener Bucht. Und es hat neue Nahrung gefunden.«

»Sie wollen damit sagen, dass …?«

»So ist es geschehen«, sagte der Schamane mit einer Endgültigkeit, die keinen weiteren Widerspruch duldete.

Lerby nickte.

Er mochte nicht zustimmen – in keiner Weise – und hielt die Worte des Alten für abergläubisches Gerede. Aber ihm war auch klar, dass er so nicht weiterkommen würde. Stattdessen wandte er sich wieder an die zu vernehmenden Zeugen, stellte ihnen noch einige Fragen zu dem Haus, das sie einst bewohnt hatten, und zur Person Natuk Olsens. Er befragte sie auch zu den beiden anderen Mordopfern und zeigte ihnen die Phantombilder der beiden jungen Männer, doch auch sie waren dem Ehepaar nicht bekannt.

»Sie mussten dort sterben«, sagte der alte Magnus voller Überzeugung.

»Wie kommen Sie darauf?«

»Alles ist verbunden – das Land, das Eis, das Meer und die Menschen. Und auch unsere Welt mit der Geisterwelt.«

»Das ist Ihre Ansicht«, meinte Lerby. Die Zeugenbefragung – wenn man dieses Gespräch überhaupt so nennen konnte – hatte ihm schmerzlich bewusst gemacht, dass es ihm wohl auf ewig versagt bleiben würde, die Gedankenwelt dieser Menschen nachzuvollziehen. Mehr noch, er hatte das Gefühl, die Begegnung rasch beenden zu müssen. Etwas an dem alten Magnus, am stoischen Wesen des Schamanen, an seiner eigentümlichen Sprechweise oder an der Art, wie er ihn ansah, versetzte ihn zunehmend in Unruhe.

»Ich danke Ihnen, dass Sie den weiten Weg auf sich genommen haben«, wandte er sich abschließend an das Ehepaar Stensen, und Keldsen übersetzte wiederum. »Für die Nacht haben wir Ihnen ein Zimmer im örtlichen Hotel reserviert.«

»Sie wohnen bei mir, in meinem Haus«, stellte Magnus klar.

»Wie auch immer.« Lerby nickte. »Ich danke Ihnen für das Gespräch, und ich denke nicht, dass ich Sie noch einmal befragen muss. Morgen früh werden Sie in Ihr Dorf zurückgebracht.«

»Und?«, fragte der Schamane, während seine Schützlinge sich folgsam erhoben und zum Gehen wandten. »Ist es das wert gewesen?«

»Wovon sprechen Sie?«

»Diese armen Leute den ganzen Weg hierher zu schleppen. Hast du eine Ahnung, was du ihnen damit angetan hast? Wie sehr du sie verängstigt hast?«

»Das tut mir leid«, versicherte Lerby mit jenem unverbindlichen Lächeln, mit dem sich ein Polizeibeamter in Kopenhagen entschuldigte – doch hier im Norden genügte das offenbar nicht. Die Stensens erwiderten das Lächeln und hätten es wohl dabei bewenden lassen, aber der alte Magnus blieb in der Türöffnung stehen, die seine breitschultrige Gestalt fast ganz ausfüllte.

»Es tut dir also leid«, schnaubte er. »Und was wirst du jetzt tun? Noch mehr Fragen stellen?«

»Das nennt man polizeiliche Ermittlung. Ich werde den Fall weiter untersuchen und nach dem Mörder fahnden.«

»Du wirst scheitern«, sagte der Schamane voraus, »und vermutlich einen grausamen Tod in der Kälte sterben. Der *tupilaq* wird sich von dir nicht aufhalten lassen und weiter morden, nun, da er Blut gerochen hat.«

Lerby sah ihm ins faltige Gesicht. Kein einziger Muskel regte sich darin, es schien zu einer jener handgeschnitzten Masken erstarrt zu sein, die in den Souvenirläden am Flughafen verkauft wurden. Im Zuge seiner Arbeit war Lerby schon öfter in gefährliche Situationen geraten, und es war durchaus vorgekommen, dass jemand ihm gedroht hatte. Doch noch nie zuvor hatte ihm jemand sein baldiges Ableben vorausgesagt … zumindest nicht in diesem Tonfall und nicht mit dieser Endgültigkeit.

»Versuchen Sie gerade, mich einzuschüchtern?«, fragte er.

»Nein. Ich versuche, dich zu warnen. Du lässt dich mit Dingen ein, die du nicht verstehst.«

»Ich wurde hierher*geschickt*«, stellte Lerby klar. »Ich bin Polizist und habe keine andere Wahl.«

»Doch«, widersprach der andere. »Sie können das tun, was Jäger immer tun.«

»Und das wäre?«

»Geduld haben. Abwarten.«

»Worauf denn?«, zischte Lerby. Die phlegmatische Art des Alten ging ihm zunehmend auf die Nerven.

»Kommt der Sommer wieder, so kehrt auch das Licht zurück«, entgegnete der alte Magnus. »Dunkle Dinge geschehen in dunklen Zeiten. So ist es immer schon gewesen.«

»Früher vielleicht«, versetzte Lerby in einem Anflug von Trotz. »Aber nicht, wenn ich hier bin.«

15

Nach der Freigabe der Leiche Natuk Olsens war alles ziemlich schnell gegangen: Der Pastor und eine Mitarbeiterin der örtlichen Seelsorge hatten sie abgeholt und das Begräbnis vorbereitet, das schon am darauffolgenden Vormittag stattfand.

Der Friedhof befand sich außerhalb von Illokarfiq. An einen dem Wetter ausgesetzten Hang, von dem der eisige Wind fast allen Schnee gefegt hatte, duckten sich schlichte weiße Holzkreuze, an denen hier und dort bunte Blumen aus Plastik befestigt waren. Das Grab, in dem der ermordete Jäger beigesetzt werden sollte, befand sich am westlichen Rand des Friedhofs. Ein kleiner Zug von Trauernden war von der Kirche heraufgekommen und stand jetzt um das Grab gereiht, in das man Olsens leblosen Körper betten würde.

Es war nur eine kleine Trauergemeinde. Da Olsen keine lebenden Verwandten in Illokarfiq gehabt hatte, hatten sich nur einige Kollegen von der Tankstelle eingefunden, deren Befragung ebenso ergebnislos geblieben war wie die der Stensens. Inasson und Keldsen hatten sich als Vertreter der örtlichen Polizei angeschlossen, weithin zu erkennen an ihren dunkelblauen Uniformen. Doch es schien nicht dienstliches Pflichtbewusstsein allein, das die beiden bewogen hatte, an der Zeremonie teilzunehmen; es schien ihnen auch ein ehrliches Bedürfnis zu sein, sich von Olsen zu verabschieden, der ein Teil ihrer Gemeinde gewesen war, auch wenn sie ihn kaum gekannt hatten. Der Pastor, ein hagerer Däne mit grauer Haut, der schon seit vielen Jahren in Illokarfiq lebte, leitete die Zeremonie – während der alte Magnus direkt neben ihm stand und seinen Worten lauschte.

Von seinem Platz auf einem benachbarten Hügel aus konnte Lerby alles genau beobachten – und zugleich die Distanz wahren. Er gehörte nicht zu diesen Menschen, und es wäre ihm seltsam vorgekommen, sich unter die Trauernden zu reihen. Dennoch hatte er sich entschlossen, der Beisetzung wenigstens aus der Entfernung beizuwohnen; nicht so sehr aus Anteilnahme, sondern in der vagen Hoffnung, dass sich vielleicht ein unverhoffter Hinweis ergeben würde. Manchmal, das hatte ihn die Erfahrung gelehrt, nutzten Täter die Gelegenheit, um von ihrem Opfer Abschied zu nehmen, so abwegig und pervers dies auch erscheinen mochte.

An diesem Tag sah es jedoch nicht danach aus.

Die Gruppe der Menschen, die sich unter einem schiefergrauen Himmel versammelt hatten, um Natuk Olsen das letzte Geleit zu geben, blieb überschaubar, und es gesellte sich niemand hinzu, den Lerby nicht bereits gekannt hätte. Dafür erhielt er auf seinem einsamen Posten Gesellschaft.

Eine junge Frau trat neben ihn. Anders als er war sie nicht in einen dicken Parka gehüllt, sondern trug nur eine leichte rote Winterjacke. Der kalte Wind zerwühlte ihr langes blauschwarzes Haar.

Obwohl sie Lerby gleich bekannt vorkam, brauchte er einen Moment, um sich zu entsinnen … dann fiel es ihm wieder ein: Es war die junge Frau aus dem Supermarkt, die ihn so überaus schmeichelhaft betitelt hatte.

»*You again?*«, fragte er, nicht eben erfreut.

»Ich schon wieder«, bestätigte sie, wobei sie ihn nicht ansah, sondern den Blick weiter auf das Begräbnis gerichtet hielt, das in der Ferne stattfand. Und zu seiner Verblüffung bediente sie sich diesmal seiner Muttersprache.

»Sie können auch Dänisch?«

»Natürlich. Die meisten von uns lernen es heute in der Schule, wussten Sie das nicht?«

»Warum haben Sie dann im Supermarkt Englisch gesprochen?«

Zum ersten Mal wandte sie den Blick und sah ihn an. Ihre

schmalen, dunklen Augen funkelten. »Vielleicht, weil es sich auf Englisch schöner fluchen lässt«, schlug sie vor. »Oder«, fügte sie ein wenig leiser hinzu, »weil ich nicht wollte, dass sie mich für ein eine ungebildete Eskimofrau halten.«

Lerby wusste nicht, was er darauf erwidert sollte, aber er fühlte sich peinlich berührt.

»Ich habe von Ihrem Gespräch mit dem Schamanen gehört«, sagte sie.

Jetzt sah er sie von der Seite an. »Das hat sich ja schnell herumgesprochen.«

»Es war gut, dass sie mit ihm geredet haben.«

»Eigentlich«, entgegnete Lerby knurrend, »hat nur er geredet.«

»Ich weiß, so ist er.« Sie lachte leise auf.

»Kennen Sie ihn gut?«

»Einigermaßen … er ist mein Großvater.«

Lerby schnaubte. »Das erklärt manches.«

»Da haben Sie vermutlich Recht.« Sie nahm die rechte Hand aus der Tasche ihres Anoraks und reichte sie ihm. »Pallaya Shaa, Pally für meine Freunde … Aber zu denen gehören Sie wohl nicht.«

»Wohl nicht«, bestätigte er, ergriff ihre Hand aber trotzdem. »Jens Lerby.«

»Ich weiß.« Sie nickte. »Jeder hier weiß das«, fügte sie achselzuckend hinzu. Dann standen sie schweigend nebeneinander und sahen weiter der Beisetzung zu.

Über die Distanz war nicht zu verstehen, was der Pastor sagte, nur ab und zu trug der Wind ein paar Wortfetzen heran. Aber Lerby nahm an, dass es ähnliche Worte waren wie jene, die auch andernorts gesprochen wurden und sich hauptsächlich um Hoffnung für den Verstorbenen und Trost für die Hinterbliebenen drehten – auch wenn Natuk Olsen kaum jemanden hinterließ.

Dann ergriff der alte Magnus das Wort, indem er eine kleine, mit Robbenhaut bespannte Trommel schlug und dazu eine Art rhythmischen Sprechgesang anstimmte. Und so er wie zuvor schweigend dabeigestanden und gelauscht hatte, schwieg nun der Pastor und lauschte seinerseits.

»Ein denkwürdiger Anblick«, meinte Lerby.

»Wovon sprechen Sie?«

»Der Dorfpastor und der Schamane in schöner Einigkeit – hat die Kirche das nicht verboten?«

»Früher«, räumte Pallaya ein. »Heute spiegelt es das besondere Verhältnis zur Religion wider, das viele Inuit haben. Als im achtzehnten Jahrhundert Missionare das Christentum nach Grönland brachten, blickte der Schamanismus bereits auf eine rund viertausendjährige Geschichte zurück. Das Eis, das Meer, der Hunger, die Dunkelheit – der Schamanismus hat den Gefahren Gestalt und Namen gegeben und sie so für die Menschen begreifbar gemacht.«

»Dennoch haben die Inuit das Christentum ohne größeren Widerstand angenommen, soweit ich weiß.«

»Das ist wahr.« Pallaya lächelte. »Die Idee eines gütigen Gottes, der Sünden vergibt und mit ewigem Leben belohnt, hat ihnen wohl gefallen. Hier im Norden gibt es nicht allzu viel, das Fehler verzeiht und Mühen belohnt.«

»Und nach der Messe in der Kirche sind die Leute alle brav nach Hause gegangen und haben weiter dem Schamanismus gefrönt«, ergänzte Lerby.

»Warum auch nicht? Die Leute hier sind keine Europäer oder Amerikaner, Kommissar. Sie nehmen nicht für sich in Anspruch, alles zu wissen oder im Besitz einer allgemeingültigen Wahrheit zu sein. Die Natur hat sie gelehrt, sich anzupassen. Wenn das einzige Ansinnen darin besteht, den Winter zu überleben, lehrt das Bescheidenheit.«

»In der Tat«, knurrte Lerby gedankenverloren. Drüben auf dem Friedhof hatte der alte Magnus seinen Gesang beendet, der Leichnam wurde jetzt ins Grab gesenkt. »So bescheiden, dass sie nicht einmal ein Kapitalverbrechen aufgeklärt sehen wollen, den Mord an einem der ihren.«

»Rachsucht entspricht nicht dem Wesen der Menschen hier, Kommissar«, erklärte Pally kopfschüttelnd. »In der langen Zeit, in der mein Volk nun schon in diesem Land siedelt, hat es gelernt, Kummer und Schmerz stillschweigend zu ertragen.«

»Um Rachsucht geht es nicht«, widersprach Lerby, »sondern um Recht und Ordnung. Um Gerechtigkeit.«

»Ist das *Ihr* Glaube? Gerechtigkeit?«

Lerby ließ die Frage unbeantwortet, starrte wortlos hinüber zum Friedhof. Inzwischen hatte Olsen Natuk seine letzte Ruhestätte gefunden, und der Pfarrer spendete den Segen.

»Ich glaube an das Gesetz«, sagte Lerby schließlich. »Daran, dass ein Mörder für seine Tat zur Rechenschaft gezogen und bestraft werden muss.«

»Und die Inuit finden, dass das Böse zum Leben gehört wie das Gute«, konterte Pallaya. »Seit vier Jahrtausenden leben sie hier, das sind eineinhalb Millionen Nächte voller Kälte, Angst und Bitterkeit. Die überlebt man nicht, indem man das Böse bekämpft, sondern indem man es aushält.«

»Ich verstehe«, sagte Lerby nur.

Die Feier war zu Ende, die Gruppe der Trauernden begann sich zu zerstreuen.

»Gibt es hier in der Nähe was zu trinken?«, fragte er unvermittelt.

»Aber natürlich«, feixte die junge Inuk. »Wir sind hier schließlich nicht am Ende der Welt!«

Lerby blies durch die Nase.

»Kommen Sie mit«, forderte Pally ihn auf und ging ihm voraus den Hügel hinab durch den nur knöcheltiefen Schnee, der unter ihren Schritten knirschte. Lerby folgte ihr.

Weit zu gehen brauchten sie nicht, auf halbem Weg zur Ortsmitte hab es eine Kneipe, die um diese Zeit schon geöffnet hatte, wobei die Bezeichnung Spelunke zutreffender gewesen wäre. Die Beleuchtung war gedämpft, es roch nach abgestandenem Bier und fauligem Fisch, und aus einer uralten Musikbox dudelte Musik aus den Sechzigern, die Beatles mit »A Hard Day's Night« – und es war noch nicht einmal zwölf.

An der Bar und einigen der kleinen Tische, die sich unter tiefhängenden, verbeulten Industrielampen duckten, kauerten zusammengesunkene Gestalten. Einige waren noch halbwegs da und starrten mit glasigem Blick in ihre Biergläser, andere waren schon ziemlich weggetreten.

Ein Teil von Lerby wäre am liebsten gleich wieder umgekehrt. Aber erstens wollte sein anderer Teil auf die Beerdigung hin einen Drink, und zweitens hätte ihm ein solcher Rückzieher die nächste sarkastische Bemerkung seiner jungen Begleiterin eingetragen, und darauf legte er keinen Wert.

Pallaya trat an den Tresen und bestellte sich beim Barkeeper ein Tuborg, das es nicht nur zu Hause in Dänemark, sondern buchstäblich überall auf der Welt zu geben schien. Lerby stand der Sinn nach etwas Handfesterem, das ihn zugleich über den Rest des Tages bringen würde.

»Zwei Teile Wodka, ein Teil Kaffee«, wies er den vierschrötigen Barkeeper an, der ein weites Flanellhemd trug und ein schmutziges Geschirrtuch über der Schulter hatte. »Ordentlich schütteln, aber kein Eis.«

»Kein Eis?« Pally hob die Brauen.

»Ich kann Eis nicht leiden.«

»Dann sind Sie ja genau in der richtigen Gegend.«

»Unbedingt.«

Das Pils war schnell serviert, und da der Barkeeper sich nicht die Mühe machte, frischen Kaffee aufzusetzen, sondern einfach das dunkle Gebräu verwendete, das in einer gläsernen Kanne auf einer Wärmeplatte stand, ließ auch der Drink nicht lange auf sich warten.

»Auf das Eis.« Pally grinste.

Lerby blieb eine Antwort schuldig, stieß aber trotzdem mit

ihr an. Dann schüttete er das Getränk hinab, das er so leichtfertig bestellt hatte. Es schmeckte schauderhaft bitter und brannte wie Feuer in seinem Magen.

Er hatte das Glas kaum wieder auf dem Tresen abgestellt, als ihn von hinten jemand auf die Schulter tippte.

»*Ay*!«

Lerby drehte sich auf seinem Barhocker herum. Ein junger Mann hatte sich vor ihm aufgebaut. Er war schäbig gekleidet und hielt sich nur schwankend auf den Beinen, seine Gesichtszüge waren aufgedunsen und rot vom Alkohol.

»Sie wünschen?«, fragte Lerby.

Ein Wortschwall in Kalaallisut kam über die Lippen des jungen Inuk. Und an der Art, wie er Lerby dabei ansah, wie seine Gesichtszüge sich verzerrten und blanker Zorn aus seinen dunklen Augen schlug, war zu erkennen, dass es keine Freundlichkeiten waren. Fauliger, nach Schnaps und Bier riechender Atem drang Lerby entgegen, während ihm der Junge die Worte ins Gesicht spie.

Die anderen Gäste waren aufmerksam geworden – jedenfalls die, die noch dazu in der Lage waren. Einige erhoben sich von ihren Stühlen und kamen humpelnd herbeigeschlichen, ihre Mienen nicht weniger aufgedunsen und deformiert als die des Jungen. Lerby kamen sie vor wie lebende Tote.

»Was sagt er?«, wollte Lerby von Pallaya wissen.

»Dass er weiß, wer Sie sind. Und dass Leute wie Sie seiner Familie nichts als Unglück gebracht haben. Sein Bruder hat vor einem halben Jahr Selbstmord begangen.«

»Sagen Sie ihm, dass mir das leidtut«, erwiderte Lerby, und die junge Frau übersetzte.

Worauf der andere nur noch wütender wurde.

Seine Gesichtszüge nahmen die Farbe von rohem Fleisch an, und seine Augen schienen plötzlich ins Leere zu blicken. Lerby kannte diesen Gesichtsausdruck – es war der von Menschen, die kurz davor waren, die Kontrolle über sich zu verlieren. In gezackten Rinnsalen rannen Tränen über die Wangen des jungen Mannes, sein ganzer Körper begann zu beben, während er die Hände zu Fäusten ballte.

»Tu das nicht, Junge«, sagte Lerby leise und mit warnendem Tonfall, und er war sicher, dass der andere ihn verstand.

In der Bar war es still geworden. Niemand sagte mehr ein Wort, nur John, Paul, George und Ringo sangen unbeirrt weiter, waren jetzt bei einem anderen ihrer Evergreens angelangt:

When I was younger, so much younger than today

I never needed anybody's help in any way …

Lerby wappnete sich für einen Angriff – der schon im nächsten Moment erfolgte.

Der junge Kerl schickte ihm eine Gerade, und obwohl er betrunken war und seine Bewegungen fahrig und unkontrolliert, kam sie durch. Vielleicht lag es daran, dass Lerbys letztes Training in Selbstverteidigung eine gefühlte Ewigkeit zurücklag, vielleicht verspürte er auch gar kein Verlangen danach, sich zu wehren. Im nächsten Moment explodierte die zur Faust geballte Rechte des Jungen an seinem Kinn. Lerby hörte ein hässliches Knacken, und für einen Moment flackerten seine Sinne wie eine Kerze im Wind.

Help me if you can, I'm feeling down

And I do appreciate you being 'round …

Ein Raunen ging durch die Menge, irgendjemand lachte. Die Zähne gefletscht wie ein Raubtier, wollte der Inuk ein zweites Mal zuschlagen, doch jetzt gingen andere dazwischen. Der Barkeeper tauchte plötzlich neben dem Betrunkenen auf und fiel ihm in den Arm, während Pally gleichzeitig auf ihn einredete, in ihrer Muttersprache und so schnell, dass Lerby nicht ein einziges Wort verstand. Der Junge stutzte, dann gab er seinen Widerstand auf und ließ sich nach draußen führen, an die kalte Luft.

»Alles noch beisammen?«, erkundigte sich Pally mit erkennbar besorgtem Blick bei Lerby.

»Sieht so aus.« Sich auf den Tresen stützend, prüfte Lerby seinen schmerzenden Unterkiefer. »Nur mein Ego hat gelitten. Danke für die Hilfe.«

»Danken Sie mir nicht«, wehrte sie ab. »Ich habe es nicht für Sie getan.«

»Sondern?«

»Biri ist so alt wie ich. Ich kenne ihn von klein auf, wir sind zusammen zur Schule gegangen.«

»Wirklich?« Lerby schnitt eine Grimasse, was wehtat. »Im Dänisch-Unterricht hat er offenbar weniger gut aufgepasst als Sie.«

»Er hatte es nicht leicht«, erklärte Pally. »Seine Mutter ist bei seiner Geburt gestorben, sein Vater hat sich das Leben genommen, als er noch ein Kind war. Der Bruder war alles, was ihm geblieben war – bis er sich vor einem halben Jahr ebenfalls umbrachte.«

»Das sagten Sie schon.« Lerby rieb sich das lädierte Kinn. »Aber das gibt ihm nicht das Recht, auf mich einzuschlagen.«

»Das weiß er«, versicherte die junge Inuk. »Biri ist ein lieber Kerl, das macht nur der verdammte Alkohol … Es wird bestimmt nicht mehr vorkommen.«

»Ganz bestimmt nicht«, versicherte Lerby.

»Was soll das heißen? Wollen Sie ihn verhaften?«

»Ich habe keine andere Wahl. Ihr alter Schulfreund hat nicht nur mich angegriffen, sondern auch die Ordnung, die ich repräsentiere …«

»Aber er wusste doch gar nicht, wer Sie sind! Vermutlich hat er Sie nur für irgendeinen *qalluna* gehalten …«

»Blödsinn. Er hat kurz zuvor gesagt, dass er weiß, wer ich bin, und ein Dutzend Zeugen hat zugehört. Wäre es nicht so, könnte ich darüber hinwegsehen, aber …«

»Jetzt sind Sie es, der Blödsinn redet«, fiel Pally ihm ins Wort. Die Mundwinkel unter ihren hohen Wangen fielen geringschätzig herab. »Großvater hatte Recht. Sie sind genau wie alle anderen, die vom Festland kommen und uns nur bevormunden wollen.

Meine erste Einschätzung war richtig, Jens Lerby, Sie sind ein Arschloch.«

Beim letzten Wort streckte sie ihm die Hände hin.

»Was soll das?«, fragte er.

»Wollen Sie mich nicht auch verhaften?«

Lerby sah sie wortlos an, ihre wütenden, von schwarzem Haar umrahmten Gesichtszüge, den Zorn in ihren dunklen Augen, die ihm plötzlich fremd geworden waren.

Dann schüttelte er nur den Kopf.

Er überlegte, das Glas mit dem bitteren Gesöff vollends zu leeren, das noch auf dem Tresen stand, entschied sich aber dagegen. Stattdessen legte er einen Geldschein daneben und empfahl sich. Von den verstohlenen Blicken der Gäste begleitet, stieß er die Tür auf und ging nach draußen.

Er war fast überrascht, dass noch immer heller Tag war, irgendwie hatte er erwartet, dass es stockdunkel sein würde. So fühlte es sich jedenfalls an, und sein malträtierter Kopf dröhnte bei jedem Schritt. Lerby wollte den Weg zur Polizeiwache einschlagen, als sich sein Handy mit hellem Trillern meldete.

»Ja?«

»Ich bin's«, ließ sich Anna Perssons raue Stimme vernehmen. Und hätte Lerby nicht sicher gewusst, dass die resolute Schwedin durch nichts aus der Ruhe zu bringen war, hätte er gesagt, dass sie aufgeregt klang. »Erinnern Sie sich an die Probe, die ich ins Labor nach Nuuk geschickt habe?«

»Was?« Er rieb sich die Schläfe, brauchte einen Moment, um sich zu sortieren.

»Die Gewebeproben von den Wunden der Opfer«, wurde sie deutlicher. »Ich habe sie von meinem Kollegen auf Spuren fremder DNS untersuchen lassen, wissen Sie noch?«

»Natürlich«, versicherte Lerby. »Und?«

»Er ist fündig geworden – und ich denke, wir wissen jetzt, was das Tatwerkzeug gewesen ist.«

»Etwa keine Hörner?«, scherzte Lerby.

»Walrosszähne«, lautete Perssons ebenso kurze wie erschöpfende Antwort.

Und ob es an dem Fusel lag, den er getrunken hatte, oder an dem Schlag gegen den Kopf – in diesem Moment musste Lerby an das denken, was Magnus der Schamane über den Täter gesagt hatte.

Ein Wesen aus vielen, das Werkzeug eines bösen Willens.

16

Das leise Tuckern des Außenbordmotors war weit und breit das einzige Geräusch. Ansonsten lag Stille über dem Fjord, dessen tiefblaues Wasser mit gewaltigen weißen Scherben übersät schien: Packeis, das in diesem Jahr bereits früh aufgebrochen war und nun ein wirres Labyrinth aus Wasserstraßen formte, das es kleineren Booten erlaubte, schon weit ins Landesinnere hinein zu fahren, auf Pfaden, die noch vor zehn, fünfzehn Wintern um diese Jahreszeit nicht passierbar gewesen wären.

Gewiss, es war gefährlich – das Risiko, zwischen zweien der weißen Kolosse zermalmt zu werden, war groß. Doch es waren nicht Leichtsinn oder Abenteuerlust, der Hakan Angut und seinen Sohn Anik an diesem Nachmittag hinaustrieb in die kalte Gefahr.

Es war die reine Notwendigkeit.

Die Fleischvorräte waren erschöpft, und bis zum Eintreffen des Versorgungsschiffes würden trotz der frühen Eisschmelze noch Monate vergehen. Also hatte Hakan beschlossen, auf eigene Faust für Nahrung zu sorgen.

Ein Boot besaß er nicht – das Gefährt, auf dessen Achterducht er kauerte, während er den Außenborder bediente und es so durch den Flickenteppich des gebrochenen Eises steuerte, war nur geliehen. Die Hälfte von allem, was er erlegte, würde er dafür als Gebühr abtreten müssen, aber mit etwas Glück würde es das wert sein.

Anik kauerte vorn im Boot. Reglos wie eine Galionsfigur und mit zu Schlitzen verengten Augen hielt der Junge nach Robben Ausschau. Obwohl er erst zwölf Winter alt war, wusste er genau, auf welche Zeichen er zu achten hatte: auf die kleinen Verwirbelungen im Wasser, die Tiere hinterließen, wenn sie dicht unter der Oberfläche tauchten, und auf denen sich das Tageslicht anders brach als in der Umgebung; aber auch auf Kreise, die sich unvermittelt dort ausdehnten, wo eine Robbe an die Oberfläche kam, um Atem zu schöpfen. Auch wenn die Tiefe ihre Heimat war, waren Robben keine Fische; und wann immer ihre Lungen sie verrieten und zurück an die Oberfläche trieben, bekam der Jäger seine Chance.

Von der gewaltigen Natur, die ihn umgab, von den mächtigen schneebedeckten Bergen, die den Fjord zu beiden Seiten umrahmten, von den bizarren Formationen des Eises, deren tatsächliche Größe im türkisfarbenen Wasser nur zu erahnen war, nahm der Junge keine Notiz. Sein Magen knurrte. Seit drei Tagen hatte er kaum etwas gegessen, dennoch wäre es ihm nie in den Sinn gekommen, sich zu beschweren. Im Gegenteil, sein knurrender, bisweilen schmerzender Magen erinnerte ihn an seine Aufgabe und an die Pflicht, die er hatte, nicht nur seinem Vater, sondern auch seiner Mutter und den beiden Schwestern gegenüber, die zu Hause warteten und auf einen glücklichen Ausgang der Jagd hofften.

Und in diesem Moment, als er einmal mehr den Blick über das Labyrinth des Eises schweifen ließ, wurde Anik fündig.

In etwa einhundert Metern Entfernung, jenseits einer Ansammlung glasigen Eises, die vor ihnen im Wasser trieb, tauchte etwas aus der Tiefe auf, dunkel und schwarz …

Der Kopf einer Robbe!

»Vater«, zischte Anik und deutete in die entsprechende Richtung. Sein Vater drosselte den Motor augenblicklich, und dann ging alles blitzschnell. Jede Bewegung, jeder Handgriff war hundertfach eingeübt, und auch wenn Hakan seit dem vergangenen Herbst nicht mehr auf der Jagd gewesen war, gingen sie ihm flüssig von der Hand. Schon lag das Jagdgewehr in seinen Händen, hatte er angelegt und zielte – und nur Augenblicke später peitschte der Schuss.

Er klang wie ein lautes Klatschen und verlor sich in der Weite des Fjords. Die Robbe zuckte und verschwand für einen Moment unter Wasser, um dann sogleich wieder aufzutauchen – das sichere Anzeichen dafür, dass Hakan getroffen hatte.

»Wir haben sie, Vater«, rief Anik aufgeregt über die Schulter.

»Noch nicht, Junge.« Hakan hatte das Gewehr bereits beiseitegelegt und wieder nach der Lenkstange des Außenborders gegriffen. Jetzt kam es auf jeden Augenblick an, denn es bestand die Gefahr, dass die Robbe im Todeskampf unterging und nicht wieder auftauchte, oder dass das Blut, das jetzt im Wasser war, andere Jäger auf den Plan rief. Es war ein Wettlauf gegen die Zeit, und Hakan und sein Sohn waren entschlossen, ihn zu gewinnen.

Doch plötzlich änderte sich alles.

Denn da war noch ein zweites Boot.

Zunächst nahm Hakan es nur aus dem Augenwinkel wahr. Sie hatten gerade eine gute drei Meter über die Wasserlinie ragende Eisscholle passiert, und zu ihrer Rechten hatte sich eine weitere Gasse im weißen Labyrinth geöffnet – darin dümpelte ein anderes Motorboot.

Hakans erster Gedanke war, dass ein fremder Jäger ihnen die Beute streitig machen wollte. Doch schon im nächsten Moment wurde ihm klar, dass das Boot erstens mit deutlicher Schlagseite im türkisgrünen Wasser lag. Und dass er es zweitens gut kannte …

Unwillkürlich nahm er das Gas zurück, und ihre Fahrt verlangsamte sich.

»Papa, was tust du?«, fragte Anik. »Wir müssen …«

In diesem Moment gewahrte auch der Junge das andere Boot. Es war ein wenig größer als ihr eigenes und hatte mittschiffs ein hellblau gestrichenes Ruderhaus und schwarze Fender.

»Das ist Kuupiks Boot«, sagte Hakan leise. »Er wollte auch zur Jagd, genau wie wir.«

»Irgendwas stimmt damit nicht«, stellte Anik fest.

Das war auch Hakans Ansicht – nicht nur weil es so stark

krängte, sondern auch weil niemand an Bord zu sehen war. Trotzdem wollte er noch nicht von der Robbe lassen, die irgendwo dort vorn schwamm und mit jedem Augenblick tiefer sank …

»He, Kuupik!«, rief er daher laut. Das Eis und die Enge des Labyrinths schluckten seine Worte, so wie sie zuvor den Schuss geschluckt hatten. Er versuchte es noch einmal, formte die Hände vor dem Mund zu einem Trichter: »Kuupik, wir sind es! Hakan und Anik!«

Es kam keine Antwort.

Hakan zögerte noch einen kurzen Moment, aber die Sorge um den verschollenen Nachbarn war lauter als das Knurren seines Magens. Er gab erneut Gas, worauf das Tuckern des Motors anschwoll und das Boot einen Satz machte, nicht mehr in Richtung der Robbe, sondern auf das andere Boot zu.

Anik, der schon zum Enterhaken gegriffen hatte, um die Beute in die Plicht zu wuchten, behielt die lange Stange in den Händen. Als das Boot seines Vaters zu dem anderen längsseits ging, benutzte er sie, um es an den Rumpf heranzuziehen, bis es gegen die Fender stieß.

»Gut so«, sagte Hakan und machte kurzerhand die Achterleine an einer Klampe fest. »Warte hier«, schärfte er seinem Jungen ein und kletterte behände an Bord des anderen Boots, wobei er erneut den Namen des Freundes rief. »Kuupik …?«

In der Plicht herrschte Chaos – Seile, Netze, Kisten, alles lag wild durcheinander. Hakans Blick fiel auf das Ruderhaus. Eine Vorahnung überkam ihn, düster und unheilvoll, so als lüfte sich für einen Moment der Nebel, der sonst stets über der Zukunft lag …

Wie in Trance bewegte er sich darauf zu, griff nach dem Türknauf und drehte ihn herum, zog die Tür mit quälender Langsamkeit auf.

Die Gesichtszüge, in die er starrte, waren vertraut und fremd zugleich.

Vertraut, weil sie einem Nachbarn und Freund gehörten, den

er seit vielen Jahren kannte. Fremd, weil sie bleich und leblos waren und zu einer grauenvollen Fratze gefroren, aus der Kuupik Pedersen ihn anstarrte, die dunklen Augen in namenlosem Entsetzen aufgerissen.

Kuupiks lebloser Körper war unter dem Steuerrad zusammengesunken. Und da war Blut, überall Blut. Sein Anorak hatte sich damit vollgesogen, und es bedeckte den Boden des Ruderhauses, teils gefroren, teils noch flüssig. Und nun, da Hakan die Tür geöffnet hatte, kroch ein rotes Rinnsal über die Schwelle hinaus in die Plicht.

Einen Augenblick lang stand Aniks Vater noch unbewegt, Stimme und Glieder wie erstarrt. Dann brüllte er sein Entsetzen und seine Angst laut hinaus in das kalte Eis, das sie sogleich wieder verschluckte.

17

»Was soll das heißen, Jens?«

In all den Jahren, die Lerby seinen Vorgesetzten Birger Sørensen nun schon kannte, hatte er ihn nie für die hellste Kerze auf der Torte gehalten, nicht einmal, als sie noch gut befreundet gewesen waren. Doch bei diesem Telefonat legte dieser es offenbar darauf an, sich besonders begriffsstutzig zu geben. Oder vielleicht wollte er die Demütigung, der Lerby sich gerade unterwarf, auch nur bis zur Neige auskosten.

Lerby tat ihm den Gefallen …

»Das soll heißen«, erklärte er seufzend, während sich die Finger seiner rechten Hand so fest um das Smartphone krallten, dass die Knöchel weiß hervortraten, »dass ich um meine Entbindung von den laufenden Ermittlungen ersuche.«

»Mit welcher Begründung?«

»Befangenheit.«

»Gegenüber Leuten, die du noch nie zuvor in deinem Leben gesehen hast?« Sørensen ließ ein zahnloses Lachen hören. »Willst du mich verscheißern?«

»Dann such dir was anderes aus, irgendwas«, erwiderte Lerby, kleinlaut für seine Verhältnisse. »Ich muss hier weg.«

»Bedauere, aber das geht nicht«, beschied ihm Sørensen mit kühler Sachlichkeit. »Oder muss ich dich daran erinnern, dass du dir die Sache selbst eingebrockt hast? Dass du …«

»Nein«, fiel Lerby ihm ins Wort, »musst du nicht.«

»Jens.« Der andere seufzte. »Ich habe es dir schon vor deiner Abreise gesagt, und jetzt sage ich es dir wieder: Du darfst diesen Fall nicht als eine Strafe betrachten, sondern als deine Chance zur

Bewährung. Als willkommene Möglichkeit, dein ramponiertes Image wieder aufzupolieren.«

Lerby blies durch die Nase. Sein Image war so ziemlich das, was ihn im Augenblick am wenigsten interessierte. Da gab es andere Dinge, die ihm wesentlich mehr zusetzten.

Die Kälte und die Einsamkeit.

Dieser völlig groteske Fall.

Vor allem aber die Menschen hier …

»Ich komm hier nicht weiter«, gestand er offen.

»Den Eindruck habe ich nicht. Ich habe deinen letzten Bericht gelesen – das sind doch vielversprechende Anhaltspunkte.«

»Für wen? Doktor Van Helsing?« Lerby lachte bitter auf. »Die brauchen hier keinen Analytiker, sondern die verdammten Ghostbusters. Die sind bereit, sich diesen ganzen abergläubischen Unfug anzuhören. Ich nicht.«

»Warum nicht?«

Lerby biss sich auf die Lippen. Was sollte er erwidern? Dass der Schutzpanzer, den er sich zugelegt und auf den er sich stets so viel eingebildet hatte, hier draußen plötzlich ein paar Schrammen bekommen hatte? Dass dieser Fall ihn so unangenehm berührte, wie schon lange keiner mehr? Dass er ihn zwang, über Dinge nachzudenken, über die er nie hatte nachdenken wollen? Und dass abends auf dem Hotelzimmer auch eine halbe Flasche Wodka nicht mehr ausreichte, um seinen Geist zu betäuben und all diese Fragen verstummen zu lassen?

»Nach allem, was ich gelesen habe«, fuhr Birger Sørensen fort, »haben wir es mit einem psychisch zutiefst gestörten Täter zu tun, der seine Opfer grässlich zurichtet, vermutlich aus Zorn oder Rache. Ein solches Täterprofil ist doch dein Spezialgebiet, oder nicht?«

»Das habe ich zunächst auch gedacht«, räumte Lerby ein, »aber etwas an diesem Fall ist anders. Ich denke nicht, dass der Täter seine Opfer gezielt ausgewählt hat, sie waren wohl nur zur falschen

Zeit am falschen Ort. Trotzdem hat er sie regelrecht abgeschlachtet, so als wäre das Morden reiner Selbstzweck ...«

»Klingt für mich, als würde da jemand bereits die richtigen Fragen stellen. Du bist ein guter Ermittler, Jens. Du hast es nur vergessen.«

»Vielen Dank auch.« Lerby lachte freudlos. »Aber bislang habe ich nichts außer drei übel zugerichteten Leichen und ein paar wilden Spekulationen. Außerdem« – er senkte seine Stimme und blickte verstohlen durch die Glaswände seines Büros nach draußen – »sind die zur Verfügung stehenden Einsatzkräfte vor Ort eine Katastrophe. Der Polizist, der mir zur Zusammenarbeit zugeteilt wurde, ist völlig unerfahren, seine Kollegin im achten Monat schwanger und der Leiter der Dienststelle alles andere als gut auf mich zu sprechen ...«

»... wofür du sicher nichts kannst«, sagte Sørensen in einem Tonfall, für den Lerby ihn am liebsten geohrfeigt hätte.

»Darum geht es nicht«, beharrte er. »Ich weiß nicht, womit ich es hier zu tun habe, und das setzt mir wirklich zu.«

Eine lange Pause entstand, in der Lerby seinen Vorgesetzten in tiefen Zügen atmen hörte.

»Jens«, sagte er dann so distanziert, dass man buchstäblich jeden der knapp dreitausend Kilometer hören konnte, die sie im Augenblick trennten, »willst du mir gerade mitteilen, dass du dich der Aufgabe nicht gewachsen fühlst und um deine Ablösung bittest? Du weißt, was das bedeuten würde ...«

Lerby nickte, er wusste es.

Es wäre der traurige Schlusspunkt einer Karriere, die steil begonnen hatte, aber in den letzten Jahren ziemlich ins Stocken geraten war. Es würde das Ende seiner Laufbahn bei der Kriminalpolizei bedeuten – aber er würde von hier wegkommen. Keine Kälte mehr und kein Eis, keine Inuit, die ...

Er wollte gerade antworten, als die Glastür seines Büros aufflog. Keldsen stand auf der Schwelle, das runde Gesicht totenbleich.

»Kommissar!«

»Was ist?«, fragte Lerby, den ein Schauer durchrieselte, und nicht als Folge der kalten Luft, die der andere mitbrachte.

»Ein neues Opfer!«, stieß Keldsen hervor.

Lerby starrte ihn an. Er fragte nicht näher nach, das Entsetzen in den Gesichtszügen des jungen Kollegen gab Auskunft genug.

»Ich rufe wieder an, Birger«, sagte Lerby in sein Smartphone – und beendete die Verbindung.

18

Das Monstrum hatte erneut zugeschlagen, auf dieselbe grausame Weise wie zuvor.

Das Opfer war Kuupik Pedersen, ein 38-jähriger Mann aus Illokarfiq, dessen Boot im noch halb vereisten Fjord treibend aufgefunden worden war – von einem Nachbarn, der ebenfalls draußen gewesen war, um Robben zu jagen. Sein zwölfjähriger Sohn war dabei gewesen. Lerby konnte nur hoffen, dass der Junge nicht allzu viel gesehen hatte.

Ein Team der örtlichen Sanitätsstation – ein Krankenhaus gab es nicht – kümmerte sich um die beiden unter Schock stehenden Zeugen. Die Beamten Inasson und Lynge würden später ihre Aussagen aufnehmen. Lerby selbst war unmittelbar nach der Benachrichtigung zum Hafen aufgebrochen, wo Pedersens Boot am vorgelagerten Eis festgemacht war. Obwohl es deutliche Schlagseite hatte, hatten Hakan Angut und sein Sohn es den ganzen Weg vom Fjord zurück nach Illokarfiq geschleppt – die Gefahr, damit im Eis festzufahren und das eigene Leben zu riskieren, hatten sie billigend in Kauf genommen.

Das Boot mochte an die sechs Meter lang sein und hatte schon bessere Zeiten gesehen. Der weiße Rumpf war an vielen Stellen rostig, das Ruderhaus ragte schräg über das schlagseitige Deck.

Wieder einmal verbreitete sich die schlechte Nachricht rasant. Von der am Ufer gelegenen Tankstelle drängten bereits die ersten Schaulustigen heran, und Lerby ließ Inasson und Keldsen Pflöcke ins Eis schlagen und ein Absperrband anbringen.

»Lasst niemanden durch, verstanden?«, schärfte er ihnen ein. »Vor allem keine Kinder«, fügte er leiser hinzu.

Dann kletterte er über das Eis an Bord, mit Latexhandschuhen an den Händen und Plastiktüten aus dem Supermarkt um die Stiefel – etwas Besseres stand ihm im Augenblick nicht zur Verfügung.

In der Plicht herrschte Chaos, alles lag wild durcheinander. Möglicherweise, dachte Lerby, hatte der Mörder in Kuupik Pedersen kein ganz so wehrloses Opfer vorgefunden. Spuren, die auf einen Kampf hingedeutet hätten, stachen ihm allerdings nicht ins Auge – bis auf die zäh gefrorene rote Masse, die offenbar über die Schwelle des Ruderhauses getreten war und sich auf der Backbordseite des schräg im Wasser liegenden Bootes gesammelt hatte. Lerby wappnete sich gegen den Anblick, der ihn erwartete, griff mit der behandschuhten Rechten nach dem Knauf und öffnete die Tür zum Ruderhaus. Das Grauen, das ihm aus den leblosen Augen Kuupik Pedersens entgegenstarrte, ließ ihn dennoch bis ins Mark erschaudern, ehe die professionelle Routine wieder die Kontrolle übernahm. Lerby zückte sein Handy und machte eine Reihe von Fotos. Das kalte, nüchterne Blitzlicht wirkte auf kuriose Weise beruhigend, auch wenn es scheußliche Details aus dem rostig-schummrigen Halbdunkel riss.

Ob ein Kampf stattgefunden hatte oder nicht, war für Lerby nicht festzustellen. Klar waren hingegen zwei Dinge: dass erstens der Mörder dem Opfer keine Chance gelassen hatte, und dass es zweitens derselbe kranke Mistkerl gewesen war wie bei den drei anderen Morden.

Pedersens dunkelblauer Anorak war förmlich von Blut durchtränkt, ebenso die schwarze Thermohose, die der Inuk getragen hatte. Seine Beine waren in unnatürlicher Haltung unter ihm gefaltet, so wie er zusammengebrochen war. Sein Oberkörper war aufgerichtet, mit dem Rücken lehnte er an der metallenen Verkleidung der Steuerung, der Kopf hing unterhalb des Steuerrads. Im Brustkorb klafften zwei grässliche Öffnungen, um deren Ränder zerfetztes Gewebe und gesplitterte Knochen zu erkennen waren –

Wunden, von denen Lerby inzwischen wusste, dass Walrosszähne sie geschlagen hatten …

»Mir war ja klar, dass du mich nicht gerne gehen lässt. Aber dass du über Leichen gehen würdest, nur um mich hierzubehalten …«

Lerby hätte nicht hinzusehen brauchen, er hatte Perssons rauen Alt auch so erkannt. Die Pathologin stand oben an der Abbruchkante des Eises, in einem ihrer blauen Overalls und mit ihrem Koffer in der Hand.

»Erlaubnis an Bord zu kommen?«

»Erteilt«, knurrte Lerby. Er hatte auch einen Spezialisten der Spurensicherung aus Nuuk angefordert, aber der würde erst am späten Abend eintreffen – bis dahin war Anna Persson diejenige mit der meisten Erfahrung im Bereich Forensik. Ihr Urteil fiel entsprechend nüchtern aus.

»Was für 'ne verdammte Sauerei.«

Lerby nickte nur. »Offenbar war unser Täter wieder am Werk.«

»Jedenfalls sieht es ganz danach aus – nur etwas ist diesmal anders.«

»Nämlich?«

»Die Haltung des Toten«, sagte die Pathologin, »sie ist seltsam unnatürlich. Eigentlich müsste er völlig in sich zusammengesunken sein, aber das ist nicht der Fall. Die linke Körperhälfte ist aufgerichtet, die andere Schulter dagegen herabgefallen.«

Lerby war mit der menschlichen Anatomie nicht so vertraut, als dass es ihm auf den ersten Blick aufgefallen wäre. Aber jetzt, wo Persson es sagte, musste er zugeben, dass sie recht hatte. »Und das heißt?«, wollte er wissen.

Mit einer Handbewegung bedeutete sie ihm, vom Ruderhaus zurückzutreten, dann holte sie ihre Kamera aus der Tasche und schoss einige Fotos aus verschiedenen Perspektiven, um die Lage der Leiche und ihre Position auf dem Boden zu dokumentieren. Sie prüfte die Aufnahmen kurz im Display, dann packte sie die Kamera wieder weg und holte eine lange Zange aus Edelstahl hervor. Sich weit in das Führerhaus beugend, führte sie die Zange in die linke der beiden klaffenden Wunden ein, was für ein unerfreuliches Geräusch sorgte.

»Der Leichnam ist noch nicht vollständig gefroren«, stellte sie fest. »Ausgehend von den gegenwärtigen Temperaturen würde ich sagen, dass er höchstens drei Stunden da draußen gewesen sein kann.«

»Demnach hätte sich der Mord um die Mittagszeit ereignet«, folgerte Lerby nickend. »Das deckt sich mit den Angaben des Zeugen, der den Leichnam gefunden hat.«

Persson gab einen angestrengten Laut von sich, während sie in unnatürlicher Haltung nach vorn gebeugt mit der Zange weiter die Wunde sondierte. Im nächsten Moment hellten sich ihre verkniffenen Gesichtszüge jedoch auf, und sie ließ ein triumphierendes Zungenschnalzen vernehmen.

»Genau wie ich dachte!«

»Was?«, fragte Lerby, der noch immer nicht begriff.

Persson biss sich auf die Zunge, während sie in der Wunde nach etwas zu suchen schien. Der Leichnam bewegte sich dadurch, wenn auch nur wenig, was den Anblick nur noch bizarrer machte. Die Pathologin schien sich daran nicht zu stören. Im nächsten Augenblick fand sie offenbar, wonach sie gesucht hatte, griff mit der Zange zu und zog – und mit einem hässlich schmatzenden Geräusch löste sich etwas aus der Wunde.

Die Lage der Leiche blieb dadurch unverändert, da die äußeren Muskelschichten bereits gefroren waren. Zwischen den metallenen Backen der Zange jedoch klemmte ein rund zehn Zentimeter langer Gegenstand, konisch geformt und leicht gebogen. Die Oberfläche war von längs verlaufenden Rillen zerfurcht, die dunkelrot waren von halb geronnenem und halb gefrorenem Blut.

»Das Ding ist durch ihn durchgegangen und in die Blechverkleidung der Steuerung eingedrungen«, führte Dr. Persson aus.

»Es hat ihn daran festgeheftet, daher die eigenartige Körperhaltung. Beim Herausreißen des Tatwerkzeugs ist das gute Stück wohl abgebrochen – und ich denke, wir wissen beide, worum es sich dabei handelt …«

»Ein verdammter Walrosszahn«, knurrte Lerby.

»Eine forensische Bestätigung steht noch aus, aber fürs Erste würde ich sagen: Volltreffer«, erwiderte die Pathologin, während sie mit einer Hand einen kleinen Beutel entfaltete, in den sie das blutige Bruchstück fallen ließ. »Ich könnte mir vorstellen, dass wir auch noch Spuren der anderen Opfer daran finden werden.«

»Das Tatwerkzeug hätten wir also«, meinte Lerby, »oder wenigstens einen Teil davon. Fehlt nur noch der verdammte Kerl, der damit vier Morde begangen hat.«

Persson atmete geräuschvoll aus, während sie sowohl die Zange als auch das Beweisstück in ihrer Tasche verschwinden ließ. Dann sah sie Lerby herausfordernd an. »Also, großer Sherlock, sprich mit mir«, forderte sie ihn auf. »Womit haben wir es hier zu tun?«

Ihre direkte, burschikose Art erwischte Lerby einmal mehr auf dem falschen Fuß. Aus Kopenhagen war er es gewohnt, dass die Dinge einen streng reglementierten Ablauf nahmen. Die Kollegen aus den einzelnen forensischen Abteilungen wie der Spurensicherung und der Gerichtsmedizin arbeiteten den Ermittlern auf Anfrage zu. Von sich aus nach Fortschritten bei der Aufklärung zu fragen, wäre ihnen nie in den Sinn gekommen – anders als dieser hemdsärmeligen Schwedin …

»Ganz ehrlich?«, fragte Lerby schulterzuckend – er hatte es satt, ihr und anderen etwas vorzumachen, und am allermeisten sich selbst. »Ich weiß es nicht«, gestand er offen. »Ein Fall wie dieser ist mir noch nicht untergekommen. Zwischen den Opfern scheint es keine Verbindung zu geben, sie waren anscheinend immer nur zur falschen Zeit am falschen Ort – was aus der Sicht des Täters die Frage aufwirft, warum er gerade sie ausgewählt hat beziehungsweise warum er sie überhaupt ermordet. Um so etwas zu tun«, – er deutete nach dem Ruderhaus mit dem Leichnam darin –, »bedarf es großer, geradezu krankhafter Zerstörungswut, die alle Skrupel und jegliches Mitgefühl bei Weitem überwiegt.«

»Vielleicht ist das ja genau der Punkt«, gab Persson zu bedenken. »Vielleicht haben wir es einfach nur mit irgendeinem kranken Arschloch zu tun, dem hier draußen in der Einsamkeit und Kälte irgendwann die Sicherungen durchgebrannt sind.«

»Vielleicht«, räumte Lerby ein. »Aber warum hat er sie dann nicht einfach erschossen oder erstochen? Warum diese Walrosszähne? Warum diese Rohheit, diese Brutalität?«

»Nun?« Persson sah ihn erwartungsvoll an.

»Das waren keine rhetorischen Fragen«, klärte Lerby sie auf. »Ich kenne die Antworten tatsächlich nicht. Ich weiß nur, dass dieser Kerl noch immer da draußen ist, und dass ich keine Veranlassung zu der Annahme habe, dass er mit dem Morden aufhören wird. Aus seiner Sicht ergibt das alles Sinn. Er hat ein Ziel, das er verfolgt … und dieses Ziel zu finden, ist der Schlüssel zum Täter. Finden wir den Grund, warum er das alles tut – oder glaubt, tun zu müssen – finden wir auch ihn.«

»Welchen Grund sollte er schon haben?« Die Medizinerin zuckte mit den Schultern. »Müsste ich einen Tipp abgeben, würde ich sagen, das sieht nach dem Werk eines völlig Wahnsinnigen aus.«

»Zugegeben.« Lerby nickte. »Aber erstens folgen auch wahnsinnige Mörder einer wenn auch wahnsinnigen Logik. Und zweitens …«

»Ich hatte recht, oder?«

Lerby fuhr herum, als eine akzentbeladene Stimme von der Eiskante herabdrang. Wegen des schrägen Bodens unter seinen Füßen verlor er dabei fast das Gleichgewicht und musste mit den Armen rudern, um es zu behalten.

»Scheiße«, knurrte er halblaut, als er den Besucher erkannte. Es war der alte Magnus, und er hatte Keldsen im Schlepp.

»Tut mir leid, Chef«, versicherte der Polizist, »ich habe versucht, ihn an der Absperrung aufzuhalten, aber …«

»Ich habe dir gesagt, dass das passieren würde«, fuhr der alte Schamane an Lerby gewandt unbeeindruckt fort. »Dass es weitergehen würde, nun, da der *tupilaq* wieder frisches Blut geschmeckt hat.«

»Bitte«, stöhnte Lerby und hob abwehrend die Hände. »Könnten Sie mich damit vielleicht verschonen?«

»Du hast dich mit Dingen eingelassen, von denen du nichts verstehst, *qalluna*. Durch deine Unwissenheit hast du das Böse herausgefordert, und nun wird es nicht mehr weichen. Es wird noch weitere Opfer fordern, und am Ende wird es auch dir nach dem Leben trachten.«

Lerby hatte dem Lamento des alten Schamanen gleichmütig zugehört – doch am Ende horchte er auf. »Was war das?«

»Du hast mich gehört«, rief Magnus herab.

»Soll das eine Drohung sein?«, fragte Lerby dagegen, während er merkte, wie ihm Adrenalin in die Adern schoss. Er hatte hier eine weitere fürchterlich zugerichtete Leiche, die vierte in Folge. Er tappte völlig im Dunkeln, was den Täter betraf, stand kurz davor, alles hinzuwerfen und seine Polizeikarriere zu beenden. Das Letzte, was er nun noch brauchte, war ein alter Sack, der ihm drohte …

»Es ist, wie ich es sage«, entgegnete der Schamane achselzuckend – worauf sich Lerby an Keldsen wandte.

»Polizeimeister Keldsen, verhaften Sie diesen Mann«, ordnete er an.

»W-weswegen?«, stammelte Keldsen verblüfft.

»Widerrechtliches Betreten eines Tatorts entgegen behördlicher Anweisung und vorsätzliche Störung laufender Ermittlungen.«

»*Qanoqaa*?«, fragte der alte Magnus, der mit dem Wortschwall sichtlich nichts anfangen konnte. Lerby hatte bewusst schneller gesprochen, damit ihn der Schamane nicht verstand. Das waren *seine* magischen Formeln.

»A-aber Chef«, wandte Keldsen ein, seine Miene verriet ehrliche Bestürzung. »Er ist der *angakkoq*, der Nachfolger des großen Maratse!«

»Sehe ich aus, als ob mich das interessiert?«, blaffte Lerby hinauf.

Keldsen schloss die Augen, sein verkniffenes Gesicht war unverhohlene Ablehnung. Dennoch obsiegte sein Pflichtbewusstsein. »Und wohin soll ich ihn bringen?«, fragte er, zögerlich. »Unsere einzige Zelle ist bereits belegt, wie Sie wissen.«

Lerby seufzte – natürlich. Pallys alter Schulkamerad, der dort noch immer zur Ausnüchterung einsaß …

In diesem Moment wurde ihm bewusst, dass Magnus gar nicht mehr da oben stand. »Wo ist er hin?«, rief er hinauf.

»Ich … weiß nicht …« Keldsen sah sich um, aber sein Interesse, den Entlaufenen zu entdecken, hielt sich in erkennbar engen Grenzen.

In diesem Moment verlor Lerby die Beherrschung. Was ihn dazu brachte, von Bord zu springen, das Eis zu erklimmen und die Verfolgung des flüchtigen Schamanen aufzunehmen, wusste er später selbst nicht mehr zu sagen – vermutlich war es dieselbe Regung, die ihn vor einer gefühlten Ewigkeit, die in Wirklichkeit nur ein paar Tage betrug, dazu gebracht hatte, den scheidenden Polizeipräsidenten zu beschimpfen: eine tiefe innere Verachtung, die womöglich gar nicht so sehr anderen Menschen galt, sondern vor allem sich selbst. Zugegeben, die Wodka Martinis, die er an jenem Abend reihenweise getrunken hatte, hatten auch eine gewisse Rolle gespielt.

Diesmal war kein Alkohol im Spiel. Wohl deshalb dauerte es auch weniger lang, bis Ernüchterung eintrat.

Lerby hatte das Eis erklommen und sich wieder auf die Beine gerafft. Er sah sich schnaufend nach dem alten Magnus um – jedoch ohne Erfolg. Vom Ufer bis hinüber zu der Absperrung, die die Polizei von Illokarfiq errichtet hatte und vor der sich inzwischen immer mehr Neugierige drängten, war von dem Schamanen nichts zu sehen. Es war, als hätte er sich buchstäblich in Luft aufgelöst. Er hatte nicht einmal Spuren im hart gefrorenen Schnee hinterlassen. Selbst die Physik schien der Alte auf seiner Seite zu haben.

Keldsen, der bedröppelt neben ihm stand, sagte irgendetwas.

»Was?«, fragte Lerby.

»Ich habe gefragt, ob ich eine Fahndungsmeldung rausgeben soll«, wiederholte der junge Polizist. Seine Miene verriet deutlich, was er von einer solchen Anweisung hielt, aber er erfüllte treu seine Pflicht.

Lerby starrte ihn an.

Ein eisiger Wind fegte von Nordosten durch die Bucht und über das Eis. Lerby fror erbärmlich in dem Parka, den er sich nur hastig übergeworfen hatte, ihm war schweinekalt – und er kam sich vor wie ein Idiot.

»Nein, lassen Sie nur«, meinte er kopfschüttelnd und wandte sich wieder ab, um zu Persson aufs Boot zurückzukehren.

In diesem Moment trillerte sein Smartphone.

»Ja?«

»Jens«, ließ Birger Sørensens Stimme sich vernehmen – Lerby unterdrückte eine Verwünschung. »Ich habe gute Neuigkeiten.«

»Tatsächlich?«

»Ich habe mit meinen Vorgesetzten gesprochen«, erklärte Sørensen feierlich. »Wenn du um Abberufung bittest, wird man deinem Wunsch entsprechen.«

»Von wegen«, knurrte Lerby.

»Wie bitte?«

»Vergiss es!« Woher er die plötzliche Entschlossenheit nahm, wusste Lerby in diesem Augenblick auch nicht. »Ich werde bleiben und diesen verdammten Fall aufklären«, führte er sodann aus und beendete das Gespräch, noch ehe es richtig begonnen hatte.

Sein Blick ging von Keldsen, der ihn fragend erwiderte, zu den Häusern von Illokarfiq hinauf, die sich bunt und schäbig vor den schneebedeckten Bergen abzeichneten, und von dort zu den Lagerhallen und den Docks, wo jenseits des vorgelagerten Eises ein kleines Fischerboot mit einer grausam entstellten Leiche im Eiswasser dümpelte.

Abermals fröstelte Lerby bis ins Mark.

»Scheiße«, sagte er leise.

19

Zur Unterstützung von Dr. Perssons Arbeit war Yotimo Laudrup, ein Kollege aus Nuuk und seines Zeichens Forensiker, noch am späten Abend eingetroffen.

Um keine Zeit zu verlieren, hatte er sich sogleich an die Arbeit gemacht und mit der Sichtung des Tatorts und der Sicherung der Spuren begonnen. Fast die ganze Nacht hindurch hatte er Kuupik Pedersens Boot untersucht, das Lerby zwischenzeitlich hatte an Land schleppen und in eine der um diese Jahreszeit leeren Lagerhallen bringen lassen. Geschützt vor dem beißend kalten Nordostwind und im Licht greller Scheinwerfer hatte Laudrup nach Spuren gefahndet, die der Mörder hinterlassen haben mochte; hatte Fingerabdrücke und Proben genommen, die er im Labor noch eingehender untersuchen würde. Der Leichnam dagegen war inzwischen vom Boot entfernt und in das Zelt gebracht worden, das Anna Persson als behelfsmäßige gerichtsmedizinische Einrichtung diente. Es entbehrte nicht einer gewissen Ironie, dass eine der Bahren erst unlängst wieder frei geworden war.

Als Lerby um acht Uhr morgens das Zelt betrat, war er nicht überrascht, die Pathologin bereits – oder noch immer? – bei der Arbeit vorzufinden. Von den beiden Pappbechern mit dampfendem Inhalt reichte er einen der Medizinerin, an dem anderen nippte er selbst. Persson, die Lerby in ihrem blauen Overall und mit weißer Wollmütze auf dem Kopf ein wenig an einen Schlumpf erinnerte, nahm das Gesöff dankbar entgegen und trank sofort ein paar Schlucke. Zum Geschmack äußerte sie sich nicht, aber ihre bleichen, an Nase und Wangen geröteten Gesichtszüge gewannen wieder ein wenig Kontur.

»Also«, begann sie dann ihren Bericht, »nach allem, was ich bislang sagen kann, war es derselbe Mistkerl. Nicht nur die Art der Wunden deutet darauf hin, sondern auch der Eintrittswinkel der Tatwaffe sowie die Wucht, mit der sie in den Körper des Opfers eingedrungen ist. Beides lässt auf eine ähnlich große kinetische Energie, dieselbe Körpergröße des Täters und auch auf eine gleichartige Schlagtechnik schließen. Demnach ist unser Kandidat schätzungsweise ungefähr eins achtzig bis eins neunzig groß …«

»Also kein Einheimischer?«, fragte Lerby.

»Man könnte zu diesem Schluss kommen – und übrigens ohne Vorurteile zu bedienen«, entgegnete die Schwedin. »Wissenschaftler aus Berkeley haben 2015 in einer Studie herausgefunden, dass Inuit gegenüber europäischen und chinesischen Vergleichspersonen abweichende, an das Leben in der Kälte angepasste Gene besitzen, die unter anderem die Bildung eigener Körperfette ermöglichen sowie das Wachstum hemmen. Andererseits hat im Lauf der letzten drei Jahrzehnte eine wachsende Durchmischung stattgefunden, sodass auch großgewachsene Grönländer längst keine Seltenheit mehr darstellen …«

»… zumal der Mörder auch irgendwie auf Pedersens Boot gelangt sein muss«, spann Lerby den Gedanken weiter. »Soweit ich mitbekommen habe, bedarf es einiger Erfahrung, um in dieser Zeit des Jahres mit einem Boot im Fjord zu navigieren. Wer immer der Täter also sein mag, Inuk oder nicht – er ist kein Fremder im Land und wohl schon geraume Zeit hier.«

»Anzunehmen.« Persson nickte.

»Und das Tatwerkzeug selbst?«

»Vermutlich auch dasselbe«, bestätigte sie. »Die genetische Untersuchung des am Tatort sichergestellten Bruchstücks steht natürlich noch aus, aber ich denke, dass wir schon jetzt davon ausgehen können. Der Täter benutzt wohl eine spezielle Vorrichtung – eine Art Keule oder Totschläger – die mit zweien dieser Walrosszähne versehen ist. Ich habe im Netz recherchiert, aber keine vergleichbare Waffe oder Kultgegenstand gefunden. Es handelt sich also vermutlich um einen Eigenbau. Wenn du mich fragst, waren mir Typen, die stundenlang in Heimwerkermärkten rumhängen, schon immer etwas suspekt«, fügte sie trocken hinzu.

»Aber diesmal hat seine Bastelarbeit Schaden genommen«, meinte Lerby mit freudlosem Grinsen.

»Der linke Zahn hat den Brustkorb des Opfers durchdrungen und ist auf die dahinter liegende Bootssteuerung getroffen. Deren Verkleidung hat er zwar ebenfalls perforiert, dabei ist er jedoch abgebrochen – deshalb haben wir den Leichnam in seiner aufgerichteten Haltung vorgefunden.«

»Was im Umkehrschluss bedeutet, dass das Opfer bereits auf dem Boden gekauert haben muss, als die Attacke erfolgte«, fügte Lerby zwischen zwei Schlucken starken Kaffees hinzu.

»Das ist richtig, das Opfer war bereits am Boden, als der Mörder ihm die tödlichen Wunden zufügte. Ich habe allerdings keinen Hinweis darauf finden können, dass Pedersen zuerst niedergeschlagen wurde oder sich zur Wehr gesetzt hätte.«

»Und das Durcheinander an Bord?«, hakte Lerby nach. »Laudrup meinte, es könnte eventuell ein Kampf stattgefunden haben …«

»Wie gesagt, ich konnte nichts finden, was diese Annahme stützen würde – keine Abschürfungen, keine Blessuren irgendwelcher Art. Ich würde eher vermuten, dass Pedersen sich in das Ruderhaus geflüchtet hat und dort um sein Leben flehend niedersank. Oder vielleicht hat er auch nur weiche Knie bekommen angesichts eines Irren, der mit einer mörderischen Keule auf ihn losgegangen ist.«

»Nur zu verständlich«, sagte Lerby leise. Düster starrte er in die schwarze Flüssigkeit in seinem Becher, als könnte er darin Antworten finden.

Persson hatte ihren Kaffee bereits ausgetrunken. In hohem Bogen beförderte sie den leeren Becher sicher in den Müllsack, dann trat sie wieder an die Bahre, auf der der leblose Körper Kuupik

Pedersens lag, noch immer in derselben, jetzt noch grotesker wirkenden Haltung, in der sie ihn auf dem Boden des Ruderhauses vorgefunden hatten.

»Eines allerdings ist dennoch bemerkenswert«, eröffnete die Pathologin, »nämlich dass wir es bei allen vier Leichen mit einem ähnlichen Eintrittswinkel der Tatwaffe zu tun haben: Stets erfolgte der Angriff steil von oben.«

»Und?«, fragte Lerby. Er stellte den halbleeren Becher ab, griff mit den Händen eine imaginäre Keule und hieb sie durch die Luft. »Ist das nicht normal, wenn man eine möglichst verheerende Wirkung erzielen will? Und sagtest du nicht, es würde auch auf die Größe des Täters hinweisen?«

»Durchaus«, versicherte die Pathologin. »Aber ist dir schon der Gedanke gekommen, dass der Mörder auf diese Weise vielleicht auch etwas zu simulieren versucht?«

»Was meinst du?«

»Die Attacke eines Raubtiers natürlich – eines Walrosses, um genau zu sein. Die Überlieferung der Inuit ist voller Geschichten über Walross-Attacken auf Kajaks oder auf Tiere, wobei sie unvermittelt durch das Eis brechen und angreifen. Das Inuit-Wort für ›Walross‹ ist *saanniartoq* – übersetzt bedeutet das ›der sich gegen dich wendet‹.«

»Schön und gut«, meinte Lerby, »aber worauf willst du hinaus? Dass uns der Täter vorzumachen versucht, ein Amok laufendes Walross hätte diese Morde begangen?«

»Das habe ich nicht gesagt, Sherlock – aber ich glaube, dass es ihm darum gehen könnte, diese Assoziation zu wecken. Wohlgemerkt nicht bei uns, sondern bei denen, die mit den alten Geschichten vertrauter sind als wir.«

»Bei den Einheimischen«, ergänzte Lerby nachdenklich – und plötzlich kam ihm ein Gedanke. »Das würde bedeuten, dass der Mörder *will*, dass seine Opfer gefunden werden …«

»So, wie er auch wollte, dass wir den abgebrochenen Zahn finden, sonst hätte er ihn wohl mitgenommen«, pflichtete Persson nickend bei.

»Und deshalb auch der blaue Rauch, der aus der alten Hütte aufstieg«, führte Lerby den Gedanken fort. »Der Schweinehund hat das Öl absichtlich in den Tank geschüttet – er spielt mit uns«, folgerte Lerby wenig professionell, dafür aber mit einer Leidenschaft, die er lange nicht verspürt hatte.

Zu weiteren Schlussfolgerungen kamen sie nicht. In diesem Moment wurde die Eingangsplane des Zelts zurückgeschlagen, und Inasson stand in der Öffnung.

»Kommissar«, sagte er, »da ist Besuch für Sie in meinem … Ihrem Büro.«

»Ich komme«, erwiderte Lerby und wandte sich zum Gehen. »Suchen Sie weiter«, schärfte er der Pathologin ein, nur um sich im Ausgang noch einmal umzudrehen. »Gute Arbeit, Persson«, sagte er. Dann war er schon zum Zelteingang hinaus und folgte Inasson über den Hof.

Inzwischen war es vollständig hell geworden, und der rosafarbene Himmel im Osten einem fleckigen Grau gewichen. Der Wind hatte nachgelassen, kalt war es allerdings geblieben. Gefrorener Schnee knirschte unter ihren Stiefeln, während die beiden Männer den Parkplatz durchmaßen. Dabei sprach keiner von beiden ein Wort. Das Büro betreffend hatten sie alles geklärt, ansonsten waren nur noch dienstliche Informationen ausgetauscht worden. Erst als sie das Gebäude der Polizeiwache betraten, brach Lerby sein Schweigen.

»Inasson?«

»Ja?«

»Dieser Junge, der in der Zelle einsitzt – wie war gleich sein Name?«

»Birkir Andersen«, half Inasson aus. »Biri genannt«, fügte er angesichts der Tatsache, dass Grönländer häufig nur ihre Spitznamen benutzten, hinzu.

Lerby nickte. »Setzen Sie ihn bitte auf freien Fuß. Und was den Rest betrifft, lassen Sie es bei einer Verwarnung bewenden.«

Inasson schien etwas erwidern zu wollen, verkniff es sich aber. Stattdessen spielte ein Lächeln um seine Mundwinkel. »Verstanden«, bestätigte er.

Lerby nickte, dann ging er hinein und betrat seinen Glaskasten – nur um eine weitere Überraschung zu erleben. Denn auf dem knarrenden Stuhl *hinter* seinem Schreibtisch saß keine andere als Pallaya Shaa.

»Verdammt«, knurrte Lerby ungeniert. »Muss das wirklich sein?«

»Ich freue mich auch nicht besonders, Sie zu sehen«, versicherte die junge Inuk, stand auf und kam um seinen Schreibtisch herum. »Aber ich bin hier, um Ihnen einen Vorschlag zu machen.«

»Und der lautet?«

»Wie man hört, hat sich ein neuer Mord ereignet?«

»Was Sie nicht sagen.«

»Sie sind neu hier«, erwiderte Pally, »und kennen die Leute in Illokarfiq nicht so gut, wie ich es tue. Deshalb wissen Sie auch nicht, dass Gerüchte um sich greifen und die Einwohner es mit der Angst zu tun bekommen.«

Lerby nickte, und auch wenn er wusste, dass sie vollkommen recht hatte, gab er sich schon aus Prinzip unbeeindruckt. »Und um mir das zu sagen, sind Sie gekommen?«

»Nein.« Sie schüttelte den Kopf mit dem schwarzen Haar, das sie heute zum Zopf geflochten hatte. »Sondern um Ihnen einen Handel anzubieten.«

»Mit wem? Ihnen?«

»Nein, mit mir«, drang es aus Richtung der offenen Tür.

Lerby fuhr herum – da stand kein anderer als der alte Magnus, in blauen Jeans und Boots aus Polyester, der Oberkörper hingegen mit einem traditionellen Anorak aus Robbenfell bekleidet, der an Schultern und Ärmeln mit reichen Stickereien verziert war. Das alte Kleidungsstück verlieh der Erscheinung des Schamanen etwas Würdevoll-Gravitätisches – was vermutlich auch der Grund war, warum er es trug.

»Was wollen Sie?«, fragte Lerby.

»Reden«, sagte der alte Mann.

»Wozu? Damit Sie mich wieder beschuldigen können? Mir eine unheilvolle Zukunft orakeln und mein baldiges Ableben voraussagen?«

»*Immaqa*«, antwortete der Schamane mit dem Wort, das man in diesen Breiten häufig hörte und in dem sich die tiefe Überzeugung der Inuit niederschlug, dass der Mensch zwar planen konnte, der Natur und ihren Gewalten letztlich jedoch ausgeliefert war. Es bedeutete *vielleicht* …

Ohne auf die entsprechende Aufforderung zu warten, ließ sich der alte Magnus auf einem der beiden Besucherstühle nieder. Pally schnappte sich den anderen, nur Lerby machte keine Anstalten, sich zu setzen.

»Hören Sie, ich weiß Ihren Besuch wirklich zu schätzen«, log er, »aber ich habe zu tun. Und wenn es Ihnen nichts ausmacht, würde ich gerne …«

»Ich hatte Unrecht«, erklärte der Alte kategorisch.

»Was?« Lerby glaubte, nicht recht zu hören.

»Ich habe … einen Fehler gemacht«, wurde Magnus deutlicher, und man konnte sehen, wie schwer es ihm fiel, diese Worte über seine Lippen zu bekommen.

»Interessant«, meinte Lerby und setzte sich nun doch. »Und was für ein Fehler ist das genau?«

Pallys Großvater starrte blicklos vor sich hin, so als würde er weder Lerby noch sonst etwas von seiner Umgebung wahrnehmen und befände sich an einem ganz anderen, weit entfernten Ort. »Für die Menschen ist es niemals leicht, zu erkennen, was sie tun sollen«, murmelte er halblaut vor sich hin. »Wann sollen sie der Natur ihren Lauf lassen? Wann sich dagegen wehren? Vielleicht wird es geschehen, vielleicht auch nicht. Es liegt nicht in unserer Hand, dies zu entscheiden, schwach und sterblich, wie wir sind.«

Lerby seufzte hörbar. »Also«, begann er, »ich bin überzeugt, dass das alles faszinierende Gedanken sind, aber …«

»Bitte!«, fiel Pally ihm ins Wort. »Hören Sie meinem Großvater zu.« Der Blick, den sie ihm dabei schickte, war ernst und beinahe flehend, sodass Lerby nicht anders konnte, als resignierend zu nicken.

»Der *tupilaq* jedoch«, fuhr der alte Magnus leise fort, »ist nicht aus der Natur gekommen. Menschen haben ihn gerufen.«

»Der *tupilaq*?«, hakte Lerby nach. »Sie meinen diesen Dämon, von dem Sie mir erzählt haben? Glauben Sie ernsthaft, dass er für diese Morde verantwortlich ist?«

»Wir wissen, dass Sie das für ausgemachten Unfug halten«, versicherte Pally. »Aber für viele Menschen hier ist die Vorstellung von einer übernatürlichen Kreatur so wirklich wie die Kälte und die Dunkelheit – und entsprechend ist auch ihre Furcht davor so real, wie sie es nur sein kann. Das mag ihnen gefallen oder nicht, aber so ist es.«

»Viele *Livi*, gerade die älteren unter uns, befürchten, dass die Morde Zeichen sind«, ergänzte ihr Großvater, den Blick seiner kohlschwarzen Augen nun ganz auf Lerby gerichtet. »Zeichen, dass das Weltenende bevorsteht.«

Noch vor ein paar Tagen hätte Lerby wohl gelacht.

Hätte alles, was der Schamane und seine Enkelin sagten, als Ausgeburten eines alten Aberglaubens abgetan, dessen sich ihr Volk auch in moderner Zeit nicht entledigen wollte oder konnte. Doch nach einigen Tagen in der Dunkelheit und Kälte des Nordens und nach vier grausamen Morden hatte er einen etwas anderen Blickwinkel auf die Dinge entwickelt.

Denn zumindest eines war nicht von der Hand zu weisen: Die Vorstellungen von einem uralten Dämon mochten Hirngespinste sein – die Furcht davor war es nicht …

»Bitte, Kommissar«, sagte Pally, »hören Sie sich an, was Großvater zu sagen hat. Er besitzt noch das alte Wissen.«

Lerby zögerte kurz, dann nickte er. »Na schön«, meinte er und nahm nun doch auf seiner Seite des Schreibtischs Platz. »Sagen Sie mir, was Sie über die Sache wissen.«

»Was ich dir sagen kann«, erwiderte der alte Magnus prompt, »ist das, was hier vor vielen Jahren geschehen ist. Meine Mutter war eine Schamanin, genau wie ich es bin. Sie war es, die den *tupilaq* vor vielen Jahren gerufen hat, um Nazi-Soldaten zu bekämpfen.«

»Ernsthaft?« Seinen guten Vorsätzen zum Trotz konnte sich Lerby einen zweifelnden Unterton nicht verkneifen.

»Die Deutschen hatten nahe ihrem damaligen Heimatdorf eine Basis errichtet«, fuhr Pallys Großvater unbeirrt fort. »Die Bucht gibt es noch heute, aber von dem Lager wirst du nichts mehr finden. Der Zorn des *tupilaq* hat es ausgelöscht«, fügte er hinzu, wobei er mit der rechten Hand waagrecht durch die Luft wischte, um seine Worte zu verdeutlichen.

Lerby sah den Schamanen an. Er konnte den alten, von Falten zerfurchten Zügen entnehmen, dass es Magnus bitterernst war mit dem, was er sagte. Dennoch wusste er nicht recht, was er darauf erwidern sollte. »Ich weiß zu schätzen«, begann er, »dass Sie helfen wollen, und ich will Sie nicht vor den Kopf stoßen, aber …«

»Warum zweifelst du?«, fiel Magnus ihm ins Wort. »Hast du die Zeichen nicht gesehen?«

»Sie meinen die Morde?«

»Ich meine den kalten Wind, der aus dem Norden kommt, aus der kahlen, eisigen Welt der Toten. Und ich meine die Hunde, deren Gebell verstummt ist. So ist es auch damals bei den Nazis gewesen. Mit den Hunden hat es begonnen.«

»Mit den Hunden?« Lerby wusste selbst nicht, wieso, aber der Gedanke berührte ihn unangenehm.

»Stene Stensen hatte Schlittenhunde«, wusste Magnus zu berichten, »keiner von ihnen wurde jemals wieder gesehen. Und auch hier in der Siedlung sind unlängst Hunde verschwunden, ein ganzes Gespann.«

»Wo?«, fragte Lerby atemlos.

»Auf der anderen Seite von Illokarfiq, an der Straße zu Ihrem Hotel.«

Lerby spürte, wie er eine Gänsehaut bekam. Die Hunde, deren Gebell er neulich morgens nicht mehr gehört hatte …

Hatte Anna Persson womöglich recht mit ihrer Theorie? Kannte der Mörder diese alten Geschichten? Trieb er irgendein kaputtes Spiel mit ihnen?

»Dieser *tupilaq*«, hakte er nach, um Sachlichkeit bemüht, »um was für eine Art Wesen handelt es sich dabei genau?«

»Um keines wie andere, denn es ist durch Geisterbeschwörung entstanden«, entgegnete der alte Magnus prompt und ohne auch nur den geringsten Zweifel aufkommen zu lassen, dass er bis in die Tiefe seines Herzens überzeugt war von dem, was er sagte. »Er setzt sich aus Elementen von Menschen und Tieren zusammen, und nur ein Schamane kann ihn rufen, indem er Knochen oder andere Bestandteile am Bett eines Flusses unter Flechten von Moos vergräbt. So machte es einst auch meine Mutter, ehe sie den neu geborenen *tupilaq* an ihrer Brust nährte.«

Das war starker Tobak. Lerby versuchte, sich die Schilderungen des alten Magnus nicht allzu bildlich vorzustellen. »Und dann?«, fragte er.

»Sobald der *tupilaq* ausgewachsen war, ist er ins Lager der Nazis gegangen. Aus purer Freude an der Vernichtung hatten die deutschen Soldaten einen Trupp von Jägern unseres Volkes getötet, darunter auch meinen Vater. Aus Rache für seinen Tod hat meine Mutter den *tupilaq* gerufen, und er hat die Nazis umgebracht, bis auf den letzten Mann. Keiner von ihnen ist je nach Hause zurückgekehrt, und kein anderer ist je wieder in jene Bucht gekommen. Der *tupilaq* jedoch ist seit jener Zeit dort draußen. Er hat geschlafen und die Zeit überdauert – und nun ist er zurückgekehrt und wendet sich gegen jene, die ihn einst riefen.«

»Sie meinen, deshalb ist er hier?«

»Das Böse ist zurückgekehrt«, war Magnus überzeugt, und seine Stimme bebte dabei – die Furcht vor dem Dämon hielt auch ihn bereits in den Klauen. »Wenn wir nichts unternehmen, dann wird es immer weiter töten und noch mehr Unschuldige ermorden.«

»Da sind wir zur Ausnahme mal einer Meinung«, entgegnete Lerby trocken.

»Ich brauche deine Hilfe, um ihn zu bekämpfen, Kommissar«, gestand der Schamane in entwaffnender Offenheit. »Und du brauchst meine Hilfe, denn du bist ein Fremder an diesem Ort und verstehst die Menschen nicht. Deshalb werde ich dir Pallaya an die Seite geben, meine Enkelin, die ein Kind beider Welten ist. Sie hat bei den Kanadiern studiert und glaubt an die Macht der geschriebenen Worte.«

»Schön gesagt«, pflichtete Pally bei.

»Das ist sehr freundlich«, wehrte Lerby ab, »aber ich denke nicht, dass ich Ihre Hilfe …«

»Das ist nicht wahr, und das weißt du«, fiel Magnus ihm barsch ins Wort. »Die *qallunaat* haben oft gesagt, dass sie uns helfen wollen. Sie haben uns ihre sogenannten Segnungen der modernen Zeit gebracht und uns damit nur Schwierigkeiten eingetragen, denn selten nur hören sie auf das, was wir zu sagen haben. Man hat uns einst die Robbenjagd verboten und uns damit der Grundlagen unseres Lebens beraubt. Und das nur, weil man alles besser zu wissen glaubte.«

»Dafür kann ich nichts«, wandte Lerby ein.

»Nein – aber indem du unsere Hilfe verweigerst, begehst du denselben Fehler, den sie begangen haben, und verhöhnst unser Volk noch einmal. Der *tupilaq* ist da draußen, Leribi, das ist eine Tatsache. Nur gemeinsam können wir ihn bekämpfen.«

Lerby hielt dem durchdringenden Blick der kohlschwarzen Augen stand. Er wusste selbst nicht wieso, und er ärgerte sich fast darüber, aber die letzten Worte des Schamanen hatten bei ihm abermals für Gänsehaut gesorgt. Er musste an das denken, was Anna Persson gesagt hatte, an das, was sie über den Mörder herausgefunden hatten – und er gestand sich ein, dass der alte Magnus womöglich Recht hatte. Lerby brauchte Hilfe, wenn er diesen Fall lösen wollte …

»Einverstanden«, sagte er zu seiner eigenen Verblüffung und nickte. »Und der Name ist Lerby – nicht Leribi.«

Der alte Magnus lächelte, hintergründig und undurchschaubar. »Du bist ein Fremder und weit weg von deinem Zuhause. Aber vielleicht kannst du uns ja trotzdem helfen.«

»Ich werde mein Bestes geben, aber ich kann nichts versprechen«, stellte Lerby klar. »Auch nicht, was unsere Zusammenarbeit angeht.«

»Das verstehen wir.« Der Schamane nickte. »Pally wird für dich übersetzen und dich unterstützen. Sie wird dir Türen öffnen, die dir sonst verschlossen blieben.«

»Es gibt Durchsuchungsbefehle«, brachte Lerby in Erinnerung.

»Ich spreche von den Türen zu den Herzen der Menschen«, stellte der alte Magnus klar, und wieder lächelte er.

Lerby nickte und schürzte die Lippen. »Zehn Uhr, unten am Lagerhaus«, sagte er dann an Pally gewandt. »Und seien Sie pünktlich.«

»Keine Sorge.« Sie nickte. Ihr Großvater und sie wechselten einen Blick – offenbar waren sie alles losgeworden, was sie hatten sagen wollen. Pallaya stand auf und half dann dem alten Magnus dabei, sich zu erheben. Bei den ersten Schritten musste er sich auf sie stützen. Die Jahre oder die Kälte forderten anscheinend ihren Tribut, vielleicht auch beides zusammen.

Sie waren schon auf der Schwelle, als Lerby ein Gedanke kam. »Eine Frage noch«, rief er Magnus hinterher.

Der Schamane wandte sich schwerfällig um.

»Sie sagten, ihre Mutter habe den *tupilaq* aus Elementen verschiedener Tiere zusammengesetzt.«

»*Ilaa.*« Er nickte.

»Welche genau sind das gewesen?«

»Ich kenne sie nicht alle – es ist ein Geheimnis, das meine Mutter in die nächste Welt mitgenommen hat, als sie diese verließ. Aber ich weiß von *amaqqut* und *saanniartoq*.«

»Was bedeutet das?«, fragte Lerby in Pallys Richtung.

»Polarwolf«, übersetzte sie. »Und Walross.«

20

In der Lagerhalle, in die Lerby Kuupik Pedersens Boot hatte bringen lassen, sah es mittlerweile aus wie bei einem Garagenverkauf.

Die Sichtung des Tatorts hatte Yotimo Laudrup, der aus Nuuk eingetroffene Forensiker, inzwischen abgeschlossen. Nun war er dabei, das Boot im wahrsten Wortsinn auseinanderzunehmen: Das Inventar lag, katalogisiert und mit Nummern versehen, peinlich genau um das Schiff aufgereiht, und jedes einzelne Stück, vom Fischernetz bis zur Taschenlampe, wurde einer genauen Prüfung unterzogen.

Da Laudrup allein arbeitete, kam er nur langsam voran. Lerby hatte ihm deshalb seine Unterstützung zugesichert und auch Pally ins Lagerhaus bestellt. Mit der Pünktlichkeit schien es Magnus' Enkelin allerdings nicht besonders genau zu nehmen, denn zehn Uhr war inzwischen längst verstrichen. Lerby konnte nicht behaupten, dass er allzu viel erwartet hatte, aber er verspürte dennoch eine gewisse Enttäuschung.

Da der Blick auf seine Armbanduhr ihn nur wütend machte, beschloss er, die Abwesenheit der Inuk einfach zu ignorieren und sich stattdessen wieder Laudrup zuzuwenden, der die Ergebnisse seiner bisherigen Untersuchungen in einem kurzen Rapport zusammenfasste.

»Ich denke«, referierte der in einem blauen Overall wie Persson steckende Spezialist mit einer dickrandigen Hornbrille auf der Nase, »dass wir ausschließen können, dass es an Bord zu einem Kampf oder auch nur zu einem Handgemenge gekommen ist – jedenfalls habe ich keine Hinweise darauf finden können.«

»Das bestätigt, was Dr. Persson herausgefunden hat«, stimmte Lerby zu. »Und das Durcheinander im Boot? Wie erklären Sie sich das?«

»Jedenfalls dürfte es nicht im Zuge einer Auseinandersetzung zustande gekommen sein.« Der Forensiker schüttelte den Kopf, sein schwarzes Haar glänzte im hellen Licht der Scheinwerfer. »Das ist übrigens auch daran zu erkennen, dass die beiden einzigen Gegenstände an Bord, die zur Waffe getaugt hätten – Enterhaken und Anker – noch immer unberührt in ihren Halterungen ruhen. Der Angriff muss rasch und unerwartet erfolgt sein. Das Opfer hat vermutlich noch versucht, sich ins Ruderhaus zu flüchten, jedoch vergeblich.«

Lerby nickte in Erinnerung an Anna Perssons Deutung. Die Frage, wie es dem Mörder gelungen sein mochte, so nah an sein Opfer heranzukommen, stellte sich jedoch noch immer. Wieso hatte die Attacke Kuupik Pedersen so unvorbereitet getroffen, dass ihm keine Möglichkeit zur Gegenwehr geblieben war? Und warum hatte auf dem Boot solches Durcheinander geherrscht?

»Womöglich«, mutmaßte der Forensiker, nachdem Lerby die Fragen laut geäußert hatte, »hat der Mörder das Boot nach begangener Tat nach etwas durchsucht.«

»Haben Sie eine konkrete Vermutung?«

»Nicht direkt – aber es ist eine Tatsache, dass kein Smartphone gefunden wurde, weder bei der Leiche noch sonst wo an Bord.«

»Und wenn er gar keins hatte?«

»Kommissar.« Laudrup beugte sich zu ihm, wobei er schmunzelte, als wolle er ihm einen unanständigen Witz erzählen. »Wir Grönländer mögen auf Außenstehende manchmal einen etwas altertümlichen Eindruck machen, aber ich versichere Ihnen, dass wir im digitalen Zeitalter angekommen sind, mit all seinen Errungenschaften. Das Internet hat die Kommunikation über weite Strecken hinweg sehr erleichtert. Obwohl es auch eine niemals versiegende Quelle der Frustration ist, wenn unsere Leute sehen, wie die westliche Welt im Überfluss schwelgt, während sie selbst von Leere und Dunkelheit umgeben sind, nutzen es doch fast alle.«

»Glauben Sie mir«, erwiderte Lerby trocken, »man kann im Überfluss schwelgen und trotzdem von Leere und Dunkelheit umgeben sein.«

»Damit haben Sie vermutlich recht.« Der Forensiker nickte. »Jedenfalls wurde in Pedersens Besitz kein Handy gefunden.«

»Sie denken, der Täter hat es mitgenommen?«

»Diese Möglichkeit besteht. Und womöglich hat er vorher danach gesucht und dabei alles durcheinandergeworfen. Allerdings habe ich bislang nur Spuren von Pedersen selbst an Bord gefunden. Mit einer Ausnahme.«

Lerby hob überrascht die Brauen und sah ihn fragend an. Statt zu antworten, hielt Laudrup ihm nur ein Glasröhrchen hin. Auf den ersten Blick schien es leer zu sein, doch als Lerby es ins Licht hielt, sah er, dass Haare darin waren. Lange, graubraune Haare …

»Was soll das sein?«, fragte er.

»Der Konsistenz und Beschaffenheit nach würde ich sagen, dass diese Haare zu einem Tier gehören – einem ziemlich großen, wenn Sie mich fragen.«

»Und inwiefern ist das relevant? Dies ist das Boot eines Jägers, oder nicht? Da würde ich nicht sagen, dass Reste von Fell ein besonders außergewöhnlicher Fund sind.«

»Es kommt darauf an, wo man diesen Fund macht«, wandte Laudrup ein. »Diese Haare hier habe ich an der Tür zum Ruderhaus gefunden – an der oberen Angel, um exakt zu sein. Sie klebten an der Schmiere, mit der sie eingefettet ist. Und es sah nicht so aus, als ob sie dort schon sehr lange wären.«

»Sie meinen, der Täter hat sie dort hinterlassen?«

»Nicht absichtlich. Aber um an das Opfer herangekommen, muss er wenigstens mit dem Oberkörper in die Kabine vorgedrungen sein. Dabei ist er wohl an den Rahmen der offenen Tür gestoßen und – voilà.«

»Also hatte er eine Felljacke oder sowas an?«, fragte Lerby. »Oder einen Umhang wie ein verdammter Neandertaler?«

»Klingt seltsam, ich weiß – aber wie man hört, ist ja auch das Tatwerkzeug keines von der Stange?«

»Nein«, musste Lerby zugeben, während er sich im Kopf einen Reim darauf zu machen versuchte. Und dann, plötzlich, kam ihm ein Gedanke. Ein ziemlich schräger Gedanke zwar, dennoch brauchte er Gewissheit … »Hören Sie«, begann er leise, »ich hasse es, das zu fragen – aber halten Sie es für möglich, dass diese Haare von einem Wolf stammen könnten?«

»Möglich ist es«, räumte Laudrup ein, »die genetische Untersuchung wird es ans Licht bringen … Warum fragen Sie?«

»Weil es ein Hinweis darauf sein könnte, dass wir es mit einem Einheimischen zu tun haben.«

»Sie meinen, der Fellkleidung wegen? Die könnte sich doch auch jeder andere übergezogen haben.«

»Ich meine der Kenntnisse wegen, die lokale Folklore betreffend«, verbesserte Lerby kopfschüttelnd. Er kam jedoch nicht mehr dazu, seine Überlegung zu erläutern, denn in diesem Moment bekamen sie Gesellschaft – von niemand anderem als Pallaya Shaa, die gemütlich in die Lagerhalle spazierte, noch dazu nicht allein, sondern in Begleitung einer anderen Frau, die einen dunkelgrünen Parka trug, dessen fellbesetzte Kapuze sie hochgeschlagen hatte.

»Ist jetzt nicht Ihr Ernst, oder?«, fragte Lerby und gab sich erst gar keine Mühe, seinen Verdruss zu verbergen. »Ich habe gesagt, um zehn in der Lagerhalle. Jetzt ist es fast halb elf – unter Pünktlichkeit stelle ich mir etwas anderes vor.«

»Das ist Anjij«, stellte Magnus' Enkelin ihre Begleiterin vor, ohne auch nur im Ansatz auf Lerbys Vorwurf einzugehen. »Sie ist … *war* … Kuupik Pedersens Freundin.«

»Was?« Lerby glaubte, nicht recht zu hören, seine Verblüffung überwog seinen Ärger. »Warum weiß ich nichts davon? Mir wurde gesagt, er hätte niemanden gehabt, nur einen Bruder, der drüben in Ilulissat lebt und den wir bislang noch nicht erreicht haben …«

»Das stimmt«, räumte Pally ein. »Die beiden haben vor ein paar Wochen Schluss gemacht. Das heißt«, fügte sie mit Blick auf die Frau hinzu, die schweigend neben ihr stand und in der Tiefe ihrer Kapuze versinken zu wollen schien, »*sie* hat mit ihm Schluss gemacht.«

»Was soll das bedeuten?« Mit gerunzelter Stirn trat Lerby auf die beiden Frauen zu. Sein Blick ging zu Pally, und er glaubte, ein kaum merkliches Nicken zu erkennen.

»Anjij«, wandte er sich dann an die junge Frau, »ist das ihr Name?«

»*Aap.*« Die Brauen über den kleinen Augen, die ihm unsicher aus der Kapuze entgegenblickten, hoben sich ein wenig.

»Würden Sie die Kapuze abnehmen?«, fragte Lerby. »Bitte«, fügte er leiser und ein wenig sanfter hinzu.

Anjij wandte sich zuerst an Pally, die ihr eine Hand auf die Schulter legte und sie mit ein paar geflüsterten Worten in Kalaallisut beruhigte. Daraufhin schlug Anjij zögernd die Kapuze ihres Parkas zurück – und spätestens jetzt konnte Lerby sehen, warum sie sich darunter verborgen hatte. Denn Anjijs linke Gesichtshälfte war ein einziger blauer Fleck.

Das Ärgste hatte sie wohl schon hinter sich. Eine Platzwunde über dem Auge war dabei zu heilen, ein Hämatom über dem Wangenknochen größtenteils abgeschwollen und schon gelblich verfärbt. Aber noch vor nicht allzu langer Zeit musste die junge Frau schrecklich ausgesehen haben, vermutlich hatte sie ihr linkes Auge gar nicht mehr benutzen können. Blut und Schwellung hatten das verhindert …

»Sind Sie beim Arzt gewesen?«, fragte Lerby.

Anjij kniff die Augen zusammen, während sie zugleich den Kopf schüttelte. Mehr Verneinung ging nicht.

»Was ist passiert?«, wollte er wissen. »Ist er das gewesen? Pedersen?«

Diesmal kam ein Nicken, wenn auch nur zaghaft. »Er hat getrunken, manchmal«, erklärte die Inuk, die etwa in Pallys Alter sein mochte. »Dann wurde er gemein …«

»Verdammt.« Lerby biss sich auf die Lippen. »Das … tut mir leid«, schob er dann leise hinterher. »Haben Sie deshalb mit ihm Schluss gemacht?«

Wieder ein Nicken. »In letzter Zeit passierte es immer öfter.«

»Verstehe.« Lerby nickte und wandte sich mit fragendem Blick an Pally. »Warum haben Sie sie mitgebracht? Dies ist polizeiliches Verschlussgelände.«

»Kuupik wollte sich nicht damit abfinden, dass Anjij ihn verlassen hatte«, erwiderte Pally, ohne auf die Frage einzugehen. »Er hat sie ständig angerufen – das letzte Mal am gestrigen Vormittag.«

»Was?« Lerby begriff sofort, was sie ihm sagen wollte. »Wann genau ist das gewesen?«

»Etwa um halb zwölf«, sagte Anjij leise. »Ich weiß es, weil ich gerade Essen gekocht habe.«

Lerby rieb sich das Kinn – das war in etwa der Zeitpunkt, den Anna Persson angesichts von Hakan Anguts Beschreibung und des noch nicht vollständig gefrorenen Zustands der Leiche als Todeszeitpunkt festgelegt hatte. Anjij war somit vermutlich die letzte Person, die mit ihm gesprochen hatte. Das bedeutete nicht nur, dass Kuupik Pedersen sehr wohl im Besitz eines Smartphones gewesen war, sondern auch, dass er sich um diese Zeit noch in Reichweite des Mobilfunksenders von Illokarfiq aufgehalten hatte.

»Was hat er gesagt?«, erkundigte sich Lerby. Der Blick, den Pally ihm schickte, ließ vermuten, dass sein Tonfall ein wenig zu fordernd und barsch gewesen war, deshalb wiederholte er die Frage, ein wenig sanfter diesmal.

»Ni-nicht viel«, versicherte Anjij. Sie mied Lerbys Blick und sah zu Boden, dann sprach sie auf Grönländisch weiter.

»Sie sagt, es sei nur das Übliche gewesen«, übersetzte Pally. »Dass er sie liebe und wieder zu ihr zurückkommen wolle. Sie hat erwidert, dass es ein für alle Mal aus zwischen ihnen sei ... Aber dann hat er noch etwas gesagt.«

»Was?«, fragte Lerby, an Anjij gewandt. »Würden Sie es mir verraten?«

Die junge Inuk erwiderte etwas, allerdings nicht in seine, sondern in Pallys Richtung. Was Lerby betraf, so schien sie eine unbestimmte Furcht zu erfüllen, die er auch nicht einfach wettmachen konnte, indem er leiser sprach oder ein Lächeln aufsetzte, das sie vermutlich ohnehin als falsch empfand.

»Er hat gesagt, dass er Noomi besucht habe.«

»Wer ist das?«

»Ein alter Mann, der oben im Fjord lebt. Kuupik und er waren Freunde, vermutlich wollte er sich bei ihm Rat holen«, erklärte Pally. Anjij sagte wieder etwas. Pally fragte kurz nach, ein Kopfschütteln war die Antwort.

»Was sagt sie?«, wollte Lerby wissen.

»Sie meint, danach hätte Kuupik nur noch Windworte gesprochen.«

»Windworte? Was soll das nun wieder bedeuten?«

»Das ist ein Inuit-Ausdruck ... Er meint Gespräche, in denen es um die Seele geht. Um die Religion, wenn Sie so wollen, den Glauben, das Jenseits.«

»Was genau hat er gesagt?«, wollte Lerby wissen, während er gleichzeitig spürte, wie sich sein Bauchgefühl regte. Und es sagte ihm, dass er hier etwas auf der Spur war ...

Anjij sprach wieder. Ihre Stimme war leise geworden und ein wenig monoton, eine melodische, aber für Lerby unverständliche Folge nasaler Vokale und knackender Konsonanten. Doch bei jedem Laut, der über ihre Lippen kam, konnte er einen namenlosen Schrecken sehen, der sich in ihren malträtierten Gesichtszügen spiegelte ...

»Kuupik sagte, dass der alte Noomi von einem Dämon verfolgt werde«, übersetzte Pally. »Und dass es derselbe Dämon sei, der auch ihn verfolge.«

»Was hat er damit gemeint?«, fragte Lerby. »Den Alkohol?«

»Da wäre ich mir nicht so sicher – denn kaum, dass er zu Ende gesprochen hatte, waren am anderen Ende der Verbindung laute Geräusche zu hören.«

»Was für Geräusche?«

»Ein Krachen und Rumpeln«, sagte Pally mit fragendem Blick in Anjijs Richtung, die mit zaghaftem Nicken bestätigte. »Und dann ein entsetzlicher Schrei.«

»Wer hat geschrien?«, wollte Lerby wissen. Gänsehaut kroch von seinem Nacken über beide Arme herab. »Pedersen?«

»Ja«, bestätigte Anjij leise und jetzt wieder auf Dänisch. »So habe ich ihn noch nie zuvor schreien gehört.«

»Und dann?«

Sie schüttelte nur den Kopf, eine schreckliche Leere spiegelte sich jetzt in ihren Gesichtszügen.

Lerby schnaubte, sortierte seine Gedanken. Er hatte sich wohl geirrt – diese Frau war nicht nur die letzte, die mit Kuupik Pedersen gesprochen hatte.

Sie hatte mit angehört, wie er starb …

»Da Pedersen zu diesem Zeitpunkt wieder innerhalb des Mobilfunknetzes war, muss das bedeuten, dass er auf dem Wasser war und sich auf dem Rückweg befunden hat«, überlegte er laut – und plötzlich wurde es ihm klar: »Der Mörder kam nicht von außerhalb – er war die ganze Zeit an Bord! Deshalb erfolgte die Attacke auch so überraschend.«

»Das könnte zugleich das Durcheinander an Bord erklären«, fügte Laudrup hinzu, der alles mitverfolgt hatte. »Der Mörder hatte sich unter all diesen Gegenständen versteckt.«

Lerby nickte – so mochte es gewesen sein. Gefunden worden war Pedersens Boot zwar ein gutes Stück weiter den Fjord hinauf, außerhalb des Kommunikationsnetzes, doch dafür mochten auch das Eis oder die Strömung verantwortlich sein. Oder – und dieser Gedanke lag nahe – der Mörder hatte es einmal mehr darauf angelegt, dass sein Opfer gefunden wurde, und es Vater und Sohn Angut förmlich vor den Bug schwimmen lassen, während er selbst womöglich noch von einer nahen Eisscholle aus dabei zugesehen hatte …

»Danke, Anjij«, sagte Lerby, »das sind überaus wichtige Informationen, die uns bei unseren Ermittlungen weiterhelfen. Wie haben Sie davon erfahren?«, fragte er Pally.

»Sie ist zu meinem Großvater gekommen und hat sich ihm anvertraut – als *angakkoq* ist er auch für solche Dinge zuständig.«

»Die Polizei ist für solche Dinge zuständig«, verbesserte Lerby ein wenig enerviert. »Warum sind Sie nicht zur Polizei gegangen?«, fragte er Anjij.

»Weil sie Angst hatte, dass sie sich dadurch selbst belasten würde. Wegen des Streits, den sie mit Kuupik hatte«, erklärte Pally an ihrer Stelle. »Sie hatte Angst, verhaftet und ins Gefängnis gesteckt zu werden.«

»Verhaftet und …?« Lerby sah die junge Frau mit den entstellten Gesichtszügen ungläubig an. Für einen Moment fragte er sich, ob sie einfach nur zu viele Kriminalfilme gesehen hatte oder ob die Angst ihr zur zweiten Natur geworden war. Noch vor ein paar Tagen hätte er wohl einen bitteren Scherz gemacht und sich in Ironie geflüchtet. Jetzt berührte die Furcht der jungen Inuit-Frau ihn unangenehm.

»Sie haben nichts zu befürchten«, stellte er unmissverständlich klar. »Ich weiß, dass Sie mit Kuupik Pedersens Tod nichts zu tun haben, okay?«

»O-okay«, echote sie und nickte, das Misstrauen in ihren Augen blieb jedoch bestehen. Ihr Vertrauen in die offiziellen Stellen schien nicht allzu groß zu sein, und vermutlich hatte das Leben ihr bislang auch wenig Anlass dazu gegeben.

»Kommissar«, sagte Laudrup leise, »damit wissen wir nun, dass Pedersen ein Handy bei sich hatte. Und wenn wir davon ausgehen, dass der Mörder es an sich genommen hat …«

»Verdammt«, knurrte Lerby.

»Wieso, was ist?«, fragte Pally.

»Bei der Leiche wurde kein Handy gefunden, und auch an Bord des Bootes nicht«, erklärte Lerby knapp. »Wir müssen also davon ausgehen, dass der Täter es hat. Und wenn er nachsieht, mit wem Pedersen kurz vor seinem Tod telefoniert hat …«

»… führt ihn das zu Anjij«, brachte Pally den Satz zu Ende. Sie vermied es, zu ihrer Begleiterin zu sehen, so als wollte sie sie nicht noch zusätzlich beunruhigen. »Was bedeutet das?«

»Das bedeutet, dass Sie möglicherweise in Gefahr sind, Anjij«, beantwortete Lerby die Frage. »Vorsichtshalber sollten Sie nicht nach Hause zurückgehen.«

»Wohin sonst? Ich habe keinen anderen Ort, zu dem ich gehen könnte.«

»Wenn Sie möchten, lasse ich Sie auf der Polizeiwache unterbringen. Nur für ein paar Tage …«

»Nein, bitte nicht.« Sie schüttelte den Kopf und sah Lerby flehend an. »Nicht verhaften, bitte! Sie haben es mir versprochen!«

»Aber nein«, widersprach Lerby, »sie missverstehen mich! Es geht mir nur um Ihre Sicherheit, auf der Wache könnten wir am besten auf Sie aufpassen …«

Anjij begann in ihrer Muttersprache zu reden, schnell und stoßweise. Sie war einer Panik nahe. Die Nachstellungen ihres Ex-Freundes, das unheimliche Telefonat, die Nachricht von seinem Tod und nun auch noch die Furcht vor dem Mörder – all das war fraglos zu viel für sie. In Kopenhagen hätte eine Zeugin, die derartiges durchmachen musste, schon längst professionelle psychologische Unterstützung erhalten. Hier draußen gab es so etwas nicht. Die Inuit mussten allein mit ihrer Angst zurechtkommen, so wie zu allen Zeiten.

Pally brachte sich wieder ein. Wie zuvor sprach sie Kalaallisut und redete leise auf Anjij ein. Was immer sie sagte, es zeigte Wirkung. Die junge Frau beruhigte sich, sie sprach langsamer und weniger laut. Und schließlich, in einer beinahe resignierenden Geste, nickte sie.

»Sie ist einverstanden«, erklärte Pally.

»Womit?«, wollte Lerby wissen.

»Auf der Polizeiwache will sie nicht bleiben, aber sie hat eingewilligt, bei meinem Großvater und mir zu wohnen.«

»Sind Sie sicher, dass Sie das wollen? Es könnte gefährlich werden …«

»Es ist die Aufgabe des *angakkoq*, die Seinen vor der Dunkelheit zu beschützen«, entgegnete Pally ungerührt. »Mein Großvater würde dasselbe sagen, wenn er hier wäre.«

»Ganz sicher.« Lerby nickte und ließ ein Schnauben vernehmen. »Na schön. Ich werde Inasson anweisen, mehrmals täglich beim alten Magnus vorbeizusehen. Und nachts werdet ihr die Tür verriegeln und niemanden hereinlassen«, schärfte er Anjij ein, die er damit einmal mehr einschüchterte.

»Und was werden Sie tun?«, fragte Pally.

»*Wir*«, verbesserte Lerby. »Wir beide werden uns ein Boot schnappen und diesen Einsiedler besuchen – wie war gleich sein Name?«

21

Mit vollem Namen hieß er Nootaikok Ujarak, nach der Inuit-Gottheit, die gemäß der Überlieferung auf den Eisbergen wohnt. Die meisten Einheimischen kannten ihn jedoch schlicht als Noomi, und er schien so etwas wie eine Institution zu sein; eine echte Berühmtheit – und das nicht nur, weil er über achtzig Jahre alt war, was in diesen Breiten als biblisches Alter galt. Wichtiger aber war, dass er sich den Segnungen der modernen Zeit erfolgreich verschloss und für die Inuit so etwas wie ein lebendiges Lexikon darstellte, das sie besuchen und um Rat fragen konnten.

Genau das hatte Kuupik Pedersen wohl am gestrigen Tag getan – nicht ahnend, dass er schon wenige Stunden später tot sein würde, ermordet auf die denkbar gewalttätigste Weise.

Erneut hatte es Daavi Keldsen übernommen, das kleine Polizeiboot den Fjord hinauf zu steuern, aber inzwischen wusste Lerby genug über die Mimik der Einheimischen, um zu erkennen, dass der junge Polizist darüber nicht begeistert war. Nicht nur, weil die Dichte an kleinen Eisbergen und im türkisfarbenen Wasser treibenden Schollen beständig zunahm, je weiter man in nordöstliche Richtung fuhr; da waren auch Fetzen weißen Nebels, die die Fahrt durch das eisige Labyrinth noch zusätzlich erschwerten. Doch erstens vertraute Lerby auf die Fähigkeiten des einheimischen Kollegen. Und zweitens wollte er unbedingt mit dem alten Noomi sprechen …

»Er wird Sie nicht gerade willkommen heißen«, sagte Pally voraus, die neben Lerby auf der Ducht kauerte. Beide hatten sie die Kapuzen ihrer Anoraks oben, um sich vor Kälte und Spritzwasser zu schützen.

Lerby nickte wissend. »Lassen Sie mich raten – er mag keine *qallunaat*, richtig?«

»Er hat wenig Grund dazu. Als die moderne Welt in den 1970ern mit voller Wucht über die Inuit hereinbrach, war Noomi in seinen besten Jahren – ein Robbenjäger, der das Handwerk von seinem Vater gelernt hatte und dessen ganzes Leben darauf beruhte.«

»Sie meinen, in finanzieller Hinsicht?«

»Ich meine in *jeder* Hinsicht. Natürlich, die Jagd diente vor allem dem Überleben und dem Bestreiten des Unterhalts. Aber sie gab Männern wie Noomi auch das Gefühl, am richtigen Platz zu sein, sie verlieh ihrem Dasein Bedeutung. All das änderte sich über Nacht, als ihnen das Jagen verboten wurde.«

Lerby nickte. Obwohl er damals noch keine zehn Jahre alt gewesen war, erinnerte er sich noch gut an die Kampagnen, die einige Umweltschutzverbände – zuvorderst Greenpeace – gegen das Jagen von Robben gefahren hatten. An die Bilder von süßen Robbenbabys mit Kulleraugen und blutig rotem Packeis … Eine französische Schauspielerin, deren Name ihm nicht mehr einfallen wollte, hatte sich damals zum Gesicht der Kampagne gemacht und für den Schutz der Robben geworben, und das mit ziemlichem Erfolg. Große Teile der westeuropäischen Gesellschaft hatten sich mit den Tieren und ihrer attraktiven Beschützerin solidarisiert und ein Ende der Robbenjagd gefordert – wobei sich Lerby zu erinnern glaubte, dass es zumindest seinem Vater mehr um die Schauspielerin als um die Robben gegangen war. Jedenfalls waren in den frühen achtziger Jahren die ersten Importverbote für Robbenfelle erlassen worden, die die dänische Regierung schließlich zum Erlass eines allgemeinen Jagdverbots in Grönland veranlasst hatten. Wohlgemerkt nicht nur für Konzerne, die die Robbenjagd in industriellem Umfang betrieben, sondern auch für die Jäger der Inuit.

»Ihnen mag das nicht bewusst sein«, meinte Pally, »aber das von der Regierung erlassene Jagdverbot beendete eine Lebensweise, die meinem Volk über viertausend Jahre hinweg das Überleben gesichert hatte. Sie bedeutete nicht nur materiellen Verlust. Sie bedeutete auch den Verlust von Tradition, von Selbstbestimmung …«

»… und von Sinn«, ergänzte Lerby.

»Das … ist wahr.« Sie nickte und sah ihn seltsam an, so als hätte sie ihm eine solche Schlussfolgerung nicht zugetraut. »Zumindest einige der Verantwortlichen haben ihren Irrtum später eingesehen und sich um Wiedergutmachung bemüht. Aber das ist ungefähr so, als ob man einen zerbrochenen Krug wieder zusammensetzt – das Wasser ist schon weg. Die Jagd zur Deckung des Eigenbedarfs wurde wieder erlaubt, der Handel mit Fellen blieb jedoch verboten. Trotzdem gibt es vereinzelt noch Menschen wie Nootaikok, die weiter den alten Weg beschreiten.«

»Auch wenn sie wissen, dass er ins Nichts führt?«, fragte Lerby.

»Manchmal, Jens Lerby, ist der Weg das Ziel«, erwiderte Pally lächelnd und mit einer Weisheit, die mehr von ihrem Großvater als von ihr selbst zu stammen schien. Diesmal war es Lerby, der sie seltsam ansah.

Er wandte den Blick und sah auf die gewaltigen Brocken Weiß, die in nur wenigen Metern Entfernung an ihnen vorüber zogen. Etwas schrammte laut und metallisch am Rumpf des Bootes entlang. Lerby schreckte auf, aber Keldsen am Steuer zeigte keine Reaktion, und auch der Motor des Polizeiboots tuckerte unbeeindruckt weiter.

»Was hat Ihr Großvater zu der neuen Mitbewohnerin gesagt?«, wechselte Lerby das Thema.

»Nicht viel. Wie ich schon sagte, es gehört zu den Pflichten des *angakkoq*, sich um jene zu kümmern, die seines Schutzes bedürfen.«

Lerby nickte. »Ihr Großvater ist ein außergewöhnlicher Mann.«

Pally lachte hell und freudlos. »Ist das die europäische Art, mir zu sagen, dass er Ihnen auf die Nerven geht?«

»Manchmal«, gab Lerby unumwunden zu.

»Ich weiß«, sagte sie, statt zu widersprechen. Zumindest in dieser Hinsicht hatten sie offenbar etwas gemeinsam.

»Er nimmt diese Sache sehr ernst, nicht wahr?«

»Das muss er ja wohl.« Pally zuckte mit den Schultern. »Immerhin sind vier Menschen gestorben.«

»Das meine ich nicht«, beharrte Lerby.

»Verstehe schon.« Sie schnaubte. »Sie sprechen vom *tupilaq*. Großvater fühlt sich verantwortlich, weil es seine Mutter war, die ihn einst gerufen hat … unsere Familie.«

»Glauben Sie das auch?«

Erneut wandte Pally den Blick und sah ihn unverwandt an. Wenn sie über die Frage verärgert war, so ließ sie es sich nicht anmerken. »Ich weiß schon, was Sie denken«, versicherte sie. »Aber so einfach ist es nicht. Ich bin eine moderne und gebildete Frau, Kommissar. Ich habe an der Universität von Nova Scotia Ethnologie studiert und weiß, was Wissenschaft ist und wie sie funktioniert … Aber ich bin auch hier geboren. Mein Großvater hat recht, wenn er sagt, dass ich ein Kind beider Welten bin – und ich fürchte, dass ich zu keiner von beiden mehr wirklich gehöre.«

Lerby sagte nichts. Er ließ es sich nicht anmerken, aber er war überrascht über ihre Offenheit und fühlte spontane Sympathie. Wohl nicht zuletzt, weil auch er oft nicht mehr recht wusste, wohin er gehörte.

»Ich glaube nicht an die Existenz von Dämonen, wie Großvater es tut«, fuhr sie fort, jetzt wieder hinaus aufs Wasser blickend. »Aber ich weiß auch, dass es mehr Dinge zwischen Himmel und Eis gibt, als Sie wahrscheinlich vermuten. Ich könnte Ihnen von vielen Begebenheiten erzählen, die sich hier oben in langen Wintern zugetragen haben und die Sie bestenfalls seltsam finden würden. Aber ich habe auch Zweifel, und Zweifel sind nicht der Weg der Inuit. Oder waren es zumindest früher nicht. Die Menschen hier haben ein hartes Leben gelebt, und wenn etwas Furchtbares geschehen ist, dann haben sie es akzeptiert und weitergemacht.«

»Aber bei einem Killer, der umgeht und sich immer neue Opfer sucht, geht das nicht so einfach«, wandte Lerby ein.

Pally nickte. »Die Menschen haben Angst, Kommissar«, sagte sie leise. »Und ich auch.«

Ihre Blicke begegneten sich. Es war ein Moment der Ehrlichkeit, denn auch wenn Lerby eine Erwiderung schuldig blieb, konnte sie in seinem Gesicht lesen, dass auch er sich fürchtete. Vielleicht nicht vor dem Mörder oder einem Dämon in Tiergestalt. Aber vor Fragen ohne Antworten.

Sie fuhren den Fjord hinauf, soweit es möglich war, ohne Schäden am Boot zu riskieren. Als die Korridore im Eis so schmal wurden, dass sie festzufahren drohten, warf Keldsen den Anker – den Rest der Wegstrecke würden Lerby und Pally zu Fuß zurücklegen müssen.

»Beeilen Sie sich«, schärfte der junge Polizist den beiden ein, wobei sein Blick ein wenig länger auf Pally haften blieb, als es nötig gewesen wäre. »Der Nebel ist dabei, sich zu verdichten. In zwei Stunden herrscht hier dicke Suppe.«

»Verstanden«, sagte Lerby und griff kurz ans Gürtelholster, um seine Dienstpistole zu prüfen, eine Heckler & Koch USP Compact, die zur Standardbewaffnung der dänischen Polizei gehörte. »Nur zur Vorsicht«, versicherte er, als er Pallys fragenden Blick bemerkte.

Dann zogen sie los.

Ihr Weg führte sie über das noch feste Packeis an Land, wo sich grauer Fels aus dem Schnee erhob. Pally, die den Weg genau zu kennen schien, führte Lerby an einer fast senkrecht aufragenden Wand aus Stein entlang, dann über eine schräge Ebene, die der beißende Wind völlig kahlgefegt hatte. Wenn hier jemals Spuren zu finden gewesen waren, so waren sie längst verschwunden. Zwischen zwei mächtigen Felsen hindurch, die eine Art natürliches

Tor bildeten, gelangten sie schließlich in eine Senke, die im Schutz großer Felswände lag.

Dort stand eine Behausung.

Wer nicht wusste, dass sie dort war, der hätte sie leicht übersehen können, denn es war kein Haus im herkömmlichen Sinn, sondern ein *qarmaq*. Dabei handelte es sich um eine in den Boden gebaute Erdhütte, deren kuppelförmiges, aus Knochen und Treibholz errichtetes und mit Tierfellen überspanntes Dach von gefrorenem Schnee bedeckt war. Es gab nur ein kleines Oberlicht, die einzige, bis in den Boden reichende Tür verdiente den Namen kaum. Lerby musste auf die Knie gehen, um sie zu passieren – und stieß sich dennoch den Kopf am niedrigen Sturz.

»Ist, um die Wärme drin zu halten«, erklärte Pally.

»Scheiße«, knurrte Lerby.

Im Inneren herrschte schummriges Halbdunkel, an das seine Augen sich erst gewöhnen mussten. Nur durch das kleine Deckenfenster fiel sanfter Lichtschein, in dem ein einfaches Bett, ein niedriger Tisch sowie eine Truhe mit Habseligkeiten zu erkennen waren. In einer Ecke stand eine Tranlampe, die nach Einbruch der Dunkelheit die einzige Licht- und Wärmequelle darstellte. Die Größe der Kammer mochte rund drei mal drei Meter betragen, die Raumhöhe war nur in der Mitte der rußgeschwärzten Kuppel so, dass Lerby einigermaßen aufrecht darin stehen konnte. Es war nicht wirklich warm in der Hütte, aber auch nicht kalt, wohl um die zehn Grad. Der Geruch war penetrant, irgendwo zwischen fauligem Fisch und ranzigem Öl. Lerby war nie zuvor in einer traditionellen Erdbehausung gewesen. Aber er wusste, dass die Inuit in Hütten wie diesen einst die Wintermonate verbracht hatten, ganze Familien, eng aneinandergedrängt, um der Kälte und der Dunkelheit zu trotzen.

Diese spezielle Behausung hatte nur noch einen Bewohner. Er saß dem Eingang gegenüber, in einem abgewohnten Schaukelstuhl, der den einzigen Anachronismus in dieser ansonsten musealen Umgebung darstellte. Lerby sah ein kleines, drahtiges Männchen, dessen dunkle Haut die Anmutung von Pergament hatte, das so reglos dasaß, dass Lerby auf den ersten Blick schon befürchtete, sie wären zu spät gekommen. Aber dann sah er die schwarzen Augen im einfallenden Licht blitzen – und diese Augen waren voller Kraft und Leben. In Kopenhagen hatte Lerby in die Augen von jugendlichen Kriminellen geblickt, in denen sehr viel weniger Energie gesteckt hatte.

»Nootaikok Ujarak?«, erkundigte er sich.

Der Alte kniff die Augen zusammen und fragte dann etwas, worauf Pally, die er offenbar kannte, einige Worte mit ihm wechselte.

»Noomi sagt, er hätte uns erwartet«, fasste sie schließlich zusammen. »Er weiß das von Kuupik bereits.«

»Wie das? Ich denke, hier draußen gibt es kein Telefon?«

»Das ist richtig.« Pally zuckte mit den Schultern. »Er hat es einfach so gewusst.«

Lerby blies durch die Nase. »Wie soll das denn gehen?«

Pally fragte, und der alte Inuk antwortete.

»Er sagt, er hätte es gesehen – in einem Traum.«

Lerby seufzte, verkniff sich aber jeglichen Kommentar. Ihm war klar, dass er mit bloßen Zweifeln nicht weiterkam. Vermutlich war das eine dieser rätselhaften, unerklärlichen Begebenheiten, von denen Pally vorhin im Boot gesprochen hatte. Für die Einheimischen hier existierten derlei Dinge, das musste er wohl oder übel akzeptieren.

Lerby ließ den Alten dennoch seinen Dienstausweis sehen – nur für den Fall, dass seine Vision ihm nicht alles gezeigt hatte –, und stellte ihm dann Fragen den Pedersen-Mord betreffend, die Pally übersetzte. Die Antworten kamen schnell und ohne Zögern, was bewies, dass hinter den pergamentenen Gesichtszügen und der fliehenden, beinahe haarlosen Stirn noch immer ein wacher Verstand arbeitete.

Die zeitlichen Angaben, die Kuupik Pedersens Ex-Freundin Anjij gemacht hatte, konnte Noomi alle bestätigen. Auch Lerbys Frage, in welchem Verhältnis er zu dem Ermordeten gestanden habe, beantwortete der alte Inuk in aller Klarheit: »Er war mein Junge … ein Schüler. Wie viele von diesen Verlorenen, die zu mir kommen und meinen Rat wollen.«

»Ist es auch gestern so gewesen?«, hakte Lerby über Pally nach. »Ist Kuupik Pedersen zu Ihnen gekommen, weil er Ihren Rat wollte?«

Der alte Noomi bejahte, indem er die Brauen hob.

»Worum ging es dabei?«

In seinem baufälligen Schaukelstuhl, der bei jeder Bewegung ein helles Knarren von sich gab, wippte Noomi vor und zurück. »Das ist nur zwischen mir und ihm«, antwortete er schließlich. »Man darf nicht schlecht von den Toten reden.«

»Ich weiß«, entgegnete Lerby, »und das will ich auch nicht. Aber es ist meine Aufgabe, die Wahrheit herauszufinden über das, was geschehen ist. Und das kann ich nur, wenn ich alle Fakten kenne. Es geht mir darum, zu vermeiden, dass es noch mehr Opfer gibt.«

Pally übersetzte, und ihre Worte verklangen im Halbdunkel der einfachen Behausung. Ein paar endlose Augenblicke lang hatte es nicht den Anschein, als ob sich der alte Jäger von Lerbys Worten beeindrucken lassen würde. »Er hat meinen Rat gesucht«, brach er schließlich dennoch sein Schweigen, »weil viel Zorn in ihm wohnt. Er war dem Alkohol verfallen, und das wollte er nicht mehr.«

In stiller Anerkennung schürzte Lerby die von der Kälte spröden Lippen. Wenn es so gewesen war, dann hatte Kuupik Pedersen offenbar späte Reue überkommen.

Wenn auch *zu* spät …

»Was haben Sie ihm gesagt?«, wollte er wissen.

»Ich habe ihm dazu geraten, den wahren Weg zu gehen, so wie ich es tue. Den alten Weg.«

Lerby nickte. Einen albernen Moment lang schweiften seine Gedanken ab, und er stellte sich vor, dass der alte Noomi eine Entzugsklinik am Polarkreis eröffnete. Vielleicht wäre es gar keine schlechte Therapie, einen Winter lang frierend in einer dunklen Hütte zu sitzen, sich seiner Wurzeln zu besinnen und an die Grundbedürfnisse des menschlichen Daseins erinnert zu werden. Vermutlich auch für jemanden, der eindeutig zu oft nach der Wodkaflasche griff.

»Und was hat er geantwortet?«

»Er hatte Zweifel«, übersetzte Pally. »Kuupik sagte, dass der Alkohol ein Dämon sei, der ihn verfolge und vor dem er große Angst hätte. Um ihm Mut zu machen, hat Noomi …« Sie stockte plötzlich. Ihr Gesichtsausdruck veränderte sich seltsam.

»Was hat er?«, hakte Lerby nach.

»Er … er hat Kuupik von seinem eigenen Dämon erzählt«, antwortete sie leise, beinahe flüsternd.

Lerby merkte, wie sich seine Nackenhaare sträubten. In der nüchternen Umgebung des Glaskastens, den er sein Büro nannte, mochte ihn das Gerede von Geistern und Dämonen kalt lassen. In der archaischen Atmosphäre dieser Hütte jedoch, in der man die Furcht beinahe greifen konnte, war das nicht ganz so einfach. Doch noch bevor ihn Irrationalität überkommen und ihm einen eisig kalten Schauer über den Rücken jagen konnte, wischte er sie mit dem Verstand beiseite.

»Was ist das für ein Dämon?«, erkundigte er sich stattdessen. »Wovon genau sprechen wir hier?«

»Schhh«, machte der alte Noomi und legte einen Knochenfinger an die Lippen. Was er dann sagte, hörte sich nach harschem Tadel an – und war es auch, wie Lerby aus Pallys Übersetzung erfuhr.

»Es ist nicht gut, laut über solche Dinge zu sprechen«, erklärte sie flüsternd. »Wenn überhaupt, so muss man es leise tun.«

»Einverstanden«, sagte Lerby und senkte tatsächlich seine

Stimme. »Aber ich muss diese Fragen stellen. Denn womöglich hat dieser Dämon, von dem Noomi spricht, Kuupik Pedersen auf seinem Boot überfallen und getötet.«

Pally übersetzte, doch wenn Lerby erwartet hatte, dass der alte Jäger darüber entsetzt oder auch nur überrascht war, so hatte er sich einmal mehr getäuscht. Denn der gute Noomi schien auch das bereits erwartet zu haben. Oder vielleicht hatte er es auf irgendeine Art und Weise sogar schon gewusst …

»Er sagt, der Dämon sei sehr gefährlich«, übersetzte Pally seine jetzt nur noch geflüsterten Worte. »Es ist ein *tupilaq*, der auf Rache sinnt.«

Lerby sah sie forschend an. »Ihr Großvater hat ihn bestimmt nicht besucht in den letzten Tagen?«

»Nein. Er ist die ganze Zeit zu Hause gewesen, dafür gibt es viele Zeugen.«

Lerby ließ ein missmutiges Brummen vernehmen. Er vermochte selbst nicht genau zu sagen wieso, aber die Richtung, in die sich das Gespräch entwickelte, gefiel ihm nicht. Da war zu viel, was er nicht fassen, nicht erklären konnte. Was er brauchte, waren Fakten. »Woher weiß Noomi von dem Dämon?«, fragte er deshalb.

Die Antwort war so kurz wie verblüffend.

»Weil er ihn gesehen hat.«

»Er … Sie haben den Dämon gesehen?«, wandte sich Lerby direkt an den Alten und vergaß dabei ganz, zu flüstern. »Den *tupilaq*?«

»*Aap*.«

»Wann und wo? Und wie hat er ausgesehen?«

»Das erste Mal beim neuen Mond – vor etwa zwei Wochen«, übersetzte Pally, was der betagte Jäger ihr mit leiser, bisweilen brüchiger Stimme erzählte. »Da hat er Spuren im Schnee gefunden. Spuren, die nicht von einem Tier stammten, und auch von keinem Menschen. Da wusste er, dass es die Spuren eines Dämons sein mussten.«

»Und – das ist alles?«, fragte Lerby. »Den Dämon selbst hat er nicht gesehen?«

Es entstand eine Pause, ehe der Alte antwortete.

»Doch«, übersetzte Pally prompt. »In einem anderen Traum.«

»Echt jetzt?« Lerby rieb sich das Kinn, wusste nicht, ob er lachen oder weinen sollte. Hatten sie den ganzen weiten Weg nur auf sich genommen, weil dieser alte Jäger lebhaft träumte?

»Noomi sagt, der Dämon war groß und ging auf zwei Beinen wie ein Mensch«, fuhr Pally fort. »Jedoch hatte er ein Fell wie ein Tier. Und Zähne.«

»Was für Zähne?«, wollte Lerby wissen.

Die Antwort war so kurz wie verblüffend. »Walross.«

Lerby verkniff sich eine Verwünschung. Als Ermittler hoffte man darauf, dass die Hinweise zueinander passten, sich zu einem großen Ganzen zusammenfügten, da sich nur auf diese Weise Licht ins Dunkel eines Falles bringen ließ. Hier jedoch schien alles immer noch wirrer und irrationaler zu werden.

Er rief sich selbst zur Ordnung, sagte sich, dass so etwas unmöglich war. Vermutlich hatte der alte Magnus Noomi irgendwann von der Sache mit dem *tupilaq* erzählt und auch, woraus er sich zusammensetzte. Das war die einfachste und wohl auch plausibelste Erklärung … doch behielt Lerby ein ungutes Gefühl zurück, eine Ahnung von Furcht. Und dass der alte Jäger ihn die ganze Zeit über durchdringend ansah, während er leise weitersprach, machte es nicht gerade besser.

»Ich sage die Wahrheit«, versicherte Noomi durch Pallys Übersetzung. »Sie müssen mir glauben, dass es so gewesen ist. Und dass es schrecklich ist.«

»Ich glaube Ihnen«, versicherte Lerby nickend. »Und das ist alles? Mehr haben Sie nicht gesehen?«

»Doch«, übersetzte Pally, was der Alte weiter zur Antwort gab. »Auf der Jagd ist er den Spuren noch ein zweites Mal begegnet. Und diesmal ist er ihnen gefolgt.«

»Und?« Lerby gab sich keine Mühe, seine Neugier zu verbergen. »Wohin führten sie?«

»Nach Norden«, erwiderte der Jäger ohne Zögern. Seine Stimme bebte dabei, aber sein Blick blieb ruhig und fokussiert. Er war überzeugt von dem, was er sagte, daran bestand nicht der geringste Zweifel. »Nach Norden, zum großen Eisschild. Dort hat das Böse seine Zuflucht.«

»Verstehe«, meinte Lerby und fügte beinahe im Scherz hinzu: »Aber wo sich diese Zuflucht genau befindet, haben Sie nicht zufällig auch herausgefunden?«

Pally übersetzte die Frage; den Sarkasmus ließ sie vermutlich weg. Daraufhin erhob sich der alte Jäger zum ersten Mal aus seinem Schaukelstuhl, und das sehr viel schneller und behänder, als Lerby es ihm zugetraut hätte. Klein und drahtig, wie er war, trat er an die Truhe, hob den Deckel an und zog etwas daraus hervor, das er auf den niedrigen Tisch legte, genau in den Kegel des einfallenden Tageslichts.

Zu Lerbys Verblüffung war es eine Landkarte. Jahrzehnte alt, zerknittert und mit vergilbten Kanten, aber noch ordentlich zu lesen.

Mit einem ausgestreckten Knochenfinger zeigte Noomi auf eine bestimmte Stelle und fügte eine leise, beinahe geflüsterte Erklärung hinzu, die Pally Wort für Wort übertrug: »An dieser Stelle befindet sich eine Höhle aus Fels und Eis. Dort haust der *tupilaq*.«

Auch wenn Lerby nicht an solche Dinge glaubte, konnte er nicht verhindern, dass ihn abermals ein Schauder durchrieselte. »Woher will er das wissen?«, hakte er nach. »Ist er der Spur bis dorthin gefolgt?«

»Nein. Aber er sagt, es sei die einzige Höhle weit und breit.«

Lerby nickte, war für einen Moment unschlüssig, was er davon halten sollte – dann wurde ihm klar, dass dies der erste konkrete Hinweis war. Er zückte sein Handy und machte eine Aufnahme von der Karte und Noomis Finger darauf. Das Blitzlicht riss das

Innere der Behausung für einen Moment aus dem schummrigen Halbdunkel und enthüllte schonungslos, wie abgenutzt und einfach sie tatsächlich war. Lerby war zugleich erschüttert und voll ehrlicher Bewunderung für den zähen kleinen Mann, der es geschafft hatte, mit so wenig in einer derart lebensfeindlichen Umgebung so alt zu werden.

»Herr Ujarak«, wandte er sich deshalb an ihn, »es tut mir leid, aber ich kann nicht ausschließen, dass Sie sich in Gefahr befinden. Dieser Dämon, den sie gesehen haben, hat Kuupik Pedersen getötet. Und es besteht die Möglichkeit, dass er zurückkehrt und auch Ihnen nach dem Leben trachtet. Vielleicht sollten Sie lieber mitkommen nach Illokarfiq, dort kann ich Sie beschützen.«

Pally übersetzte – doch der Alte reagierte auf eine Weise, die Lerby nun wirklich nicht erwartet hatte.

Er lachte.

Zuerst nur leise und kehlig, dann aber immer lauter, so als hätte Lerby den Witz des Jahrhunderts erzählt.

»Hat er verstanden, was ich gesagt habe?«, fragte Lerby entsprechend konsterniert.

Pally fragte nach – und bekam zwischen weiteren Ausbrüchen von Heiterkeit die Antwort.

»Hat er«, versicherte sie. »Aber er sagt, dass er schon so lange hier lebt, dass er nicht mehr von hier fortgehen wird. Und offen gestanden«, fügte sie ein wenig leiser hinzu, »bezweifelt er, dass sie ihn beschützen können.«

»So, tut er das.« Lerby schnaubte, aber seltsamerweise verspürte er weder Wut noch Frustration. Im Gegenteil entlockte ihm die Gelassenheit, die der alte Inuk dem Schicksal gegenüber an den Tag legte, ein Lächeln.

Noomi erwiderte sein Lächeln und ließ ein Gebiss sehen, das alles zusammengenommen nur noch drei Zähne umfasste. Und dennoch ehrlicher war als manches perfekte Zahnpastagrinsen, dem Lerby andernorts begegnet war.

Er nickte, bedankte sich für die Informationen und wünschte dem alten Jäger alles Gute.

»Er sagt, sie brauchen sich nicht um ihn zu sorgen«, übersetzte Pally dessen Antwort, »denn die Natur hätte ihn vergessen, sodass er so schnell wohl nicht sterben werde. Sie hingegen sollen sich vorsehen, denn es sei gefährlich, sich einem Dämon in den Weg zu stellen.«

»Verstehe«, knurrte Lerby nur.

Es war dem alten Jäger, der sich jetzt wieder in seinen Schaukelstuhl sinken ließ und dort gelassen weiter kicherte, nicht anzusehen, ob er im Scherz sprach oder es ernst gemeint hatte. Lerby hätte dem unscheinbaren kleinen Jäger so ziemlich alles zugetraut.

Sie verabschiedeten sich, verließen die Hütte und kehrten über das Eis zum Ufer zurück, wo Keldsen mit dem Boot wartete. Genau wie der Polizist gesagt hatte, hatte der Nebel zugenommen, aber noch lagen sie gut in der Zeit.

»Danke«, sagte Pally auf dem Weg zurück.

»Wofür?«, wollte Lerby wissen.

»Dass Sie nicht getan haben, was andere Europäer tun. Dass Sie sich nicht über ihn lustig gemacht haben.«

»Dazu bestand kein Anlass.«

Abrupt blieb Pally stehen, sah Lerby fragend in das vom Fellrand der Kapuze umrahmte Gesicht. »Dann glauben Sie wirklich, was er gesagt hat? Was er gesehen hat?«

»Ich glaube«, entgegnete Lerby, »dass er *etwas* gesehen hat. Ich kann nicht sagen, was das gewesen ist. Aber ich mache diesen Job schon lange genug, um eines zu wissen.«

»Und was ist das?«

»Dass Menschen, die so alt geworden sind, nicht mehr lügen«, entgegnete Lerby leise.

22

Als sie am späten Nachmittag nach Illokarfiq zurückkehrten, begann es bereits zu dämmern.

Lerby wusste nicht, ob Keldsens Gespür für das Wetter angeboren war oder ob er nur einfach gute Lehrer gehabt hatte – in jedem Fall erreichten sie zwar sicher die schützende Bucht, doch schon schloss sich die Nebeldecke und machte das Befahren des Wassers zu einem lebensgefährlichen Unterfangen.

Sie halfen noch dabei, das Polizeiboot an dem Eis zu vertäuen, das dem Hafen vorgelagert war, dann gingen sie von Bord – und einmal mehr hatte Lerby den Eindruck, dass Keldsens Blick ein wenig länger bei Pally blieb als bei ihm.

Sie gingen so, dass der Weg zur Polizeiwache am Haus des alten Magnus vorbeiführte, wo auch Pally wohnte.

»Bis morgen«, verabschiedete sich Lerby von ihr und wollte schon weitergehen.

»Ist es denn bereits so schlimm?«, fragte sie.

»Wovon sprechen sie?«

»Oder ist es normal, dass Sie Ihre Mitarbeiter bis vor die Haustür begleiten?«

Ein wenig ertappt sah Lerby auf den festgetretenen Schnee zu seinen Füßen. »Das war heute gute Arbeit«, sagte er.

»Sagen Sie das nur, um mir nicht antworten zu müssen?«

»Es ist mein Ernst.« Er hob den Blick und sah sie direkt an. »Sie haben das heute wirklich gut gemacht, Pally. Zuerst die Sache mit der Zeugin und dann der Besuch beim alten Noomi … Ohne Ihre Hilfe wäre ich völlig aufgeschmissen gewesen.«

»Ich habe nur übersetzt, Daavi Keldsen könnte das auch …«

»Nein.« Er schüttelte den Kopf. »Der gute Noomi hatte Angst, trotzdem hat er sich Ihnen anvertraut – und damit auch mir. Und dafür danke ich Ihnen.«

»Einen Moment.« Sie schüttelte den Kopf und tat fassungslos. »War das wirklich gerade ein Kompliment, das Sie mir gemacht haben?«

»Nein, nur eine Feststellung«, erklärte er. »Ganz sachlich und nüchtern.«

»Natürlich.« Sie nickte und verkniff sich ein Grinsen. Dann überlegte sie kurz. »Wo essen Sie heute Abend?«

»Im Hotel«, erwiderte Lerby. »Es gibt da ein kleines Restaurant, das …«

»Halb acht hier«, sagte Pally nur. »Großvater und Anjij werden sich freuen.«

»Pallaya, ich …«

»Halb acht«, wiederholte sie, und ihr Tonfall erinnerte an den des alten Magnus, wenn er keinen Widerspruch hören wollte. »Und seien Sie pünktlich.«

Lerby zögerte kurz, dann nickte er.

Was konnte es schaden?

Sie verabschiedeten sich einstweilen, und er ging weiter, zunächst zur Wache, um seine Tasche und Unterlagen zu holen, und dann weiter zum Hotel.

Erst jetzt, da er durch die in Dämmerung versinkenden Straßen Illokarfiqs schritt, merkte er, dass er nicht nur ausgehungert war, sondern auch bis auf die Knochen durchgefroren. Als Erstes würde er sich auf seinem Zimmer eine heiße Dusche genehmigen und danach einen Schluck Wodka. Vorausgesetzt, die verdammte Flasche war nicht bereits leer.

Sein Weg führte ihn durch den Ort und die Anhöhe hinauf, auf der das Hotel thronte. Es dämmerte inzwischen. Nur noch wenige Menschen waren unterwegs, nur hier und dort schnitten die Lichtkegel von Autoscheinwerfern durch die hereinbrechende

Dunkelheit. So allmählich, wie sie am Morgen daraus erwachte, fiel die Siedlung jetzt in die Nacht zurück. Und mit der Schwärze, die dem schwarzen Wasser der Bucht zu entsteigen und über das Eis an Land zu kriechen schien, kehrte vermutlich auch die Furcht zurück.

Furcht vor der Kälte, der Nacht und der Verzweiflung.

Und vor einem unbekannten Mörder …

Lerby wusste nicht zu sagen, ob es an seinen düsteren Gedanken lag oder ob ihn tatsächlich ein Instinkt warnte. Doch plötzlich hatte er das Bedürfnis, sich umzudrehen und nachzusehen, ob ihm jemand folgte.

Da war niemand.

Dennoch streifte Lerby die Kapuze zurück, die sein Gehör dämpfte und das Blickfeld einschränkte. Abrupt blieb er stehen, sah und hörte sich in der eisigen Nachtluft um.

Fernes Hundegebell.

Das Geräusch eines Motors.

Eine Tür, die zugeschlagen wurde.

Ansonsten: Stille.

Warum aber blieb dieses seltsame Gefühl bestehen? Dieser hässliche Eindruck, von jemandem beobachtet zu werden? Hatte er zu lange in dunklen Hütten gesessen und den Erzählungen alter Männer gelauscht?

Sich einen Narren scheltend, schlug er die Kapuze wieder hoch und ging weiter – nur um schon an der nächsten Kreuzung Gesellschaft zu bekommen.

»Kommissar Lerby?«

Es war sein Landsmann Alf Norby-Larson, Lerby erkannte ihn am Designermantel. Das blonde Haar des Leiters der örtlichen Tourismusbehörde war unter einer stylischen Lumberjack-Mütze verborgen.

»'n Abend«, grüßte Lerby lakonisch und ohne stehen zu bleiben.

»Kann ich Sie kurz sprechen?«

Lerby fluchte lautlos in sich hinein. Ein entschiedenes Nein wäre die angemessene Antwort gewesen, aber selbst ihm leuchtete ein, dass das unklug gewesen wäre. Er blieb stehen und wandte sich um. »Was gibt es?«

»Schlimme Zeiten, nicht wahr?«, fragte der andere und lächelte, was anscheinend jovial wirken sollte. Lerby fand es eher schadenfroh.

»Wovon sprechen Sie?«

»Pedersen, der vierte Mord«, fasste der andere im Telegrammstil zusammen. »Das ist keine gute Entwicklung.«

»Was Sie nicht sagen.«

»Ich bekomme Druck vom Außenministerium, Lerby«, stellte der andere klar, jetzt nicht mehr ganz so jovial. »Die Dinge sind dabei, außer Kontrolle zu geraten.«

»Inwiefern?«

»Sie sind mit Ihren Ermittlungen befasst, Sie bekommen das nicht mit. Aber ich in meinem Büro bin nah bei den Menschen, und ich weiß, was sie beschäftigt. Ich habe Ihnen gesagt, dass diese Sache das Potential hat, richtig hässlich zu werden, Kommissar. Genauso scheint es nun zu kommen.«

»Wovon genau sprechen Sie?«, wollte Lerby wissen.

»Ich spreche von der Angst, die im Ort um sich greift, von der nackten Panik, die hier bald ausbrechen könnte. Die Einheimischen hier mögen Handys haben und wissen, wie man einen Computer bedient – aber tief in ihrem Inneren sind sie immer noch die abergläubischen Primitiven, die sie stets gewesen sind!«

»Ist es das, was Ihre Erfahrung und all die Jahre vor Ort Sie gelehrt haben?«, fragte Lerby und konnte sich einen guten Schuss Sarkasmus nicht verkneifen. »Alle Achtung.«

»Es ist mein voller Ernst! Die Ersten haben schon angefangen, Dinge im Internet zu posten … Rufschädigende Dinge, verstehen sie? Gerüchte von irgendwelchen alten Dämonen, die aus dem Eis gekommen sein sollen und für den Tod all dieser Männer verantwortlich sind.«

»Was das betrifft, kann ich Sie beruhigen.«

»Ja?« Es schwang tatsächlich Hoffnung in Norby-Larsons Stimme mit.

»Absolut. Ich denke nicht, dass wir es mit übernatürlichen Wesen zu tun haben. Soweit es mich betrifft, fahnde ich nach einem Mörder aus Fleisch und Blut.«

»Sie finden das wohl lustig?«

»Nein«, versicherte Lerby, »aber ich weiß auch nicht, was Sie von mir wollen. Soll ich das Internet in Illokarfiq lahmlegen, damit die Sache sich für Sie nicht nachteilig auswirkt?«

»Das wäre eine Möglichkeit.« Der andere nickte und schien es völlig ernst zu meinen. »Vor allem aber verlange ich, dass Sie Ihre Arbeit machen und für Sicherheit sorgen – oder jemanden ranlassen, der es besser kann!«

»Was soll das nun wieder heißen?«

»Das soll heißen, dass ich meine Beziehungen spielen lassen und ein paar Nachforschungen angestellt habe. Sie sind nicht hier, weil Sie der Beste für den Job sind, sondern weil Sie sich mit den falschen Leuten angelegt haben, Lerby.«

»Und?«

Das Gesicht unter der Lumberjack-Mütze machte einige seltsame Anstalten, so als wüsste es nicht, ob es lieber verlegen grinsen oder besorgt dreinblicken sollte.

»Ich bin auf Ihrer Seite, okay?«, versicherte Norby-Larson schließlich in verschwörerischem Tonfall. »Ich weiß, was es bedeutet, in die falschen Näpfe zu spucken, hab's am eigenen Leib erlebt. Ich bin also der Letzte, der Ihnen irgendwelche Hürden in den Weg stellen möchte, und ich glaube Ihnen, dass Sie hier Ihr Bestes geben. Ich fürchte nur, dass Sie sich dabei verzetteln. Ist es wahr, dass Sie neuerdings mit dem örtlichen Schamanen zusammenarbeiten?«

»Was, wenn es so wäre?«

»Kommen Sie«, knurrte der andere und trat noch einen Schritt näher an Lerby heran, »wir beide wissen doch genau, was hier gespielt wird. Wie die Leute hier sind mit ihrem ständigen Gerede von Dunkelheit und Kälte und all den Albtraumgestalten aus ihren Mythen … Das kann einen schon mal eine schlaflose Nacht kosten. Aber davon sollten Sie sich nicht einlullen lassen. Das sind alles nichts als Nebelkerzen, die der alte Magnus zündet, weil er im Grunde seines Herzens gar nicht will, dass das Verbrechen aufgeklärt wird. Die Angst der Menschen ist nämlich zugleich die Quelle seiner Macht.«

»Das klingt beinahe, als wären Sie neidisch«, konnte Lerby sich nicht verkneifen zu erwidern. Obwohl er durchaus zugeben musste, dass der gute Norby-Larson da einen Punkt hatte …

»Unfug. Aber ich kann auch nicht dulden, dass ein alter Narr die Ermittlungen behindert und damit nicht nur Ihre, sondern auch meine Kreise stört.«

»Der alte Narr, wie Sie ihn nennen, mag ein seltsamer Kauz sein, und wahrscheinlich ist er der starrsinnigste Mensch, der mir je begegnet ist«, räumte Lerby ein. »Aber ich verdanke ihm auch die erste echte Spur, der ich nachgehen kann.«

»Tatsächlich?«

»Ja«, bestätigte Lerby, wenn auch widerstrebend. »Es gibt einen ersten Hinweis auf den Verbleib des Täters, dem wir schon morgen nachgehen werden.«

Der andere schürzte die Lippen, nun offenbar doch beeindruckt. »Es freut mich, das zu hören – dennoch will ich Sie warnen, Kommissar: Man kann den Inuit nicht trauen. Am einen Tag sagen sie das und am nächsten tun sie etwas völlig anderes. Ihre Meinung ändert sich so schnell, wie sich der Wind dreht in diesem unwirtlichen Land.«

»Vielleicht ist das so«, hielt Lerby dagegen, »aber haben wir Ihnen denn jemals Anlass gegeben, ihre Zusagen einzuhalten und uns zu vertrauen? Diese Menschen kamen wunderbar zurecht, bis wir auf den Gedanken verfallen sind, ihnen die Zivilisation zu bringen. Ob sie es wollten oder nicht, hat uns nicht interessiert. Wir haben ihnen die moderne Zeit mit all ihren Segnungen einfach übergestülpt und ihre Welt damit auf den Kopf gestellt. An ihrer Stelle wäre ich auch vorsichtig, wenn ein dänischer Kommissar um die Ecke kommen und behaupten würde, dass er helfen will. Vertrauen ist eine feine Sache – aber man muss es sich verdienen.«

Norby-Larson trat wieder einen Schritt zurück und sah ihn seltsam an, ein wenig so, wie man ein Gemälde im Museum betrachtet. »Das ist interessant«, sagte er dazu.

»Was denn?«, schnaubte Lerby.

»Nach all den Jahren, die ich nun schon hier lebe, sind mir die Inuit immer noch fremd, habe ich große Schwierigkeiten, mich mit ihrer Art zu leben und zu denken zu identifizieren. Bei Ihnen, mein Freund, hat es offenbar nur ein paar Tage gedauert.«

23

Das Gespräch mit Norby-Larson ging Lerby nicht aus dem Kopf.

Er hoffte, die Gedanken daran mit der heißen Dusche abzuwaschen, die er auf seinem Hotelzimmer nahm, aber so einfach war es nicht. Hatte sein dänischer Landsmann womöglich recht mit dem, was er sagte? War Lerby dabei, die nötige Distanz zu verlieren, die für einen Ermittler nun einmal unerlässlich war? Die ihn davor bewahrte, die Dinge einseitig zu betrachten und unter Umständen wichtige Hinweise zu übersehen?

Ergriff er zu sehr Partei?

Er war sich nicht sicher, was das betraf. Aber während er sich den Kopf und das ein wenig schütter gewordene Haar mit dem weißen Frottee schrubbte, dämmerte ihm, dass er Pallys Einladung besser nicht hätte annehmen sollen. Die junge Inuk und ihr Großvater waren Personen, mit denen er im Zuge seiner Ermittlungen zusammenarbeitete, nicht mehr und nicht weniger. Es gab keinen Grund, darüber hinaus irgendwelche Kontakte zu knüpfen – und doch ertappte sich Lerby dabei, dass er froh war, einmal nicht die Decke seines Hotelzimmers anstarren zu müssen und dabei eine (noch dazu fast leere) Wodkaflasche als einzige Gesellschaft zu haben. Ein paarmal hatte er daran gedacht, Eva anzurufen, war jedoch jedes Mal davor zurückgeschreckt. Vermutlich war er der Letzte, von dem sie etwas hören wollte, und er hätte auch gar nicht gewusst, was er sagen sollte. Die Dinge waren, wie sie nun einmal waren – was das betraf, hatte er tatsächlich bereits von den Inuit gelernt. Hatte Norby-Larson also Recht? War er dabei, den Überblick zu verlieren?

Er erwog, Pally anzurufen und die Sache abzublasen. Aber wie sollte er sich da rausreden? Ihr sagen, dass er müde war? Migräne hatte? Sie hätte ihm nicht geglaubt, hätte gesagt, dass das eine verdammte Ausrede war. Und sie hätte Recht damit …

Er nahm sich Kleidung aus dem Schrank – ein frisches Paar Hosen und ein Hemd, darüber zog er den Isländer. Dass man in Grönland keinen allzu großen Wert auf Äußerlichkeiten legte, hatte er inzwischen mitbekommen, und es kam ihm entgegen.

In Ermangelung anderer Einkaufsgelegenheiten suchte er an der Hotelbar nach einem kleinen Gastgeschenk, das er mitbringen konnte. Auf Alkohol verzichtete er lieber, seine Wahl fiel auf in Dreiecksform verpackte Schweizer Schokolade, die hier im hohen Norden so teuer war, dass es wehtat.

Dann machte er sich auf den Weg.

Es war 19.34 Uhr, als er an die Tür des kleinen Hauses klopfte, das Magnus der Schamane bewohnte.

Pally öffnete die Tür. Sie trug eine karierte Schürze, das schwarze Haar hatte sie flüchtig hochgesteckt.

»Da sind Sie ja«, sagte sie.

»Sie klingen überrascht.«

»Ein wenig«, gab sie zu und fuhr in schlecht gespielter Entrüstung fort: »Zumal Sie zu spät sind. Wissen Sie denn nicht, was Pünktlichkeit ist?«

»Danke für die Einladung«, sagte Lerby und hielt ihr die Schokolade entgegen.

»Was ist das?«

»Eine Aufmerksamkeit«, sagte er unbeholfen.

»Sie … bringen Schokolade mit?« Sie schien sich ein Lachen verkneifen zu müssen.

»Äh … ja«, gab Lerby mit wachsender Verunsicherung zu. »Ist das nicht …?«

»Großvater liebt Schokolade«, vertraute sie ihm feixend an, während sie ihn in die warme Stube zog, wo er Parka und Stiefel ablegte und stattdessen in Filzschuhe schlüpfte, die sie ihm reichte.

Die Luft in dem einfach, aber gemütlich eingerichteten Haus war von einem würzigen Duft durchtränkt, den Lerby allerdings nicht zuordnen konnte. »Was gibt es denn?«, wollte er schnuppernd wissen.

»Was auch immer es gibt, ich sollte Sie warnen«, rief Pally, die schon in die kleine Küche weitergegangen war. »Großvater behauptet, dass ich eine lausige Köchin bin. Zum Glück ist Anjij hier, um zu helfen.«

Nun war auch Lerby an der Küchentür und warf einen Blick hinein. Er hätte Pedersens Ex-Freundin, die am Herd stand und in einem großen Topf rührte, beinahe nicht wiedererkannt. Statt ihrer abgetragenen Kleider hatte sie frische Sachen an – vermutlich aus Pallys Kleiderschrank –, und ihr Haar, das wirr und ungepflegt gewesen war, war geschnitten und hübsch zurechtgemacht. Die größte Veränderung aber war das Lächeln, das jetzt in den Zügen der jungen Frau lag.

»*Qanorippit*?«, fragte Lerby in einem weiteren etwas hilflosen Versuch, sich der grönländischen Sprache anzunähern – auch wenn er inzwischen wusste, dass hier im Osten ein anderer Dialekt vorherrschte.

»Danke, sehr gut«, erwiderte sie lächelnd. »Man ist hier sehr gut zu mir.«

»Kann ich mir vorstellen.« Lerby nickte, ein wenig nervös und schielte in Richtung des Kochtopfs. Ein hässlicher Verdacht begann ihn zu beschleichen … »Das ist nicht zufällig *kiviaq*, oder?«, fragte er vorsichtig.

Die beiden Frauen sahen sich an – und brachen in helles Gelächter aus.

»Wer hat ihnen denn davon erzählt?«, wollte Pally wissen.

»Ich habe darüber gelesen. Ist es nicht eine echte Inuit-Spezialität?«

Die beiden lachten nur noch lauter, und es dauerte eine ganze Weile, bis sie sich wieder beruhigt hatten. »Also, erstens«, erklärte

Pally schließlich, wobei sie noch immer Mühe hatte, sich zu beherrschen, »sind wir hier in Ostgrönland nicht einfach nur Inuit, sondern *Livi*. Und zweitens sollten Sie nicht alles glauben, was in irgendwelchen Reiseführern steht. Wenn ich allerdings gewusst hätte, dass Sie am liebsten vergammelte Vögel essen, hätte ich was ausgegraben – wir haben immer welche hinterm Haus verbuddelt.«

Sie sah Lerby bedeutsam an und wartete lange genug, um seine Gesichtszüge ein wenig blasser werden zu lassen. Dann brach sie erneut in schallendes Gelächter aus. »Sie Spinner, *kiviaq* diente einst dazu, Vorräte zu sichern. Heute wird er kaum noch zubereitet, und wenn überhaupt, dann nur von den ganz Alten – oder um Touristen unglücklich zu machen. Die meisten von uns Jüngeren finden es ziemlich ekelhaft.«

»Ein Glück«, versicherte Lerby erleichtert.

»Es gibt *puisi suaasat* – das ist ein Eintopf aus Robbenfleisch, Reis und Kartoffeln. Entspricht das mehr Ihrem Gaumen?«

»Ganz sicher.« Jetzt war es Lerby, der grinste.

»Gehen Sie schon mal rüber ins Wohnzimmer und leisten Sie Großvater Gesellschaft. Geben Sie ihm die Schokolade«, fügte sie flüsternd und mit einem Augenzwinkern hinzu.

Lerby überquerte den kleinen Gang, von dem eine schmale Treppe in den ersten Stock führte, wo sich vermutlich die Schlafräume befanden. Das Wohnzimmer war der einzige größere Raum im Erdgeschoss und beherbergte auch den Esstisch, der bereits gedeckt war. Es gab ein kleines Sofa, einen Couchtisch und einen altmodischen Ohrensessel, in dem der alte Magnus thronte. In einem verblüffend modernen Fernsehgerät, das an der Wand hing, lief eine Fußballübertragung, ein Spiel der britischen Premier League. Der Schamane hörte nicht auf, Lerby zu überraschen …

»Guten Abend«, grüßte Lerby.

»Abend«, kam es zurück, ohne dass Magnus den Blick vom Bildschirm nahm.

»Danke für die Einladung.«

»War die Idee meiner Enkelin.«

»Sicher.« Lerby schnitt eine Grimasse und legte die Schokolade auf den Couchtisch neben dem Sessel.

Zum ersten Mal wandte Magnus den Blick. »Was soll das sein?«

»Nur eine Kleinigkeit«, versicherte Lerby.

»Du hast Schokolade mitgebracht?« Der Schamane sah ihn herausfordernd an. »Wofür hältst du mich? Für ein Kind? Oder denkst du, wir hätten hier nichts Anderes, was dem Gaumen Freude macht?«

»Nein, das war nicht meine … Ich wollte nicht …« Lerby seufzte – was tat er hier eigentlich? »Vergessen Sie's«, knurrte er, »ich nehme das Zeug wieder mit.«

»Nein, lass es liegen«, schnappte der Alte und wandte sich wieder dem Fernseher zu. »Wo du's schon mal gekauft hast … wär schade drum. Setz dich lieber.«

Lerby kam der Aufforderung nach und ließ sich auf das Sofa nieder. Es war alt, die Federn kamen bereits durch, und er hatte das Gefühl, darin unterzugehen.

»Gibt es Fortschritte?«, fragte Magnus unvermittelt. Als Lerby mit der Antwort zögerte, fügte er hinzu: »Du kannst mir vertrauen. Nichts von dem, was du sagst, wird dieses Haus verlassen. Es ist die oberste Pflicht des *angakkoq*, Geheimnisse zu bewahren.«

Lerby nickte – darauf war im Zweifel vermutlich mehr Verlass als auf eine formelle Erklärung zur Schweigepflicht, die findige Advokaten am Ende doch für null und nichtig erklärten. »Ich bin dabei, mir ein Bild des Täters zu machen«, berichtete er. »Wir haben jetzt einen Augenzeugen.«

»Den alten Noomi.« Magnus nickte.

»Pally hat es Ihnen erzählt?«

Der Alte grinste. »Ich bin nicht nur ihr *angakkoq*, sondern auch ihr Großvater.«

»Auch wieder wahr.« Lerby seufzte. »Noomi hat etwas gesehen, eine Gestalt im Eis, bei der es sich um den Täter handeln könnte.«

»Den *tupilaq*«, ergänzte Magnus erneut nickend.

»Wie auch immer, er hat mir auf einer Karte gezeigt, wo er den Schlupfwinkel jener Gestalt vermutet. Wir werden das morgen überprüfen – auch wenn ich mir ehrlich gesagt nicht besonders viel davon verspreche.«

Der Schamane wiegte nachdenklich das Haupt. »Ich weiß von deinem Vorhaben. Pally hat mir auch davon berichtet.«

»Und?«

»Es ist gefährlich, dorthin zu gehen, wo Dämonen sind. Der *tupilaq* hat bereits vier Menschen getötet, und mit jedem Leben, das er nimmt, wird er stärker.«

»Ich habe keine andere Wahl«, stellte Lerby klar. Er hatte beschlossen, sich auf keine Diskussionen bezüglich der Natur des Täters einzulassen. Wenn der alte Magnus unbedingt glauben wollte, dass sie einem Geist nachjagten, war das seine Sache. »Das ist *meine* oberste Pflicht«, fügte Lerby voller Überzeugung hinzu.

Der Schamane nickte nachdenklich. Zumindest das schien er nachvollziehen zu können.

»Danke, dass Sie Anjij in Ihrem Haus aufgenommen haben«, wechselte Lerby das Thema.

»Was hast du erwartet? Der *angakkoq* sorgt für die Seinen.«

»Das habe ich nicht bezweifelt, ich wollte nur …« Lerby verstummte, als er den Anflug eines Grinsens sah, der über die faltenzerfurchte, vom fahlen Licht des Fernsehers beleuchtete Miene des Alten huschte. »Sie verarschen mich«, stellte er fest.

»Ein wenig. Ihr Leute vom Festland habt keinen Humor.«

»Damit haben Sie wahrscheinlich recht«, kam Lerby nicht umhin zuzugeben – obwohl das Leben hier ungleich härter war, sah man hier öfter Menschen lächeln als zu Hause. Vermutlich, dachte er, war auch das eine Frage der Prioritäten.

In einem anscheinend spontanen Entschluss griff Magnus nach der Fernbedienung und schaltete den Fernseher ab.

»Wollen Sie nicht weiter zusehen?«, fragte Lerby.

»Wozu? Diese Idioten spielen heute so schlecht, sie werden verlieren, Leribi.«

»Lerby«, verbesserte er. Die häufige Verwendung von Spitznamen im Sprachgebrauch der Einheimischen war ihm schon aufgefallen. Aber etwas in ihm wehrte sich gegen eine solche Vertraulichkeit.

In diesem Moment erschien Anjij auf der Schwelle, den großen dampfenden Kochtopf vor sich hertragend. Pally folgte ihr. »Essen ist fertig!«, rief sie.

Der Schamane streckte Lerby ungeniert seine rechte Hand entgegen, damit er ihm aus dem Sessel half. Dann nahmen sie alle am Esstisch Platz, und Pally begann mit dem Ausschöpfen. Der Eintopf war von bräunlicher Farbe und infolge der eingekochten Kartoffelstärke von dickflüssiger Konsistenz. Der Geruch, der zusammen mit dichten Dampfschwaden von Lerbys Teller aufstieg, war würzig und durchaus einladend.

»Schon mal Robbenfleisch gegessen?«, erkundigte sich Magnus.

»Noch nie«, gab Lerby zu.

»Na dann los«, ermunterte ihn der Schamane, wobei ein begeistertes Funkeln in seinen dunklen Augen lag. »Sowas Gutes hattest du noch nie.«

Folgsam senkte Lerby seinen Löffel in die Suppe. Sie war so heiß, dass er sich ein wenig in Geduld üben musste. Aber dann endlich kostete er – und versuchte dabei, zu ignorieren, dass nicht nur der alte Magnus, sondern auch Pally und Anjij ihm erwartungsvoll zusahen.

Die Suppe selbst war gut gepfeffert, das in kleine Streifen geschnittene, dunkle Fleisch hatte einen angenehm festen Biss und erinnerte ihn an Wild, das er in der Kindheit bei seinem Onkel gegessen hatte, mit einer Note von Fisch.

»Und?«, fragte Magnus.

»Sehr gut«, bestätigte Lerby nickend – worauf der Schamane in triumphierendes Gelächter ausbrach und Pally und Anjij begeistert Beifall klatschten.

Danach war die Stimmung am Tisch gelöst. Es wurde Rotwein ausgeschenkt, den sie aus dickwandigen Gläsern tranken, und es wurde eifrig gelöffelt und noch eifriger nachgeschöpft. Und je mehr Lerby vom *puisi suaasat* aß, desto besser schmeckte es ihm. Seine Tischgesellschaft versäumte es nicht, ihn einzelne Wörter ihres Dialekts zu lehren, so erfuhr er, dass »sehr gut« schlicht *mamakajo* hieß, und er machte oft davon Gebrauch. Es war ein wenig wie früher, wenn Eva und er Freunde zu sich nach Hause eingeladen und sie zusammen gegessen, getrunken und gelacht hatten … Er hatte das lange nicht mehr gehabt.

Nach dem Hauptgang wurde zum Nachtisch *kaagiat* gereicht, ein mit Puderzucker bestreuter Kuchen, der stark nach Kardamom schmeckte und damit für Lerbys Geschmack etwas zu sehr nach Weihnachten. Dazu gab es durch und durch europäischen Espresso, den Pally mit einer original italienischen Kanne zubereitete, auf die sie ziemlich stolz zu sein schien.

»*Mamakajo*«, kommentierte Lerby zum ungezählten Mal.

Anjij bestand darauf, den Abwasch zu übernehmen – in Wahrheit suchte sie wohl nur nach einem Vorwand, das Wohnzimmer zu verlassen, damit die anderen sich ungestört unterhalten konnten. Die besondere Sensibilität, die viele Grönländer im wechselseitigen Umgang an den Tag legten, war Lerby bereits aufgefallen. Vermutlich war dies die natürliche Folge bei einem Volk, das einst gezwungen gewesen war, Winter für Winter auf engstem Raum zusammenzuleben.

Der alte Magnus war ernst geworden. Gedankenverloren starrte er in die brennende Kerze auf dem Tisch. »Ihr müsst vorsichtig sein morgen«, kam er wieder auf das zu sprechen, was ihm Sorge zu bereiten schien. »Es ist nicht gut, einen Dämon herauszufordern.«

»Ich will ihn nicht herausfordern, nur verhaften«, versicherte

Lerby leichthin – doch der heitere Teil des Abends schien vorüber zu sein.

»Du darfst das nicht auf die leichte Schulter nehmen«, schärfte Magnus ihm ein. »Ihr beide dürfte das nicht«, sagte er, an Pally gewandt, die ihm an der langen Seite des Tisches gegenübersaß.

»Ich weiß Ihre Sorge zu schätzen«, versicherte Lerby, »und ich verspreche Ihnen, dass ich auf der Hut sein werde. Polizeimeister Keldsen wird auch mitkommen. Und wir sind beide bewaffnet.«

»Ach ja?« Magnus lachte spöttisch. »Du glaubst, dass Kugeln gegen den *tupilaq* etwas ausrichten? Natuk Olsen hat das vermutlich auch gedacht – und nun ist er tot.«

»Das ist wahr.« Lerby nickte.

»Natuks Tod hat Großvater sehr getroffen«, fügte Pally erklärend hinzu. »Er war ihm ein guter Freund.«

»Ein Freund? Er war mein Lehrling«, verbesserte der Alte und schüttelte unwillig das ergraute Haupt. »Er wusste noch viel über die alten Wege, hätte mein Nachfolger werden können als *angakkoq*. Aber nun …«

Von dieser Verbindung hörte Lerby zum ersten Mal. Es war also nicht nur der Hang zu übernatürlichen Dingen, der den Schamanen so für den Fall interessierte. Er hatte auch einen persönlichen Verlust erlitten. Und vermutlich brachte er beides in Zusammenhang …

»Ist das der Grund, warum Sie denken, dass es *Ihr tupilaq* ist?«, erkundigte sich Lerby. »Der, den Ihre Mutter damals gerufen hat?«

»Der *tupilaq* gehört niemandem – so wie auch der Wind niemandem gehört, oder das Eis oder die Robben. Aber er weiß, woher er einst kam, und dorthin zieht es ihn zurück. Es ist keine gute Zeit, in der wir leben, Lerby. Die Welt ist dabei, sich zu verändern. Die Winter werden kürzer und das Eis wird dünner und bringt Verborgenes zum Vorschein.«

»Das sagten Sie schon einmal …«

»Weil es wahr ist.« Magnus nickte voller Überzeugung. »Ich habe es in einer Vision gesehen, beim Trommeltanz.«

Lerby hatte davon gehört, von den flachen, mit Tierhaut bespannten Trommeln, die die Inuit-Schamanen schlugen und zu deren Klang sie tanzten, wenn sie in Kontakt mit der anderen Welt treten wollten. Es hatte eine Zeit gegeben, da die Trommeltänze von der Regierung als heidnisches, schädliches Ritual verboten gewesen waren. Genau wie die Robbenjagd …

»Alles geht verloren«, sinnierte der Schamane düster vor sich hin, »auch die alten Bräuche.«

»Das müsste nicht sein«, wandte Pally ein. »Du müsstest mich nur darin unterweisen. So wie du Natuk unterwiesen hast.«

»Wozu?« Er lachte freudlos auf. »Damit du eines von deinen schlauen Büchern darüber schreibst?«

Pally drückte das Kreuz durch und straffte sich auf ihrem Stuhl. »Ich bin Wissenschaftlerin«, erklärte sie.

»Für die einen ist es Wissenschaft«, räumte der alte Magnus nickend ein, »für die anderen Verrat.«

»Verstehe.« Pally schnaubte. »Jetzt sind wir wieder bei deinem Lieblingsthema, nicht wahr?«

Er erwiderte etwas, allerdings nicht auf Dänisch, sondern im hiesigen *Tunumiutut*, von dem Lerby kein Wort verstand.

»Nein«, wehrte Pally kopfschüttelnd ab. »Das ist unhöflich, Großvater. Sprich so, dass unser Gast uns versteht.«

»Willst du das wirklich?«, fragte Magnus. Seine Augen blitzten plötzlich angriffslustig.

»Nur zu«, forderte Pally ihn auf.

»Du hättest meine Nachfolgerin werden können, Enkelin. Du hattest alles, was man dazu braucht – doch statt hierzubleiben und mein Lehrling zu werden, bist du lieber zu den Amerikanern gegangen. Um das zu lernen, was irgendwelche Fremden über uns geschrieben haben, statt bei mir in die Lehre zu gehen, deinem eigenen Großvater!«

»Das ist kein Widerspruch, warum begreifst du das nicht?«, hielt sie dagegen.

»Nicht ich bin es, der hier etwas nicht begreift, Enkelin, sondern du. Diese Leute, so gelehrt sie sich auch geben mögen, werden niemals verstehen, wer wir sind und was uns ausmacht. Sie sehen in uns doch nur Primitive, die sie begaffen wie die Affen in ihren Tiergärten.«

»Das ist nicht wahr.« Pally schüttelte entrüstet den Kopf. »Manche vielleicht, aber nicht alle. Die Welt hat sich geändert, Großvater. Man interessiert sich jetzt für uns!«

»Tatsächlich?« Der Alte kicherte. »Du meinst, wie sich der Kanadier für dich interessiert hat?«

»Das gehört nicht hierher«, sagte sie mit bebender Stimme.

»Du warst es, die über alles offen reden wollte, Enkelin. Nicht ich.«

»Craig hatte ein Angebot bekommen, das er nicht ausschlagen konnte, das war alles.«

»Wirklich? Und hat er dich mitgenommen? Oder dich wenigstens gefragt?«

Man konnte sehen, dass jedes einzelne seiner Worte Pally wie ein Fausthieb traf.

»Nein«, gestand sie leise.

»Und weißt du, warum?«, setzte der alte Magnus nach. »Weil du bist, was du bist. Was wir sind. Er hat dich ausgenutzt und ist abgehauen, so wie sie es immer tun. Oder warst du wirklich so dumm, zu glauben, dass deine Liebe ihn aufhalten könnte?«

Pally zuckte zusammen.

Noch einen Moment hielt sie es am Tisch aus. Dann sprang sie auf und stürzte aus dem Zimmer.

Lerby sah ihr nach. Dass er unvermittelt Zaungast eines Streits geworden war, der offenbar schon länger zwischen den beiden schwelte, berührte ihn unangenehm. Wo war seine verdammte Rüstung, wenn er sie brauchte?

»War … das nötig?«, fragte er leise.

»Verzeih«, sagte der alte Magnus und beugte das graue Haupt. »Du bist als Gast in unser Haus gekommen. Du hättest das nicht mitbekommen …«

»Das meinte ich nicht«, wurde Lerby deutlicher. »Ich meine Ihre Enkelin. Sie haben sie verletzt.«

»Und?« Wieder lag ein streitbares Glitzern in den dunklen, unergründlichen Augen des Alten.

»Ich weiß, dass es mich nichts angeht, aber …«

»Du hast Recht, Lerby. Es geht dich nichts an.«

»Okay.« Lerby schürzte die Lippen – das war dann wohl sein Stichwort. Was hatte ihn auch geritten, sich hier einzumischen? Was hatte ihn geritten, überhaupt hier zu erscheinen? Er erhob sich steif, bedankte sich für das Essen und verließ das Wohnzimmer.

Der Schamane sagte nichts mehr.

Lerby streckte den Kopf in die Küche und verabschiedete sich von Anjij, dann zog er die Filzpantoffeln aus, schlüpfte in Jacke und Stiefel und ging hinaus. Vor der Haustür traf er auf Pally. Sie stand von ihm abgewandt, trotz der beißenden Kälte nur in ihrem Wollpullover. Ihr Kopf hing nach vorn und ihre Schultern bebten. Sie weinte.

»Pallaya?«

»Gehen Sie«, sagte sie, ohne sich umzudrehen.

»Ich bin so gut wie weg«, versicherte er. »Aber ich wollte noch sagen, dass …«

»Sagen Sie gar nichts, okay? Wir treffen uns wie besprochen morgen früh auf der Polizeiwache. Und seien Sie pünktlich.«

»… dass ich Mitleid habe«, brachte Lerby seinen Satz zu Ende.

Sie schluchzte leise. »Ich will Ihr Mitleid nicht.«

»Nicht mit Ihnen, Pally. Mit Ihrem Großvater«, verbesserte Lerby, während er bereits die Kapuze seines Parkas hochschlug und in die Nacht hinausging. »Er macht nämlich einen dämlichen Fehler – und das weiß kein Mensch besser als ich.«

24

Am nächsten Tag brachen sie bei Sonnenaufgang mit den beiden Motorschlitten der Polizei von Illokarfiq auf.

Daavi Keldsen steuerte den einen, Pally, die darin einige Erfahrung zu haben schien, den anderen. Lerby nahm hinter ihr auf der langen Sitzbank Platz. Die junge Inuk verlor kein Wort mehr über das, was am Vorabend geschehen war, und Lerby stellte auch keine Fragen.

Politiassistent Inasson hatte ihnen geholfen, den Schnappschuss, den Lerby von Nootaikok Ujaraks Karte geschossen hatte, auf einer größeren und detaillierteren Karte zu verorten und die entsprechenden GPS-Daten zu ermitteln. Er selbst hatte nichts von einer Höhle gewusst, die sich an besagter Stelle befinden sollte, hielt es aber auch nicht für ausgeschlossen. Niemand, beteuerte er, kenne sich in jener Gegend so gut aus wie der alte Noomi.

Mit röhrenden Motoren fraßen sich die beiden Schneemobile den Hang hinauf, der sich nördlich von Illokarfiq erstreckte, angetrieben von Raupenketten am Heck, während die Kufenpaare vorn beinahe lautlos dahinglitten. Es waren baugleiche Fahrzeuge des Typs Yamaha VK, die für den professionellen Einsatz ausgerüstet und mit Überrollbügeln, Scheinwerfern, Reservekanistern, Notfallpacks und einigen weiteren Dingen ausgestattet waren, die für Missionen in der arktischen Wildnis überlebenswichtig sein mochten. Lerby versuchte, keine zu intensiven Gedanken daran zu verschwenden, während ihm der heulende Fahrtwind in das fast zur Gänze verhüllte Gesicht blies.

Das Wetter an diesem Morgen war durchwachsen; zur Seeseite hin war noch blauer Himmel zu erkennen, über dem Festland allerdings braute sich erkennbar etwas zusammen. Graue Wolken ballten sich unheilvoll über ihren Köpfen, und Lerby entging nicht, dass Keldsen ihnen immer wieder besorgte Blicke zuwarf. Auch die Sicht war nicht so klar, wie sie es sich gewünscht hätten. Nebelfetzen hingen in den Senken direkt über dem Boden und sorgten dafür, dass Unebenheiten oder gar Spalten im Eis erst spät zu erkennen waren; entsprechend konnten sie nicht mit voller Geschwindigkeit fahren.

Zwischen dem Nebel und den dräuenden Wolken erstreckte sich die wildeste und atemberaubendste Landschaft, die Lerby je in seinem Leben erblickt hatte: Felswände wie von Titanenhand gemeißelt, erhoben sich jenseits der blendend weißen Hügel, gekrönt von ehrwürdigen, schneebedeckten Gipfeln, die den Beginn des Inlandeises markierten. Die schiere Größe war überwältigend und ließ alles menschliche Wollen und Werken unwichtig erscheinen. Eindrücke wie diese waren es wohl, die die Inuit zu dem gemacht hatten, was sie waren, die ihr Denken, Fühlen und Erleben noch heute bis in die letzte Faser hinein prägten. Und auch Lerby konnte sich dem nicht entziehen.

Als sie nach etwa zweistündiger Fahrt eine Pause einlegten, begann es zu schneien. Es waren nur wenige Flocken, die aus dem grauen Himmel fielen, Daavi Keldsen betrachtete sie dennoch mit Besorgnis. »Das ist nicht gut«, merkte er zwischen Schlucken heißen Kaffees an, den er aus dem metallenen Becher einer Thermosflasche trank. »Wenn der Schneefall noch zunimmt, werden wir Schwierigkeiten bekommen. Das GPS wird dann ungenau, von allem anderen ganz zu schweigen.«

»Dann hoffen wir, dass das Wetter hält«, erwiderte Lerby trocken. Pally sagte nichts. Sie kauerte auf der Sitzbank des Motorschlittens und hing ihren eigenen Gedanken nach, und zumindest Lerby ahnte, worum es dabei ging.

Der Schneefall immerhin wurde vorerst nicht stärker. Ab und zu setzte er sogar ganz aus, dafür nahm der raue Wind, der von

Nordosten heranblies und eisig über die Hügelkuppen fegte, beständig zu. Dennoch war es nicht das Wetter, das Lerbys Plänen für den Tag einen herben Dämpfer versetzte.

Es war Keldsens Motorschlitten.

Sie waren dabei, eine weite Senke zu durchqueren, als das Gefährt plötzlich merklich langsamer wurde. Auch Pally drosselte daraufhin das Tempo ihres Schlittens und setzte sich an Keldsens Seite.

»Was nicht in Ordnung?«, rief sie zu ihm hinüber.

Der Polizist deutete auf den Motor, der tatsächlich seltsam stockende Geräusche von sich gab, und hielt schließlich ganz an. Mit einer Verwünschung hakte er den Gurt aus, der ihn mit der Maschine verband und mittels einer Totmannschaltung dafür sorgte, dass der Schlitten nicht weiterfuhr, sollte der Fahrer verletzt oder schlafend vom Sattel fallen.

Keldsen schob die Schutzbrille hoch und legte sich rücklings in den Schnee, um den Motor einer kurzen Überprüfung zu unterziehen. Er brauchte nicht lange, um das Problem zu finden. »Es ist die Benzinleitung«, stellte er fest. »Sie leckt.«

»Schöner Mist«, knurrte Lerby, der ebenfalls abgestiegen war. »Und jetzt?«

»Ich kann versuchen, sie zu kitten, aber in dieser Kälte ist das nicht so einfach – sobald ich beschleunige, tritt noch mehr Treibstoff aus. Vermutlich reicht der Sprit jetzt schon nicht mehr für beide Wege.«

»Dann kehren Sie um«, entschied Lerby ohne Zögern.

»Kommissar«, erwiderte Keldsen, wich seinem Blick dabei aber verlegen aus, »bei allem gebührenden Respekt, ich bin mir nicht sicher, ob Sie allein …«

»Ich bin nicht allein«, versicherte Lerby. »Pally ist bei mir, sie kennt sich aus.«

Keldsens Blick ging zu Pally, die zuversichtlich nickte. »Trotzdem«, beharrte er, »ich weiß nicht …«

»Ich muss dieser Spur nachgehen, solange sie noch einigermaßen frisch ist«, machte Lerby ihm klar. »Alles andere hätte keinen Sinn. Sind Sie sicher, dass Sie bis Illokarfiq kommen?«

Keldsen wandte sich um, bedachte seinen beschädigten Schlitten mit einem abschätzigen Blick. »Ich denke ja – mit dem, was in den Ersatzkanistern ist, sollte es reichen.«

»Dann fahren Sie zurück«, bestärkte ihn Lerby, »wir sehen uns heute Abend. Das ist eine dienstliche Anweisung«, fügte er hinzu, als der Jüngere immer noch zögerte.

»In Ordnung«, erwiderte Keldsen schließlich, aber man konnte sehen, wie schwer es ihm fiel. Wie Lerby annahm, wohl nicht unbedingt seinetwegen, sondern vor allem wegen Pally. Er griff an die Armatur seines Schlittens, wo er das GPS-Gerät festgehakt hatte, brachte es ihr und wies sie kurz in die wichtigsten Funktionen ein. »In etwa zwei Stunden solltet ihr da sein«, erklärte er dazu. »Das Gelände nördlich von hier ist nicht einfach zu befahren, es gibt dort viele Spalten und Senken. Und behaltet den Himmel im Auge.«

»Versprochen«, sagte Pally.

Er nickte, dann kehrte er zu seinem eigenen Fahrzeug zurück, um den Schaden notdürftig zu beheben, während Lerby wieder hinter Pally aufstieg und sie ihren Weg fortsetzten.

Auf dem nächsten Hügelgrat, den der Motorschlitten röhrend erklomm, drehte sich Lerby noch einmal um. Er sah Keldsen bei seinem Fahrzeug knien – dann waren der junge Polizist und das blauweiß lackierte Schneemobil auch schon aus seinem Blickfeld verschwunden, und es ging weiter nach Norden.

Pally machte ihre Sache großartig.

Die junge Ethnologin steuerte den Motorschlitten, als ob sie nie etwas anderes getan hätte. Dabei behielt sie sowohl die Anzeige des GPS als auch den Himmel im Blick, und sobald die Sichtweite oder die Beschaffenheit des Bodens es erforderten, passte sie die Geschwindigkeit des Fahrzeugs an.

Das Schweigen, das seit dem Morgen zwischen ihnen geherrscht hatte, blieb allerdings bestehen, und anders als zuvor mutete es jetzt seltsam an. Als Keldsen noch dabei gewesen war, war es für Lerby selbstverständlich, nicht über Dinge zu sprechen, die für Pally sehr persönlich sein mussten. Nun jedoch war das Schweigen eine bewusste Entscheidung, und dass das ausgerechnet ihm, der sonst so groß im Schweigen war, seltsam vorkam, entbehrte nicht einer gewissen Ironie.

Lerby sprach Pally dennoch nicht auf die Ereignisse vom Vorabend an. Was ging es ihn auch an? Er war polizeilicher Ermittler in einem Mordfall und hatte Distanz zu wahren, so einfach war das.

Sie hatten einen guten Teil der Wegstrecke hinter sich gebracht, als erneuter Schneefall einsetzte. Diesmal legte er sich nicht wieder, sondern wurde immer dichter. Und zusammen mit dem Wind, der an Stärke zunahm und ihnen die Flocken entgegenschlug, wurde innerhalb kurzer Zeit ein veritabler Sturm daraus.

Pally blieb nichts anders übrig, als das Tempo deutlich zu drosseln. Mit quälender Langsamkeit kämpfte sich der Motorschlitten durch eine Landschaft, die sich innerhalb weniger Minuten in ein Labyrinth aus wirbelndem Weiß verwandelt hatte.

»Es hat keinen Sinn«, rief Pally über die Schulter.

»Was wollen Sie tun? Umkehren?«

»Dazu ist es zu spät. Uns bleiben nur zwei Möglichkeiten. Entweder, wir finden diese Höhle und suchen dort Zuflucht …«

»Oder?«

»Das wollen Sie nicht wissen«, sagte sie – und Lerby fragte nicht weiter.

Pally griff ans Armaturenbrett, pflückte das GPS-Gerät ab und reichte es ihm nach hinten. »Lotsen Sie mich«, verlangte sie. »Ich kann die Anzeige nicht mehr ablesen.«

Lerby reinigte das schneebedeckte Display mit dem Handschuh. Dass es in Anbetracht der Kälte überhaupt noch funktionierte, grenzte für ihn an ein Wunder. Jedoch war das Signal nur schwach. Der Schneesturm zeigte Wirkung.

»Vorwärts«, wies er Pally an und gab ihr Kurskorrekturen an, sobald das Gerät eine Abweichung anzeigte. Was nichts daran änderte, dass sie nur noch langsam vorankamen – und der Sturm weiterhin zunahm.

Dass erst früher Nachmittag war, war nicht mehr zu erkennen. Der Himmel hatte sich verfinstert, es herrschte eine graue Dämmerung, in der sich das Licht der Scheinwerfer schon nach wenigen Metern verlor. Vom Untergrund, über den sie sich bewegten, war kaum noch etwas zu erkennen. Es war, als wären sie in einer Blase aus Kälte, Eis und Dunkelheit gefangen.

Der Aufprall kam unerwartet. Und obwohl sie nur langsam fuhren, war er beträchtlich.

Womit der Schlitten genau kollidierte, war nicht zu erkennen, doch die rechte der beiden Kufen brach aus ihrer Verankerung und stellte sich quer. Von einem Moment zum anderen manövrierunfähig, bäumte sich das Gefährt hoch, der Motor schrie heulend auf – und sie kippten zur Seite um.

»Vorsicht!«, schrie Lerby instinktiv, auch wenn es völlig sinnlos war. Er wurde rücklings aus dem Sattel geschleudert wie ein Cowboy beim Rodeo und stürzte in den Schnee. Beinahe im selben Moment verstummte das Röhren des Motors, als Pally absprang und damit die Totmannvorrichtung betätigte. Sie landete im Schnee und überschlug sich, blieb dann reglos liegen.

»Pally?«

Lerby wälzte sich herum und raffte sich auf die Knie, kroch zu ihr hinüber. »Pally, bist du okay?«

Noch immer regte sie sich nicht. Die Schneebrille und der Schal bedeckten den größten Teil ihres Gesichts, er konnte noch nicht einmal sehen, ob sie atmete oder …

»Pally? Verdammt, Mädchen …«

Er fiel neben ihr nieder, zerrte den Schal herab und schob ihre

Brille hoch – nur um in ihre großen dunklen Augen zu blicken, die ihn bedeutsam ansahen.

»Ich freu mich auch, dich zu sehen«, versicherte sie.

»Scheiße.« Er stieß pfeifend Luft aus seinen Lungen. »Für einen Moment dachte ich …«

»Dachte ich auch«, pflichtete sie ihm bei, während sie sich aufsetzte, offenbar noch benommen vom Aufprall. »Wir müssen auf irgendetwas aufgefahren sein, vermutlich ein Felsen oder …«

»Spielt keine Rolle mehr, der Schlitten ist hinüber«, meinte Lerby, auf die herrenlose Kufe deutend, die nur ein paar Schritte von ihnen entfernt im Schnee steckte. Das Schneemobil selbst lag auf der Seite wie ein waidwundes Tier. Die Scheinwerfer waren nicht ausgegangen und schnitten von Schnee durchflirrte Lichtkegel in das umgebende Halbdunkel.

»Wir müssen fort von hier, sonst werden wir erfrieren«, kommentierte Pally. Der aufkeimenden Panik zum Trotz, die sich in Lerbys Eingeweiden zusammenbraute, schien sie die Ruhe selbst zu sein – oder vielleicht hatte sie auch nur gelernt, ihre Furcht zu verbergen. »Wie weit noch bis zur Höhle?«

Lerby griff nach dem GPS-Empfänger, den er neben sich in den Schnee gelegt hatte. Die ganze Zeit hatte er ihn festgehalten, selbst dann noch, als er vom Schlitten gestürzt war.

»Wenn die Anzeige stimmt, müssten wir fast da sein – allerdings ist der Kontakt zum Satelliten gestört, wir bekommen kaum noch eine Verbindung.«

Statt zu antworten, griff Pally in den Kragen ihres Anoraks und zog einen kleinen Gegenstand hervor, den sie an einer ledernen Schnur umhängen hatte. Im ersten Moment dachte Lerby, dass es ein Talisman wäre, wie ihr Großvater einen um den Hals trug. Doch es war ein kleiner Kompass, den sie aufklappte und konsultierte.

»Die Berge liegen in dieser Richtung«, stellte sie dann fest und deutete mit der Hand. »Wir sammeln alles ein, was wir brauchen können, und gehen dann los.«

Lerby hatte keinen Einwand, was hätte er auch sagen sollen? Hier draußen hatte sie allein die nötige Erfahrung, entsprechend überließ er ihr die Führung.

Über das in den Schlitten integrierte Funkgerät setzten sie einen Notruf ab, ohne zu wissen, ob er inmitten des Sturmes überhaupt empfangen wurde. Dann rafften sie alles an sich, was in den Seitenkoffern zu finden war: Notrationen, Thermodecken, ein Erste-Hilfe-Kit, eine Taschenlampe, zwei rote Magnesiumfackeln sowie eine Benzinlampe, die sich mit Treibstoff aus dem Ersatzkanister befüllen ließ und sowohl als Licht- wie auch als Wärmequelle dienen mochte.

Sie stopften alles in den Notsack, den Lerby auf den Rücken nahm, Pally trug den Kanister und das GPS-Gerät. So zogen sie los, und schon nach wenigen Schritten war das havarierte Schneemobil hinter einer Wand aus Dunkelheit und wirrem Schneetreiben verschwunden, und Lerby hätte nicht mehr zu sagen gewusst, in welche Richtung sie zu gehen hatten.

Zum Glück hatte Pallaya einen besseren Instinkt.

Wie sie es schaffte, inmitten des tosenden Unwetters die Richtung anzugeben und dabei noch gleichzeitig das GPS und ihren Kompass zu befragen, war ihm ein Rätsel – oder vielleicht tat sie auch nur so, weil sie ihn nicht beunruhigen wollte. Zugetraut hätte er ihr auch das.

Der Wind wurde stärker, Kälte und Eiskristalle nadelten in die unbedeckten Partien ihrer Gesichter. Lerby hatte das Gefühl, als würden seine Gelenke langsam einfrieren, so schwer fiel es ihm, im frisch gefallenen Schnee einen Fuß vor den anderen zu setzen. Von der seltsamen Müdigkeit, die sich seiner bemächtigte, ganz zu schweigen.

»Weiter!«, hörte er Pallys Stimme irgendwo neben sich. »Nicht nachlassen, immer weiter …!«

Er wusste nicht, wie lange er so durch Schnee und Dunkelheit gestolpert war, wankend und mit ungelenken Bewegungen wie ein Untoter in einem dieser Filme. Als die Felswand vor ihnen auftauchte, geschah es schnell und unvermittelt. Er hatte sie nicht kommen sehen und wäre beinahe dagegen gelaufen, anders als Pally, die sie auf irgendeine Art gespürt zu haben schien und ihn warnte. Wie hoch der dunkle Koloss vor ihnen aufragte, war unmöglich festzustellen, aber in seinem Schutz ließ der Wind ein wenig nach. Von der Höhle, von der der alte Noomi so voller Überzeugung berichtet hatte, fehlte jedoch jede Spur.

»Verdammt!«, schrie Lerby gegen den heulenden Wind an. »Wo ist das beschissene Ding?«

Es war Panik, die ihn lauthals brüllen ließ, das sichere Wissen, dass sie verloren waren, wenn sie den Eingang nicht rechtzeitig fanden oder es diese Höhle gar nicht gab. Irgendwann würden sie vor Erschöpfung und Müdigkeit zusammenbrechen und elend erfrieren – und trotz aller Kaltschnäuzigkeit und Gleichgültigkeit, die Lerby gerne an den Tag legte, stellte er fest, dass er dazu noch nicht bereit war.

Er schickte noch ein paar weitere Unflätigkeiten hinaus in die dunkle Kälte, während er Pally hinterherstolperte – und urplötzlich tat sich zu ihrer Linken eine Öffnung auf.

Drohend und schwarz wie das Maul eines riesigen Polarbären ragte sie ihnen entgegen, mit Eiszapfen von ein, zwei Metern Länge als Zähnen. Doch die dahinterliegende Dunkelheit versprach auch Sicherheit, Schutz vor dem Wind und der schneidenden Kälte. Dass dies der Schlupfwinkel eines Dämons, mindestens aber eines mehrfachen Killers sein könnte, kam Lerby in diesem Augenblick absurd vor, dennoch siegte seine Vorsicht über den Drang, sich einfach blindlings in diese Höhle zu retten.

»Warte hier«, wies er Pally an, während er den Sack mit der Notausrüstung zu Boden gleiten ließ.

Mit der einen Hand griff er nach der Taschenlampe, mit der anderen nach der USP Compact. Und indem er die Handgelenke kreuzte, sodass der Lauf der Waffe und der Lichtschein der Lampe in dieselbe Richtung zielten, drang er in das ungewisse Dunkel der Höhle ein.

25

Je weiter Lerby in die Höhle vordrang, desto mehr fiel das Heulen des Windes hinter ihm zurück, und er hatte das Gefühl, seinen eigenen hämmernden Herzschlag zu hören. Durch kontrollierte Atmung suchte er ihn zu beruhigen.

Lautlos glitt der Lichtkreis der Lampe über grauen Fels, an den sich blau schimmernder Frost klammerte. Von der Decke, die an die drei Meter hoch sein mochte, hingen Eiszapfen, in denen sich der Lichtschein brach. Der Boden war von Eis überzogen und entsprechend glatt. Darüber lag eine weiße Schneezunge, die ein Stück weit in das Gewölbe leckte, ehe sie sich zwischen hüfthohen, von weißlich grünen Flechten bedeckten Felsen verlor. Vorsichtig ging Lerby weiter.

Die Felsen mochten ein brauchbares Versteck hergeben, aber nichts in der Höhle deutete darauf hin, dass sich in den letzten Stunden oder gar Tagen jemand hier aufgehalten hatte. Der Schneeteppich zu Lerbys Füßen war unberührt. Er erreichte die Felsen und schlüpfte zwischen ihnen hindurch, ließ den Lichtkegel suchend weiterkreisen – aber da war niemand, weder hinter dem Gestein noch im Rest der Höhle, die auf einer Fläche von vielleicht drei mal sechs Metern zunehmend verflachte und schließlich endete.

Wo die Felsendecke so niedrig war, dass man nur noch darunter kauern konnte, war sie rußgeschwärzt. Reste einer Feuerstelle waren zu finden, doch die Asche war alt und längst erkaltet. Wer immer hier gewesen war und sich an einem Feuer gewärmt hatte, mochte etwas oder nichts mit dem Fall zu tun gehabt haben, feststellen ließ es sich nicht mehr. Ansonsten war die Höhle so leer wie

Lerbys Magen, der seit dem Frühstück nichts mehr bekommen hatte.

Lerby wandte sich zu Pally um und bedeutete ihr, nachzukommen. Gemeinsam richteten sie ein behelfsmäßiges Lager ein. Schon kurz darauf verbreitete die Benzinlaterne matten Lichtschein, und Lerby regelte die Flamme so, dass sie auch ein wenig Wärme spendete. Pally prüfte die Rationen und gab eine karge Mahlzeit aus, die im Wesentlichen aus zwei Energieriegeln und etwas Wasser bestand. Lerbys Magen hing ihm danach immer noch bis zum Boden, und vermutlich ging es Pally nicht anders. Aber wie zuvor beschwerte sie sich nicht, im Gegenteil. Irgendwie wurde er das Gefühl nicht los, dass sie es genoss, in alubeschichtete Folie gehüllt auf dem harten, nackten Boden zu sitzen und in eine flackernde Flamme zu starren, während draußen der Wind heulte und ein wahres Inferno aus Kälte und Dunkelheit tobte.

»Schöner Mist«, knurrte er, schon aus purer Opposition. »Zuerst Keldsens Panne, dann der Schneesturm, und nun auch noch dieser Unfall …«

»Es könnte noch viel schlimmer sein«, sagte sie, an ihrem Energieriegel kauend, den sie sehr viel langsamer verzehrte als er, sich anscheinend jeden einzelnen Bissens bewusst. »Was, wenn wir die Höhle nicht gefunden hätten?«

»Zugegeben …«, räumte er ein, während er sich fröstelnd in der vom Lichtschein nur spärlich beleuchteten Höhle umblickte. »Trotzdem war die ganze Aktion ein dämlicher Fehlschlag. Das kommt davon, wenn man auf die Worte eines alten Narren hört. Dieses ganze Gerede von Geistern und Dämonen – das ist doch völliger Unfug!«

»Worüber regst du dich auf?«, fragte sie und sah ihn direkt an. Das Licht der Laterne spiegelte sich in ihren dunklen Augen. »Immerzu beschwerst du dich, dabei ist überhaupt nichts passiert. Für die Nacht sind wir in Sicherheit, und morgen früh werden wir einen weiteren Notruf absetzen.«

»Wenn das Funkgerät dann noch funktioniert.«

»Und wenn nicht?« Sie zuckte mit den Schultern. »Inasson weiß, wohin wir wollten. Falls wir uns nicht melden, wird er nach uns suchen.«

»Aber wir sitzen eine ganze verdammte Nacht hier fest und verlieren wertvolle Zeit.«

»Und schon wieder eine Beschwerde.« Sie grinste.

»Ja doch.« Er schnaubte verdrießlich. »Was dagegen?«

»Das ist nicht die Art der Inuit.«

»Kann sein. Aber es ist *meine* Art.«

»Offensichtlich.«

Darauf kehrte Stille ein, eine endlos scheinende Weile, in der sie beide nur in die Flamme starrten und der Wind draußen ein scheußliches Lied heulte. Auch in der Höhle war er noch zu spüren, und hin und wieder wehten Schneeflocken herein. Aber natürlich hatte Pally Recht, ohne diese Zuflucht wären sie längst erfroren.

Lerby griff in die Innentasche seines Parkas und holte den Flachmann hervor, den er dort stecken hatte, gefüllt mit dem letzten Rest Wodka. Er öffnete den Schraubverschluss und hielt ihr die Flasche hin. Pally zuckte mit den Schultern und nahm einen tiefen Schluck. Lerby trank den Rest. Das Zeug brannte elend in seinem halbleeren Magen. Aber es wärmte auch.

»Okay«, gab er schließlich mit leisem Seufzen zu, »du hast Recht, ich beschwere mich oft. *Zu oft* vielleicht sogar …«

Pally nickte nur, sein Eingeständnis schien sie nicht zu überraschen. »Ich war zehn Jahre alt«, begann sie unvermittelt zu erzählen, während sie weiter in die Flamme blickte. »Meine Eltern waren im Jahr zuvor gestorben, ein Unfall. Ich war am Boden zerstört und habe kaum noch etwas gegessen.«

»Verständlich«, meinte Lerby.

»Großvater hatte mich zu sich genommen. Eines Tages nahm er mich mit auf die Robbenjagd, dünn und schwach, wie ich war. Während die Jäger alle um das Loch herumsaßen, das sie ins Eis geschlagen hatten, und auf Beute lauerten, wurde mir irgendwann langweilig. Ich begann, mich auf eigene Faust umzusehen – und als ich dann zum Eisloch zurückkehrte, waren die Jäger verschwunden. Der Schnee war rot vor Blut, ich konnte sehen, dass sie erfolgreich gewesen waren. Aber sie waren weg. Und mit ihnen auch mein Großvater.«

»Was hast du getan?«

»Was jedes Kind tun würde: Ich habe um Hilfe geschrien. Nur ganz leise zunächst, weil ich alles noch für einen Scherz hielt. Aber als niemand sich zeigte und es immer kälter wurde, da begriff ich, dass es kein Spaß war, sondern bitterer Ernst. Sie hatten mich vergessen – jedenfalls dachte ich das. Also habe ich mich an das erinnert, was Großvater mir über den Wind beigebracht hatte, über das Eis und über die Himmelsrichtungen. Ich habe mich daran orientiert und bin zu Fuß zurück nach Hause gegangen, den ganzen langen Weg. Ich hatte nichts zu essen, mir war bitterkalt und meine Füße schmerzten, doch irgendwann – es dämmerte bereits – sah ich die Häuser von Illokarfiq in der Ferne auftauchen. Und weißt du was?«

Pally hob den Blick und sah Lerby fragend an.

»Nun?«, machte der.

»In diesem Moment war ich glücklich. So glücklich, wie ich es lange nicht gewesen mehr, vielleicht sogar noch nie zuvor. Ich war glücklich darüber, noch am Leben zu sein.«

»Und dann?«

»Ich ging nach Hause und erwartete, meinen Großvater aufgelöst vor Sorge vorzufinden. Oder wenigstens ein kleines bisschen zerknirscht darüber, dass er mich dort draußen in der Kälte gelassen hatte. Aber das war nicht der Fall. Er saß in seinem Sessel, den er auch damals schon hatte, und sah mir grinsend entgegen, als ich das Zimmer betrat. Da war mir klar, dass er mich nicht etwa da draußen vergessen hatte. Er hatte mich absichtlich zurückgelassen.«

»Was?« Lerby schüttelte den Kopf. »Wie konnte er das tun? Ich meine, du bist seine Enkelin, er hat dich doch geliebt …«

»Und genau deshalb hat er es getan. Er hat meine Trauer gesehen und wollte, dass ich nicht noch mehr leide – und so hat er mich gelehrt, wie viel ich noch immer besaß, trotz des großen Verlusts, den ich erlitten hatte.«

»Aber du hättest dabei umkommen können«, beharrte Lerby beinahe trotzig – wohl auch deshalb, weil ihn die Geschichte des zehnjährigen Mädchens, das klaglos die Zähne zusammenbiss und sich durch Eis und Kälte nach Hause kämpfte, ziemlich beschämte. Was vermutlich auch der Grund dafür war, dass sie sie ihm erzählt hatte.

Pally lächelte, während sie sich wieder dem Feuer zuwandte. »Erst Jahre später sagte er mir, dass er zweien seiner Freunde, die ihn auf der Jagd begleitet hatten, den Auftrag gegeben hatte, mich im Auge zu behalten – einer von ihnen war übrigens Natuk Olsen. Die beiden sind die ganze Zeit auf Distanz geblieben, sodass ich sie nicht sehen konnte, doch hätte mir Gefahr gedroht, wären sie zur Stelle gewesen.«

»Trotzdem – deine Angst war echt.«

»Genau wie mein Glücksgefühl, als ich zurück nach Hause fand«, erwiderte sie. »An jenem Tag hat mich der alte Magnus etwas über innere Stärke gelehrt und mir beigebracht, Härten zu ertragen.«

»Und das gestern Abend?«, fragte Lerby, noch ehe er recht zum Nachdenken kam. »Sollte das auch der Abhärtung dienen?«

Schon im nächsten Moment hätte er sich am liebsten die Zunge abgebissen. Es ging ihn schließlich nichts an, warum also konnte er nicht einfach die Klappe halten?

Pally sah ihn wieder an. »Mein Großvater war dagegen, als ich damals das Stipendium bekam und nach Kanada ging«, erklärte sie. »Er hat nicht verstanden – und versteht bis heute nicht – weshalb ich studieren wollte. Ausgerechnet Ethnologie, um von fremden Menschen etwas über unsere Kultur zu lernen. Aber genau darum ging es mir, weißt du. Ich wollte wissen, wie andere uns sehen. Es sollte mir helfen, herauszufinden, wer ich bin und woher ich komme, wo mein Platz in dieser Welt ist. Verstehst du das?«

»Sogar sehr gut«, sagte Lerby mit einem Nicken.

»Großvater nicht. Er meinte, ich wollte etwas sein, das ich nicht bin, und würde unsere Kultur verraten. Dass ich trotzdem gegangen bin, hat er mir nie ganz verziehen. Ich liebe ihn sehr, weißt du. Aber er sieht nur seinen eigenen Weg, seine Welt – und ich möchte mehr als das. Ist das so falsch?«

»Nein«, erwiderte Lerby. »Aber ich bin kein Experte für Fragen von richtig oder falsch und wahrscheinlich der letzte Mensch, den du um Rat fragen solltest.«

»Wieso das?«

»Weil mein Leben ein einziges Chaos ist, deshalb«, gestand Lerby offen. Angesichts ihrer Situation, der Kälte und des Sturmes, der draußen wütete, schien es ihm angemessen.

»*Dein* Leben?« Sie hob überrascht die Brauen. »Das glaube ich nicht.«

»Warum nicht? Weil ich ein *qalluna* bin?«

Sie nickte. »Ihr seid immer so organisiert. So entschlossen.«

»Weil es das ist, was *uns* von Kindesbeinen an beigebracht wird. Man muss funktionieren, sonst hat die Gesellschaft wenig Verwendung für einen.«

»Aber du bist Polizist, ein Kommissar … besser kann man nicht funktionieren.«

»Denkst du?« Er lachte auf. »Früher vielleicht, da war ich richtig gut in meinem Beruf. Aber irgendwann …« Er schüttelte den Kopf. »Es gibt immer nur die Strafen, aber niemals Antworten, und niemals hört das auf, weißt du … Man ist nur ein beschissenes kleines Rad in der Maschine.«

Pally sah ihn seltsam an. Es musste befremdlich auf sie wirken, den ach so korrekten Beamten so sprechen zu hören. »Aber sie haben dich zu uns geschickt«, wandte sie ein. »Das muss etwas bedeuten.«

»Ja«, versicherte er. »Es bedeutet, dass ich den falschen Leuten ans Bein gepisst habe.«

»Ans Bein ge-?« Sie sah ihn konsterniert an.

»Entschuldige. Mein Vorgesetzter würde es ohnehin anders ausdrücken und sagen, ich sei hier, um mich zu bewähren. Und um ein wenig Abstand zu gewinnen.«

»Und? Funktioniert es?«

»Sehr witzig.«

»Aber – du bist hier, um uns zu helfen? Um den Mörder zu fangen?« Sie sah ihn fragend an, und er konnte Furcht in ihren Augen sehen, was ihm leidtat.

»Ja«, versicherte er. »Ich will den Mistkerl fassen, und wäre es nur, um wieder ein wenig Ordnung in das verdammte Chaos zu bringen.«

»Das ist der Unterschied zwischen uns«, entgegnete Pally lächelnd. »Die Inuit wissen, dass sie keine Chance haben gegen das Chaos. Sie versuchen nur, darin zu überle-«

In diesem Moment drang vom Höhleneingang ein Geräusch – lauter als das Heulen des Windes und sehr viel näher!

»Was war das?«, fragte Pally alarmiert.

»Hörte sich an wie ein Knurren oder …« Lerby stand auf und warf die Decke ab, seine rechte Hand hatte er schon am Griff der Dienstwaffe.

Das Geräusch wiederholte sich. Es war nicht zu erkennen, worum es sich handelte, noch, ob es von einem Menschen oder einem Tier stammte. Nur eines schien sicher: Etwas war dort draußen.

»Licht aus«, zischte Lerby. Er zückte die Waffe, lud sie durch und entsicherte. Die USP beidhändig im Anschlag huschte er zu den hüfthohen Felsen, hinter denen er in Deckung ging. Von dort aus spähte er hinaus.

Draußen herrschte tiefe Schwärze, nur hin und wieder war Schnee zu sehen, den der Wind vor dem Höhleneingang vorbeitrieb, davor die Eiszapfen, die ihn wie ein zähne starrendes Maul aussehen ließen.

Wieder erklang das Geräusch … jetzt hörte es sich weniger wie ein Knurren an, als vielmehr mach einem dumpfen, heiseren Wehklagen, das der Wind noch zusätzlich verzerrte. Es klang unheimlich, wie aus einer anderen Welt … Lerby merkte, wie sich sein Pulsschlag beschleunigte.

»Der *tupilaq*«, flüsterte Pally, die lautlos zu ihm gehuscht war. »Großvater hatte Recht. Wir hätten nicht herkommen sollen.«

»Unsinn. Was immer da draußen ist – ein Dämon ist es ganz sicher nicht.«

»Können wir da so sicher sein? Du hast gehört, was Noomi gesagt hat. Die Höhle ist sein Versteck!«

Lerby stieß eine Verwünschung aus. Er hielt nichts von Dämonen und anderem abergläubischen Zeug; er war ein Mann des Verstandes, ein kühler Analytiker. Und er hatte sich eine verdammte Rüstung zugelegt, die ihn zuverlässig davor schützte, in angespannten Situationen die Nerven zu verlieren. Und doch waren da draußen der tosende Sturm, eine tödliche Kälte und undurchdringliche Finsternis. Und all das war real …

Das grässliche Geräusch erklang wieder, schien jetzt von der linken Seite des Eingangs zu kommen. Was auch immer sich dort herumtrieb, Lerby wollte wissen, womit sie es zu tun hatten.

»Eine Magnesiumfackel, schnell!«, wies er Pally an, worauf sie rasch zum Packsack eilte und mit einer der schmalen Stangen wiederkam. »Anzünden«, knurrte er.

Sie löste die Schutzkappe und zog an dem Reißzünder – und im nächsten Moment flammte grellrotes Licht auf. Lerby packte die Fackel mit der freien Hand, holte aus und schleuderte sie durch den Höhleneingang hinaus ins Freie. Dort blieb die Fackel im Schnee liegen, wo sie leuchtend weiterbrannte und ihre Umgebung in ein apokalyptisch anmutendes rotes Licht tauchte – und in diesem Licht erblickten Lerby und Pallaya eine Gestalt.

Sie stand nicht unmittelbar vor dem Höhleneingang, sondern am seitlichen Rand, sodass der Schein der Handfackel sie nicht ganz erfasste – doch für Augenblicke wurde sie der Dunkelheit entrissen: aufrecht auf zwei Beinen stehend und mit zottigem Fell, dabei scheußlich brüllend …

»Der *tupilaq*!«, gellte Pallys Schrei.

»Halt! Keine Bewegung!«, brüllte Lerby.

Die Gestalt bewegte sich dennoch, schickte sich an, in die Höhle zu stürmen – und Lerby feuerte.

Die USP in seinen Händen krachte, und er schickte noch eine zweite Kugel hinterher. Dann war die Gestalt schon wieder in der Schwärze der Nacht verschwunden, und bereits Augenblicke später hätte Lerby nicht mehr zu sagen vermocht, ob sie wirklich dagewesen oder er nur einer Täuschung erlegen war, einem Albdruck, den seine erschöpften Sinne ihm vorgegaukelt hatten.

»Du hast es auch gesehen, oder?«, fragte Pally, der es ebenso zu gehen schien.

Lerby nickte nur. »Was zur Hölle, war das?«

Er konnte es sich nicht erklären – doch im grellroten Schein der Magnesiumfackel hatte er nicht nur eine fellbedeckte Gestalt gesehen, die aufrecht auf zwei Beinen gestanden hatte, sondern auch mörderische Klauen …

Er hütete sich, Letzteres Pally gegenüber zu erwähnen, der der Schrecken ins Gesicht geschrieben stand. Aber wann immer Lerby auch nur daran dachte, tauchte das Monstrum wieder vor seinem inneren Auge auf, und mit jedem Mal wurde es noch scheußlicher und bedrohlicher.

Hinter den Felsen kauernd, warteten sie – Pally atemlos, Lerby weiterhin mit der Waffe in Händen. Doch die Geräusche, die sie gehört hatten, wiederholten sich nicht, nur das Heulen des Windes blieb bestehen. Und der Schnee, der vor der Höhlenöffnung wirbelte.

Keiner von ihnen wusste später zu sagen, wie lange sie so kauerten und warteten. Lerby sah nicht auf die Uhr. Irgendwann beruhigten sie sich jedoch wieder und entzündeten die Benzinlampe erneut, stellten sie allerdings weniger hell ein als zuvor.

»Wir sollten in Schichten schlafen«, schlug Lerby vor. »Ich werde die erste Wache übernehmen. Leg dich solange aufs Ohr.«

»Bist du sicher?«

Er nickte, und ein mattes Grinsen huschte über sein von der Kälte gerötetes Gesicht. »Ich könnte ohnehin kein Auge zu tun.«

»Gut«, sagte sie, während sie sich in ihre Notdecke hüllte, in sitzender Position und an den nackten Fels gelehnt – sie schien damit keine Probleme zu haben.

Mit zu Schlitzen verkniffenen Augen starrte Lerby hinaus in die sturmdurchtoste Nacht; auf die Schneeflocken, die der Wind vorbeitrieb, und in die teerige Schwärze dahinter.

Und in diesem Moment begann er zu erahnen, was arktische Nächte mit Menschen anzustellen vermochten.

26

Als das Brummen an Lerbys Gehör drang, nahm er es zunächst kaum wahr. Nachdem Pally ihn gegen drei Uhr morgens abgelöst hatte, hatte ihn die Erschöpfung schlicht übermannt. Allen Beteuerungen zum Trotz war er in einen zwar tiefen, jedoch von Träumen durchsetzten Schlaf gefallen, zu dessen wirren Bildern sich das Brummen nun gesellte. Mit der Träumen eigenen Logik fügte das Geräusch sich perfekt ins Bild: Lerby war im Keller seines Hauses in Lingby, um eine Flasche Wein zu holen, die er gemeinsam mit Eva trinken wollte – doch vor ihm auf dem Boden kauerte ein großer Schäferhund, der ihn nicht zum Weinregal ließ. Feindselig starrte das Tier ihn an und presste das Geräusch zwischen seinen gefletschten Zähnen hervor …

»Lerby, wach auf!«

Als der Hund plötzlich zu sprechen begann, noch dazu mit der Stimme einer jungen Frau, wurde Lerby bewusst, dass etwas nicht stimmte. Und als ihn etwas an der Schulter packte und rüttelte, da fiel der Traum rings um ihn zusammen wie Pappkulissen auf einer Theaterbühne. Er blinzelte und schlug die Augen auf – und begriff jäh, dass er sich nicht im Weinkeller befand, sondern in einer kargen, eiskalten Höhle.

Die Dämmerung hatte bereits eingesetzt, fahles Licht fiel zum Höhleneingang herein, sodass Lerby Pallayas Gesicht sehen konnte, das vor ihm schwebte und ihn mit großen Augen ansah.

»Endlich!«, stieß sie hervor. »Steh auf, wir kriegen Besuch!«

Ein Lächeln huschte über ihr Gesicht, das vermuten ließ, dass ihre Wache ebenso ohne Zwischenfälle verlaufen war wie seine.

Erst jetzt merkte Lerby, dass das Hundeknurren aus seinem Traum geblieben war – nur dass es in Wirklichkeit gar kein Knurren war, sondern das Rotorengeräusch eines Hubschraubers!

Pally hielt ihm die Hand hin, um ihn auf die Beine zu ziehen, und er nahm das Angebot dankbar an – nur um eine halblaute Verwünschung von sich zu geben. Seine Knochen, immerhin ein halbes Jahrhundert alt, hatten die Stunden, die er in kauernder Haltung in der Kälte verbracht hatte, offenbar sehr viel weniger gut weggesteckt als ihre.

Pally hatte die zweite Handfackel bereits aus dem Packsack geholt und eilte nach draußen. Lerby schüttelte die Decke ab und humpelte hinterdrein, blinzelnd und die Augen gegen das ungewohnt helle Licht abschirmend.

Der Sturm hatte sich gelegt. Vom frisch gefallenen Schnee hatte der Wind nur eine dünne Schicht übrig gelassen, die jetzt wie ein weißer Schleier über den Hügeln lag. Die graue Felswand, in der der Höhleneingang klaffte, reckte sich wie eine Mauer in den hellblauen, nun beinahe wolkenlosen Himmel.

Es dauerte einen Moment, bis sich Lerbys Augen den neuen Lichtverhältnissen angepasst hatten. Dann konnte er das rote Objekt am Himmel erkennen – ein Hubschrauber, der in einiger Entfernung dahinflog, vergleichsweise tief über dem Boden, so als ob die Besatzung nach etwas suchte.

Lerby und Pally lächelten einander erleichtert zu. Entweder, Inasson hatte den Notruf empfangen, den sie vergangene Nacht noch abgesetzt hatten, oder er hatte nach dem Sturm von sich aus gehandelt. In beiden Fällen waren sie gerettet.

Pally zündete die Fackel.

Das Magnesium flammte grell auf, entwickelte eine rot leuchtende Lichtfontäne und eine ebenfalls rote Rauchsäule, die weithin zu sehen waren. Pally schwenkte sie ein paarmal, ehe sie die Fackel vor sich in den Schnee rammte. Bereits Augenblicke später schien man das Signal im Helikopter zu bemerken. Die Maschine änderte ihren Kurs, kam nun direkt auf sie zu, und schon kurz darauf setzte sie zur Landung an, wobei ihre peitschenden Rotoren abermals einen kleinen Sturm entfesselten.

Es war eine der rot lackierten Maschinen der Air Greenland, die zu Charterzwecken eingesetzt wurden; eine Bell 212, die vermutlich von einem anderen Einsatz abberufen war, um der Suchrettung zu dienen.

Die Schiebetür an der Seite öffnete sich, und kein anderer als Ejnari Inasson stieg aus, gefolgt von Daavi Keldsen, der schon von Weitem winkte. Pally winkte zurück, und auch Lerby hob die Hand zum Gruß – hätte man ihm vor ein paar Tagen gesagt, dass sein Herz vor Freude einen Sprung machen würde, weil er die sauertöpfisch dreinblickende Miene des Dienstellenleiters erblickte, hätte er es sicher nicht geglaubt.

»Alles in Ordnung?«, erkundigte sich Inasson und sah tatsächlich einigermaßen besorgt aus. »Wir fürchteten schon, der Sturm hätte Sie beide mitgenommen.«

»Das hätte er vermutlich auch, wenn Pally nicht gewesen wäre«, sagte Lerby, auf seine Begleiterin deutend. »Ohne ihre Hilfe hätte ich es sicher nicht geschafft.«

»Gut gemacht«, sagte Keldsen. Er nickte Pally anerkennend zu – und wurde rot, als sie sich mit einem Lächeln bedankte.

In aller Kürze schilderten sie, was sich nach Keldsens Panne zugetragen hatte, berichteten vom Sturm, der plötzlich eingesetzt hatte, von ihrer Havarie und der erfolgreichen Suche nach der Höhle. Auch ihre unheimliche nächtliche Begegnung ließen sie nicht aus, was Inasson veranlasste, sich im Umfeld des Höhleneingangs umzusehen – und es dauerte nicht lange, bis er fündig wurde.

»Sehen Sie«, rief er und winkte Lerby heran.

Im Schnee zu seinen Füßen waren dunkle, gefrorene Flecke.

Blut …

»Ein Eisbär«, meinte Inasson, der sich auf die Knie niedergelassen hatte und den Boden untersuchte. »Da drüben sind auch ein paar Reste von Spuren.«

»Ich habe ihn also erwischt«, meinte Lerby.

»Sieht ganz danach aus.«

»Aber was wir gesehen haben, war kein Eisbär«, widersprach Pally kopfschüttelnd und beinahe trotzig. »Es ging aufrecht auf zwei Beinen«, brachte sie in Erinnerung, und ihre Stimme bebte dabei ein wenig.

»Dazu sind Eisbären durchaus in der Lage, das weißt du doch«, wandte Inasson ein. »Besonders wenn sie sich bedroht fühlen oder gerade angreifen. Außerdem, was sollte es sonst gewesen sein?«

Er sah die beiden herausfordernd an, vor allem Lerby, der beim besten Willen nicht wusste, was er erwidern sollte. Er war sich ja selbst nicht mehr wirklich sicher. Hatte die Gestalt eher menschlich gewirkt oder animalisch? Hatte sie wirklich diese mörderischen Klauen gehabt? Oder hatte er sie sich nur eingebildet?

Tatsache war, dass er keine Ahnung hatte, was genau er gesehen hatte und was nicht. Dafür hatte er jetzt eine ziemlich lebhafte Vorstellung davon, wie die Inuit zu all ihren grausigen Mythen gekommen waren. Die Kälte, der Schnee und die Nacht – all das wurde auf merkwürdige Weise lebendig, wenn man dort draußen war und um sein Leben fürchtete. Das hatte er nun am eigenen Leib erfahren.

»Gut möglich, dass es ein Eisbär gewesen ist«, räumte er deshalb nüchtern ein; zu Keldsens sichtlicher Erleichterung und zu Pallys Verdruss.

»Und der alte Noomi?«, fragte sie. »Soll er etwa auch nur einen Eisbären gesehen haben?«

»Noomi ist einst ein guter Jäger gewesen«, räumte Inasson ein. »Aber er ist alt geworden, und seine Augen sind nicht mehr das, was sie einmal waren.«

»Wie auch immer«, meinte Lerby, »das müsste doch herauszufinden sein. Wohin führen die Spuren?«

»Nach Nordosten, an der Felswand entlang«, erwiderte Inasson. »Aber nach dem Sturm ist nichts mehr davon übrig.«

»Dann drehen wir eine Schleife mit dem Helikopter«, schlug Lerby vor. »Wenn ich das Tier tatsächlich erwischt habe, sollten wir es doch irgendwo finden, oder nicht?«

»Meinetwegen.« Der Polizist nickte. »Dann können wir ihm auch gleich einen Fangschuss verpassen, um es nicht unnötig leiden zu lassen«, fügte er hinzu. Auch Pally war mit dieser Lösung einverstanden.

Sie räumten die Höhle, die ihnen das Leben gerettet hatte, und bestiegen den geräumigen Hubschrauber, wo auf den Sitzen Headsets bereitlagen. Nur Augenblicke später ließ der Pilot die Bell wieder in die Lüfte steigen.

Schon vom Boden aus betrachtet wirkte die eisige Landschaft wüst und weit. Je höher sie jedoch gelangten, desto mehr verstärkte sich dieser Eindruck noch, denn nun wurde klar, wie weit sich die weißen Hügel und das daran grenzende Packeis tatsächlich erstreckten. Von oben sah man erst, wie gewaltig die Berge und das an sie grenzende Inlandeis waren und wie winzig und verloren im Vergleich dazu ein einzelner Mensch. Der Gedanke, sich in dieser endlos scheinenden Wildnis aus weißer Kälte und dunkler Einsamkeit behaupten zu wollen, mutete aus dieser Höhe vermessen und geradezu wahnwitzig an.

Inasson, der auf dem Co-Pilotensitz saß, hatte ein Fernglas zur Hand genommen, mit dem er durch das gewölbte Kanzelglas in die Tiefe blickte. Ein zweites Fernglas wurde nach hinten gereicht, das Lerby und Pally abwechselnd benutzten – doch von einem Eisbären war weit und breit nichts zu entdecken. Weder fanden sie entlang der von Inasson beschriebenen Route einen Kadaver noch war ein verwundetes Tier zu sehen.

»Keine Spur von einem Bären«, sagte Inasson über das Interkom und wandte sich zu den Passagieren um, die in seiner verspiegelten Sonnenbrille nur sich selbst sehen konnten.

»Und das bedeutet?«, fragte Pally.

»Gar nichts – wahrscheinlich hat er es zum Wasser geschafft. Wenn es so ist und er ernsthaft verwundet war, hat ihn vermutlich ein Eishai geholt.«

»Ich dachte, Grönlandhaie fressen nur Aas?«, fragte Lerby.

»Nein, sie jagen«, widersprach der Polizist. »Hin und wieder sogar Eisbären. Besonders dann, wenn es ein geschwächtes Tier ist, wofür Sie mit Ihrer Kugel gesorgt haben dürften.«

Es schwang ein unausgesprochener Vorwurf in seiner Stimme mit, aber Lerby beschloss, es einfach zu überhören. Es stimmte ja, er hatte die Nerven verloren und wild drauflos gefeuert – und wusste noch nicht einmal genau, worauf.

Er sah fragend zu Pally, die nur ratlos mit den Schultern zuckte und sich auch keinen Reim auf all das zu machen wusste. Dann zu Keldsen, dem deutlich anzusehen war, dass ihm die Lösung mit dem Eisbären am liebsten war. Lerby beschloss, nicht noch weiteren Staub wegen etwas aufzuwirbeln, das er ohnehin nicht beweisen konnte und von dem er noch nicht einmal mit Bestimmtheit sagen konnte, dass es tatsächlich da gewesen war. Er nickte resignierend und hob den Daumen, worauf Inasson den Piloten anwies, die Suche abzubrechen und nach Illokarfiq zurückzufliegen.

Genau in dem Augenblick jedoch, als sich der Hubschrauber neigte, um eine weite Kehre zu beschreiben, erblickte Lerby etwas aus dem Augenwinkel heraus.

Südöstlich der Berge und des sich anschließenden Inlandeises formten die verschneiten Hügel eine Bucht. Halb war sie noch zugefroren, halb war das Eis bereits gebrochen. Doch was Lerbys Aufmerksamkeit erregte, waren nicht die in der Bucht dümpelnden, von Adern blauen Wassers getrennten Schollen, sondern die Gebäude, die ein gutes Stück landeinwärts zu sehen waren.

Offenbar eine Siedlung …

»Einen Moment!«, rief er in das Mikrofon des Headsets. »Das da hinten, was ist das?«

»Das?« Keldsen deutete durch das Seitenfenster. »Wir nennen es *Sumi* – das bedeutet ›Nirgendwo‹. Es ist ein alter Stützpunkt, der während des Zweiten Weltkriegs eingerichtet und dann wieder aufgegeben wurde.«

»Ein Militärstützpunkt?«

»Ja, sicher. Viele grönländische Siedlungen gehen auf ehemalige Stützpunkte zurück.«

»Leben dort noch Menschen?«

»Nein, schon lange nicht mehr. Der Ort ist nicht einmal auf den Karten verzeichnet. Ist alles Sperrgebiet. Betreten verboten.«

»Aus welchem Grund?«

»Na ja«, erwiderte Keldsen, »es heißt-«

»Vermutlich wegen des Zeugs, das früher dort gelagert wurde«, fiel Inasson ihm ins Wort. »Jede Menge Kerosin, dazu Sprengstoff und Munition und was weiß ich noch alles. Ist heute ein Geisterdorf. Nichts als verlassene Wellblechhütten und leere Ölfässer.«

Soweit Lerby es aus der Luft beurteilen konnte, hatte der Dienststellenleiter von Illokarfiq durchaus recht – die riesige Ansammlung rostiger Behältnisse, die sich wie eine dunkelrote Gletscherzunge Richtung Meer erstreckte, war selbst auf große Distanz deutlich zu erkennen. Der Anblick bereitete ihm Unbehagen.

»Warum wurde dort nie aufgeräumt?«, wollte er wissen.

»Weshalb sollte man? Es ist ein entlegener Ort, und wir haben hier oben Platz genug«, erwiderte Inasson.

»Verstehe«, meinte Lerby – während sein Instinkt ihm sagte, dass das nicht die ganze Wahrheit war. Und im nächsten Moment ahnte er den Zusammenhang …

»Was für ein Stützpunkt ist das gewesen?«, fragte er. »Etwa ein deutscher?«

»Warum interessiert Sie das?« Inasson schob die Sonnenbrille so weit herab, dass er Lerby über den Rand hinweg einen fragenden Blick zuwerfen konnte. »Spielt doch keine Rolle mehr, oder?«

»Ich dachte nur – weil Illokarfiq doch einst ein US-Stützpunkt gewesen ist. Scheint mir unwahrscheinlich, dass die Alliierten in so geringer Distanz noch einen zweiten eingerichtet haben.«

»Ja, vermutlich war es ein deutscher Stützpunkt«, meinte Inasson achselzuckend und für Lerbys Dafürhalten ein wenig zu gleichgültig. Zumal dem Mienenspiel von Daavi Keldsen ein gewisses Unbehagen anzusehen war. Dasselbe Unbehagen, das er auch schon am Tatort der ersten Morde an den Tag gelegt hatte; eine seltsame Zerrissenheit zwischen dienstlichem Pflichtgefühl und anerzogener Vorsicht.

Lerby schickte Pally einen Blick, die sich darauf jedoch auch keinen Reim machen zu können schien. In Lerby hingegen keimte ein Verdacht – nämlich dass dieser Stützpunkt dort unten kein anderer war als der, von dem der alte Magnus ihm berichtet hatte. Das Nazi-Camp, das angeblich vom Zorn des *tupilaq* ausgelöscht und vom Erdboden getilgt worden war. Bis auf ein paar traurige Überreste offenbar …

»Genug gesehen?«, fragte Inasson. »Wir sollten zurückfliegen, der Treibstoff reicht nicht ewig.«

Lerby nickte und reckte den Daumen hoch. Inasson gab dem Piloten eine knappe Anweisung, worauf sich der Hubschrauber in eine enge Kurve legte und nun endgültig den Weg zurück nach Illokarfiq einschlug. Aus dem Seitenfenster der Kabine blickend, sah Lerby den verfallenen Häusern und rostigen Ölfässern nach, so lange er sie im Auge behalten konnte.

Und obwohl er hungrig war und todmüde; obwohl er genug hatte von Schnee und Eis und die Schrecken der vergangenen Nacht ihm noch in den Gliedern steckten; obwohl sich jeder einzelne Zentimeter seines Körpers nach einer heißen Dusche und seinem Hotelbett sehnte, war ihm klar, dass er zurückkommen musste an diesen düsteren Ort, von dem offenbar niemand etwas wissen wollte.

Und zwar so bald wie möglich.

27

»Nein, nein und nochmals nein! Das ist eine schlechte, eine furchtbare Idee!«

Jens Lerby war nicht wenig überrascht. Er hatte mit Widerstand gerechnet, auch mit Gegenwehr. Doch die Heftigkeit der Reaktion verblüffte ihn.

Er hatte die Zeit nach ihrer Rückkehr genutzt, um die ersehnte Dusche zu nehmen und sich drei Stunden aufs Ohr zu legen. Geschlafen hatte er dabei allerdings kaum; zu viel war ihm im Kopf herumgegangen. Zu vieles, das mit der geheimnisvollen Erscheinung der vergangenen Nacht, mit alten Inuit-Mythen und einem aufgelassenen Stützpunkt der deutschen Wehrmacht zu tun hatte. Dann hatte er einen Anruf von Anna Persson erhalten – und dieser Anruf hatte, wenn nicht alles, so doch vieles geändert.

Denn zum ersten Mal hatte Lerby nun einen konkreten Anhaltspunkt …

»Hören Sie«, sagte er, an Hauptmeister Inasson gewandt, der sich wie ein Gebirge vor seinem Schreibtisch aufgetürmt hatte und mit beiden Armen auf die Platte stützte. »Ich erwarte nicht, dass Sie vor Begeisterung in Jubel ausbrechen, aber …«

»Es handelt sich um ein Sperrgebiet«, fiel Inasson ihm ins Wort, »was ist daran nicht zu verstehen? Die Anordnung hat Ihre Regierung erlassen, nicht meine.«

»Und ich habe um Aufhebung dieser Anordnung zum Zweck polizeilicher Ermittlungen ersucht«, bestätigte Lerby nickend. »Ich habe Grund zu der Annahme, dass sich auf jenem alten Stützpunkt Hinweise finden.«

»Hinweise? Worauf?«

Lerby ließ die Frage unbeantwortet, sah stattdessen zu Daavi Keldsen, der neben Marie Lynge stand und seinem Blick auswich. Nach seiner Rückkehr auf die Wache hatte Lerby zur Besprechung in seinen Glaskasten gebeten, doch obwohl er die Besucherstühle angeboten hatte, hatte sich niemand setzen wollen. Zu angespannt war die Stimmung.

»Sie können das nicht tun«, sagte Inasson mit bebender Stimme. »Sie können nicht von außerhalb kommen und alle geltenden Regeln über den Haufen werfen!«

»Nicht ich habe das getan, sondern der Mörder«, konterte Lerby. »Und es ist meine Aufgabe, ihn zu finden – ebenso wie die Ihre.«

»Das weiß ich, und ich versichere Ihnen, dass wir alles Erforderliche tun werden – aber nicht an diesem Ort.«

»Warum nicht?«, hakte Lerby nach. »Was ist an diesem verlassenen Stützpunkt so besonders, dass Sie keinesfalls dorthin wollen? Was verbergen Sie vor mir?«

»Nichts, Kommissar«, brachte sich Polizeimeisterin Lynge in das Gespräch ein. Vielleicht lag es ja an ihrer Schwangerschaft, aber ihre Stimme war ungleich sanfter als die ihres Vorgesetzten und erkennbar auf Deeskalation bedacht. »Es ist nur so, dass dieser Ort den Leuten von Illokarfiq sehr viel bedeutet, und das aus verschiedenen Gründen.«

»Das respektiere ich«, versicherte Keldsen. »Aber ist es wichtiger als die Ermittlungen in einem aktuellen Mordfall? Vier Menschen hat der Killer bereits auf dem Gewissen, und ich denke nicht, dass er damit aufhören wird. Sie alle haben gesehen, wozu er fähig ist, und ich weiß, dass die Furcht wie eine Seuche unter den Leuten um sich greift. Wollen Sie denn nicht alles Menschenmögliche unternehmen, damit der Täter gefasst wird und hinter Gitter kommt? Sie werden demnächst Mutter, Marie – wollen Sie nicht, dass Ihr Kind in Sicherheit aufwachsen kann?«

»Es gibt hier oben keine Sicherheit«, wandte Inasson ein. »Würden Sie hier leben, wüssten Sie das.«

»Vielleicht nicht, aber sollen wir den Mörder deshalb entkommen lassen? Soll noch mehr Angst um sich greifen, als die Leute ohnehin schon haben? Dass sie noch mehr Alkohol trinken? Noch mehr Gewalt in den Familien?«

»Sprechen Sie lieber nicht von solchen Dingen«, beschied ihm Inasson und betonte dabei jedes einzelne Wort, während sein Blick kalt wurde und stechend. »Menschen wie Sie tragen Schuld daran, dass es überhaupt so weit gekommen ist.«

Lerby hob die Brauen. »Menschen wie ich?«

»Staatsbeamte, Schreibtischtäter … Leute, die an fernen Orten und in gut geheizten Amtsstuben Entscheidungen über Menschen treffen, denen sie nie begegnet sind, deren Lebensbedingungen sie nicht kennen und deren Kultur sie nicht verstehen.«

»Ich bestreite nicht, dass in der Vergangenheit Fehler gemacht wurden«, räumte Lerby ein. »Das ist mir bewusst, und ich bedaure es sehr. Aber ich hatte nichts damit zu tun, okay? Ich bin hier, weil ich Ihnen dabei helfen will, diesen Mörder zu fassen – oder mache ich auf Sie den Eindruck, dass ich einer dieser sesselfurzenden Idioten bin?«, fügte er an Keldsen gewandt hinzu.

»Äh, nein«, beeilte sich der junge Polizist zu versichern, was wiederum Inasson zu einem mitleidigen Grinsen veranlasste.

»Ich weiß, dass Sie mich nicht mögen«, versicherte Lerby ihm, »und Sie haben auch wenig Anlass dazu. Ich bin Ihnen gegenüber als arrogantes Arschloch aufgetreten, und Sie rächen sich an mir, indem Sie mir das Gefühl geben, dass ich von nichts eine Ahnung habe. Das ist Ihr gutes Recht, und wir können natürlich so weitermachen. Oder aber wir arbeiten ab sofort zusammen, um diesem Mistkerl das Handwerk zu legen.«

Inasson sah ihn wortlos an.

Wenn der Leiter der Polizeiwache von Illokarfiq überrascht war von Lerbys Vortrag, so ließ er es sich nicht anmerken. Seine markanten Gesichtszüge blieben unbewegt, im Blick seiner dunklen Augen jedoch lag noch immer Zweifel.

»Ich weiß, was damals geschehen ist«, fügte Lerby deshalb ein wenig leiser hinzu. »Ich weiß von dem *tupilaq.*«

Jetzt hatte er die Überraschung auf seiner Seite, und es erfüllte ihn mit einer gewissen Genugtuung, zu sehen, wie sich Inassons eben noch so geringschätzig blickende Augen weiteten.

»Sie ... wissen davon?«

»Von den Nazis, die während des Krieges ein Inuit-Dorf terrorisiert haben? Von dem Dämon, den die Schamanin des Dorfes gerufen und der die braune Horde vertrieben hat?«, fragte Lerby dagegen und nickte dazu. »Allerdings. Und ich will ehrlich mit Ihnen sein – noch vor ein paar Tagen hätte ich das alles als puren Unfug abgetan.«

»Und jetzt nicht mehr?«

Lerby hielt dem prüfenden Blick des anderen stand. »Sagen wir«, entgegnete er dann, jedes Wort sorgfältig wählend, »ich habe inzwischen erfahren, wozu die Angst einen treiben kann. Das Gefühl von Verlorenheit, das man da draußen empfindet und was man in dunklen Nächten dort alles sehen kann. Aber auch das wird mich nicht daran hindern, zu tun, was getan werden muss.«

»Dann haben Sie noch immer nichts begriffen«, beschied Inasson ihm knapp und mit unverhohlener Enttäuschung. »Was auch immer Ihnen in dieser Höhle widerfahren ist, es ist nichts im Vergleich zu dem, was mein Volk im Lauf seiner langen Geschichte durchlebt hat. Sie haben eine Nacht lang gezittert und aus Panik einen altersschwachen Eisbären angeschossen – deshalb verstehen Sie uns noch lange nicht.«

»Damit haben Sie vermutlich recht«, gab Lerby zu. »Trotzdem möchte ich Ihnen etwas zeigen.«

Er zog eine Schublade des Schreibtischs auf und griff nach dem mit einem Stopfen verschlossenen kleinen Glaszylinder, der darin lag, gleich neben der angerissenen Tüte Eisgummibären.

»Was ist das?«, fragte Inasson, als er es auf die Tischplatte stellte.

»Sehen Sie es sich an.«

Der Polizist griff nach dem Probengläschen und hielt es gegen das Licht. »Haare«, stellte er fest, ehe er es an Lynge und Keldsen weiterreichte. »Von einem Tier, wie es aussieht.«

»Richtig – von einem Wolf, um genau zu sein.« Lerby nickte. »Der Forensiker hat diese Haare sichergestellt, als er Kuupik Pedersens Boot untersuchte. Der Täter hat sie offenbar dort hinterlassen.«

»Der ... Täter?« Inasson und seine Kollegen wechselten verstohlene Blicke.

»Sie fragen sich natürlich, wie all das zusammenhängt, und die Lösung scheint auf der Hand zu liegen: Wir haben die Wunden der Mordopfer, die, wie wir inzwischen wissen, von Walrosszähnen geschlagen wurden, und wir haben Reste von Wolfsfell. Wie Sie vermutlich wissen, sind Walross und Wolf zwei der Elemente, die der Überlieferung nach der *tupilaq* in sich vereint. Haben wir hier also den endgültigen Beweis dafür, dass wir es mit einem Dämon zu tun haben? Dass sich unser Mörder aus verschiedenen Tieren zusammensetzt?«

»Bitte«, sagte Keldsen leise und kopfschüttelnd. »Treiben Sie keine Scherze damit, Kommissar ...«

»Das tue ich nicht. Aber Sie stimmen mir doch sicher zu, dass die Schamanin damals das Fell eines Polarwolfs verwendet hat, da es in Grönland keine andere Art von Wölfen gibt?«

»Natürlich«, versicherte Inasson.

»Gut.« Lerby nickte. »Doktor?«

Anna Persson, die mit verschränkten Armen in der Ecke hinter dem Schreibtisch gestanden und dem Wortwechsel bislang schweigend gelauscht hatte, trat einen Schritt vor. »Ich habe einige der gefundenen Haare zu meinem Kollegen nach Nuuk geschickt, der sie einer genauen genetischen Untersuchung unterzogen hat.

Tatsächlich handelt es sich um Wolfshaare – allerdings nicht die des arktischen Wolfs, wie man doch annehmen sollte. Sondern vom Fell eines *Canis Lupus Occidentalis*, auch als MacKenzie-Wolf bekannt – eine besonders große und furchterregende Spezies …«

»Aber nicht hier bei uns«, wandte Inasson ein.

»Nein«, pflichtete die Pathologin ihm bei, »der MacKenzie-Wolf war einst in Alaska und im nördlichen Kanada weit verbreitet, inzwischen steht er allerdings unter Artenschutz.«

»Und das … ist sicher?«, fragte Keldsen.

»Achtundneunzig Prozent Übereinstimmung – also ja«, bestätigte die Schwedin.

»Aber … wie sind die Haare von einem solchen Wolf nach Grönland gekommen?«, fragte Marie Lynge.

»Ganz einfach«, brummte Lerby, »wie alles, was es auf einer Insel gibt und was nicht dorthin gehört – sie sind in irgendjemandes Gepäck gereist.«

»Und wessen Gepäck wäre das gewesen?«, fragte Inasson.

»Jetzt sind wir beim Kern der Sache«, bekräftigte Lerby. »Denn wenn wir diese Frage beantworten können, kommen wir auch unserem Täter näher.«

»Aber wie …? Ich meine, warum sollte jemand …?«

»Einen Mord in Gestalt eines *tupilaq* begehen? Nun«, meinte Lerby, »ich habe das Gefühl, dass wir nicht die Einzigen sind, die die alte Geschichte kennen – und dass sich jemand die Furcht der Menschen zunutze machen will.«

»Wozu?«, fragte Keldsen. »Aus welchem Grund?«

»Das weiß ich nicht, noch nicht … Aber alles scheint darauf hinzudeuten, dass jemand den Eindruck vermitteln will, ein wüstes Monster ginge dort draußen um. Deshalb auch die eigentümliche, fast rituelle Art und Weise der Morde. Das ist auch der Grund für den blauen Rauch, der Natuk Olsen mutmaßlich zum Schauplatz der ersten Morde gelockt hat. Und auch dafür, dass das

Boot mit der Leiche Kuupik Pedersens an einen anderen Ort geschleppt wurde, wo Vater und Sohn Angut darauf gestoßen sind. Wer immer der Mörder auch sein mag, er will ganz offenbar, dass seine Opfer gefunden werden. So wie er will, dass die Leute ganz bestimmte Schlüsse aus den Spuren ziehen, die er hinterlässt. Nur bei der Sache mit dem Wolf ist ihm ein Fehler unterlaufen. Ein Biologe ist er wohl nicht …«

»… und auch kein Inuk«, fügte Inasson gepresst hinzu.

»Ich denke nicht, nein.« Lerby schüttelte den Kopf. »Er schert sich nicht um das, was Ihnen oder Ihren Leuten heilig ist, Ejnari. Und deshalb müssen wir …«

In diesem Moment wurde gegen die Glastür geklopft, und noch ehe Lerby reagieren konnte, wurde sie auch schon geöffnet. Pally trat ein, gefolgt von keinem anderen als ihrem Großvater. Der Respekt, mit dem die drei Polizisten dem Schamanen begegneten, war nicht zu übersehen. Es war, als würde ihn eine Aura der Unnahbarkeit umgeben, auch wenn er noch nicht einmal seinen traditionellen Anorak trug, sondern nur eine abgetragene blaue Jeansjacke mit Fellfutter.

»Lerby«, sagte der Alte und nickte zum Gruß.

»Magnus.« Lerby nickte ebenfalls.

»Pallaya hat mir alles erzählt.«

»Gut.« Lerby nickte. »Bei unserer letzten Unterhaltung sagten Sie, ich solle hingehen und mir das deutsche Lager ansehen – und nichts anderes habe ich vor. Ein wenig scheint doch davon übrig zu sein …«

»Tut mir leid, *angakkoq*, ich kann ihn einfach nicht davon abbringen«, wandte sich Inasson entschuldigend an den Schamanen.

»Ist schon gut, Junge«, sagte Magnus und klopfte dem Polizisten auf die Schulter wie ein Vater dem verloren geglaubten Sohn, und murmelte ein paar Worte in ihrer Sprache. »Wir leben in Zeiten der Veränderung«, sagte er dann, nun wieder auf Dänisch, nur um rätselhaft hinzuzufügen: »Die alten Verbündeten zeigen sich in neuer Gestalt.«

»Schön«, meinte Lerby. »Und was bedeutet das?«

»Dass du den verbotenen Ort aufsuchen darfst – aber dass ich dich dabei begleiten werde.«

»Was?« Lerby glaubte, nicht recht zu hören. Auch Pally wirkte alles andere als begeistert, offenbar war dies nicht zwischen ihnen abgesprochen.

»Großvater«, wandte sie ein, »das ist zu viel für dich. Du darfst nicht …«

»Will das Küken jetzt früher krähen als der Hahn?«, fiel er ihr spöttisch ins Wort, nur um sich sogleich wieder an Lerby zu wenden. »Du gehst mit mir dorthin oder gar nicht.«

Die Endgültigkeit in seiner Stimme ließ erahnen, wie schwierig es werden würde, ihn vom Gegenteil zu überzeugen. Natürlich hätte Lerby sich durchsetzen, hätte auf seine Amtsgewalt pochen können. Aber dann wäre er nicht besser als all jene, die von außen gekommen waren und den Inuit ihre Sicht der Dinge aufgezwungen hatten. Zudem würde er Inasson, Keldsen und Lynge weiter gegen sich haben, anstatt dass sie mit ihm an einem Strang zogen, um den Mörder zu fassen … Lerby stieß eine lautlose Verwünschung aus. Man hatte die Dinge in Grönland zu lange ohne die Inuit getan, und er wollte diesen Fehler nicht wiederholen.

»Es ist eine gute Idee, Kommissar«, bekräftigte Keldsen. »Die Kraft des Schamanen ist hilfreich gegen alte Geister.«

Auch Inasson brummte eine Bestätigung.

»Also schön«, erklärte sich Lerby einverstanden.

»Aber wir machen es auf meine Weise«, schränkte der alte Magnus ein. »Mit Glück habt ihr den Sturm überlebt, den der Dämon entfesselt hat. Doch der böse Geist ist zu mächtig auf dem Land, deshalb kommen wir dieses Mal über das Wasser.«

»Wäre was einzuwenden gegen einen Hubschrauber?«, fragte Lerby.

»Eher hacke ich mir beide Beine ab, als in ein solches Ding zu steigen«, erwiderte der Schamane.

Und damit war es beschlossen.

28

Bei Einsetzen der Morgendämmerung waren sie mit dem Polizeiboot aufgebrochen. Daavi Keldsen stand einmal mehr am Steuerrad, Lerby und Pally saßen auf der Achterducht. Der alte Magnus hatte vorn am Bug Posten bezogen. Dort stand er, in Hosen aus Eisbärenfell und den traditionellen Anorak des *angakkoq* gehüllt, während er seinen Blick über die von Eisschollen übersäte Bucht schweifen ließ.

Es waren noch mehr geworden seit ihrem letzten Ausflug zu Wasser; das Frühjahr und das einsetzende Tauwetter hinterließen immer mehr Spuren. Dennoch würde es noch Monate dauern, bis der Hafen von Illokarfiq wieder vollständig befahrbar sein würde und das Versorgungsschiff anlegen konnte.

»Tut mir leid«, sagte Pally irgendwann. Sie hatte sich Kaffee aus einer Thermoskanne ausgeschenkt und wärmte ihre Hände an dem dampfenden Becher.

»Was meinst du?«, fragte Lerby.

»Großvater«, sagte sie nur, mit dem Kinn bugwärts deutend. »Ich wusste nicht, was er vorhat, als er mich zur Wache schleppte. Ich war ebenso überrascht wie du, als er erklärte, dass er dich unbedingt begleiten will.«

»Schon gut. Auf diese Weise musste ich wenigstens nicht mehr mit Widerstand innerhalb meiner eigenen Leute kämpfen. Wenn der *angakkoq* sagt, es ist okay, dann ist es okay.«

»Du darfst ihnen das nicht verübeln«, meinte Pally, um sich gleich darauf selbst zu korrigieren. »Wobei, warum eigentlich nicht? Für dich muss es aussehen, als würden wir hier noch immer im finsteren Mittelalter leben.«

Lerby antwortete nicht gleich. Er hatte seinen Kaffee bereits getrunken und sich dabei die Zungenspitze verbrannt. Um den Schmerz zu lindern, rieb er sie am Gaumen. »Noch vor ein paar Tagen«, erwiderte er dann, »hätte ich wahrscheinlich zugestimmt. Aber ich denke nicht, dass ich das Recht dazu habe.« Er hob den Blick und sah über das Schanzkleid des Bootes hinaus, betrachtete den im Wasser dümpelnden kleinen Eisberg, den sie soeben umfuhren. Ein dumpfes Knacken war dabei aus dem Inneren des Eises zu vernehmen.

»Dies hier ist euer Land, Pally«, fuhr Lerby fort. »Dein Volk kennt es besser als jeder andere, und es versucht nur, auf seine Weise zurechtzukommen, so wie es das immer getan hat. Welches Recht haben andere, ihm vorzuschreiben, was es zu tun und zu lassen hat? Oder gar zu denken oder zu glauben?«

Er sah sie an und bemerkte Verwirrung in ihren Zügen, wenn nicht gar eine gewisse Bestürzung.

»Keine Sorge, es geht mir gut«, beteuerte er mit einem schiefen Grinsen. »Was mich betrifft, so glaube ich nach wie vor nicht an diesen ganzen Hokuspokus – aber das bedeutet ja nicht, dass andere es genauso halten müssen. Und deshalb solltest du aufhören, dich für deine Leute zu schämen.«

»Aber das … tue ich nicht!«, widersprach sie entrüstet.

»Nein? Warum entschuldigst du dich dann ständig für sie?«

Sie holte Luft zu einer Erwiderung, die ihr jedoch nicht über die Lippen wollte.

»So viel dazu«, meinte Lerby. Er stand auf und zwängte sich am Ruderstand vorbei, an dem Keldsen seinen Dienst versah und das Boot mit traumwandlerischer Sicherheit durch die Gassen und Rinnen lenkte, die sich zwischen dem im Wasser treibenden Eis offenbarten. Bald beschleunigte er, bald verlangsamte er die Fahrt, seine Instinkte für Wind und Wetter schienen ihm den Weg zu weisen – und wenn er einmal unsicher war, zeigte ihm der alte Magnus einen Weg durch die Schollen.

Lerby gesellte sich zu dem Schamanen, und eine Weile standen sie schweigend nebeneinander, während der kalte Fahrtwind ihnen um die Nasen strich. Lerby trug seine Schneebrille, weil das fahle Licht und der weiße Schnee in seinen Augen schmerzten. Der alte Magnus begnügte sich damit, seine Augen zu Schlitzen zu verengen. Und während er hinausspähte, atmete er immer wieder stoßweise und hechelnd.

»Alles in Ordnung?«, fragte Lerby.

Der Alte nickte. »Riechst du es nicht?«

»Was denn?« Lerby schnupperte, konnte aber nichts Besonderes feststellen.

»Es riecht nach Schnee, Jens Lerby. Der Winter hat sein letztes Wort noch nicht gesprochen in diesem Jahr. Die Kälte wird wiederkehren – und mit ihr der Tod.«

Lerby sah den Schamanen von der Seite an. Wie so oft, wenn er sprach, wusste er nicht recht zu beurteilen, ob er sich einen Scherz mit ihm erlaubte oder es tatsächlich ernst meinte.

»Wirklich?«, fragte er deshalb.

»Mir ist schon lange nicht mehr nach Lachen zumute«, entgegnete der alte Magnus, während er weiter geradeaus blickte.

»Warum haben Sie behauptet, dass von dem deutschen Stützpunkt nichts mehr übrig sei?«

»Weil es die Wahrheit ist. Die Deutschen sind verschwunden, schon vor langer Zeit.«

»Das stimmt – aber ihre Hinterlassenschaften sind noch da, oder nicht? Ihnen war klar, dass ich dorthin gehen und Nachforschungen anstellen würde. Deshalb haben Sie nichts gesagt.«

Magnus nickte. »Es ist nicht gut, dorthin zu gehen. Der *tupilaq* hat einst dort gewirkt, und dort ist seine Macht am stärksten.«

»Sie haben Angst«, stellte Lerby fest.

»Die Inuit haben immer Angst. Es ist ein Teil unserer Kultur – wie übrigens auch der euren. Aber ihr seid besser darin, sie zu verstecken und euch mit anderen Dingen abzulenken.«

Lerby nickte. Es war eine jener schlichten Aussagen, die der alte Magnus geflissentlich von sich gab – und die so ziemlich jedes Mal ins Schwarze trafen.

»Dann verstehe ich nicht, warum Sie unbedingt mitkommen wollten. Ich meine, wenn Sie schon Angst haben …«

Der Schamane wandte das Haupt und sah ihn direkt an. »Weil ihr ohne mich keine Chance habt, wenn der *tupilaq* kommt.«

Lerby stutzte. Obwohl er fest entschlossen war, mit beiden Beinen fest auf dem Boden kühler Rationalität zu verbleiben, lag da etwas im Blick des Alten, das ihn unangenehm berührte – mehr, als hätte der Fall sein dürfen. »Sie scheinen davon überzeugt zu sein, dass wir ihm begegnen werden«, hakte er nach, um Sachlichkeit bemüht.

»Es ist unvermeidlich«, sagte der alte Magnus und blickte wieder stur geradeaus.

Lerby nickte und überlegte. »Wissen Sie«, sagte er dann, »wenn ich es nicht besser wüsste, würde ich sagen, dass Ihnen klar war, dass ich früher oder später auf diesen Stützpunkt stoße. Sie hatten von Anfang an vor, mich dorthin zu begleiten. Sie wollen sich dem *tupilaq* stellen, weil Sie denken, dass Ihre Familie für seine Existenz verantwortlich ist.«

Der Schamane wandte erneut den Blick und sah ihn an. Was er dabei dachte, war unmöglich zu erraten.

»Wenn ich es nicht besser wüsste«, wiederholte Lerby.

Dann standen sie wieder nebeneinander und schwiegen.

Sie hatten den Hauptfjord inzwischen verlassen und waren in den Nebenarm eingebogen, der sich in nordwestlicher Richtung erstreckte und in dessen Nähe sich der verbotene Ort befand. Wegen des Eises, das hier noch dichter war und weniger Fahrrinnen offen ließ, würden sie irgendwann Anker werfen und den Rest des Weges zu Fuß zurücklegen müssen. Aber auch das schien Pallys Großvater nicht abzuschrecken.

Lerby nahm den Feldstecher zur Hilfe, den er am Riemen um

den Nacken hängen hatte, und suchte die Küste auf der Backbordseite ab. Anfangs waren es nur dunkle Punkte, die in der Ferne auftauchten und zunächst von Felsen kaum zu unterscheiden waren. Je weiter sie sich ihnen jedoch näherten, desto mehr gewannen sie Farbe und Kontur. Die Überreste von Behausungen wurden erkennbar, und schließlich auch wieder die rostrote Zunge aus leeren Treibstoffbehältern, die quer durch den Schnee Richtung Ufer verlief.

Ein hässliches Schrammen entlang des Rumpfes verriet, dass das Vorankommen gefährlicher wurde. Tatsächlich hatte sich das umgebende Wasser verändert – war es zuvor tiefblau und klar gewesen, schien es sich jetzt verdickt zu haben und glich einem türkisfarbenen Cocktail, in dem unzählige glasige Eiswürfel schwammen.

Keldsen drosselte den Motor, schaffte es aber dennoch, das Boot noch ein gutes Stück weiter den Fjord hinauf zu steuern. Mithilfe zweier Bootshaken stießen Lerby und Magnus vorn am Bug die größeren Eisbrocken beiseite. Doch schließlich wurden die Fahrrinnen so eng, dass das Boot fortwährend auf Hindernisse traf, ganz gleich, wie vorsichtig Keldsen auch steuern mochte. Am Ende blieb nichts anderes übrig, als sich in etwas besser zu befahrende Gefilde zurückzuziehen und dort Anker zu werfen.

Um zu vermeiden, dass das Polizeiboot in ihrer Abwesenheit vom wandernden Eis eingeschlossen oder beschädigt wurde, blieb Lerby nichts anderes übrig, als Keldsen als Bordwache zurückzulassen. Zwar hätte er den jungen Polizisten gerne dabeigehabt, doch war es andererseits vielleicht besser so – der Gedanke, die alte Geistersiedlung zu betreten, hatte Keldsen ohnehin sehr verunsichert. Nicht einmal die Anwesenheit des Schamanen hatte daran etwas ändern können.

Zu dritt zogen sie los: Magnus übernahm die Führung, Lerby und Pally, die beide Rucksäcke mit leichter Notausrüstung trugen, passten ihr Marschtempo dem des Schamanen an. Wenn Lerby jedoch angenommen hatte, dass es aufgrund von Magnus' fortgeschrittenem Alter ein gemütlicher Spaziergang werden würde, so hatte er sich geirrt – der Schamane schritt kräftig aus, während das Eis unter den festen Tritten seiner aus Robbenhaut gefertigten Stiefel knirschte.

Es war gegen Mittag und die Sonne hatte ihren höchsten Stand beinahe erreicht – was allerdings nicht allzu viel hieß. Sie war kaum eine Handbreit über den Horizont gestiegen und ließ die drei Wanderer lange Schatten werfen. Das bisschen Wärme, das von ihren Strahlen ausging, blies der beißend kalte Wind hinfort. Lerby, der Funktionskleidung und Thermohosen trug, begann bereits zu frösteln, während Magnus und auch Pally in ihren Überhosen aus Polarbärenfell und ihren traditionell gefertigten *kammit* von der Kälte kaum etwas zu spüren schienen. Und dabei steckten sie – Lerby hatte es selbst gesehen – barfuß in ihren Stiefeln …

Je näher sie der aufgelassenen Siedlung kamen, desto mehr Details wurden sichtbar: Die rostigen Überreste metallener Konstruktionen lagen wie rotbraune Totengerippe im weißen Schnee, dazu rostiges Wellblech, von unzähligen Stürmen deformiert. Hier gab es noch ein paar aus Natursteinen zusammengefügte Mauern, dort ein noch halbwegs intaktes Dach, das sich über einem in den Boden gegrabenen Bunker wölbte; dazu, als morbide Krönung, die Überreste mehrerer Fahrzeuge. Lerby glaubte, einen alten deutschen Kübelwagen zu erkennen sowie zwei Lastwagen; nur noch die Karosserien waren übrig und muteten wie die Schalen riesiger, fossiler Muscheln an.

Der Wind, der beständig die Küste entlangstrich, hatte den gefrorenen Schnee fortgeweht, sodass die Hinterlassenschaften von einst im hellen Sonnenlicht lagen, hier und dort trat sogar nacktes Felsgestein zutage.

Die ersten Vorboten, die Lerby und seine Begleiter aus der Nähe zu sehen bekamen, waren rostige Benzinkanister, die das gesamte Gelände zu übersäen schienen. Die Überreste von etwas, das einst ein Zaun gewesen sein mochte, staken im Boden, dazu ein verbogenes Schild, dessen teils abgeblätterte Beschriftung SPERRGEBIET lautete.

Sie kamen an etwas vorbei, das vor langer Zeit einmal ein gepanzertes Kettenfahrzeug gewesen sein mochte. Just in dem Moment, als sie es in nur wenigen Metern Entfernung passierten, flatterte ein Vogel aus der offenen Turmluke auf, weiß mit grauen Flügeln. Pally schrie erschrocken auf, Lerby griff fluchend nach der Dienstwaffe im Holster.

»Ein *quaqulluk*«, erklärte Magnus gelassen. »*Seinetwegen* brauchst du dich nicht zu fürchten.«

Lerby brummte eine Verwünschung, zog aber dennoch seine Waffe. Keldsen hatte ihn gewarnt, dass Eisbären bisweilen in alten Erdbehausungen Zuflucht suchten, und die nächtliche Begegnung stand ihm noch immer plastisch vor Augen.

»Nun«, meinte Pallys Großvater, als sie die Mitte des alten Camps erreicht hatten und von Ruinen und Wracks umgeben waren, »hier sind wir also.«

»Hier ist es damals passiert?«, fragte Pally angespannt.

»Genau hier.« Der Schamane nickte. »Nicht einer von ihnen ist davongekommen, der *tupilaq* hat sie alle getötet.«

Lerby sah sich um – und gestand sich widerwillig ein, dass dies ein seltsamer Ort war, und nicht nur des alten Krempels wegen. Lerby merkte, wie ihn ein seltsames Gefühl beschlich, eine dumpfe Furcht, fast wie eine Vorahnung … aber natürlich bildete er sich das nur ein.

»Denkst du, der *tupilaq* ist hier?«, fragte Pally ihren Großvater, während sie sich argwöhnisch umblickte.

»Er ist hier«, war Magnus überzeugt. »Er beobachtet uns, spürt ihr es nicht?«

»Nein«, behauptete Lerby, beinahe trotzig.

Der Alte lachte nur. »Geh«, sagte er dann, »sieh dich um. Ich werde solange Wache halten.«

Lerby nickte und zog los. Von den meisten Gebäuden war außer kargen Mauerresten und rostigem Blech nichts mehr übrig. Weder fand er irgendwelche Hinweise noch konkrete Spuren – schon gar keine, die irgendeine Verbindung zu den Morden ergeben hätten. Allerdings auch keine Hinweise auf den *tupilaq*, und Lerby wusste nicht, ob er darüber nun enttäuscht oder erleichtert sein sollte. Er nahm auch die Wracks der Fahrzeuge in Augenschein, blickte in einen tiefen Schacht, den die Deutschen aus irgendeinem Grund gebohrt hatten, und besah sich die Halde der leeren Fässer aus der Nähe.

Alles wirkte verfallen und morbid, ein Hobbyfotograf hätte seine Freude daran gehabt. Aber das war es dann auch schon – kaum zu glauben, dass Inasson und seine Kollegen deshalb ein solches Theater veranstalteten. Sogar er selbst hatte ja schon angefangen, sich Dinge einzubilden, die bei Licht betrachtet nun einmal nicht da waren. Im Nachhinein verlachte er sich selbst dafür.

Zuletzt nahm sich Lerby den Bunker vor. Ein Schott gab es längst nicht mehr, schwarze Dunkelheit herrschte jenseits des niedrigen Eingangs. Lerby nahm die Taschenlampe aus seinem Rucksack, Pally tat es ihm gleich.

»Du musst nicht mitkommen«, versicherte er.

»Ich weiß«, sagte sie nur.

Mit Lampe und Dienstpistole bewaffnet stieg er die in den Fels gehauenen Stufen hinab und leuchtete ins Innere. »Hallo?«, rief er hinein, mehr aus Gewohnheit, als dass er wirklich eine Antwort erwartete. Natürlich kam auch keine, und er trat ein. Pally folgte ihm ohne Zögern.

Der Raum, der an die acht Meter lang und vielleicht drei Meter breit sein mochte, war leer bis auf eine stolze Ansammlung von Unrat. Da waren haufenweise rostige Beschläge, die irgendwann einmal zu Munitionskisten gehört haben mochten. Und es gab eine Feuerstelle im rückwärtigen Teil des Bunkers.

»Sieh an«, meinte er trocken. »Das war sicher kein Eisbär.«

»Du meinst ...?«

»Der Brandgeruch liegt noch in der Luft. Die Feuerstelle ist höchstens ein paar Tage alt. Jemand muss hier gewesen sein.«

»Obwohl es Sperrgebiet ist?«

»Das scheint denjenigen nicht sehr zu kümmern«, meinte Lerby und ging tiefer hinein. Die gewölbte Decke war rußgeschwärzt, eine Öffnung war hineingeschnitten worden, damit der Rauch abziehen konnte. Lerby holsterte die Waffe und ließ sich nieder, um die Feuerstelle näher in Augenschein zu nehmen. Pally folgte ihm. Mit einer Hand griff sie in die Asche und roch daran.

»Torf«, stellte sie fest. »Und noch etwas anderes.«

»Und dieses andere interessiert mich«, stimmte Lerby nickend zu. Die rechte Hand zu einem Rechen geformt, wühlte er in der Asche. »Offenbar wurde Papier verbrannt«, stellte er fest.

»Warum das?«

»Entweder, jemand war kurz vor dem Erfrieren und hat deshalb seine Reader's Digest-Sammlung in Brand gesteckt. Oder diese Person wollte etwas verschwinden lassen.«

»Etwas?« Pally sah ihn fragend an.

»Beweismaterial«, wurde Lerby deutlicher. »Die Forensik muss kommen und sich das hier ansehen. Ich will ...« Er stutzte, als er inmitten der grauen Asche auf etwas Buntes stieß.

Es war ein Stück farbig bedruckten Kartons, nur eine Ecke. Der Rest fehlte, war in den Flammen verbrannt, der Aufdruck infolge der Hitze verschwommen.

»Was ist das?«, fragte Pally.

»Weiß ich nicht.« Er hielt es ihr entgegen. »Irgendeine Ahnung?«

Sie schüttelte den Kopf.

»Das hier könnte ›bureau‹ heißen«, versuchte Lerby, einige der verschwommenen Buchstaben zu entziffern.

»Und das da könnte eine Art Zeichen gewesen sein«, fügte Pally hinzu, auf das verschwommene Ding daneben deutend. »Sieht aus wie der Schwanz von einem Fisch.«

»Findest du?« Lerby runzelte die Stirn.

»Natürlich!«, rief Pally plötzlich aus. »Es ist der *uuag*!«

»Wer?«

»Codfish, Kabeljau … man erkennt die Rückenflossen!«

»Und?«

»Und?« Sie strahlte Lerby an wie jemand, der schon die Lottozahlen der nächsten Ziehung kannte. »Der *uuaq* ist das Wappentier von Illokarfiq!«

»Illokarfiq hat ein Wappen?«, fragte Lerby zweifelnd.

»Nicht wirklich. Aber die Tourismusbehörde war der Ansicht, dass es für die Vermarktung besser wäre, ein Logo zu haben. Und da die spektakulären Tiere alle schon weg waren, hat sich die Gemeinde für den Kabeljau …«

»Die Tourismusbehörde, das ist es«, fiel Lerby ihr ins Wort. »Die Beschriftung der Karte lautete ›Turistbureau‹ – das verdammte Fremdenverkehrsamt!«

»Der Leiter dort ist Däne wie du«, wusste Pally. »Ein gewisser …«

»… Alf Norby-Larsson«, ergänzte Lerby. »Wir hatten schon das Vergnügen. Er hat versucht, mir in der Sache Druck zu machen, zweimal sogar. Meinte, die Morde wären schlecht fürs Geschäft.«

»Aber was bedeutet das?«, fragte Pally. »Ich meine, warum liegt dieses Ding hier herum?«

»Dieses Ding dürfte mal eine Art Ausweis gewesen sein. Vermutlich ist es einem Besucher aus der Tasche gefallen.«

»Einem Besucher? Aber dann …«

Lerby nickte. »Offenbar nimmt es der gute Alf mit den Vorschriften nicht so genau, wie er behauptet. Was wiederum bedeutet, dass ich ihm nach unserer Rückkehr ein paar Fragen stellen werde.« Er zog den Reißverschluss einer Brusttasche auf und ließ das Stück Karton darin verschwinden. »Gute Arbeit, Deputy.«

»Stets zu Diensten.« Pally grinste.

Lerby überlegte, noch mehr von der Asche sicherzustellen, aber es war wohl besser, noch einmal wiederzukommen, mit Laudrup im Schlepp. Sie verließen den Bunker, und aus der Jackentasche beförderte er eine Banderole zutage, mit der er den Eingang symbolisch verschloss und den Bunker als Ort einer polizeilichen Ermittlung kennzeichnete. Dann kehrten sie zum alten Magnus zurück, der unbewegt wie eine Säule inmitten der morbiden Hinterlassenschaften stand und einsam Wache hielt. Sie hatten ihn kaum erreicht, als sie den Knall hörten.

Es war unmöglich, festzustellen, wo sein Ursprung lag, er schien von überall gleichzeitig zu kommen und von nirgendwo, und in der Weite des Eises verlor er sich in einem Rauschen. Doch Lerby war sofort klar, was für eine Sorte Knall das gewesen war. Und wie um seine Befürchtung zu bestätigen, fiel ein weiterer Schuss, und etwas schlug dicht neben ihm in eine marode Wellblechwand.

»In Deckung!«, brüllte er und gab Pally einen Stoß, der sie von den Beinen riss, während er bereits auf den alten Magnus zu stürmte, um auch ihn zu Boden zu zerren.

Fast im selben Moment krachte es schon wieder, nicht nur einmal, sondern in rascher Folge. Lerby erreichte den Schamanen noch, packte ihn und fällte ihn wie einen Quarterback, indem er sich selbst mit zu Boden warf – fast gleichzeitig registrierte er, wie ihn etwas in die rechte Körperhälfte biss. Er schrie auf und wusste instinktiv, dass er getroffen war.

»Unten bleiben!«, schärfte er den anderen ein, während der Beschuss weiterging. In dichter Folge jagten Projektile über sie hinweg, und noch immer war nicht zu erkennen, wo der Schütze saß oder aus welcher Entfernung er sie aufs Korn nahm.

Pally presste sich eng an den Boden, der alte Magnus murmelte Worte in seiner Sprache, vermutlich ein Gebet. Lerby hörte weitere Geschosse in das Wellblech schlagen, suchte in der entgegengesetzten Richtung nach einer Deckung.

Das Kettenfahrzeug!

Der rostige Koloss stand nur wenige Meter entfernt und würde sie vor den Kugeln des Attentäters schützen – jedenfalls, solange dieser seine Position nicht wechselte. Lerby forderte die anderen auf, ihm zu folgen, während er sich bäuchlings auf das Wrack zuschleppte. Dabei gab er selbst einige Schüsse ab, in dem Bemühen, den anderen in Deckung zu zwingen und so vorläufig am Schießen zu hindern.

In diesem Moment kam der Schmerz.

Es war, als würde flüssiges Blei in die Wunde gegossen. Lerby hatte das Gefühl, seine rechte Körperhälfte würde explodieren. Dennoch biss er die Zähne zusammen und schleppte sich weiter, Stück für Stück, während er merkte, wie sein Bewusstsein flackerte wie eine Kerze im Wind. Irgendwie gelang es ihm, das Wrack des Panzers zu erreichen, und er fand sich neben Pally und ihrem Großvater wieder.

»Alles in Ordnung?«, erkundigte er sich.

Pally nickte nur, das Entsetzen stand ihr ins Gesicht geschrieben. »Nimm … die Waffe«, stieß er hervor und hielt ihr die USP hin – nur um zu sehen, dass die Griffschalen glitschig waren von Blut und seine Hand rot besudelt. Er sah an sich herab und stellte fest, dass sich die rechte Hälfte seines Parkas dunkel verfärbt hatte. »Scheiße nochmal«, knurrte er.

»Du bist …«, stieß Pally unter hastigen Atemzügen hervor.

»Ich weiß.« Er verzog schmerzvoll das Gesicht. »Haben wohl … jemanden gestört … nicht der *tupilaq*.«

»Das Böse kommt auf mancherlei Art, Jens Lerby«, sagte der alte Magnus mit einer Ruhe, als ginge ihn das alles nichts an. Vermutlich hatte er im Großen und Ganzen mit dem Leben abgeschlossen, nahm jeden weiteren Tag als Bonus – aber Lerby war noch nicht so weit.

Und Pally erst recht nicht …

»Was sollen wir tun?«, rief sie.

»Die Waffe nehmen … schießen.« Lerby keuchte. Der Schmerz raubte ihm fast die Sinne.

»Worauf denn?«

»Wird kommen … keine Zeugen …«

In Pallayas sonst so lebensfrohen Zügen spiegelte sich blankes Entsetzen, als ihr klar wurde, dass Lerby Recht hatte. Wer immer sie hier unter Beschuss nahm, tat es nicht, um sie zu verjagen, sondern um sie zu beseitigen …

Wieder krachten einige Schüsse, diesmal in noch höherer Frequenz – offenbar eine automatische Waffe, was ebenfalls darauf schließen ließ, dass der Mistkerl es bitterernst meinte. Lerby wollte eine Entschuldigung hervorwürgen, irgendetwas, um Pally und ihrem Großvater zu sagen, wie sehr er bedauerte, sie in diese Sache hineingezogen zu haben – als ein einzelner Schuss krachte. Dieser allerdings hörte sich anders an, mehr wie ein Peitschenknall – und kam genau aus der entgegengesetzten Richtung, vom Ufer her.

»Das ist Daavi«, stieß Magnus hervor – und hatte Recht: Lerby erinnerte sich an die Blaser R8 Repetierbüchse, die zur Ausstattung des Polizeiboots gehörte. Eigentlich war sie dazu da, sich allzu neugieriger Eisbären zu erwehren, aber natürlich eignete sie sich auch dazu, feindliche Schützen anzuvisieren …

Wieder fiel ein Schuss, und dann noch einer.

Lerby hörte Pally etwas rufen, das er jedoch schon nicht mehr verstand. Der Schmerz überwältigte ihn, und er merkte, wie die Welt um ihn herum hinter einem trüben Schleier versank. Trotz der eisigen Kälte hier draußen erfüllte ihn plötzlich ein eigenartiges Gefühl von Wärme, und er musste an zu Hause denken, an Eva und die Kinder.

Dann kam die Dunkelheit – und in diesem Moment hörte er tatsächlich verdammte Musik …

29

Some people want it all, but I don't want nothing at all
If it ain't you, baby, if I ain't got you, baby …

Alicia Keys säuselte seidenweich aus dem Bluetooth-Lautsprecher, der sein Bestes gab, in den Höhen aber vor der Stimmgewalt der Sängerin kapitulieren musste.

Uki war es gleichgültig.

Solange sie die Augen geschlossen hielt, war sie glücklich. Sie stellte sich dann vor, dass sie in Wirklichkeit nicht mehr hier in Illokarfiq war, sondern an einem weit entfernten Ort. In London vielleicht, in Berlin oder in New York, in einem der Clubs, die sie im Internet gesehen hatte und die wie andere, fremde Welten auf sie wirkten. Welten, von denen sie wusste, dass sie sie niemals erreichen würde. Trotzdem war es schön, sich dorthin zu träumen und sich vorzustellen, wie es wohl wäre, dort zu sein … Ihre Beine bewegten sich langsam zum Rhythmus der Musik, ihre Arme hatte sie um Panuks Nacken geschlungen. Sie waren Freunde, so lange Uki zurückdenken konnte, waren zusammen aufgewachsen – und er liebte es ebenso wie sie, zur Disco-Nacht zu gehen, die einmal pro Woche im Gemeindehaus von Illokarfiq veranstaltet wurde.

Die Jugendlichen des Ortes trafen sich hier, um sich auszutauschen und Spaß zu haben. Und natürlich, um zu tanzen und sich von Musik, Flackerlicht und einer Glitzerkugel an der Decke, die sich beständig drehte und helle Flecke über die mit Postern behangenen Wände huschen ließ, vom rauen Alltag ablenken und an einen anderen, bunteren Ort entführen zu lassen. Uki hatte den Kopf an Panuks breite Schulter gelegt. Sein Wollpullover roch ein wenig nach Schweiß, aber das störte sie nicht. Sie kannte diesen Jungen schon so lange und mochte ihn, wie er war. So wie sie es mochte, mit ihm zusammen zu sein, seine Nähe zu spüren und die Geborgenheit.

»Hey«, erklang es ganz nah an ihrem Ohr und sie blickte auf.

Uki liebte Panuks heiteres Gesicht, die sanft blickenden Augen und auch seine Stimme, die nicht mehr heiser und kieksend war wie früher, sondern tiefer und angenehm weich.

»Hey«, erwiderte sie und strich sich eine Strähne ihres glatten schwarzen Haars hinters Ohr. Sie lächelte, und er erwiderte ihr Lächeln. Sie sahen einander in die Augen, ihre Gesichter schwebten dicht voreinander, in einem Rausch von Musik und Licht und Farben. Die anderen Jugendlichen, die rings um sie tanzten, nahmen sie gar nicht wahr, da waren nur sie beide und nichts und niemand sonst.

Uki merkte, wie ihr Herz schneller schlug. Ihre Lippen kamen einander näher und fanden sich. Es war nicht das erste Mal, dass sie sich küssten, aber so innig und schön war es noch nie zuvor gewesen. Uki fühlte pures Glück, und in diesem Moment war es ihr egal, ob sie in New York oder in Illokarfiq war.

Doch plötzlich veränderte sich etwas. Panuks Zärtlichkeit wurde massiver und verlangender, während er Uki gleichzeitig an sich presste und seine Hand über ihren Rücken hinabwanderte …

Mit einem Ruck nahm sie den Kopf zurück. »Nicht«, bat sie.

»Wieso nicht?« Seine dunklen, schönen Augen sahen sie zweifelnd an. »Ist doch nichts dabei?«

Sie sagte sich, dass er Recht habe und sie sich zusammennehmen müsse, schließlich wollte sie ihn nicht verlieren. Und einige ihrer Freundinnen hatten mit ihren Jungs auch schon getan, was Panuk nun ganz offenbar ebenfalls wollte – warum also stellte sie sich so dämlich an?

Der Song war längst zu Ende, und ein anderer Titel wurde gespielt, den Uki nicht kannte. Aber ihr Herzschlag entsprach seinem schnellen, hämmernden Rhythmus, während sie sich ein weiteres Mal küssten. Und wieder kam Panuk ihr näher, als sie es sich gewünscht hätte, als sie es eigentlich wollte … und wieder zuckte sie zurück.

»Was denn?«, fragte er ungehalten. »Du willst es doch auch, oder nicht?«

»Ich … weiß nicht«, gab sie offen zu. »Können wir nicht … einfach nur tanzen? So wie immer?«

Er sah sie an. »Nein«, erwiderte er dann, »können wir nicht. Entweder, du magst mich, oder du magst mich nicht. So einfach ist das.«

»Ich mag dich, Panuk, sehr sogar«, versicherte sie, »aber-«

Sie kam nicht mehr dazu, den Satz zu beenden. Mit Gewalt riss er sich von ihr los und stach davon Richtung Ausgang.

»Panuk! Warte!«

Uki eilte ihm hinterher, zwischen den Tanzenden hindurch, die kaum Notiz von ihnen nahmen. Es kam oft vor, dass sich Paare stritten, und schon am nächsten Tag waren sie wieder zusammen – was Letzteres betraf, war sich Uki in diesem Moment allerdings ganz und gar nicht sicher …

Durch die Glastür platzte sie nach draußen in den Vorraum, wo ihre Jacken und Anoraks säuberlich aufgereiht an Haken hingen und es wegen der angrenzenden Küche immer nach Suppe roch. Von der Musik war jetzt nur noch der pochende Bass zu hören. Panuk saß auf der Garderobenbank, das Kinn schmollend auf die Ellbogen gestützt.

»Panuk?«, fragte Uki vorsichtig.

»Was?«

»Es … tut mir leid«, versicherte sie stockend. »Ich will nicht, dass du mir böse bist.«

»Dann – hast du es dir anders überlegt?« Er hob den Blick und sah sie direkt an.

»Was? Nein«, beeilte sie sich zu versichern. »Ich meine, ich will es schon, und ich will es mit dir. Aber ich bin noch nicht …« Sie verstummte, als er spöttisch auflachte. »Was ist?«, fragte sie verwirrt.

»Yutu hatte Recht«, meinte Panuk. »Er wusste, dass du genau das sagen würdest.«

»Yutu?«, fragte sie nach. »Steckt er etwa dahinter?«

»Na und? Mein Bruder ist ein guter Typ!«

»Ja«, konterte Uki, »gut darin, junge Frauen in Schwierigkeiten zu bringen. Jeder im Ort weiß das.«

»Sag das nicht.« Er stand auf und baute sich vor ihr auf, und plötzlich verhieß sein breiter, muskulöser Körperbau nicht mehr Geborgenheit, sondern Bedrohung.

»Dein Bruder ist ein Idiot!«, hielt Uki ihm dennoch entgegen. Sie ließ ihrer Enttäuschung freien Lauf – und Panuk, der noch nie besonders gut darin gewesen war, sich mit Worten auszudrücken, verlor die Kontrolle.

Mit beiden Händen stieß er sie zurück, und das so heftig, dass sie stolperte und hinfiel. Sie ging rücklings zu Boden, stieß sich den Hinterkopf an der gegenüberliegenden Garderobenbank. Tränen schossen ihr in die Augen, Tränen des Schmerzes, aber auch der Enttäuschung und der ohnmächtigen Wut. Panuk jedoch würdigte sie keines Blickes mehr und stürmte zurück in den Saal.

Mehrmals rief sie seinen Namen, aber er verhallte ungehört, der dröhnende Bass war die einzige Antwort.

Uki wischte die Tränen weg und raffte sich auf die Beine. Einen Augenblick lang erwog sie, zu den anderen zu gehen und ihnen zu erzählen, was vorgefallen war. Aber zum einen war sie sich nicht sicher, ob ihre Freundinnen sie wirklich verstanden hätten, zum anderen wollte sie nur noch nach Hause. Als sie an die Garderobe trat und in ihren Anorak schlüpfte, rannen schon wieder Tränen über ihre Wangen. Durch die Glastür verließ sie das Gemeindezentrum und trat nach draußen in die Kälte.

Ein paar Jugendliche, die am Eingang standen und Zigaretten

rauchten oder an ihren Handys spielten, sahen sie seltsam an in ihrem geblümten Kleid und mit den verheulten Augen. Sie ertrug ihre Blicke nicht und begann zu laufen, mit ihren schon halb zerschlissenen Chucks, auf die sie so lange gespart hatte und die sie stets in der Disco trug, über den zu Harsch gefrorenen Schnee.

Das Haus ihrer Familie befand sich auf der anderen Seite der Ortsmitte jenseits der Kirche und des Supermarkts, der um diese Zeit längst geschlossen hatte. Mit raschen Schritten ging Uki über den von hellem Flutlicht beleuchteten Parkplatz – nicht ahnend, dass sie beobachtet wurde.

Von verborgenen Augen, die sich auf sie gerichtet hatten, seit sie das Gemeindehaus verlassen hatte … auf das vierzehnjährige Mädchen, das allein nach Hause ging.

Uki ahnte davon nichts.

Ihre Gedanken kreisten um Panuk, um all den Spaß, den sie zusammen gehabt hatten, und immerzu fragte sie sich, ob sie falsch entschieden hatte und seinem Wunsch hätte nachgeben sollen. Schließlich war nichts dabei, Lana und Nauja, ihre besten Freundinnen, hatten es auch schon getan … Dann sah sie wieder Panuks Gesicht vor sich, seine Augen in dem Moment, als er sie gestoßen hatte. Es war keine Zuneigung darin gewesen und keine Zärtlichkeit. Nur verletzter Stolz und maßlose Wut …

Mit raschen Schritten ließ sie den Parkplatz hinter sich und tauchte in die Dunkelheit, die jenseits des grellen Flutlichts herrschte. Durch die schmale Gasse, die sich zwischen dem Supermarkt und dem alten Lagerhaus erstreckte, würde sie am schnellsten auf die Hauptstraße gelangen, von dort waren es nur ein paar Minuten.

Sie weinte noch immer, und die Tränenschleier trübten ihren Blick – doch plötzlich glaubte sie, hinter den Schleiern eine Gestalt zu erkennen, ganz vorn, am Ende der Gasse …

Mit einer unwirschen Bewegung wischte sie die Tränen weg, nur um festzustellen, dass dort tatsächlich jemand war.

Aber es war kein Mensch, dessen Silhouette sich dunkel und bedrohlich gegen den Lichtschein der Hauptstraßenbeleuchtung abzeichnete! Viel eher glich die Gestalt einem Tier, denn sie war in zottiges Fell gehüllt …

Uki hatte ihre Schritte verlangsamt und blieb jetzt ganz stehen. Ihr Herz schlug plötzlich heftig, ihr Innerstes verkrampfte sich angesichts der unheimlichen Gestalt, die ihr Verstand nicht wirklich erfassen konnte – und die sich im nächsten Moment in Bewegung setzte!

Die grässliche Erscheinung setzte einen Fuß vor den anderen und kam die Gasse herab auf Uki zu. Das Mädchen wollte schreien, aber es konnte nicht. Instinktiv wich es zurück, am ganzen Körper zitternd. In der Tasche ihres Anoraks fand Uki die kleine Taschenlampe, die sie stets bei sich trug, riss sie heraus und schaltete sie an.

Der Lichtkreis erfasste die Gestalt – und Uki blickte ins kalte, bleiche Antlitz eines grausamen Todes.

Von Grauen gepackt, stand sie einen Augenblick lang wie erstarrt da. Dann ließ sie die Taschenlampe fallen, fuhr herum und rannte um ihr Leben …

30

Ein anderes Abendessen, eine andere Zeit.

Lerby war wieder zu Hause.

In der gemütlichen Mansardenwohnung in Kopenhagen, in der sie wohnten, bevor sie das Haus in Lingby gekauft hatten. Eva war auch da. Sie hatten sich Essen beim Italiener um die Ecke bestellt und so getan, als wären sie in einem Nobelrestaurant. Bei Kerzenschein saßen sie einander an dem kleinen Tisch vor dem Fenster gegenüber, jeder mit einem Glas Champagner, und sahen einander schweigend an.

Eva sah atemberaubend aus in ihrem trägerlosen schwarzen Abendkleid, ihr blondes Haar fiel offen auf die nackten Schultern. Lerby hatte das Gefühl, im Wasserblau ihrer Augen zu baden. Gott, wie sehr er sie liebte!

»Auf dich«, sagte sie irgendwann und lächelte. »Den besten Absolventen des Lehrgangs.«

»Ich hatte Glück«, schränkte er ein und merkte direkt, wie er errötete.

»Nein, mein Lieber.« Sie schüttelte den Kopf. »Du hast hart dafür gearbeitet – und du bist gut in dem, was du tust.« Mit hellem Klang stieß sie ihr Glas gegen seines. »Auf dein Wohl, *Politikommissær* Lerby!«, sagte sie, und beide tranken.

»Weißt du«, sagte er, »davon habe ich immer geträumt. Birger und die meisten anderen, die machen das nur ihrer Karriere wegen, wollen möglichst rasch aufsteigen … Aber ich habe das Gefühl, genau am richtigen Ort zu sein. Ich glaube, dass ich etwas bewegen kann mit dem, was ich tue.«

»Das glaube ich auch, mein Ritter in schimmernder Rüstung«,

sagte sie und beugte sich nach vorn über den Tisch. Er kam ihr auf halbem Weg entgegen – dass seine Krawatte dabei in den letzten Rest Tomatensugo auf seinem Teller fiel, war ihm herzlich egal –, und ihre Lippen begegneten einander in einem leidenschaftlichen Kuss.

»Was hältst du davon«, flüsterte sie, »wenn du deine schimmernde Rüstung ablegst und ich dieses Kleid loswerde?«

»Klingt für mich nach dem perfekten Plan«, versicherte er grinsend – als aus dem Nebenzimmer ein schrilles Geräusch erklang, das beiden durch Mark und Bein ging.

»Oh je«, sagte sie.

»Oliver«, seufzte er.

»Oliver«, bestätigte sie grinsend. »Bin ich dran oder du?«

»Ich fürchte …«

»Vergiss es.« Sie richtete sich auf und warf ihm ein verführerisches Lächeln zu. »Kümmere dich schon mal um deine Rüstung, mein Held, ich bin gleich wieder …«

»Was hast du?«, fragte er, als sie plötzlich stutzte.

»Ich …« Sie sah an sich herab, an ihrem schwarzen Kleid – und betrachtete ihre Hände, die auf einmal voller Blut waren.

»Eva!«

Er sprang auf, wollte um den kleinen Tisch herum, doch plötzlich schien sie unerreichbar weit entfernt zu sein. Er wollte zu ihr um jeden Preis, doch der sie trennende Tisch wurde immer größer, und obwohl Lerby einen Fuß vor den anderen setzte, kam er nicht voran, während das Baby nebenan immer weiter schrie. Eva sandte ihm einen entsetzten, befremdeten Blick. Und als sie sich ins Licht der beiden Kerzen drehte, da konnte er sie sehen …

Die grässlichen Wunden in ihrem Bauch!

Zwei an der Zahl, mit furchtbarer Wucht von einem konischen Tatwerkzeug geschlagen, geführt von einem Mörder, dem ein Menschenleben nichts bedeutete und der keine Gnade kannte.

»Eva, nein!«, hörte er sich selbst vor Entsetzen brüllen. »Das wollte ich nicht …«

Ihr Blick blieb auf ihm haften, jetzt voller Vorwurf und Anklage. »Warum hast du nichts getan?«, fragte sie, während dünne Blutfäden aus ihren Mundwinkeln liefen. »Wie konnte es so weit kommen, Jens? Welchen Sinn hat das, was du tust, wenn du nichts verhindern kannst …?«

Plötzlich war es nicht mehr das Baby, das schrie, sondern er selbst. Heiser brüllte er seinen Schmerz hinaus, bis ihm die Stimme versagte, und obwohl er nach wie vor versuchte, zu ihr zu gelangen, schien sich Eva ihm immer weiter von ihm zu entfernen. Seine Frau verschwand im Sog einer Dunkelheit, gegen die schließlich auch das Licht der Kerzen keine Chance mehr hatte. Sie verloschen, und Lerby blieb in Finsternis zurück.

Und in dieser Finsternis hörte er eine Stimme.

Sie sprach leise, murmelte nur, und er konnte nicht verstehen, was sie sagte. Aber sie war da, und er hielt sich an ihr fest, klammerte sich daran wie ein Ertrinkender an ein Stück Treibholz, dankbar, dass da überhaupt etwas war, das ihn davor bewahrte, in dunkler Tiefe zu versinken.

Irgendwann blinzelte er.

Die Kerzen waren wieder da und verbreiteten gelben Schein, und er konnte den Schlag seines eigenen Herzens hören. Eva war nicht mehr hier, dafür gewahrte er eine schemenhafte Gestalt, die in gebückter Haltung um ihn huschte, bald hier war und bald dort. Es war ihre Stimme, die er hörte, leise und dumpf, während sie eine flache, mit Tierhaut bespannte Trommel schlug. Das also war das klopfende Geräusch, das er hörte, und nicht etwa sein Herzschlag. Oder waren der Klang seines Herzens und jener der Trommel eins geworden?

Er überlegte noch, wie er das eine vom anderen unterscheiden sollte, als erneute Dunkelheit ihn überkam. Und diesmal war sie so finster und allumfassend, dass er sich darin zu verlieren drohte. Furcht überwältigte ihn, eine schreckliche, alles verzehrende Angst, und alles, was er fühlte, waren Einsamkeit und Kälte. Die Gestalt war verschwunden, selbst ihre Stimme war verstummt und führte ihn nicht länger durch das Tal des Wahnsinns – dafür konnte er eine andere, dunklere Präsenz erspüren. Eine Präsenz von blutrünstiger Wildheit, von archaischer Grausamkeit und unersättlicher Gier.

Es war das Böse, das er fühlte, noch ehe es vor seinem inneren Auge Gestalt annahm. Es näherte sich in Form eines dunklen Schattens, einer Bestie, die schon so viele Leben geraubt hatte und nun auch ihn töten wollte. Mit ihren mörderischen Klauen kam sie auf ihn zu, bereit, ihre Zähne in sein Fleisch zu schlagen und all das hinfortzureißen, was er ohnehin verabscheute: seine Gleichgültigkeit, seine Mutlosigkeit, seine Resignation gegenüber dem Leben ... Angst, wie er sie nie zuvor gekannt hatte, erfasste ihn und riss ihn hinein in ein schwarzes Loch der Verzweiflung, einen stillen, dunklen Abgrund.

Dann, unerwartet, flackerte sein Bewusstsein inmitten der Finsternis wieder auf, gleich einer fast verloschenen Glut, der ein Windstoß neues Leben einhauchte. Und wieder war da die Gestalt, die vor ihm tanzte und die Trommel schlug, und ihm war, als könne er verstehen, was sie sagte. Von einem Kampf war die Rede, von einer letzten Prüfung und einer Chance. Es war der Moment, in dem die Pfade sich kreuzten und Vergangenheit, Gegenwart und Zukunft eins wurden. Es war Lerbys Läuterung, seine Bewährung, sein Fegefeuer ... Und wieder sah er das von sorgenvollen Falten zerfurchte Gesicht des Schamanen über sich, hörte seine leise Stimme und lauschte dem Trommelklang. Oder war das doch der Schlag seines Herzens?

Als Wegweiser führte ihn der Schamane durch das Chaos, durch die Bosheit, die mit reißendem Rachen nach ihm schnappte. Längst vermochte er nicht mehr zu sagen, was Traum war und was Wirklichkeit, alles war real und doch auch nicht. Nur vereinzelt schälten sich Gesichter aus dem Meer der Schatten, sah er Menschen, die er kannte. Und immer war es, als würden sie seinen Namen rufen.

Und plötzlich, inmitten der Dunkelheit, konnte er sie deutlich vor sich sehen.

Eva, Emma und Oliver.

Seine Familie.

31

Lerby schlug die Augen auf.

Zu seiner Verwirrung fand er sich in einem Bett liegend wieder, unter einer wollenen Decke und mit praktisch nichts am Leib. Noch immer spürte er Schmerzen, doch hatte die Intensität deutlich nachgelassen. Ein straffer Verband lag jetzt um seinen Oberkörper, von der Hüfte bis hinauf zum Brustkorb.

Irgendwie hatte er erwartet, dass es Nacht sein würde, aber das war nicht der Fall. Helles Licht flutete durch die Lamellen einer Jalousie, geradewegs in sein Gesicht. Lerby blinzelte.

»*Kumoorn*«, grüßte ihn eine vertraute Stimme von der anderen Seite des Bettes.

Lerby warf den Kopf herum, was er lieber nicht getan hätte. Ein stechender Schmerz wanderte seine Wirbelsäule hinauf und endete im Nacken wie ein Handkantenschlag. Verschwommen konnte er eine gedrungene Gestalt wahrnehmen. Es war kein anderer als Magnus, der auf einem Schemel neben dem Bett saß und mit ruhigen, dunklen Augen auf ihn herabblickte.

»Hallo«, stieß Lerby hervor. Selbst das Sprechen schmerzte. »Was … ist passiert?«

»Woran kannst du dich noch erinnern?«

Lerby überlegte – das wenigstens tat nicht weh. »Wir waren auf dem alten Stützpunkt … und sind beschossen worden. Ich hab was abbekommen.«

»Allerdings.« Der Alte nickte. »Keldsen hat uns rausgehauen.«

Lerbys Blick fokussierte sich allmählich wieder. Erstaunt sah er sich um. Das Zimmer, in dem er sich befand, war nicht sehr groß. Die Wände bestanden aus Fertigbauteilen, ebenso wie die Decke.

»Wo … bin ich?«, fragte er. »In Illokarfiq?«

»Nein, dafür warst du zu angeschlagen. Die Gefahr, dass du noch mehr Blut verlierst, war zu groß. Wir haben dich stattdessen in eine Siedlung auf der anderen Seite des Fjords gebracht. Nur eine Handvoll *Livi* lebt hier.«

Lerby nickte. Eigentlich war es ihm ziemlich gleichgültig, wo er sich befand. Hauptsache, er war am Leben …

»Wie geht es dir?«

»Okay«, versicherte er. »Ich habe noch Schmerzen, aber …« Er stutzte plötzlich. »Hast … Du mich geheilt?«

»Nein, Dummkopf.« Der alte Magnus lachte amüsiert auf. »Der junge Ole ist ausgebildeter Rettungssanitäter. Normalerweise lebt er in Tasiilaq, aber zurzeit ist er hier bei seinen Eltern zu Besuch, und das war dein Glück. Die Kugel hatte dich zwar nur gestreift, aber der Blutverlust war beträchtlich, vom Wundfieber ganz zu schweigen. Ole hat dir ein Antibiotikum verabreicht, das hat dir das Leben gerettet.«

»Aber ich …« Lerby runzelte die Stirn. Im Nachhinein war es beinahe unmöglich, zu sagen, was er nur geträumt hatte und was nicht, das Fieber schien ihn ziemlich in den Klauen gehabt zu haben. »Ich habe dich singen gehört und die Trommel schlagen«, sagte er leise, und es klang fast wie eine Frage.

»Ich habe die Dämonen von dir ferngehalten«, bestätigte der Schamane. »Du warst ihnen sehr nahe in diesen zwei Tagen.«

»Zwei Tage?« Lerby ächzte. »So lange?«

»Sei unbesorgt. Daavi Keldsen ist nach Illokarfiq zurückgekehrt, um sich um alles zu kümmern. Er ist ein guter Polizist.«

»Ich weiß«, versicherte Lerby.

»Pally wird dir alles berichten.«

»Pally? Ist sie auch noch hier?«

»Sie war nicht davon abzubringen, bei dir zu bleiben und nach dir zu sehen. Ganz offenbar hat sie einen Narren an dir gefressen, Mondmann.«

»Mond-*was*?«

Der Alte antwortete nicht. Stattdessen erhob er sich schwerfällig von dem Schemel, ging zur Tür und öffnete sie. Pally stand davor, in Jeans und einem Flanellhemd, das eigentlich zu groß für sie war; es reichte ihr fast bis zu den Knien, die Ärmel hatte sie umgeschlagen. Ihr Mienenspiel verriet unverhohlene Besorgnis.

»Wenn du schon an der Tür lauschst, Enkelin, dann kannst du auch ebenso gut reinkommen«, brummte Magnus und ließ sie ein, während er selbst sich zum Gehen wandte. »Bis später, Leribi«, sagte er, um sich gleich darauf zu verbessern: »Lerby.«

Lerby schnaubte. »Leribi ist schon okay«, meinte er dann, worauf der Schamane nur lächelte. Dann ging er hinaus und schloss die Tür hinter sich. Pally blieb vor dem Krankenbett stehen.

»Hey«, sagte sie.

»Heyhey.«

»Tut gut, dich wieder wach zu sehen.«

»Das verdanke ich euch. Ohne eure Hilfe …«

»Du hast Großvater und mich aus der Schusslinie gestoßen«, erwiderte sie lächelnd. »Wir sind also quitt.«

Lerby schnitt eine Grimasse. »Dein Großvater sagte, du könntest mich auf den neuesten Stand bringen?«

»Willst du dich nicht erstmal ausruhen?«

»Ich habe mich zwei Tage und Nächte lang ausgeruht, das muss reichen«, schnaubte Lerby. »Was ist in der Zwischenzeit geschehen?«

»Also gut.« Pally trat näher und setzte sich, nicht auf den Schemel, sondern auf die Kante des Betts. »Keldsen ist nochmal zum Lager zurückgekehrt, zusammen mit Inasson«, erstattete sie dann Bericht. »Allerdings war alles verschwunden.«

»Die Feuerstelle?«, hakte Lerby nach.

»Nichts mehr da.« Pally schüttelte den Kopf. »Wer immer das gewesen ist, er hat gründlich aufgeräumt. Allerdings konnten

Keldsen und Inasson einige der Kugeln sicherstellen, mit denen der Unbekannte auf uns geschossen hat.«

»Und?«

»Ich hab's mir aufgeschrieben.« Sie zog ihr Smartphone aus der Gesäßtasche der Jeans und rief das Notizbuch auf. »Kaliber 5,56 mal 45 Millimeter«, las sie vor.

»Mittelpatrone, NATO-Kaliber«, stellte Lerby fest. »Ziemlich weit verbreitet – könnte ein Sturmgewehr gewesen sein, ein amerikanisches M14 oder ein deutsches G36.«

»Das hat Inasson auch gemeint«, stimmte Pally zu. »Und er hat auch gesagt«, fuhr sie leiser fort, »dass es eine neue Attacke gegeben hat. Diesmal auf ein junges Mädchen.«

»Eine neue Attacke? Du meinst … ein neuer Mord?« Lerby fuhr hoch, sein Schädel hämmerte, aber er nahm es nicht einmal wahr. »Wann? Wo?«

»Vorgestern Abend, in Illokarfiq.«

»Er hat diesmal mitten im Ort zugeschlagen?«

»Ja«, bestätigte Pally, »aber das Mädchen konnte fliehen. Sie entkam ins Gemeindehaus, wo gerade eine Party stattfand. Das rettete ihr das Leben.«

Lerby atmete aus und sank auf das Kissen zurück. Jetzt spürte er seinen Schädel dafür umso mehr. »Hat sie den Kerl gesehen?«

»Nicht wirklich. Es war dunkel, und bis gestern Abend stand sie noch völlig unter Schock. Aber wir haben etwas, das noch besser ist als eine Beschreibung.« Abermals wischte sie an ihrem Smartphone, dann gab sie es an Lerby weiter.

Er nahm es entgegen, warf einen Blick auf das Display – und glaubte, nicht recht zu sehen.

»Woher stammt das?«

»Von der Überwachungskamera auf dem Parkplatz des Supermarkts. Keldsen hat es mir aufs Handy geschickt – und dir natürlich auch. Als Willkommensgruß, wenn du wieder aufwachst, meinte er.«

Lerby hörte ihr kaum zu, er konnte es noch immer nicht glauben. Seine Hände bebten, während er das Bild betrachtete, das laut On Screen-Anzeige um 21.27 Uhr Ortszeit entstanden war. Es war nur in Schwarzweiß und nicht besonders scharf. Aber man konnte ganz eindeutig eine Gestalt erkennen, die über den Parkplatz lief, in leicht gebückter Haltung und offenbar in großer Eile ... eine Gestalt, die in ein zottiges Fell gehüllt war und deren Gesichtszüge zur Unkenntlichkeit vermummt waren. Und die einen unförmigen Gegenstand in den Händen hielt, den man ohne Vorkenntnisse wohl nicht hätte identifizieren können. Lerby jedoch ahnte, worum es sich handelte: Um einen eigens angefertigten Totschläger, der aus einem Schaft und zwei rechtwinklig angebrachten Walrosszähnen bestand; man erkannte sie an der Krümmung.

Und einer der Zähne war abgebrochen.

Verfügte man über all diese Informationen nicht, sah die Gestalt auf dem Bild einfach nur bedrohlich und böse aus, genau wie der Schatten aus Lerbys Fiebertraum ... Hätte er an derlei Dinge geglaubt, hätte er womöglich einen Zusammenhang vermutet zwischen seinem Traum und dem erneuten Auftauchen des Mörders. Lerby war froh, dass ihm derart irrationale Gedanken fremd waren. Ein Schauer durchrieselte ihn dennoch.

»Alles in Ordnung?«, fragte Pally.

Er nickte, noch einen Moment in seinem Traum verhaftet und den Gefühlen, die er durchlebt hatte ... der Angst, der Verzweiflung und der Verlorenheit. Mit Gewalt zwang er sich wieder ins Hier und Jetzt zurück. »Dieses Foto darf außer uns niemand zu sehen bekommen«, sagte er.

»Ich fürchte«, meinte Pally und zog die Nase kraus, »dazu ist es schon zu spät. Die Mitarbeiter des Supermarkts haben es gesehen, natürlich, und überhaupt hat sich der Vorfall mit dem Mädchen rasch verbreitet. Ihr Name ist Uki.«

»Scheiße.« Lerby nickte und schloss für einen Moment die Augen – vielleicht, sagte er sich, hätte er lieber bewusstlos bleiben sollen. »Wie schlimm ist es?«

»Ziemlich schlimm. Die Leute gehen nicht mehr auf die Straße. Sie haben Angst, jetzt noch viel mehr als zuvor.«

»Natürlich.« Lerby biss sich auf die Lippen. Für einen Moment versuchte er sich vorzustellen, was der gute Norby-Larson dazu wohl sagen würde. Wobei er mit ihm noch ein gesondertes Wort zu sprechen hatte …

»Ich muss zurück«, erklärte Lerby kategorisch und setzte sich auf. Sein hämmernder Schädel und die kaum verheilte Wunde an seiner rechten Seite waren eine Sache – nun kam auch noch übler Schwindel hinzu. Am liebsten wäre er wieder zurückgesunken, aber das kam nicht in Frage.

»Ole sagt, du bist zu schwach«, wandte Pally kopfschüttelnd ein. »Du kannst noch nicht …«

»Ich will, ich kann, und ich werde«, kündigte Lerby an – und mit einem Blick, den er sich beim alten Magnus abgeguckt hatte, machte er klar, dass diese Entscheidung endgültig war.

32

Die Niederlassung mit der Aufschrift *Turistbureau* über der Eingangstür und dem seltsamen Zeichen daneben, von dem Lerby inzwischen wusste, dass es sich um einen Kabeljau handeln sollte, befand sich unweit der Kirche von Illokarfiq.

Lerby war noch nicht ganz sicher auf den Beinen. Seine Seite schmerzte bei jeder Bewegung, und wenn er sich schnell drehte, hatte er das Gefühl, dass die Welt um ihn herum zu wanken begann. Doch im Krankenbett hatte er es einfach nicht mehr ausgehalten.

Auf sein Drängen hin hatte Inasson einen gecharterten Helikopter geschickt, der Pally und ihn abholte – und obwohl er immer wieder beteuert hatte, dass die lärmende Krachmaschine ihm nicht geheuer war, hatte sich auch der alte Magnus dazu breitschlagen lassen, zum ersten Mal in seinem Leben zu fliegen. Lerby wusste nicht zu sagen, woran es lag, aber seit jenen Tagen und Nächten, in denen er im Wundfieber gelegen und der Schamane offenbar ohne Unterlass an seinem Bett gewacht, die Trommel geschlagen und dazu gesungen hatte, bestand zwischen beiden ein unsichtbares Band. In Worte fassen ließ es sich nicht wirklich, aber Lerby kam es vor, als ob er Pallys Großvater nun uneingeschränkt vertrauen konnte – und dem alten Magnus ging es mit ihm offenbar nicht anders, sonst hätte er sich wohl kaum in den Hubschrauber gesetzt.

Lerby verlor keine Zeit.

Er hatte darauf verzichtet, ins Hotel zu fahren und sich umzuziehen, trug noch immer die Kleider, die eigentlich einem einheimischen Rettungssanitäter namens Ole gehörten und dem er zudem auch noch sein Leben verdankte. Seine eigenen Sachen waren blutdurchtränkt und zerschlissen gewesen und nicht mehr zu gebrauchen. Dass er im Vergleich zum muskulösen Ole ein magerer Hänfling war und die Klamotten an ihm schlotterten, war ihm reichlich egal. Im Gegenteil, sie erinnerten Lerby bei jedem Schritt daran, was geschehen war, und das machte ihn wütend – und mit dieser Wut platzte er durch die gläserne Eingangstür des Tourismusbüros.

»Morgen«, knurrte er nur. »Ist Herr Norby-Larson zu sprechen?«

Die junge Frau, die an dem kleinen Empfangstisch saß, blickte erschrocken zu ihm auf. Es war gut, dass er Pally im Schlepp hatte, ihre Gegenwart schien die Sekretärin ein wenig zu beruhigen. »Nun … ja«, räumte sie mit einem Blick auf eine Tür ein, die in ein weiteres Büro zu führen schien, »aber er ist im Augenblick nicht zu spre-«

Lerby hatte genug gehört.

»Polizei«, sagte er nur und ließ sie seinen Ausweis sehen, dessen untere Hälfte etwas Blut abbekommen hatte, während er bereits an ihrem Tisch vorbeipflügte und auf die Tür losging. Nur Augenblicke später überwand er auch dieses Hindernis.

»*Kumoorn*, Alf«, grüßte er, diesmal in der Landessprache, und nahm unaufgefordert in einem der filzbezogenen Besucherstühle Platz. Pally setzte sich ebenfalls, wenn auch ein wenig zögerlich.

»Le-Lerby!«

Der Leiter des Tourismusbüros saß hinter seinem Schreibtisch, in einen Anzug aus kariertem Tweed gehüllt und mit einer rosafarbenen Krawatte als Accessoire. Er war gerade dabei gewesen, ein Telefonat zu beginnen – als er Lerby gewahrte, rammte er den Hörer wieder auf die Gabel zurück.

»Überrascht, mich zu sehen?«, fragte Lerby wenig diplomatisch.

»A-allerdings – noch dazu in so aparter Kleidung«, erwiderte der andere. Wenn er für einen Moment um Fassung gerungen hatte, so hatte er sie spätestens jetzt wiedergefunden. Entspannt lehnte er sich in seinem ledernen Schreibtischsessel zurück.

»Hat mir ein Freund geliehen«, erwiderte Lerby mit einem säuerlichen Grinsen. »Das hier ist übrigens Pallaya Shaa, eine studierte Ethnosoziologin. Sie hilft mir bei den Ermittlungen vor Ort.«

»Pally und ich kennen uns«, versicherte der andere und nickte ihr verbindlich zu, während er sich mit der Hand durch das blonde Haar fuhr, um es zu ordnen. »Dies ist ein kleiner Ort, wie Sie wissen.«

»Umso besser.« Lerby grinste wieder. »Wie laufen die Geschäfte?«

»Schlecht, und Sie wissen vermutlich, wieso.« Der andere schnaubte. »Diese Aufnahmen hätten niemals öffentlich gemacht werden dürfen. Genau davor habe ich Sie bei unserem letzten Treffen gewarnt, Kommissar!«

»Das war kein Treffen – Sie haben mir auf dem Weg zum Hotel förmlich aufgelauert.«

»Aufgelauert? Also wissen Sie ...« Er lachte, besonders amüsiert klang es allerdings nicht. Seine Blicke wechselten beständig zwischen den beiden Besuchern. »Offen gestanden war ich gerade dabei, mit meinen Vorgesetzten in Kopenhagen zu telefonieren ...«

»Warum sagen Sie mir das? Um mir noch mehr Druck zu machen?«

»Keineswegs.« Er schüttelte den Kopf. »Ich bin nur der Ansicht, dass man dort ein Recht hat, zu erfahren, was hier ...«

»Sumi«, fiel Lerby ihm kurzerhand ins Wort.

»Wie bitte?«

»Sumi«, wiederholte Lerby. »Sagt Ihnen das etwas?«

»Eigentlich nicht.« Norby-Larson sah zuerst ihn und dann Pally fragend an. »Sollte es denn?«

»Es handelt sich um einen aufgelassenen Stützpunkt der Deutschen aus dem Zweiten Weltkrieg«, erklärte Lerby bereitwillig. »Die Einheimischen haben ihn so genannt, weil er heute mitten im Nirgendwo liegt und es dort nur noch Ruinen gibt – und dazu eine ziemlich gruselige Geschichte, wie es zu deren Entstehung gekommen ist. Ist sie Ihnen geläufig?«

»Nein«, gestand der andere, »offen gestanden mache ich mir nicht sehr viel aus Folklore, solange sie mich nicht beruflich angeht.«

»Sie haben also noch nie von Sumi gehört?«

»Nun, ich …«

»Ich frage nur, weil wir dies hier dort gefunden haben«, fuhr Lerby fort, griff in die Brusttasche des geliehenen Anoraks und beförderte das Stückchen Karton zutage, das er vor Norby-Larson auf den Schreibtisch legte.

Der Büroleiter beugte sich vor und besah sich den Fetzen genauer. »Das ist – oder vielmehr war – einer von unseren Besucherausweisen«, stellte er fest und blickte dann fragend auf. »Und?«

»Die Frage ist, wie kommt das gute Stück nach Sumi, wenn Sie angeblich nicht wissen, wo das ist.«

»Woher soll ich das wissen? Es könnte jemandem aus der Tasche gefallen sein, oder …«

»Anzunehmen«, stimmte Lerby zu. »Sie werden ja nicht so dämlich sein, für Ausflüge ins Sperrgebiet offizielle Tickets auszustellen.«

»Ausflüge ins Sperrgebiet?« Norby-Larson schnappte nach Luft, und eine Zornesfalte bildete sich auf seiner sonst völlig glatten Stirn. »Das wollen Sie mir unterstellen? Mit diesem Fitzelchen da als Beweis?«

»Nein«, versicherte Lerby gelassen, »das Fitzelchen, wie sie es nennen, hat mich nur auf die Idee gebracht. Die Indizien hat mein geschätzter Kollege Inasson von der örtlichen Polizeibehörde geliefert. Er hat sich nämlich unter den Fischern der Umgegend ein wenig umgehört und auf diese Weise erfahren, dass immer wieder mal Fahrten nach Sumi stattfinden; unter dem Radar und betont unauffällig.«

»Seltsam, dass er so etwas gehört hat – dabei sollte gerade Inasson eigentlich wissen, dass die Einheimischen die Gegend meiden, weil sie der Ansicht sind, sie sei verflucht.«

»Sieh an.« Lerby nickte. »Sie scheinen Sumi also doch zu kennen …«

»Kann sein, dass ich davon gehört habe … die Leute hier erzählen allerhand Geschichten.«

»Und ich erinnere mich, gehört zu haben, dass Sie mir von einem Stammtisch erzählten, zu dem sich unsere dänischen Landsleute hier in Illokarfiq regelmäßig treffen«, konterte Lerby lächelnd. »Ich nehme an, dass es unter ihnen sehr viel leichter wäre, jemanden zu finden, der für ein kleines Zubrot Touristen zum Stützpunkt schaukelt. Soll ich mich dort mal umhören?«

Norby-Larson sah ihn verblüfft an. Plötzlich wurden seine Züge weicher, und die Zornesfalte verschwand wieder. »Okay, hören Sie«, sagte er und hob in einer resignierenden Geste die Hände. »Ich denke, wir können über alles reden, oder?«

»Können wir?« Lerby beugte sich wissbegierig vor, die Ellbogen auf die Knie gestützt. »Dann reden Sie. Ich höre zu.«

»Also schön.« Der andere nickte, und seine Wangenpartie und Ohren röteten sich dabei. Lerby kannte dieses Verhalten zu Genüge, hatte es bei unzähligen Befragungen gesehen. Es war die Reaktion von jemandem, der merkte, wie sich die Schlinge um ihn legte und der nun versuchte, mit möglichst geringem Kollateralschaden davonzukommen …

»Gelegentlich«, eröffnete er in einem Duktus, als wolle er eine Rede vor den Vereinten Nationen halten, »und ich meine wirklich nur ganz gelegentlich, führe ich Forschungsfahrten zum alten Stützpunkt durch. Inoffiziell, sozusagen.«

»Und illegal«, fügte Lerby hinzu.

»Ich bin nicht unbedingt stolz darauf, aber ich kann Ihnen versichern, dass dabei niemand je zu Schaden gekommen ist.«

»Für wen organisieren Sie diese *Forschungsfahrten*?«, fragte Lerby, das Wort so betonend, wie es dem Sachverhalt angemessen war.

»Meist für reiche Amerikaner oder exzentrische Briten, die das alte Zeug sammeln.«

»Was für Zeug?«

»Kriegsmemorabilien«, erklärte der andere. »Alte Hinweisschilder, originale Wehrmachtshelme oder die Überreste einer alten MP40 …«

»Sieh an, da kennt sich ja jemand richtig aus.«

»Man sollte denken, dass nach beinahe acht Jahrzehnten nicht mehr allzu viel davon übrig ist«, fuhr der Leiter der Tourismusbehörde fort, »aber infolge der Klimaerwärmung gibt der Boden Dinge frei, die lange darin verschlossen waren und die erstaunlich gut erhalten sind. Und offenbar gibt es einen Markt dafür.«

»Also werden diese Fahrten gut bezahlt?«

»Das ist der Grund, warum ich sie durchführe«, gestand der andere in jovialer Offenheit. »Wobei ich Wert auf die Feststellung lege, dass ein guter Teil des Geldes, das ich damit verdient habe, gemeinnützigen Zwecken zugeführt wurde – ein Teil des Gemeindehauses wurde so finanziert.«

»Verstehe«, meinte Lerby.

»Dann lassen Sie mich Ihnen jetzt eine Frage stellen«, erwiderte Norby-Larson, der nun sichtlich wieder Oberwasser bekam. »Warum ist das wichtig? Warum stellen Sie mir all diese Fragen?«

»Das verrate ich Ihnen gerne. Weil, als Pally und ich in Sumi gewesen sind, uns dort jemand aufs Korn genommen hat. Und weil wir deshalb gerne wüssten, wer sich in letzter Zeit dort herumgetrieben hat.«

»Es … wurde auf Sie geschossen?«

»Allerdings. Wollen Sie die Wunde sehen?«

»Nein, nicht nötig.« Der andere errötete. »Jetzt verstehe ich«, versicherte er. »Aber ich wüsste nicht, wie ich Ihnen helfen könnte …«

»Wann sind Sie das letzte Mal rausgefahren?«

Norby-Larson überlegte. »Ich müsste nachsehen – würde aber denken, vor sechs bis acht Wochen … Lange bevor Sie in Illokarfiq eingetroffen sind.«

»Was waren das für Leute? Und wie viele?«

»Vier oder fünf, glaube ich. Amerikaner. Sie kamen mit dem Helikopter.«

»Von wo genau sind sie gekommen? Und ich will die Namen.«

»Nun, ich …« Der andere wand sich auf seinem Ledersessel, die Forderung schien ihm äußerst unangenehm zu sein. »Wie Sie sich denken können, führen wir in diesem Fall keine offiziellen Teilnehmerlisten …«

»Dann sehen Sie meinetwegen in Ihren inoffiziellen Listen nach. Und ich will wissen, mit welchem Hubschrauber sie gekommen sind. Air Greenland? Privater Charter?«

»I-ich denke, dass ich diese Informationen liefern kann.«

»Denke ich auch«, entgegnete Lerby – und so unvermittelt, wie er sich gesetzt hatte, erhob er sich jetzt wieder. »Und zwar schnell«, fügte er hinzu, während er sich bereits zur Tür bewegte. »Der Korrektheit halber möchte ich Sie außerdem noch darauf aufmerksam machen, dass dieses Gespräch vor einer Zeugin stattgefunden hat.«

»Verstanden«, versicherte Alf Norby-Larson und sah vom Schreibtisch aus zu, wie die beiden unverhofften Besucher sein Büro wieder verließen.

Er wartete angespannt, bis er hörte, dass die Tür ins Schloss gefallen war.

Dann griff er zum Telefon.

33

»Warum hast du das getan?«, fragte Pally auf dem Weg zurück zum Polizeirevier.

»Was meinst du?«, fragte Lerby dagegen.

»Warum bist du so unfreundlich zu Alf gewesen?«

»Weil er ein Armleuchter ist.«

»Das meine ich nicht.« Sie blieb stehen und sah ihn an. »Ernsthaft.«

»Weil ich denke, dass unser Freund etwas verheimlicht. Deshalb habe ich ihm ein wenig Feuer unterm Hintern gemacht. Denn dann machen die Leute Fehler.«

»Und mich wolltest du als Zeugin dabeihaben? Warum nicht Daavi Keldsen oder Marie Lynge?«

»Weil du keine Polizistin bist und an keinen Diensteid gebunden.« Lerby grinste freudlos. »Der gute Alf ist schlau genug, um zu verstehen, was ich ihm damit sagen wollte – dass ich mich womöglich nicht an alle Spielregeln halten werde.«

Sie sah ihn verblüfft an und schürzte dann die Lippen. »Ganz schön raffiniert.«

»Danke«, sagte Lerby – obwohl er sich nicht sicher war, ob sie es wirklich als Kompliment gemeint hatte. »Unser gemeinsamer Freund hat offenkundig ein schlechtes Gewissen – und damit müssen wir arbeiten.«

»Du hältst ihn für den Mörder?«

»Nein.« Lerby schüttelte den Kopf und ging weiter. »So einfach ist es nun auch wieder nicht. Außerdem sind seine Alibis hieb- und stichfest. Vorgestern Abend zum Beispiel hat er mit dem Pfarrer Schach gespielt, als es zu dem Zwischenfall mit dem Mädchen kam.«

»Du hast das bereits überprüfen lassen?«

»Allerdings.«

»Und trotzdem denkst du, dass er etwas verheimlicht?«

»Wenn Alibis zu eindeutig sind, kann das auch in gewisser Weise verdächtig sein.« Lerby nickte. »Ich bin davon überzeugt, dass Norby-Larson mehr weiß, als er uns im Augenblick offenbart. Und ich möchte ihn ermutigen, sich ein wenig gesprächiger zu zeigen.«

»Verstehe.« Sie nickte und lächelte. »Danke übrigens für die ›studierte Ethnosoziologin‹. Das höre ich nicht so oft in letzter Zeit.«

Lerby nickte und schnitt eine verlegene Grimasse. »Ich bin ein Trottel gewesen«, gestand er leise. »Ich habe dich von oben herab behandelt, und deinen Großvater auch … Das tut mir leid.«

Eine Weile ging sie neben ihm her und sah ihn dabei nur wortlos von der Seite an. Was sie dachte, war dabei nicht zu erkennen. »Entschuldigung angenommen, Kommissar«, sagte sie dann. »Und was jetzt?«

»Jetzt«, erwiderte er, »kümmern wir uns um das Mädchen, Uki. Inasson zufolge war sie gestern noch nicht vernehmungsfähig, aber jetzt ist sie gerade auf der Wache, um ihre Aussage zu machen.«

»Lerby?« Pally war abermals stehengeblieben.

»Was?«

»Lass es ruhig angehen, okay?«, sagte sie. »Das arme Mädchen hat viel durchgemacht.«

»Ich weiß«, versicherte er. »Deshalb hätte ich auch gerne, dass du dabei bist.«

»Uki braucht keine Übersetzerin. Ihr Dänisch ist sehr gut.«

»Nicht für mich«, widersprach er. »Für das Mädchen.«

Sie betraten die Polizeiwache über den Hinterhof, wo noch immer Perssons Zelt stand, und suchten den Glaskasten auf, wo die Vierzehnjährige bereits auf einem der Besucherstühle saß und wartete. Inasson war bei ihr, die Personalien hatte er bereits festgestellt und alle Formalitäten erledigt. Nun war Lerby an der Reihe.

»Uki, richtig?«, fragte er und nahm dem Mädchen gegenüber hinter dem Schreibtisch Platz.

Sie nickte und starrte auf die Tischplatte vor sich. Ihr langes schwarzes Haar war in der Mitte gescheitelt und umrahmte ein hübsches, jedoch von namenlosem Schrecken gezeichnetes Gesicht. Mit Pausbacken und Stupsnase wirkte es noch kindlich, während sich unter dem dicken Isländerpullover bereits die Formen einer jungen Frau abzeichneten.

»Ich bin Kommissar Lerby«, stellte dieser sich vor und zeigte ihr der Ordnung halber seinen Ausweis. »Ich bin hier, um dir zu helfen, okay?«

Er wollte ihr aufmunternd zulächeln, aber sie wich ihm aus, suchte stattdessen den Blick von Pally, die zuerst bei Inasson gestanden hatte, sich jetzt aber an ihre Seite setzte.

»Es ist gut«, raunte sie dem Mädchen ermunternd zu. »Du kannst dem Kommissar vertrauen. Er ist in Ordnung.«

Uki nickte, schien zumindest ein wenig beruhigt – dass eine einzige persönliche Empfehlung in diesem Teil der Welt mitunter mehr wert war als alle Dienstausweise und offiziellen Bescheinigungen zusammen, war Lerby inzwischen klar geworden.

»Uki«, begann er leise, »ich weiß, dass das alles nicht einfach ist für dich, aber ich muss dir diese Fragen stellen. Wir müssen zusammen herausfinden, was vorgestern Nacht geschehen ist, in Ordnung?«

Sie kniff die Lippen zusammen und nickte. Inasson hatte ihr wohl schon gesagt, was von ihr erwartet wurde. Oder vielleicht war sie auch einfach schlau genug, um von allein darauf zu kommen, und so begann sie mit leiser Stimme zu berichten.

Von der Disco-Party, die im Gemeindehaus gestiegen war und auf die sie sich so gefreut hatte. Davon, wie viel Spaß ihre Freunde und sie zusammen gehabt hatten und wie gerne sie mit einem Jungen namens Panuk getanzt hatte – bis dieser sich offenbar wenig Gentleman-like verhalten hatte.

Der Rest von dem, was Uki erzählte, ging in einem Schwall von Tränen unter. Wenn sie überhaupt noch etwas sagte, tat sie es nur auf Grönländisch. Lerby verstand kein Wort. Aber er begriff, dass der kleine Scheißer ihr das Herz gebrochen hatte. Pally hatte Ukis Hand ergriffen und sprach sanft auf sie ein. Tatsächlich beruhigte sich das Mädchen wieder etwas.

»Wer ist der Knabe?«, wollte Lerby wissen.

»Eigentlich ein ganz netter Kerl, aber er steht unter schlechtem Einfluss«, erklärte Pally. »Sein großer Bruder Yutu ist im Ort als Unruhestifter bekannt. Und er lässt nichts anbrennen, hält Frauen für so etwas wie seinen Privatbesitz … Bei mir hat er es auch mal versucht.«

»Und?« Lerby hob die Brauen.

»Danach konnte er einen Winter lang kein *mattak* kauen«, erwiderte sie mit freudlosem Grinsen.

»Wi-wirklich?«, fragte Uki und wischte die Tränen weg.

»Absolut.« Pally warf ihr einen verschwörerischen Blick zu. »Ich werde dir zeigen, wie du dir einen allzu zudringlichen Kerl vom Leib halten kannst. Alles, was du dazu brauchst, sind deine Ellbogen.«

»Autsch«, knurrte Lerby.

Trotz ihrer offensichtlichen Anspannung musste Uki kichern. Ihre erste Nervosität hatte sie überwunden, und das war allein Pallys Verdienst. Wie das Mädchen weiter berichtete, hatten ihre Freundinnen Lana und Nauja sie dazu gedrängt, mit Panuk zu schlafen, aber es war ihr einfach nicht richtig vorgekommen, also hatte sie ihm einen Korb gegeben. Was dieser allerdings nicht besonders gut aufgenommen hatte …

»Und danach hast du das Gemeindezentrum verlassen?«, hakte Lerby nach.

Uki nickte, während sie beschämt zu Boden sah. »Ich wollte nur noch nach Hause.«

»Das kann ich gut verstehen«, versicherte Pally. »Aber du hast nichts Falsches getan. Es ist Panuks Schuld, nicht deine.«

»Wann bist du dem … dem …«, begann Lerby.

»Dem *tupilaq*?« Jetzt blickte Uki auf. Aus ihren verheulten Augen sah sie ihn an.

»Wann bist du ihm begegnet? Und wo?«

»Kurz darauf, in der Gasse hinter dem Supermarkt. Ich wollte eine Abkürzung nach Hause nehmen … und da stand er.«

»Wie hat er ausgesehen? Erinnerst du dich noch?«

Sie nickte und sah wieder zu Boden. Trotz des Isländers und der Heizung, die im Glaskasten bullerte, schien sie zu frösteln. Erneut griff Pally nach ihrer Hand.

»Er war groß, sehr groß … und er hatte ein Fell wie ein Wolf … und Hörner«, brachte sie stoßweise hervor. Ihre Augen waren blicklos und nach innen gerichtet, ein unstetes Flackern lag darin. »Ich wusste sofort, dass er es ist.«

»Der *tupilaq*?«, fragte Pally.

Uki nickte.

»Woher hast du das gewusst?«, wollte Lerby wissen.

»Weil ich von ihm gehört habe. Und weil ich ihn mir genauso vorgestellt habe … wild und grausam.«

»Was ist dann passiert?«

»Ich … bin davongerannt.«

»Die Gasse hinunter?«

Sie nickte wieder. »Ich bin gerannt, so schnell ich konnte. Aber er ist mir gefolgt.«

»Hat er irgendetwas gesagt? Dir vielleicht etwas zugerufen?«

»Nein.« Sie schüttelte den Kopf. »Aber ich konnte seine Schritte im Schnee hören.«

»Trug er Stiefel? *Kammit*?«

Uki sah ihn verunsichert an – der Gedanke, dass ihr Verfolger

Schuhwerk getragen haben sollte, schien ihr seltsam fremd. Vermutlich hatte sie noch nicht einmal darüber nachgedacht. »Ich … weiß nicht«, flüsterte sie.

»War er schnell?«

»Ziemlich. Er … hat rasch aufgeholt«, berichtete sie weiter, und das Entsetzen schüttelte sie dabei. »Ich konnte seinen Atem in meinem Nacken spüren. Er hat versucht, nach mir zu greifen …«

Lerby und Pally tauschten Blicke. Es war schwer vorstellbar, was das Mädchen in jener Nacht durchgemacht haben musste. Offenbar war die Situation sehr viel gefährlicher gewesen, als Lerby bislang vermutet hatte.

»Wie ist es dir gelungen, zu entkommen?«, wollte er wissen. »Bist du direkt zum Gemeindezentrum gelaufen?«

»Nicht sofort.« Sie schüttelte zaghaft den Kopf. »Ich habe die andere Gasse um das Lagerhaus genommen.«

»Warum?« Pally hob die Brauen. »Das ist ein Umweg.«

Uki sah sie an. Und zum ersten Mal wirkte die junge Inuk nicht verängstigt, sondern eine Spur von Trotz schwang in ihrer Stimme mit: »Wegen Eis«, sagte sie kryptisch. Die Erklärung lieferte sie dann in ihrer eigenen Sprache, wobei Pally ziemlich große Augen machte. Und auch Inasson, der wortlos dabeistand, machte plötzlich ein verblüfftes Gesicht.

»Was ist?«, verlangte Lerby ungeduldig zu wissen.

»Sie sagt, nach der Schule gingen ihre Freunde und sie oft zu dieser Gasse. Die Heizanlage des Lagerhauses ist defekt, sodass dort Wasser zu Boden tropft, das sofort gefriert. Auf diese Weise ist dort eine Bahn zum Schlittern entstanden, und die Kids haben ziemliche Übung darin, da drüber zu gleiten. Diesen Vorteil hat Uki ausgenutzt.«

»Alle Achtung!« Lerby nickte dem Mädchen anerkennend zu. »Das war schlau von dir – ich weiß nicht, wie viele an deiner Stelle in so einer Situation darauf gekommen wären. Und so bist du ihm entkommen?«

Uki nickte, und für einen Moment huschte ein stolzes Lächeln über ihr hübsches rundes Gesicht. »Er ist hingefallen«, gestand sie leise.

»Der Verfolger?«, hakte Lerby nach. »Du meinst … er ist ausgeglitten? Auf dem Eis?«

Sie nickte wieder. »Bei den Mülltonnen. Er hat laut geschrien. Und dann …« Sie stockte und sprach nicht weiter.

»Was dann?«, hakte Lerby nach. »Uki, bitte. Es ist wichtig, dass du mir alles sagst, was du weißt.«

Sie nickte, während sie gleichzeitig die Lippen zusammenbiss und die Augen schloss. Ganz offenbar wusste sie noch mehr, aber etwas hinderte sie daran, es preiszugeben. Vermutlich nackte Furcht …

Lerby sandte Pally einen hilfesuchenden Blick, die daraufhin wieder in ihre Muttersprache wechselte. Eine eigenartige Stimmung entstand dabei; Lerby fühlte sich seltsam berührt, während er Pallys flüsternder Stimme lauschte. Zunächst schüttelte Uki noch beharrlich den Kopf, hielt sich sogar die Ohren zu. Doch je länger Pally auf sie einredete, desto schwächer schien ihr Widerstand zu werden, und schließlich gab sie ein paar einzelne Worte von sich, ebenfalls auf Grönländisch, die diesmal Inasson übersetzte.

»Sie ist überzeugt, dass der *tupilaq* sie mit einem Fluch belegt hat«, sagte er.

»Einem Fluch?« Lerby sah das Mädchen fragend an, worauf Uki noch ein paar Worte hinzufügte.

»Als er stürzte, rief er ihr Dinge zu«, übersetzte Inasson. »In einer fremden Sprache, die sie noch nie gehört hat.«

»Wenn sie sie noch nie gehört hat, wie will sie dann wissen, ob es ein Fluch gewesen ist?«

»Es waren böse Worte«, gab Uki leise zur Antwort, jetzt wieder auf Dänisch. »Böse Worte in einer anderen Sprache.«

»Erinnerst Du Dich an sie?«, fragte Lerby vorsichtig nach. »Kannst du sie nachahmen?«

»Nein«, sagte das Mädchen hastig und schüttelte den Kopf. Die bloße Vorstellung schien sie zu ängstigen.

»Schon gut, du brauchst das nicht zu tun«, besänftigte Pally sie. »Ist dir vielleicht noch etwas anderes aufgefallen? Etwas, von dem du uns erzählen möchtest?«

»Er hat geschrien«, sagte Uki leise.

»Das hast du vorhin schon gesagt, was genau meinst du damit?«, fragte Lerby nach.

»Ich glaube, er hat sich wehgetan.«

»Du meinst, bei dem Sturz?«

Sie nickte, was Lerby ein Grinsen entlockte. Ganz offenbar hatte sich der Mörder diesmal das falsche Opfer ausgesucht. Oder er war einfach nur schlecht vorbereitet gewesen, hatte überhastet gehandelt …

»Hast du gesehen, wie er hingefallen ist?«

Sie schüttelte wieder den Kopf. »Nein, nur gehört. Ich bin die Bahn hinabgerutscht und dann einfach weitergerannt, bis zum Gemeindehaus. Dahin wollte ich zwar eigentlich nicht mehr wegen Panuk und den anderen … Bestimmt hatte er ihnen inzwischen erzählt, was geschehen war …«

»Weißt du was?«, fragte Lerby und sah ihr direkt in die Augen. »Ich mache diese Arbeit schon ziemlich lange, sehr viel länger jedenfalls, als du auf der Welt bist. Und in all den Jahren habe ich kein Mädchen erlebt, das so geistesgegenwärtig und tapfer gehandelt hat wie du. Ich kenne diesen Panuk nicht, aber wenn du mich fragst, ist er ein ausgemachter *sianiippoq*.«

Trotz ihrer Angst und der Tränen in ihren Augen rang Uki sich ein Lächeln ab. »Danke, Kommissar«, flüsterte sie.

»Ich sage nur die Wahrheit, als Polizist muss ich das«, stellte er klar. »Gibt es sonst noch etwas, woran du dich erinnerst?«

»Eins noch … Ich bin nur gerannt und habe mich die ganze Zeit nicht umgesehen, aber kurz bevor ich die Tür zum Gemeindezentrum erreichte, da hörte ich es …«

»Was hast du gehört?«, fragte Pally nach.

»Nichts«, gab das Mädchen leise und mit hörbarem Schaudern zurück. »Es war völlig still. Die Hunde … sie haben nicht gebellt.«

»Schlittenhunde«, erklärte Inasson auf Lerbys etwas verwirrten Blick hin. »In der Nachbarschaft des Gemeindehauses gibt es – beziehungsweise gab es – ein Gespann.«

»Was soll das heißen?«, fragte Lerby.

»Dass sie nicht mehr am Leben sind. Sie wurden gestern Morgen tot aufgefunden – und zwar alle.«

Lerby biss sich auf die Lippen. Er musste unwillkürlich an das denken, was ihm der alte Magnus über den *tupilaq* und die Hunde erzählt hatte. Vermutlich kannte jeder Inuk diese Geschichte, und er konnte sehen, was dieses Wissen im Gesicht der jungen Uki bewirkte. Wer immer der Mörder auch sein mochte, er trieb ein wirklich perfides Spiel …

»Keine Sorge, Uki«, sagte Lerby deshalb schnell, »ich denke nicht, dass wir es hier mit einem übernatürlichen Wesen zu tun haben – die sind nämlich nicht so dämlich, sich in dunkle Gassen locken zu lassen und auf dem Glatteis auszurutschen.«

»Wie … wollen Sie das wissen? Haben Sie schon Dämonen gejagt?«

»Mehr, als du denkst«, versicherte Lerby – und das war nun wirklich nicht gelogen. »Kannst du uns die Stelle zeigen? Oder sie uns zumindest genau beschreiben?«

Sie nickte.

»Gut.« Lerby nickte Inasson zu. »Sperren Sie diese Gasse – sofort. Der Forensiker soll sie sich ansehen … dieser Laudrup.«

»Der ist nicht mehr hier. Wurde gestern nach Nuuk zurückgerufen.«

»Mist.« Lerby biss sich auf die Lippen. »Trotzdem sperren. Wir schauen es uns selbst an.«

»Verstanden«, bestätigte Inasson und verließ das gläserne Büro.

»Du hast das wirklich gut gemacht und uns sehr geholfen,

Uki«, versicherte Lerby und nickte dem Mädchen dankbar zu, das sich daraufhin erneut ein Lächeln abrang. »Du bist wirklich sehr mutig.«

»Da-danke.«

»Ich möchte dir jetzt noch etwas zeigen«, fuhr Lerby fort, worauf er in die oberste Schublade des Schreibtischs griff und ein braunes Papierkuvert hervorzog, aus dem er eine Schwarzweiß-Fotografie nahm.

Es war der Ausdruck eines Standbilds der Überwachungskamera des Supermarkts – und es zeigte die unheimliche Gestalt, die vorgestern Nacht durch Illokarfiqs Straßen geschlichen war. »Ist das der Kerl, den du gesehen hast?«, fragte Lerby und legte dem Mädchen die Aufnahme hin.

Uki brauchte nur einen flüchtigen Blick darauf zu werfen, um sogleich wieder am ganzen Körper zu zittern. Pally legte einen Arm um ihre Schultern.

Die wenigen Worte, die die junge Inuk in ihrer eigenen Sprache flüsterte, brauchten nicht übersetzt zu werden, zumal Lerby das letzte Wort deutlich verstand.

Es lautete *tupilaq*.

34

Pally brachte Uki nach Hause.

Natürlich hatte Lerby dem Mädchen noch mehrmals versichert, dass die Gestalt auf dem Foto kein leibhaftiger Dämon sei, sondern vielmehr ein Mensch aus Fleisch und Blut, der sich ein Wolfsfell – und noch dazu nicht einmal das zoologisch korrekte – umgehängt habe und bewusst mit den Ängsten der Leute spiele. Solange er sprach und ihr dabei fest ins Gesicht sah, hatte er auch das Gefühl gehabt, dass seine Worte sie beruhigten. Doch kaum hatte er geendet, war ihr Blick wieder nach innen gegangen, und dieselbe archaische Furcht wie zuvor hatte erneut von ihr Besitz ergriffen.

Dieselbe Angst, die Lerby auch bei den Polizisten von Illokarfiq gefühlt hatte und noch immer fühlte.

Gewiss, Inasson, Keldsen und Lynge waren allesamt im 21. Jahrhundert angekommen, und ihre Disziplin und ihr Pflichtgefühl hielten sie bei der Stange; doch konnte Lerby auch in ihren Gesichtern Spuren jener irrationalen Angst erkennen, die so weit in die Vergangenheit reichte, dass sie ein fester Bestandteil ihrer Kultur geworden war. Anna Persson hingegen schien davon weitgehend frei zu sein – zwar lebte sie schon lange in Grönland, doch was waren zwei Jahrzehnte im Vergleich zu einem viertausend Jahre alten Vermächtnis?

Oder aber, und auch das schloss Lerby nicht aus, sie war einfach nur zu schlecht gelaunt, um ihre wahren Empfindungen zu offenbaren …

»Du weißt, dass das eine verdammte Zumutung ist, oder?«, lamentierte sie, während sie in einen ihrer blauen Overalls schlüpfte.

Auch Keldsen hatte sie einen verordnet, er sollte ihr assistieren, während Lerby selbst an den Absperrungen Wache hielt. Dort tauchten immer wieder Schaulustige auf, die sich jedoch rasch zurückzogen, sobald sie erfuhren, dass es bei den Untersuchungen in der Gasse um die Mordfälle ging, von denen inzwischen die ganze Ortschaft sprach. Und nicht selten wurde dann das Wort *tupilaq* geflüstert …

»Was genau meinst du?«, stellte Lerby sich unwissend.

»Ich bin Gerichtsmedizinerin«, erklärte die resolute Schwedin. »Ich habe einen Doktortitel in forensischer Pathologie und habe in Lingköping gearbeitet, ein einem der besten Kriminallabore der Welt – und was mache ich hier? Krieche auf den Knien über den Boden und suche nach Spuren! Ist dir schon mal der Gedanke gekommen, dass das nicht mein Fachgebiet sein könnte?«

»Durchaus. Aber Laudrup ist in meiner Abwesenheit nach Nuuk zurückbeordert worden, und damit bist du die einzige forensische Fachkraft vor Ort.«

Sie band ihr blondes Haar zusammen und warf es energisch in den Nacken. »Sollte das gerade ein Kompliment gewesen sein?«

»Ich muss improvisieren«, meinte Lerby achselzuckend.

»Dann wohl eher nicht«, gab sie sich selbst die Antwort und grinste breit. »Übrigens schön, dich wieder auf den Beinen zu sehen. Als ich hörte, dass es dich erwischt hat …«

»Danke«, sagte er – und hatte in diesem Moment das Gefühl, die Wunde zu spuren. Die meiste Zeit bereitete sie ihm keine allzu großen Probleme, zumal er eine Unmenge an Tabletten schluckte. Nur bei unerwarteten Bewegungen oder wenn er direkt daran erinnert wurde, meldete der Schmerz sich zurück.

»Du hast ja dafür gesorgt, dass mir in der Zwischenzeit nicht langweilig wurde. Das Rudel Hunde, das du mir auf den Tisch geliefert hast …«

»Steht die Todesursache inzwischen fest?«

»Kaliumcyanid, durch einen Fressköder verabreicht.«

»Zyankali?«, hakte Lerby nach.

»Alles deutet darauf hin, einschließlich des im Blut nachgewiesenen Blausäurespiegels, der bei keinem der Tiere unter 400 Mikromol pro Liter lag.«

»Und das bedeutet?«

»Das hätte auch ausgereicht, um einen Menschen zu töten«, führte Persson aus. »Wer auch immer das getan hat, wollte sichergehen, dass das Zeug wirkt.«

»Und dass das Gift von außen keine Spuren erkennen lässt«, fügte Lerby hinzu.

»Das stimmt«, räumte die Medizinerin ein, »die typischen Symptome wie die Verfärbung der Schleimhäute sind von Laien nicht ohne weiteres zu erkennen ...«

»... und genau darauf hat es der Täter angelegt«, war Lerby überzeugt. »Pallys Großvater hat mir erzählt, dass die Hunde stets die ersten sind, die die Gegenwart des *tupilaq* wittern und dass er sie deshalb als erste tötet. Ich denke, der Täter weiß das und will der Mär vom Dämon so noch zusätzliche Nahrung geben.«

»Zu welchem Zweck? Warum sollte er das tun?«

»Ich weiß es nicht – aber es hat irgendetwas mit diesem alten deutschen Stützpunkt zu tun, da bin ich mir ziemlich sicher. Ohne Grund hat man uns nicht unter Feuer genommen und dann alles verschwinden lassen, was womöglich als Beweismittel hätte dienen können. Also sieh dich bitte um und gib mir etwas, womit ich arbeiten kann«, fügte er an Persson gewandt hinzu, »denn die Rechnung von diesem Schweinehund scheint aufzugehen. Je dreister er wird, desto stärker greift die Furcht in Illokarfiq um sich.«

»Ich werde mich bemühen, aber einfach wird es nicht. Die Mülltonnen wurden seit dem Vorfall geleert, nach Fingerabdrücken zu suchen, dürfte also ziemlich aussichtslos sein. Ganz abgesehen davon, dass der Verdächtige aller Wahrscheinlichkeit nach Handschuhe trug. Und wegen des Eises am Boden gibt es auch keine Spuren. Ist ein bisschen so, als sollte ich aus einer Wasserlache einen Eiszapfen rekonstruieren.«

»Ich baue auf dich«, sagte Lerby und schickte ihr ein ermunterndes Lächeln.

Die Schwedin knurrte eine Verwünschung, dann begann sie, die Gasse in Augenschein zu nehmen, die vor zwei Tagen beinahe zum Schauplatz eines weiteren Gewaltverbrechens geworden wäre.

Oder?

Lerby war sich nicht sicher, was Letzteres betraf. Womöglich, sagte er sich, hatte der Täter es diesmal auch nur darauf angelegt, das Mädchen in Panik zu versetzen und mit ihr als Botin neuen Schrecken zu verbreiten. Terror, das war eine der ersten Lektionen, die man auf der Polizeischule lernte, bestand nicht allein aus Gewalttaten – sondern vor allem aus der Furcht davor, vor der Unberechenbarkeit des Gegners. Vielleicht hatte der Killer auch nur klarmachen wollen, dass die Häuser Illokarfiqs ihn nicht aufhielten, dass er auch in der vermeintlichen Sicherheit der Siedlung jederzeit zuschlagen konnte.

Lerby war längst zu der Überzeugung gelangt, dass er es nicht mit einem Psychopathen zu tun hatte, nicht mit jemandem, der irre Blutfantasien auslebte, um sich selbst oder seinen sadistischen Intellekt daran zu ergötzen. Seine Karriere bei der Polizei mochte sich nicht besonders steil entwickelt haben, aber in ihrem Verlauf hatte er es mit einigen Tätern zu tun bekommen, die kranken Fantasien gefolgt waren. Manchen von ihnen war trotz aller Obsession ein hoher Grad an Intelligenz und Kaltblütigkeit zu eigen gewesen, doch keiner war so strategisch vorgegangen, hatte bewusst die einen Spuren gelegt und andere verschwinden lassen.

Der Gedanke, dass es hier um sehr viel mehr ging als um die sinnlose Tat eines kranken Geistes, lag nahe. Und die Antwort auf die Frage, warum all dies in Illokarfiq geschah, würde Lerby wohl auch zum Täter führen …

»Und?«, erkundigte er sich bei Persson, die nun tatsächlich auf den Knien am Boden war und jeden Quadratzentimeter genau in Augenschein nahm.

»Es gibt hier Abrieb am Eis, wahrscheinlich von Stiefelspuren, aber die könnten von sonst wem stammen. Ich habe ja gesagt, dass …«

»Doktor«, ließ sich in diesem Moment Keldsen vernehmen, der ein paar Meter weiter auf dem Boden herumkroch, eine Taschenlampe in den Händen. »Ich habe hier vielleicht etwas.«

Persson schickte Lerby einen undeutbaren Blick, ehe sie sich fluchend aufraffte. »Verdammt, meine Hüfte. Wehe, du hast mich nur zum Jux aufgescheucht, Jungchen …«

Sie ließ sich wieder nieder, um sich die Stelle genau zu besehen. Auch Lerby gesellte sich hinzu, konnte im Eis, das den Boden überzog, aber nicht allzu viel erkennen.

»Das … sind Glassplitter«, stellte die Schwedin plötzlich fest. »Sind kaum zu erkennen, weil sie halb im Eis stecken … Du hast verflixt gute Augen, mein Freund.«

»Danke«, erwiderte Keldsen ein wenig verlegen. »Und ich glaube, an einem dieser Splitter …«

»Ich seh's«, versicherte Persson, während sie bereits dabei war, in die Brusttasche ihres Overalls zu greifen und eine Spitzzange zutage zu befördern, mit der sie nach dem Glassplitter griff und vorsichtig daran zog. Es knackte leise, als er sich aus dem Eis löste. Persson hob ihn hoch und betrachtete ihn im Gegenlicht ihrer Taschenlampe.

»Hieß es nicht, der Verfolger des Mädchens wäre ausgeglitten und in die Mülltonnen gestürzt?«, fragte sie.

»Allerdings«, bestätigte Lerby.

»Hm«, machte die Pathologin nur. »Also, das hier ist eine Glasscherbe – und was hier im Lampenschein so hübsch leuchtet, ist eindeutig Blut.«

»Blut? Du meinst …?«

»Vermutlich waren die Tonnen randvoll mit leeren Fuselflaschen«, erklärte Persson achselzuckend. »Die Wahrscheinlichkeit, dass sie zu Bruch gehen, wenn jemand in die Tonnen stürzt und sie umreißt, würde ich als ziemlich hoch einschätzen. Ebenso wie die Wahrscheinlichkeit, dass sich jemand daraufhin an den Scherben verletzt.«

»Du meinst – es ist das Blut unseres Täters?«

»Sag ich dir gleich. Wohin ist das Mädchen laut Aussage geflohen?«

»Durch die Gasse«, erwidert Lerby, nach der anderen Seite deutend.

Persson nickte und wies Keldsen an, ihr zu folgen. Im Lichtschein ihrer Lampen suchten beide den Boden in Richtung des Ausgangs der Gasse ab – und es dauerte nicht lange, da wurden sie fündig …

»Hier sind wieder einige Tropfen«, stellte Persson fest. »Im Eis konserviert.«

»Und hier ebenfalls«, fügte Keldsen hinzu. »Nicht sehr viel, aber der Farbe nach erst ein paar Tage alt.«

Persson machte eine Aufnahme ihres Fundes, dann ging sie zu Keldsen und verglich die beiden. »Es wird mehr«, stellte sie fest. »Offenbar war der Schnitt ziemlich tief.«

»Uki hat ausgesagt, dass ihr Verfolger laut aufgeschrien hätte. Für sie hörte es sich an, als ob er sie verfluchen wollte, aber …«

»Vermutlich hat er vor Schmerz geschrien«, stellte die Medizinerin fest. »Tut weh, so ein Schnitt mit einer Glasscherbe. Vor allem, wenn er tief reingeht.«

»Mein Mitleid hält sich in Grenzen«, versicherte Lerby, dem eben erst klar zu werden begann, was für einen unerwarteten Trumpf ihnen der Zufall da in die Hände spielte. »Anna, wenn das wirklich das Blut des Täters ist, könnten wir …«

»Wir können es auf jeden Fall versuchen. Ich werde Proben davon nehmen und nach Nuuk schicken. Mein Kollege soll sie analysieren und das Ergebnis durch die Datenbanken jagen – die

Wahrscheinlichkeit einer Übereinstimmung ist allerdings ziemlich gering.«

»Ist mir klar«, versicherte Lerby, der dennoch eine gewisse Aufregung verspürte. »Wie lange wird das dauern?«

»Na ja – wenn du einen Helikopter organisierst, kann ich ihm die Proben noch heute zukommen lassen. Danach …«

Lerbys Handy trillerte plötzlich.

Es war die Nummer der Polizeiwache. Marie Lynges Anschluss.

»Was gibt es?«, wollte Lerby wissen.

»Kommissar, Politiassistent Inasson hat sich gemeldet. Er hat etwas gefunden, draußen, außerhalb der Siedlung – und er ist der Meinung, dass Sie sich das unbedingt ansehen sollten.«

35

Mit einem zivilen Motorschlitten – das zweite Fahrzeug der Polizei war nach dem Unfall noch immer nicht wieder einsatzbereit – fuhren sie hinaus.

In jungen Jahren war Lerby Motorrad gefahren, und er nahm an, dass sich so ein Schlitten ähnlich fuhr und lenkte. Da es jedoch eine Sache war, ein Gefährt theoretisch zu beherrschen, und noch einmal etwas ganz anderes, es durch Eis und Schnee zu steuern, hatte er Pally angerufen. Keldsen hatte er bei Dr. Persson gelassen, er sollte ihr dabei helfen, möglichst viele Blutproben zusammenzutragen, die eine umfassende DNS-Analyse zulassen würden. Ihm war klar, dass die Wahrscheinlichkeit, auf diese Weise Aufschluss über die Identität des Täters zu bekommen, nicht besonders groß war, aber es war die konkreteste Spur, die sie bislang hatten.

»Hat Ejnari gesagt, worum es geht?«, rief Pally über die Schulter, während sie das orangerot lackierte Gerät durch die Eiswüste lenkte. Wegen des Fahrtwinds und des Schals, den sie sich zum Schutz vor der Kälte vor den Mund geschlagen hatte, konnte er ihre Worte kaum verstehen.

»Er hat ein havariertes Schneemobil gefunden«, brüllte Lerby zurück, während er sich gleichzeitig an sie klammerte.

»Und warum sollst du kommen und dir das ansehen?«

»Weiß ich nicht, er wollte am Telefon nicht darüber sprechen. Aber er meinte, es sei überaus wichtig.«

»Dann sind wir mal gespannt«, meinte Pally und gab noch ein wenig mehr Gas. Der Motor heulte auf, so als wollte er protestieren, fügte sich dann aber und trieb das Gefährt einen verschneiten Hang hinauf.

Es war beinahe Mittag, aber wirklich hell war es nicht geworden. Schuld daran waren die Wolken, die sich dicht und unheilvoll zwischen Meer und Gebirge ballten. Die Sonne war dahinter allenfalls zu erahnen, die Landschaft, von den Eisbergen bis hinauf zu den verschneiten Felshängen, schien in kaltes Blau getaucht und wirkte leblos und erstarrt – mit Ausnahme des arktischen Windes, der mit eisigem Hauch darüber strich und Wellen loser Eiskristalle vor sich hertrieb.

Die GPS-Koordinaten, die Inasson ihnen durchgegeben hatte, befanden sich nordwestlich von Illokarfiq, etwa fünf Kilometer landeinwärts. Die Besatzung einer Chartermaschine, die sich im Anflug auf den Heliport befunden hatte, hatte ein havariertes Fahrzeug gemeldet, woraufhin Inasson aufgebrochen war, um nach dem Rechten zu sehen – und offenbar war er auf etwas gestoßen.

Sie trafen den Kollegen am Fuß eines verschneiten Hangs an, der steil von einem rund vierzig Meter hohen Eisplateau abfiel und dann immer flacher wurde. Die Abbruchkante war kaum zu sehen, Wolken windgetriebenen Schnees hüllten sie in weiße Schleier.

Pally drosselte die Fahrt und brachte den Motorschlitten zum Stehen. Inasson kauerte auf dem Sattel seiner Yamaha, reglos und mit angezogenen Beinen. Die Kapuze des Dienstparkas hatte er noch nicht mal oben, sondern trug nur eine blaue Strickmütze – kein Europäer hätte das lange ausgehalten. Die Inuit dagegen hatten einen Weg gefunden, sich mit der Kälte und dem Wind zu arrangieren, sogar genetisch, wie man inzwischen wusste. Durch die getönten Gläser seiner Schneebrille blickte Inasson ihnen entgegen.

»Da sind Sie ja«, war alles, was er sagte.

»Tut mir leid, schneller ging's nicht«, versicherte Lerby, während er abstieg. »Was ist so wichtig, dass ich es mir unbedingt selbst ansehen muss?«

Inasson wartete, bis auch Pally vom Schlitten gestiegen war, dann erhob er sich ebenfalls und glitt vom Sattel. Während Lerby die Kälte in allen Knochen spürte, bewegte sich der Inuk mit der Geschmeidigkeit einer Katze – und dabei waren sie so ziemlich im selben Alter. Durch den harschen Schnee, der unter ihren Stiefeln knirschte, führte Inasson sie zu etwas, das wie ein unförmiger, schmutzig weißer Klotz aussah – bei näherem Hinsehen erwies es sich als Tarnnetz, wie man es beim Militär verwendete. Es war Weiß gehalten, mit gelegentlichen dunkleren Flecken darauf und aus der Entfernung kaum von echtem Schnee und Eis zu unterscheiden.

Inasson packte eine Ecke davon und schlug das Netz zurück – darunter kam ein Schneemobil zum Vorschein. Es war ein anderes Fabrikat als die Polizeifahrzeuge, ein Bombardier Ski-Doo, schwarz lackiert und auf den ersten Blick in einwandfreiem Zustand.

»Das ist Ihr Fund?«, fragte Lerby.

»Allerdings.«

»Und was ist daran so geheimnisvoll?«

»Gleich mehrere Dinge«, gab der Polizist zurück, und Lerby entging das genussvolle Grinsen nicht, das dabei um seine Züge spielte. Es gefiel ihm sichtlich, derjenige zu sein, der die Informationen hatte, und Lerby gönnte ihm den Triumph. »Erstens: Wieso versteckt jemand seinen Schlitten unter einem Tarnnetz? Ist schließlich kein Militärfahrzeug.«

»Die Plane stammt nicht von Ihnen?«, hakte Lerby nach.

»Nein, wieso sollte ich das Ding verstecken?«

»Wie konnte man den Schlitten dann vom Hubschrauber aus erkennen? Sagten Sie nicht, eine Helikoptercrew hätte die Sichtung gemeldet?«

»Der Wind«, erklärte Inasson lakonisch. »Der hatte ein paar der Heringe aus dem Eis gezogen und einen Teil des Netzes zurückgeschlagen. Aber die Frage bleibt: Warum wollte jemand das Ding verstecken?«

»Sie kennen die Antwort«, mutmaßte Lerby.

»Nicht ganz, aber ich …«

»Das Zeichen«, stellte Pally plötzlich fest, auf den Benzintank des Gefährts deutend. Ein kleines Logo prangte dort, das auch Lerby sofort wiedererkannte.

»Der *uuaq*«, ergänzte er in Erinnerung an Pallys Erklärung. »Das Wappentier von Illokarfiq.«

»Das wäre mein zweiter Hinweis gewesen«, stimmte Inasson nickend zu. »Das Ski-Doo gehört ganz offenbar dem Tourismusbüro. Sie verwenden die Dinger für Ausflüge ins Hinterland und zum Eisschild.«

»Und gibt es auch noch einen dritten Hinweis?«, fragte Lerby keck.

Inasson gönnte sich ein freudloses Grinsen. Dann schlug er die Plane vollends zurück, sodass auch Lenker und Kufen zum Vorschein kamen. Und das von einer kleinen Scheibe beschirmte Armaturenbrett, auf das der Polizist jetzt deutete. »Das hier«, sagte er nur. »Blut.«

Lerby folgte seiner Aufforderung und kam näher. Ohne Inassons Hinweis hätte er es vielleicht übersehen – doch oberhalb des analogen Drehzahlmessers waren ein paar Spritzer. Sie waren von rötlich brauner Farbe und natürlich gefroren. Lerby hütete sich davor, sie zu berühren, suchte stattdessen auch noch den Rest des Anzeigebretts sowie die Steuerung ab. Wenn dort noch mehr Blut gewesen war, so hatte man es entfernt. Doch diese Spritzer hatte man offenbar übersehen …

»Vielleicht«, meinte Inasson gedehnt, »möchte unsere Freundin aus Nuuk hiervon ja eine Probe nehmen und sie analysieren …«

»… zusammen mit den anderen«, ergänzte Lerby – und ertappte sich dabei, dass er seinem Gegenüber ein dankbares Lächeln schickte. »Sie haben Augen wie ein Falke, Ejnari. Verdammt gute Arbeit.«

»Gute Arbeit?« Pally runzelte die Stirn. »Wieso? Was bedeutet das?«

»Im Moment noch nicht allzu viel«, räumte Lerby ein. »Aber sollte die Analyse dieser Blutstropfen mit denen aus der Gasse übereinstimmen, können wir wohl davon ausgehen, dass unser anonymer Besucher nach seinem nächtlichen Streifzug durch Illokarfiq dieses Schneemobil benutzt hat, um sich abzusetzen.«

»Das Tourismusbüro ist nicht weit vom Supermarkt entfernt, die Dinger stehen dort in der Garage«, fügte Inasson hinzu. »Vermutlich hat er es gestohlen. Hatte es wohl eilig wegzukommen.«

»Ja«, stimmte Lerby zu, »was uns zu einer weiteren Frage bringt: Alf Norby-Larson, der Leiter des Büros, hat bislang keine Gelegenheit ausgelassen, mich unter Druck zu setzen und mir jeden Fehler unter die Nase zu reiben – warum also hat er mir die Sache mit dem gestohlenen Schlitten verschwiegen? Erst heute Morgen bin ich bei ihm gewesen …«

»Und woher kommt das Tarnnetz?«, fügte Pally noch eine weitere Frage hinzu.

»Das zumindest ist nicht schwer zu beantworten«, meinte Inasson achselzuckend, zur anderen Seite der Senke deutend. »Dort drüben gibt es Spuren im Eis.«

»Sie meinen Fußspuren?«, hakte Lerby nach – der Einheimische hörte nicht auf, ihn zu überraschen. »Eine Fährte?«

»Nein, im gefrorenen Schnee sind die Spuren von Menschen oder Schlitten kaum zu sehen, und der Wind beseitigt auch noch den Rest. Dort drüben allerdings haben zwei Kufen tiefe Abdrücke hinterlassen …«

»Ein Hubschrauber?«

»Offensichtlich.« Inasson nickte.

»Vielleicht konnte er aufgrund seiner Verletzung nicht weiterfahren und musste Hilfe anfordern«, überlegte Lerby. »Das würde erklären, warum er den Schlitten zurückgelassen hat – und weshalb das Ding getarnt wurde. Es sollte ja nicht gefunden werden.«

»Also ist der Täter nicht allein«, folgerte Pally.

Lerby nickte. Im selben Maß, in dem er für sich zu der Überzeugung gelangt war, dass es kein Psychopath war, der in Illokarfiq sein Unwesen trieb, hatte er sich auch von der Vorstellung verabschiedet, es mit einem Einzeltäter zu tun zu haben. Die strategische Planung, die hinter den bisherigen Anschlägen steckte, unterschied sich grundlegend von dem Katz-und-Maus-Spiel, das sich pathologische Killer mitunter mit ihren Verfolgern lieferten. Hier schien es um ganz bestimmte Absichten zu gehen, zu deren Erreichung jemand gezielt Terror verbreitete. Und ganz offenbar war er dabei nicht allein …

»Leute«, sagte Pally plötzlich, »wir sind nicht allein. Da beobachtet uns jemand.«

»Wo?«, fragte Inasson nur.

»An der Abbruchkante. Oberhalb des Felsvorsprungs.«

Reflexhaft wollte Lerby zum Feldstecher greifen, doch sein einheimischer Kollege hielt ihn zurück – und hatte natürlich Recht damit. Wenn er jetzt zum Fernglas griff und sich umwandte, würde der Beobachter sofort wissen, dass er aufgeflogen war.

Auch Inasson widerstand der Versuchung, sofort zum Rand des Plateaus hinaufzusehen. Stattdessen wandte er sich ab und ging um das zurückgelassene Schneemobil herum, sodass er den Kopf nicht mehr zu drehen brauchte. Im Schutz der Schneebrille spähte er dann wie beiläufig zur Kante hinauf, die im glitzernden Schleier der Eiswinde lag.

»Eine einzelne Person auf einem Motorschlitten«, berichtete er gelassen. »Beobachtet uns mit einem Feldstecher.«

»Das können Sie sehen? Auf diese Entfernung?« Lerby war voller Bewunderung.

Der andere grinste dünn. »Ein paar Dinge müssen wir hier oben ja auch können.«

»Womöglich ist es ein Späher. Gehört vielleicht zu den Leuten mit dem Hubschrauber.«

»Womöglich«, brummte Inasson gelassen.

»Was sollen wir tun?«, fragte Lerby. »Was *können wir* tun?«

»Was Sie tun, weiß ich nicht«, entgegnete der andere, während er gelassenen Schrittes in Richtung seines Motorschlittens ging. »Aber ich werde mir den Kerl schnappen.«

»Kann ich mit?«

Er blieb stehen und sah Lerby ins von der Kälte gerötete Gesicht. Zuerst schien er verneinen zu wollen, doch dann huschte ein verwegenes Grinsen über sein wettergegerbtes Gesicht. »Steig auf.«

Dann ging es blitzschnell.

Auf den Sattel der Yamaha zu springen und den Motor anzulassen, war bei Inasson eine einzige fließende Bewegung. Schon im nächsten Moment röhrte der Motor auf, und das blauweiße Gefährt fuhr an – Lerby blieb gerade noch Zeit, um hinten aufzuspringen, dann ging die halsbrecherische Fahrt schon los. Der Dreizylindermotor röhrte laut, während sich die Stollen der Raupenketten in den harsch gefrorenen Boden krallten und die Maschine mit atemberaubender Geschwindigkeit nach vorn katapultierten.

Den anonymen Beobachter sah Lerby nicht mehr – er war damit beschäftigt, sich an seinem Vordermann festzuhalten, während der Schlitten den immer steiler werdenden Hang hinaufschoss. Vermutlich war der Verdächtige bereits nicht mehr da. Es hatte ihm bestimmt längst gedämmert, dass er entdeckt worden war und verhaftet werden würde, wenn er sich nicht rasch aus dem Staub machte …

Der Motorenlärm dröhnte in Lerbys Ohren, der eisige Fahrtwind zerrte an ihm. Er vermied es, sich umzudrehen und in die Tiefe zu sehen, wo Pally zurückgeblieben war, jetzt vermutlich winzig klein und kaum noch auszumachen, während Inasson das Schneemobil immer weiter den Hang hinauflenkte. Der Genesis-Motor beschwerte sich inzwischen, schien jedoch über weitere Reserven zu verfügen, auf die er zurückgreifen konnte – aber würde das genügen, um die hohe Kante zu nehmen, wo die Steigung geschätzte sechzig Grad betrug? Lerby war sich nicht mehr ganz sicher, ob es eine gute Idee gewesen war, so kurz entschlossen aufzusteigen. Inasson jedoch steuerte das Gefährt mit bewundernswert stoischer Ruhe weiter – oder war es reine Sturheit, die ihn dazu veranlasste, unbeirrt Vollgas zu geben?

Der Motor heulte, der Augenblick, da die Antriebskette keinen Grip mehr finden und die Kufen abrutschen würden, schien unmittelbar bevorzustehen – als Inasson den Kurs leicht änderte und die Abbruchkante nun schräg anschnitt. Gleichzeitig hob er sich aus dem Sattel und verlagerte sein Gewicht zum Hang hin, sodass die linke Kufe besseren Halt fand. Jäh bissen auch die Stollen wieder zu und beförderten das Gefährt über die letzten Meter, ehe sie es förmlich über den Abbruch hinausschleuderten.

Lerby stieß eine Verwünschung aus, als durch das getönte Glas der Schneebrille nur noch grauen Himmel sah. Wie viele Meter das abenteuerliche Gefährt durch die Luft schanzte, wusste er nicht zu sagen. Einen surrealen Augenblick lang schienen sie zu schweben, umgeben von Kälte und Eis und blauem Licht. Dann kam der Aufprall, hart und nüchtern, und brachte sie wieder ins Hier und Jetzt zurück.

Lerby merkte erst nach ein paar Sekunden, dass er in einen lauten Triumphschrei ausgebrochen war. Adrenalin pumpte durch seine Adern; er hatte sich lange nicht so lebendig gefühlt wie in diesem irrwitzigen Augenblick. Eine von Schnee und Eis überzogene Ebene lag vor ihnen, aus der einzelne Erhebungen wie bizarre weiße Gespenster ragten – und mitten durch diese unwirkliche Landschaft flitzte das andere Schneemobil!

Wer immer das Ding steuerte, hatte den Braten gerochen und die Flucht ergriffen. Allerdings schien die Motorisierung des Gefährts eher schwachbrüstig zu sein, denn obwohl der andere allein auf seinem Flitzer saß, holte Inasson rasch auf. Im einen Moment mochte die Entfernung noch an die zweihundert Meter betragen, dann waren es schon nur noch hundert.

Und der Abstand schrumpfte weiter.

Sie konnten sehen, wie der andere, der Helm und Schneebrille trug, sich hektisch nach ihnen umwandte. Nach den schmerzlichen Erfahrungen, die er gesammelt hatte, rechnete Lerby beinahe damit, dass der Flüchtige zur Waffe greifen und wild um sich schießen würde, doch dies geschah nicht. Dafür griff Lerby nach seiner eigenen Waffe.

»Noch ein Stück näher, dann halte ich ihn auf«, brüllte er gegen den Fahrtwind. Inasson bestätigte mit einem Nicken und duckte sich noch tiefer hinter das Frontglas, so als wollte er die Maschine zu einer letzten gemeinsamen Anstrengung veranlassen. Er holte heraus, was aus dem Motor herauszuholen war. Abermals machte das Gefährt einen Sprung nach vorn, und Lerby gab einen Warnschuss ab. Die USP Compact hämmerte in seiner Faust, die Kugel verlor sich im dunklen Grau des Himmels – doch der Flüchtige raste weiter. Lerby feuerte ein zweites Mal, worauf der andere leicht ins Schlingern geriet, seine Fahrt jedoch nicht verlangsamte.

Inasson rief etwas in seiner Muttersprache, das sich nach einer Verwünschung anhörte, und stieg in die Eisen. Abrupt kam der Schlitten zum Stehen, und der Polizist zog das Gewehr aus dem seitlich am Sitz angebrachten Futteral. Es war eine Blaser R8, baugleich mit dem Modell, mit dem Keldsen ihnen beim alten Stützpunkt zur Hilfe gekommen war. Mit dem Gewehr im Anschlag stand Inasson aus dem Sattel auf, zielte durch das aufgesetzte Fernrohr.

»Wir brauchen ihn lebend«, gab Lerby zu bedenken.

Da peitschte bereits der Schuss.

Die Kugel traf das Heck des Schlittens. Ob nun aus bloßem Erschrecken über den Einschlag oder weil er fürchtete, das nächste Projektil würde ihn ereilen – der Fahrer verlor plötzlich die Kontrolle. Sein Schneemobil brach zur Seite aus, ein halbherziger Versuch, es wieder auf Kurs zu bringen, scheiterte. Im nächsten Moment kippte es seitlich um, und der Fahrer sprang ab. Die rasende Fahrt endete im Aufstieben einer Wolke weißen Schnees.

Ein verächtliches Schnauben war der einzige Kommentar, den Inasson für die Fahrkünste des anderen übrighatte, dann saß er schon wieder im Sattel und fuhr zur Unfallstelle. Das Ski-Doo, schwarz lackiert wie jenes, das sie unten in der Senke gefunden hatten, lag auf dem Rücken. Inasson hatte die Yamaha noch nicht ganz zum Stehen gebracht, da war Lerby bereits abgesprungen, die Dienstwaffe im Anschlag. Mit drei, vier ausgreifenden Schritten war er bei dem anderen Fahrer, der am Boden lag, anscheinend benommen.

»Keine Bewegung!«, herrschte er ihn an, zur Sicherheit auf Englisch. Der andere stöhnte nur – und etwas an diesem Stöhnen kam Lerby bekannt vor.

Ihm mit der Waffe in Schach haltend, kniete er bei dem Mann nieder – und hielt inne. Die Schneebrille unter dem Helm war beim Sturz nach unten gerutscht und enthüllte das Gesicht.

»Hallo, Alf«, grüßte Lerby, als er in die vertrauten Züge Norby-Larsons blickte.

36

»Was hat das zu bedeuten? Was sollte diese hollywoodreife Verfolgungsjagd? Und warum bin ich hier?«

Norby-Larson hatte schon mal besser ausgesehen, fand Lerby.

Der Leiter der Tourismusbehörde, der ihm gegenüber zunächst so jovial und dann so forsch aufgetreten war, hatte dem Spektrum seiner Verhaltensweisen eine weitere Facette hinzugefügt: die des verwirrt und ziemlich beschissen aussehenden Verdächtigen.

In seinem Thermooverall, aus dessen Oberteil er geschlüpft war, sodass die Ärmel schlaff herabhingen, saß er auf dem nüchternen Metallstuhl. Die Handschellen hatte Lerby ihm wieder abgenommen, den Vernehmungsraum hatte er ihm allerdings nicht erspart. (Auch wenn dieser aufgrund anderweitiger Verwendung erst einmal hatte freigeräumt werden müssen.) Das sonst so geleckte blonde Haar stand wirr und anscheinend jeder Physik widersprechend von seinem Kopf ab, die Gesichtszüge waren beinahe so rot wie der Feuerlöscher an der Wand. Und in seinen Augen, das konnte Lerby mit einiger Genugtuung erkennen, stand nicht nur Verunsicherung zu lesen, sondern auch Furcht …

»Genauso gut könnte ich Sie fragen, warum Sie die Flucht ergriffen haben«, konterte er mit demonstrativer Ruhe. Er saß auf der anderen Seite des metallenen Tischs, die Beine ausgestreckt und die Hände in den Hosentaschen. Die Wunde an seiner Seite mochte diese Position zwar gar nicht, aber er hatte die Erfahrung gemacht, dass solche offen zur Schau gestellte Gelassenheit Verdächtige mehr als alles andere zum Reden brachte. »Der Schlitten, der Sie verfolgt hat, war klar als Fahrzeug der örtlichen Polizei gekennzeichnet.«

»Doch nicht auf die Entfernung und bei diesen Lichtverhältnissen!«

»Und der Warnschuss, den ich abgegeben habe? Haben Sie den auch nicht mitbekommen?«

»Ich … ich weiß nicht.« Norby-Larson starrte auf die blank polierte Tischplatte, als wäre dort die Antwort auf alle Fragen zu finden, die Lerby ihm stellte.

Und Lerby hatte viele Fragen.

Nachdem sie den Verdächtigen gestellt und verhaftet hatten, waren sie nach Illokarfiq zurückgekehrt: Inasson als der erfahrenere Motorschlitten-Pilot hatte es übernommen, den mit Handschellen gefesselten Norby-Larson zu transportieren und dabei noch dessen Ski-Doo abzuschleppen, während sich Pally und Lerby um das havarierte Fahrzeug gekümmert hatten. Das hatte seine Zeit gedauert, und Lerby hatte genügend Zeit gehabt, sich eine Strategie zurechtzulegen, mit der er seinen Landsmann in die Mangel nehmen wollte.

»Was genau haben Sie da draußen getan?«, verlangte er zu wissen.

»Was soll die Frage? Darf ich etwa nicht draußen sein?«, fragte der Touristenmanager dagegen, so als wollte er es zur Abwechslung mal wieder mit seiner alten Abgeklärtheit versuchen. Inasson, der mit im Zimmer war und neben der Tür stand, die Arme vor der breiten Brust verschränkt und an den Beistelltisch mit der Kaffeemaschine gelehnt, blies durch die Nase.

»Ich vermisse einen meiner Motorschlitten, darf ich nicht danach suchen?«, fragte Norby-Larson.

»Doch, dürfen Sie«, versicherte Lerby. »Ich frage mich nur, warum Sie den Schlitten nicht als gestohlen gemeldet haben, wenn Sie ihn, wie Sie sagen, vermissen.«

»Nun, weil …« Das Gesicht des Dänen wurde noch ein wenig röter. Wenn er die Zeit, die die Fahrt zur Wache gedauert hatte, ebenfalls für strategische Überlegungen genutzt hatte, so waren sie anscheinend nicht besonders erfolgreich gewesen. »Weil ich nicht von einem Diebstahl ausgegangen bin«, verkündete er schließlich mit genervtem Augenaufschlag.

»Das sollten Sie mir erklären. Seit wann wird das Gefährt überhaupt vermisst?«

»Seit vorgestern.«

»Vorgestern«, echote Lerby. »Also die Nacht, in der das Mädchen attackiert wurde?« Er musste vorsichtig sein. Natürlich hatte er sofort Persson hinzugezogen, damit sie die Blutspuren auf dem Gefährt sicherstellte. Aber ebenso natürlich lag noch kein Untersuchungsergebnis vor.

»Ja, und?« Wieder blitzte für einen Moment der alte Norby-Larson auf und blickte aus seinen blauen Augen. »Es kommt manchmal vor, dass sich Touristen die Schlitten ausleihen, ohne vorher zu fragen.«

»Das wollen Sie mir verkaufen? Echt jetzt?« Lerby hob die Brauen. »Stehen die Dinger bei Ihnen einfach so auf dem Parkplatz herum? Ungesichert, und der Zündschlüssel steckt? Womöglich läuft schon der Motor, sodass man nur noch aufspringen und losflitzen muss?«

Erneut blies Inasson durch die Nase und lachte leise.

»Sparen Sie sich Ihren Sarkasmus«, blaffte Norby-Larson daraufhin. »Ich weiß nur, dass das verdammte Ding verschwunden ist und ich es mir zurückholen wollte.«

»Wie lange haben Sie denn danach gesucht?«

»Weiß ich nicht. Vielleicht zwei oder drei Stunden.«

»Seltsam«, meinte Lerby gedehnt. »Ihre Sekretärin, mit der ich vorhin telefoniert habe, sagte mir, dass Sie kaum eine Stunde fort gewesen wären.«

»So? Kann sein, ich hab nicht auf die Uhr gesehen.«

»Ein dermaßen beschäftigter Mann wie Sie? Mit derart vielen Verpflichtungen?«

»Noch einmal, diesen Sarkasmus können Sie sich sparen. Ist

verdammt weit und einsam da draußen, da kann man die Zeit schon mal aus dem Blick verlieren.«

»Absolut«, räumte Lerby ein. »Und gerade weil es so weit und einsam ist, frage ich mich, wie Sie das vermisste Vehikel so schnell finden konnten.«

»Das war ich nicht. *Sie* haben es gefunden.«

»Zugegeben – aber sie waren nicht weit davon entfernt. Gerade so, als hätten Sie gewusst, wo Sie suchen müssen.«

Der andere sah zuerst Lerby an und dann Inasson, ehe sein Blick wieder zu dem Kommissar zurückkehrte, jetzt mit unverhohlenem Vorwurf. »Was soll das hier eigentlich werden?«, verlangte er zu wissen. »Was wollen Sie mir vorwerfen? Dass ich meinen Job mache?«

»Es ist so«, erklärte Lerby, während er seine Haltung aufgab und sich nach vorn über den Tisch beugte, auf die Ellbogen gestützt. »An dem vermissten Motorschlitten haben wir Blutspuren gefunden – und es gibt allen Grund zu der Annahme, dass das Blut von derselben Person stammt, die in jener Nacht das Mädchen angegriffen hat. Und das wiederum«, fügte er mit bedeutsam hochgezogenen Brauen hinzu, »wirft ein paar interessante Fragen auf – unter anderem die, wie der mutmaßliche Täter an den Schlitten gekommen ist und warum Sie ganz offenbar wussten, wo Sie danach zu suchen haben.«

Norby-Larsons Mund ging mehrfach auf und zu wie bei einem Fisch auf dem Trockenen. Es war, als wollte er etwas sagen, doch die Puste dafür schien ihm zu fehlen. Oder vielleicht wusste er auch schlicht nicht, was er erwidern sollte.

»Sie sollten besser kooperieren«, half Lerby aus.

»Das habe ich doch getan! Ich habe Ihnen alles gegeben, was Sie wollten!«

»Sie meinen die Namen der fünf Touristen, die unbedingt ins Sperrgebiet wollten?« Lerby schüttelte den Kopf. »Daraus hat sich kein brauchbarer Hinweis ergeben, denn keiner der Namen fand sich auf einer Passagierliste irgendeines Schiffs oder Flugzeugs, das Grönland in den letzten beiden Monaten angesteuert oder verlassen hat. Man hat Ihnen falsche Namen genannt, was durchaus Sinn ergibt, wenn man einen Abstecher in verbotenes Gelände machen und zweifelhafte Andenken mitnehmen will. Und Sie haben sich offenbar nicht die Mühe gemacht, die Pässe der Herrschaften zu kontrollieren – sei es aus Nachlässigkeit, was ich mir bei einem schneidigen Beamten Ihres Formats eigentlich nicht vorstellen kann. Oder weil Sie geschmiert worden sind, was durchaus Sinn ergeben würde …«

»Das ist eine infame Unterstellung!«, fiel seinem Gegenüber nun doch eine Erwiderung ein. Zornesröte färbte sein Gesicht noch dunkler. »Nichts von alledem können Sie beweisen!«

»Noch nicht«, gab Lerby zu, »aber wir haben noch nicht einmal angefangen, im Misthaufen zu stochern, und der Gestank ist jetzt schon kaum auszuhalten. Das ist noch längst nicht alles.«

»Was Sie glauben oder nicht, ist Ihr Problem«, gab Norby-Larson sich noch einmal kaltschnäuzig.

Es war das letzte Mal an diesem Nachmittag.

»Na schön.« Lerby schürzte die Lippen und nickte. »Sagen Sie nicht, wir hätten Ihnen keine Chance gelassen.«

»Was soll das heißen?«

»Sie sind nicht der einzige in diesem Raum mit Beziehungen zu höheren Stellen. Ein paar davon habe ich auch. Und die habe ich genutzt, um ein wenig Tempo zu machen – just in diesem Augenblick wird ein DNS-Abgleich der Blutspuren vorgenommen, die wir sowohl an dem gestohlenen Fahrzeug als auch in Illokarfiq gefunden haben.«

»Blutspuren? In Illokarfiq?«

»… und ich darf Sie in diesem Zusammenhang bitten, eine Speichelprobe abzugeben«, brachte Lerby seinen Satz zu Ende – und beobachtete genüsslich, wie jedes einzelne seiner Worte sein Gegenüber wie ein Hammerschlag traf.

»Eine Speichelprobe? Warum?«

»Weil ich denke, dass Sie mit den jüngsten Vorfällen in Verbindung stehen – und dadurch auch mit den vier grausamen Morden, die sich im Vorfeld ereignet haben«, ließ Lerby die Katze vollends aus dem Sack. Dass er nichts von dem meinte, was er sagte, war ihm nicht anzusehen – sein Pokerface zu kultivieren, hatte er in zahllosen Verhören wie diesem gelernt. Und er hatte festgestellt, dass es mit zunehmendem Alter immer leichter wurde …

»Sie … Sie denken, dass ich etwas damit zu tun hätte?« Norby-Larson starrte zuerst ihn, dann Inasson ungläubig an. »Das ist ein Scherz, oder?«

»Nein.« Inasson kniff die Augen zu.

»A-aber jeder weiß doch, dass diese Tests nicht so zuverlässig sind, wie es im Fernsehen immer behauptet wird …«

»Zuverlässig genug«, versicherte Lerby gelassen.

»Jetzt verstehe ich.« Der Leiter des Tourismusbüros wand sich in seinem Rollkragenpullover, selbst ohne das Oberteil des Overalls schien ihm plötzlich heiß zu werden. In seinem Blick lag etwas Gehetztes. »Sie versuchen, mir das anzuhängen! Aus Rache, weil ich Ihnen Druck gemacht habe!«

»Durchaus nicht. Das Problem ist, dass Sie nicht nur mich unter Druck gesetzt haben, sondern auch sich selbst. Wer immer diese Leute sein mögen, Sie haben sich mit diesen Leuten eingelassen, haben sich zu ihrem Handlanger gemacht und womöglich auch noch mehr getan. Sie stecken in dieser Sache drin, mein Freund, das ist jetzt schon offensichtlich, und die Untersuchungen haben gerade erst begonnen. Wie, denken Sie, wird es nun wohl weitergehen? Eines jedenfalls ist schon jetzt klar, nämlich dass Ihre Komplizen dort draußen Ihr Schicksal völlig kalt lässt. Das haben sie bereits hinreichend bewiesen, denn sonst hätten Sie sie nicht mit dieser Scheiße alleingelassen. Sie haben sich für die falsche Seite entschieden, Alf. Sie sind das Bauernopfer, das steht bereits fest. Also hören Sie auf, denen die Treue zu halten, und arbeiten Sie mit uns zusammen!«

Lerby war zuletzt lauter und energischer geworden, die Reaktion darauf war allerdings seltsam. Mit der Körpersprache von jemandem, der kurz davor stand, unter der Last seiner Schuld zusammenzubrechen, saß Norby-Larson auf seinem Stuhl – mit hängenden Schultern und herabhängendem Kopf, die Hände in die Armlehnen gekrallt. Doch was er von sich gab, schlug einen völlig anderen Ton an.

Er lachte.

Ganz leise zunächst, dann albern kichernd wie ein Pennäler, der beim Abschreiben erwischt worden war.

»Was ist so komisch?«, wollte Lerby wissen.

Der andere kicherte weiter, ehe er das Haupt wieder hob und Lerby aus wilden Augen ansah. »Das will ich ihnen sagen, mein *Freund*«, krähte er, das letzte Wort ironisch betonend. »Sie denken, ich hätte mich mit den falschen Leuten eingelassen? In Wahrheit sind Sie es, der keine Ahnung davon hat, mit wem er sich angelegt hat!«

»Wo nur habe ich das schon mal gehört?«, fragte Lerby und lachte bitter dabei auf. »Sie haben Recht, Alf – ich weiß noch nicht, wer oder was hinter alldem steckt. Aber ich will Ihnen etwas verraten: Zu Hause in Kopenhagen bin ich geradezu berüchtigt dafür, mich nicht darum zu scheren, mit wem ich mich anlege. Es ist meine ganz besondere Fähigkeit, und man könnte sogar behaupten, dass sie mich an diesen Ort hier geführt hat.«

»Sie verstehen nicht, das ist kein Spaß! Diese Leute kennen keine Skrupel …«

»Was für Leute?«, hakte Lerby nach. »Wie viele sind es? Und was bezwecken sie mit alledem? Es geht um Einschüchterung, richtig? Die gesamte Siedlung soll in Furcht und Schrecken versetzt werden – aber zu welchem Zweck? Was steckt dahinter? Reden Sie endlich, oder …«

Er brach ab, als sein Gegenüber wieder auf dieselbe irrationale Weise wie zuvor reagierte, nur dass das Gelächter diesmal geradezu hysterisch war.

»Sie haben wirklich keine Ahnung«, beschied Norby-Larson ihm noch einmal. »Wenn Sie diesen Leuten weiter nachspüren, werden sie kommen und die Ermittlungen auf ihre Weise beenden – und glauben Sie mir, dazu sind sie absolut in der Lage. Sie dagegen sind gerade mal vier Ordnungshüter, eine von Ihnen eine hochschwangere Frau.« Er schüttelte mitleidig den Kopf. »Das wird nicht reichen, Jens, bei Weitem nicht. Und es ist ganz egal, was Sie gegen mich oder irgendjemanden sonst in der Hand haben.«

»Warum?«, wollte Lerby wissen. »Wer sind diese Leute? Reden Sie mit mir, Alf!«

»Das kann ich nicht«, lautete die ebenso knappe wie unbefriedigende Antwort.

»Warum nicht?«

Norby-Larson kniff demonstrativ die Lippen zusammen. Schweißperlen standen auf seiner Stirn, Panik lag in seinen Augen – und Lerby begriff, dass die Furcht, die er auch schon zuvor darin gesehen hatte, nicht der Polizei galt, sondern jenen, die hinter alledem standen.

Er hätte es auf dem üblichen Weg versuchen, hätte sagen können, dass die Polizei alles unternehmen würde, um den Zeugen zu schützen. Aber ihm war auch klar, dass eine solche Zusicherung phrasenhaft und geradezu lächerlich erscheinen musste, solange er noch nicht einmal wusste, mit wem genau sie es eigentlich zu tun hatten. Die Erfahrung sagte Lerby, dass er für den Moment nicht weiterkommen würde. Nicht mit dem, was er in der Hand hatte.

»Ejnari«, wandte er sich deshalb an Inasson, »unser Gast möchte die Arrestzelle kennenlernen.«

»Mit Vergnügen.« Inasson feixte zahnlos und drückte den Knopf neben der Tür.

»Soll das ein Witz sein? Ich wohne hier im Ort und jeder kennt mich! Und wohin sollte ich am Arsch der Welt wohl fliehen?«

Die Tür wurde von außen geöffnet, Keldsen und Lynge standen auf der Schwelle.

»In die Zelle«, wies ihr Vorgesetzter sie nur an, worauf sie zu Norby-Larson traten und ihn mitnahmen. Er leistete keinen Widerstand und fügte sich wortlos.

»Nun?«, fragte Inasson, nachdem sie den Raum verlassen hatten.

»Er wird reden«, war Lerby überzeugt. »Früher oder später.«

»Und was machen wir bis dahin? Sie haben gehört, was er über diese Typen gesagt hat. Und wir wissen noch nicht mal, wer die eigentlich sind.«

»Hat er Recht?« Lerby sah Inasson fragend an. »Sind wir wirklich allein, wenn es darauf ankommt?«

»Na ja«, meinte der Polizist und kratzte sich nachdenklich am Hinterkopf, »wir können natürlich Hilfe anfordern – Tasiilaq kann vielleicht einen oder zwei Mann entbehren und kurzfristig zu uns rüber schicken. Alles andere wird dauern.«

»So viel Zeit haben wir womöglich nicht«, gab Lerby zu und überlegte. »Ich fürchte, wir werden uns anderweitig um Verstärkung bemühen müssen, nur für alle Fälle. Und dazu brauchen wir die Hilfe von Pally – und die ihres Großvaters …«

37

Hätte Lerby selbst versucht, eine Versammlung im Gemeindehaus einzuberufen, wäre er mit ziemlicher Sicherheit gescheitert. Gewiss, er hätte viel herumtelefonieren, Handzettel verteilen und alle möglichen Leute auf der Straße ansprechen können. Und die Inuit hätten, schon weil sie ihn nicht kränken wollten, allesamt ihr Erscheinen zugesagt – doch am Ende hätte er vermutlich ziemlich allein in der Gemeindehalle gesessen, vor Reihen leerer Stühle.

Berief hingegen der *angakkoq* des Ortes eine solche Zusammenkunft ein, so war der Raum bis auf den letzten Einwohner gefüllt, vom ältesten Greis bis zum kleinsten Kind. Noch vor ein paar Tagen hätte sich Lerby dieser simplen Einsicht vermutlich verschlossen und darauf bestanden, dass die staatliche Polizeigewalt eine wenigstens ebenso hohe Autorität zu genießen habe wie der örtliche Schamane. Inzwischen bevorzugte er jedoch einfache Lösungen, weshalb er Pally gebeten hatte, bei ihrem Großvater um die Einberufung einer solchen Versammlung zu ersuchen. Und der alte Magnus war der Bitte nachgekommen, auch wenn man ihm ansehen konnte, dass ihm nicht wohl dabei war.

In traditioneller Kleidung – einem mit reichen Stickereien versehenen Hemd aus Robbenleder – thronte er auf einem der Stühle, die Lerby auf der kleinen Bühne des Gemeindehauses hatte aufstellen lassen. Neben ihm saß Knut Tulimaq, der ehrenamtliche Bürgermeister des Ortes, ein hagerer Mann Mitte fünfzig, dem der ganze Rummel ziemlich zuzusetzen schien. Auch Inasson hatte auf der Bühne Platz genommen, dazu Lerby selbst und Pally, die alles, was er sagte, in *Tunumiutut* übersetzen sollte. Er wollte, dass die Einwohner von Illokarfiq genau wussten, was er ihnen vorzuschlagen gedachte. Diese Menschen waren lange genug getäuscht, hinters Licht geführt und mit Halbwahrheiten abgespeist worden. Lerby hatte die besten Vorsätze, damit aufzuhören, und zwar noch an diesem Abend.

Unruhe herrschte im Saal.

Die meisten Plätze waren bereits belegt, dennoch drängten noch immer Leute in den nüchtern beleuchteten Raum. Es kam nicht allzu oft vor, dass der *angakkoq* wie in den alten Tagen zu einer Versammlung rief, und natürlich hatte sich herumgesprochen, worum es bei dieser speziellen Zusammenkunft gehen sollte. Dass sie nämlich etwas mit den Morden zu tun hatte, die sich im Umkreis des Ortes ereilt hatten.

Und mit den Gerüchten.

Lerby fühlte sich an einen Bienenschwarm erinnert. Von jener in sich gekehrten Ruhe, die er den Grönländern bislang zugeschrieben hatte, war kaum noch etwas zu spüren. Die Leute redeten aufgeregt miteinander und tauschten den letzten Klatsch aus, den sie gehört hatten. Lerby sah viele Gesichter, die er schon kannte – Mitarbeiter des Hotels, Leute aus dem Supermarkt und aus der Bar, die er nach Natuk Olsens Beisetzung besucht hatte.

Als endlich die meisten einen Platz gefunden hatten – auch die Fensterbänke waren inzwischen belegt –, schloss Marie Lynge die gläserne Eingangstür und gab Lerby quer durch den Saal ein Zeichen. Daavi Keldsen war auf der Wache geblieben, um ein Auge auf Norby-Larson zu halten.

Lerby sah zu Magnus und nickte ihm zu, worauf sich der alte Schamane von seinem Sitz erhob. Er hatte sich seine Trommel umgeschlungen, und im nächsten Moment begann er, sie zu schlagen, und stimmte einen leisen Gesang zu dem Rhythmus an, wobei sein ganzer Körper im Takt wippte.

Lerby erinnerte sich dunkel, dass er vor Jahren bei seinem ersten Besuch in Grönland zu einem folkloristischen Abend eingeladen worden war. Auch damals hatte ein Schamane zur hellen

Freude der zahlreich versammelten Touristen einen Trommeltanz aufgeführt. Alle hatten ihre Smartphones hochgehalten und fleißig gefilmt, vermutlich, um die Aufnahmen gleich darauf nach Instagram hochzuladen. Lerby hatte nicht gefilmt, und er wusste noch, dass er damals peinlich berührt gewesen war und noch nicht einmal genau gewusst hatte, wieso. Wohl aus diesem Grund hatte sich seine Begeisterung in Grenzen gehalten, als der alte Magnus angekündigt hatte, die Versammlung durch einen Trommeltanz eröffnen zu wollen.

Doch dieser Augenblick hatte nichts damit gemein. So ziemlich alles unterschied sich von damals: der Ort, der Schamane, vor allem das Publikum.

Dies hier war echt.

Und der Anlass ein ganz anderer.

Lerby konnte es sehen, in den Gesichtern der Menschen, die dem *angakkoq* gebannt zusahen und seinen Worten lauschten. In vielen dunklen Augen glänzten Tränen, und das nicht nur bei den Alten. Es war ein Moment der Gemeinschaft, der ihnen allen gehörte, der die Vergangenheit dieses so kleinen und doch so großen Volkes beschwor und seine lange Tradition. Und obwohl Lerby nicht zu ihnen gehörte, obwohl er kein Grönländer war, obwohl er nicht hier lebte und kein Wort von dem verstand, was der alte Magnus da sang, merkte er, wie ihn Gänsehaut überzog und ein ehrfürchtiger Schauer ihn durchrieselte.

Pally hatte ihm erklärt, dass dies von alters her die übliche Form war, eine Versammlung zu beginnen: indem man den Segen der Altvorderen herbeirief und sich so nicht nur der Tradition, sondern auch seiner Verantwortung bewusst wurde. Die moderne Welt mochte für solche Rituale nur Zynismus übrig haben – dabei, fand Lerby, hätte auch manchem Politiker zu Hause ein solches Innehalten gut zu Gesicht gestanden.

Als Magnus' Gesang endete und der letzte Trommelschlag verklungen war, herrschte Schweigen im Saal. Der Schamane setzte sich wieder, wobei er Lerby einen auffordernden Blick zuwarf. Der Augenblick war gekommen.

Lerby erhob sich. Es war ein seltsames Gefühl, in all die Gesichter zu blicken, die ihm gespannt und aufmerksam entgegensahen, denn ihm war klar, dass es nicht seine Autorität war, die diese Aufmerksamkeit erzeugte, und auch nicht die der Staatsmacht, die er repräsentierte, sondern die eines alten Mannes, der jetzt wieder auf seinem Stuhl saß, unscheinbar und halb in sich zusammengesunken. Dennoch hatte Lerby vor, die Chance bestmöglich zu nutzen.

»*Aluukkut*«, grüßte er in die Runde, wofür er hier und dort, vor allem unter den Jüngeren, ein Lächeln erntete. »Viele von euch kennen mich bereits, den anderen möchte ich mich kurz vorstellen. Ich bin Jens Lerby – Kommissar Lerby von der dänischen Kriminalpolizei. Und ich wurde hergeschickt wegen der Morde, die hier in der Gegend verübt wurden.«

Er wandte sich halb zu Pally um und nickte ihr zu, worauf sie übersetzte. Es beeindruckte Lerby immer wieder, wie mühelos sie die Worte seiner Sprache in ihre übertrug, wie sich die vergleichsweise hart klingenden Töne des Dänischen auf Pallys Lippen in die sanften Verschlusslaute des Kalaallisut verwandelten. Sie sprach mit verhaltener Lautstärke, doch es war so still im Saal, dass sie bis zur letzten Sitzreihe gehört wurde.

»Ich weiß, dass ihr euch alle Sorgen macht«, fuhr unwillkürlich auch Lerby mit ein wenig sanfterer Stimme fort. »Ich weiß, dass ihr Angst habt, und ich bin hier, um euch Mut zu machen. Zusammen mit Magnus, eurem Schamanen, habe ich den Kampf gegen den Mörder aufgenommen.« Wieder legte er eine Pause ein, wartete, bis Pally das übersetzt hatte.

»Wir haben nach Hinweisen gesucht und wir haben sie gefunden. Haben Spuren entdeckt, denen wir folgen können wie ein Jäger, der einer Beute nachspürt – und das hat uns ans Ziel geführt. Deshalb kann ich mich heute vor euch hinstellen und euch sagen, dass der Mörder, der das Leben von vier Menschen auf sein Gewissen geladen hat und der um ein Haar auch noch ein fünftes Mal zugeschlagen hätte, kein Dämon ist, keine Gestalt aus dunklen Nächten. Kein *tupilaq*«, fügte er hinzu.

Pally hatte noch nicht mit dem Übersetzen begonnen, da zeigte das eine Wort bereits Wirkung, sorgte dafür, dass für einen Moment wieder das bekannte Entsetzen in die Gesichter der Menschen zurückkehrte. Magnus musste eine faltige Hand heben und einige beruhigende Worte sprechen, um die Menge wieder zu beschwichtigen. Dabei sandte er Lerby einen warnenden Blick.

Lerby wartete, bis Pally seine Worte erneut ins Grönländische übertragen hatte. »Der *tupilaq* existiert nicht«, fuhr er dann kopfschüttelnd und mit fester Stimme fort. »Das vermeintliche Monster, das des Nachts durch die Straßen von Illokarfiq wandelte, war ein Mensch, der sich ein Wolfsfell umgelegt hat. Dr. Persson, die Wissenschaftlerin aus Nuuk, die für mich arbeitet, kann dies beweisen.«

»*Eqqorpoq*«, bestätigte Inasson nickend.

»Der Mörder kennt die Sitten und Gebräuche der Inuit«, setzte Lerby seine Ansprache fort, »so wie er um die alten Geschichten weiß. Indem er sich verkleidet, legt er es darauf an, von neuem jene Ängste zu schüren, die eure Vorfahren in dunklen Winternächten verfolgten. Ihr allerdings müsst euch nicht länger vor ihm fürchten!«

»Doch so, wie wir wissen«, spann Lerby seinen Gedanken nach einer Übersetzungspause weiter, »dass der Täter kein Dämon, sondern ein Mensch aus Fleisch und Blut ist, so wissen wir inzwischen leider auch, dass er nicht allein ist. Er hat Freunde dort draußen, Verbündete, Komplizen. Wir wissen nicht, wer sie sind, aber offensichtlich sind diese Menschen sehr gefährlich, und sie wollen den Inuit noch weiteren Schaden zufügen.«

Die Versammelten sahen ihn an. Er hatte fest damit gerechnet, dass diese Enthüllung Furcht oder zumindest Bestürzung auslösen würde, aber das war nicht der Fall. Vielleicht, weil die Leute an seinen Worten zweifelten. Vielleicht aber auch, weil sie es so gewohnt waren, irdischen Gefahren ins Auge zu blicken, dass sie so rasch nichts, das aus dieser Richtung kam, erschüttern konnte. Lerby vermochte es nicht zu unterscheiden.

»Deshalb«, fuhr er fort, »habe ich den ehrenwerten *angakkoq* gebeten, diese Versammlung einzuberufen: Weil dieser Kampf uns alle angeht, weil diese Verbrecher uns alle bedrohen – und weil wir sie nur gemeinsam bekämpfen können. Ich weiß, dass die *Livi* friedfertig sind«, räumte er ein und erntete vielfach Nicken und zustimmend hochgezogene Augenbrauen, während Pally übersetzte, »dass ihre Vorfahren Jäger waren, die über viele Generationen hinweg im Gleichgewicht und im Einklang mit der Natur lebten. Niemals waren sie Polizisten und niemals Krieger«, fügte er hinzu. »Aber ich weiß auch, dass viele von euch zu Hause in ihren Schränken Gewehre haben und damit umgehen können. Und ich möchte euch bitten, diese Gewehre zu ergreifen, um euch selbst zu schützen, eure Kinder und eure Familien. Meine Untersuchungen in dem Fall dauern an. Sobald sich eine Spur ergibt, werde ich ihr folgen – und ich muss befürchten, dass diese Leute dann zurückschlagen werden.

Deshalb bin ich heute hier«, kam Lerby allmählich zum Schluss seiner Ansprache. »Ich habe gehört, dass den Inuit in der Vergangenheit vieles verschwiegen wurde. Dass viele, vor allem aus meinem Land, nicht die Wahrheit gesagt haben oder nur einen Teil davon, und ihr alle habt darunter gelitten. Dieses Mal wird es jedoch nicht so sein. Ich will, dass ihr wisst, worum es geht und was auf dem Spiel steht, damit ihr frei entscheiden könnt, ob ihr mich in meinem Kampf gegen das Verbrechen unterstützen wollt oder nicht. Die *Livi* von Illokarfiq lieben den Frieden. Sie haben sich diesen Weg nicht gewünscht, noch haben sie ihn gewählt. Aber wenn der Krieg zu ihnen kommt, ist es ihr gutes Recht, sich zu verteidigen.«

Lerby wartete, bis Pally alles übersetzt hatte, dann machte er kehrt und setzte sich wieder an seinen Platz. Hätte er irgendwo in Europa eine solche Sonntagsrede gehalten, wären nun Reaktionen erfolgt. Vielleicht hätte die Menge Beifall geklatscht, vielleicht hätte sie ihn auch ausgebuht oder mit faulen Eiern beworfen, in jedem Fall wäre *irgendeine* Reaktion erfolgt. Die Menschen von Illokarfiq hingegen schwiegen.

Statt in irgendeiner Weise auf Lerbys Ansprache zu antworten, wandten sie ihre Aufmerksamkeit Magnus zu, als erwarteten sie, dass er die Situation für sie bewertete und einschätzte. Und vermutlich war das auch so.

Der *angakkoq* erhob sich abermals und trat mit kleinen Schritten an den vorderen Rand der Bühne.

»Wir haben Kommissar Leribi gehört«, begann er auf Grönländisch, das nun Pally flüsternd für Lerby übersetzte. »Vieles von dem, was er gesagt hat, ist richtig. Und wir *sehen* ihn dafür, dass er Gerechtigkeit will für unser Volk«, fuhr der Schamane fort, und Lerby erinnerte sich daran, dass jemanden »zu sehen« im Verständnis der Inuit bedeutete, ihn zu respektieren und als Person anzuerkennen.

»Aber«, wandte Magnus ein, »wir sehen auch das Leid, dass der Tod dieser Menschen über uns gebracht hat, die Angst und die Furcht. Das Böse kennt vielerlei Formen. Manchmal kommt es in Gestalt eines *tupilaq*, manchmal in Gestalt eines Mannes, der sich verkleidet hat – doch was macht das für einen Unterschied? Ist der Schmerz, den es über uns bringt, nicht stets derselbe? Ist der Tod nicht stets derselbe?«

Wieder nickten einige, besonders unter den Älteren.

»Die Menschen von Illokarfiq haben genug gelitten«, setzte der Schamane seine Ansprache fort, »und sie sollen nicht noch mehr leiden. Deshalb bin ich dagegen, zu kämpfen und den Zorn der Dunkelheit noch stärker herauszufordern.«

Bei bloßem Nicken blieb es nun nicht mehr. Einige Männer und Frauen standen auf und bekundeten ihre Zustimmung.

Lerby konnte nicht anders, als sich ebenfalls zu erheben. »Wirklich?«, fragte er in die Menge. »Ihr wollt nichts tun? Selbst, wenn es noch mehr Opfer geben sollte?«

»Lass gut sein, Leribi«, wandte sich der alte Magnus ihm nun auf Dänisch zu. »Ich mag dich, obwohl du ein *qalluna* bist. Das tue ich wirklich. Aber was in Sumi geschehen ist, war eine Warnung. Der Tod hat dich gestreift, Leribi. Diesmal bist du ihm entkommen. Aber du solltest ihn nicht noch einmal herausfordern. Das Böse dort im Norden ist zu stark, welche Gestalt es auch annehmen mag.«

»Wirklich?«, fragte Lerby, der nicht glauben konnte oder wollte, dass ihm der Alte derart in den Rücken fiel, noch dazu vor der versammelten Bürgerschaft. »Ist es das, was dich die Erfahrung deines langen Lebens lehrt? Dass man das Böse fürchten muss und keine Chance dagegen hat?«

»Wir Inuit sind es gewohnt, uns zu fürchten. Angst hat bei uns eine lange Tradition.«

»Aber das muss nicht sein«, widersprach Lerby entschieden, »nicht dieses Mal. Denn hier geht es nicht um eine Naturgewalt, nicht um Wind, Kälte oder Dunkelheit, und die Bedrohung ist auch nicht unverwundbar. Die Spur, von der ich vorhin gesprochen habe, ist eine Spur aus Blut«, wandte er sich an die Versammelten.

Daraufhin ging ein Raunen durch die Menge, und die Leute begannen, zu tuscheln – die Jüngeren, die zwei Sprachen beherrschten, übersetzten für die Älteren.

»Als der falsche *tupilaq* in jener Nacht das Mädchen Uki verfolgte, verletzte er sich. Viele von euch sind Jäger, und ihr wisst, was das bedeutet. Nur sterbliche Kreaturen bluten, Dämonen ganz sicher nicht. Es sind nur Menschen, die euch schaden wollen, nicht mehr und nicht weniger.«

»Das ist wahr, ich kann es bezeugen«, stimmte Inasson abermals zu, wofür Lerby ihm dankbar zunickte. Dass auch der Polizeichef von Illokarfiq sich so eindeutig auf Lerbys Seite schlug, schien einige nachdenklich zu machen. Einzelne Mienen wurden entschlossen, hier und dort wurden gar Fäuste geballt.

»So leicht seid ihr zu überzeugen?«, rief Magnus ihnen zu. »So leicht vergesst ihr, was gewesen ist? Wie oft schon hat euch ein *qalluna* gesagt, was ihr tun sollt? Und wie oft hat es euch nichts als Leid gebracht?«

»Aber Leribi ist nicht so«, begehrte Pally auf. »Das hast du vorhin selbst gesagt, Großvater!«

»Das habe ich«, bestätigte der Alte gelassen. »Aber das ändert nichts an der Tatsache, dass noch mehr Blutvergießen nur noch mehr Leid über uns alle bringen wird.«

»Vielleicht«, räumte Pally ein, »aber wenn wir nichts tun, kommt womöglich Leid über uns, das niemals endet. Habt ihr es nicht auch satt, immerzu vor etwas Angst zu haben?«, wandte sie sich den anderen zu.

»Warum darf sie zu uns sprechen?«, rief eine Frau.

»Sie hat uns verraten«, sagte ein anderer.

Lerby konnte sehen, wie diese Worte Pally trafen – und ihr Großvater sah es auch.

»Meine Enkelin ist ein Kind beider Welten, das ist wahr«, gab er zu, »doch sie versucht, das große Ganze zu sehen.«

»Das tue ich«, versicherte Pally mit bebender Stimme, »und weil das so ist, kann ich nicht länger schweigen. Hast du nicht selbst gesagt, Großvater, dass Leribi wie der Mondmann aus den alten Geschichten ist? Und heißt es nicht, dass der Mondmann gekommen sei, um das Böse in der Welt zu bekämpfen?«

Der alte Schamane sah sie an, ein unverhohlener Vorwurf sprach aus seinem Blick. »Tu das nicht, Pallaya«, ermahnte er sie. »Verwende meine eigenen Worte nicht gegen mich.«

»Das ist nicht meine Absicht, Großvater – aber entweder erzählen die alten Geschichten die Wahrheit oder eben nicht. Und wenn dieser Mann geschickt wurde, um uns zu helfen, dann sollten wir auf seine Worte hören und ihn bei seinem Kampf unterstützen.«

»Wie kannst du das mit dieser Bestimmtheit sagen, Enkelin? Wie kannst du wissen, was für unser Volk richtig ist und was nicht?«

»Wie du schon sagtest«, erwiderte Pally, wobei nicht nur mehr ihre Stimme bebte, sondern ihre ganze Gestalt, »ich bin ein Kind beider Welten. Ich kenne die alten Geschichten nicht nur, ich habe sie studiert, ihre Motive und Hintergründe.«

»Das hast du – und hast dich dabei von der modernen Welt verwirren lassen«, räumte der Schamane ein. »Es ist leicht, aus den Augen zu verlieren, was wirklich wichtig ist … Leribi hat es längst verloren, ebenso wie du. Oder warum, denkst du, hat dieser Kanadier dich verlassen?«

Irgendwer lachte, ansonsten war es still im Saal.

Pally stand da wie ein Boxer, der eine hammerharte Gerade hatte einstecken müssen. Sie wankte. Aber sie fiel nicht. Stattdessen wandte sie sich wortlos um, stieg von der Bühne und verließ den Saal.

»Musste das sein?«, fragte Lerby den alten Magnus. »Du magst richtig liegen mit vielem, was du sagst, ganz besonders, was mich angeht – aber nicht bei Pally. Sie meint es gut mit dir, mit euch allen«, fügte er an die Menge gewandt hinzu. »Ich kann euch nicht vorschreiben, wie ihr entscheiden, ob ihr euch weiter hinter eurer Angst verstecken oder euch ihr stellen wollt. Aber ihr solltet nicht Pally die Schuld daran geben. Sie war es, die mir die Augen geöffnet hat für die Welt der Inuit. Sie ist die beste Botschafterin, die ihr euch nur wünschen könnt. Anstatt sie als Verräterin zu beschimpfen, solltet ihr stolz auf sie sein.«

Niemand erwiderte etwas, noch nicht einmal der *angakkoq*. Stattdessen kehrte erneut Schweigen in der Gemeindehalle ein.

»Ende der Durchsage«, knurrte Lerby deshalb, dann wandte er sich ebenfalls ab, stieg von der Bühne und folgte Pally hinaus in die Nacht.

Sie war nicht weit gekommen, stand draußen vor dem Eingang, mit hängenden Schultern und erbärmlich frierend in ihrem Pullover.

»Pally?«

»Was willst du?« Sie drehte sich unwirsch zu ihm um. Im Licht der Straßenbeleuchtung glänzten Tränen in ihren Augen. »Das wird langsam zur schlechten Gewohnheit, dass ich die Flucht ergreife und du mir nachläufst ...«

»Ein Drink?«, fragte er nur.

Sie blickte zum nächtlichen Himmel und schien einen Augenblick lang nicht zu wissen, ob sie in Gelächter oder in Tränen ausbrechen sollte. »Unbedingt«, sagte sie dann.

38

Da Pally nach allem, was vorgefallen war, kein Verlangen danach verspürte, unter Einheimischen zu sein, waren sie nicht in die Kneipe im Ort gegangen, sondern ins Hotel. Dort saßen sie an der kleinen Bar in der Lobby bereits an ihren dritten Wodka Martinis, nachdem sie die ersten beiden Runden ziemlich hastig eingenommen hatten. Und da keiner von ihnen den Tag über viel gegessen hatte und ihre Mägen ebenso leer waren wie die kleine Eingangshalle des Hotels, zeigte der Alkohol entsprechend rasch Wirkung.

»Besser?«, fragte Lerby nur. Sie hatten bislang kaum gesprochen, sogar die Auswahl des Getränks hatte sie ihm überlassen. Anfangs hatte noch leise Musik aus dem Deckenlautsprecher gedudelt, inzwischen war die auch verstummt, so als wollte sie sich der depressiven Stimmung anpassen.

»Nein«, widersprach Pally kopfschüttelnd und auf ihrer Olive kauend. »Aber es fühlt sich nicht mehr ganz so elend an.«

»Morgen früh schon«, sagte Lerby voraus. »Ich spreche da aus Erfahrung.«

Sie lachte nur und nahm noch einen Schluck. Ihr Haar hatte sie geöffnet, sodass es ihr Gesicht an den Seiten wie ein Vorhang verhüllte, während sie nach vorn gebeugt auf dem Barhocker kauerte. Sie wollte wohl nicht, dass er ihre Züge sah, ab und zu wischte sie verstohlen Tränen von ihren Wangen.

»Ist immer so gewesen, weißt du«, sagte sie leise. »Großvater hat mich zu sich genommen und mich aufgezogen, und dafür bin ich ihm wirklich dankbar. Zumal er nie getrunken hat oder mich geschlagen, wie manche Väter das tun. Aber er war immer zuerst der Schamane und danach erst mein Großvater.«

»Was bedeutet das?«

»Als ich klein war, hat mich das nicht gestört, im Gegenteil … Ich war fasziniert von ihm und konnte ihm stundenlang zusehen, wenn er die alten Lieder sang oder zur Trommel tanzte. Und weil ich mich dafür interessierte, hat er damit begonnen, mich in die alten Geheimnisse einzuweihen und mir die Lieder beizubringen.«

»Das wusste ich nicht.« Lerby nahm einen Schluck. »Du bist eine Schamanin?«

»Nein.« Sie lachte bitter auf. »Ich meine, ich hätte eine werden können. Wohl auch werden sollen, wenn es nach meinem Großvater gegangen wäre. Aber ich war auch gut in der Schule, ziemlich gut sogar, und einer meiner Lehrer meinte, ich könnte einen guten Abschluss schaffen und vielleicht sogar studieren …«

»Und er hatte recht«, stellte Lerby fest.

Pally nickte. »Ich bekam sogar ein Stipendium für ein Studium im Ausland. Und dann hatte ich die verrückte Idee, Ethnologie zu studieren. Ich wollte das, was mir mein Großvater beigebracht hatte, mit wissenschaftlicher Forschung verbinden und so Vergangenheit und Zukunft …« Sie unterbrach sich, als ihr die Stimme zu versagen drohte.

»Großvater hielt das für eine grässliche Idee«, fuhr sie dann leiser fort, »und das ist noch vorsichtig ausgedrückt. Ich fürchte, er hat mir bis zum heutigen Tag nicht verziehen. Und wer weiß? Vielleicht hatte er ja sogar Recht. Ich meine, was mache ich hier eigentlich? Ich bin studierte Ethnologin und habe nicht mal einen Job.«

»Aber du versuchst, etwas aus deinem Leben zu machen«, widersprach Lerby. »Du liebst deine Heimat, aber du bist auch wissbegierig auf Neues. Du willst das Beste beider Welten miteinander vereinen. Das ist eine gute Sache.«

Noch einen Augenblick lang starrte sie auf die blank polierte Platte des Tresens. Dann wandte sie zum ersten Mal ihren Blick und sah ihn direkt an. Ihre Augen waren von Tränen gerötet, aber ein Lächeln hellte ihre Züge auf. »Danke!«, sagte sie. »Das ist das Netteste, was jemand seit ziemlich langer Zeit zu mir gesagt hat.«

»Und das von mir.« Lerby konnte es selbst kaum glauben.

»Du weißt es vermutlich gar nicht, aber du kannst manchmal auch recht charmant sein«, stellte sie fest.

»Charmant? Ich?« Lerby schüttelte den Kopf. »Ich fürchte, das geht nicht zusammen.«

»Die Entscheidung musst du schon mir überlassen«, sagte sie. Der Blick ihrer dunklen Augen veränderte sich, während sie ihn weiter fest ansah. »Wo ist dein Zimmer?«, wollte sie wissen.

»Nur den … den Flur runter.«

Sie griff nach ihrem Martiniglas und leerte es, stellte es entschlossen auf den Tresen zurück.

»Zeig es mir«, verlangte sie, und noch ehe Lerby selbst recht begriff, was er tat, hatte er die beiden Drinks schon auf seine Rechnung setzen lassen und war mit Pally auf dem Weg zu seinem Zimmer. Seine Hand bebte, als er das Schloss öffnete und die Tür aufstieß.

An ihm vorbei schlüpfte Pally hinein. Er folgte ihr und warf die Tür hinter sich ins Schloss, tastete im Halbdunkel nach dem Lichtschalter.

»Nicht«, flüsterte sie, während sie bereits bei ihm war und sich an ihn drängte. Er konnte ihren Atem spüren und roch den Duft ihres Haars, und auch wenn er es nicht wirklich wollte, erwachte seine Begehrlichkeit. Der Kopf schwirrte ihm vom Wodka, er war frustriert und wütend zugleich und sehnte sich nach Zweisamkeit – und ihr ging es offenbar ebenso. Schon bewegten sich ihre Hände unter seinem Pullover, näherten sich ihre Lippen einander an. Er legte seine Arme um sie, spürte ihren jugendlichen, vor Leben bebenden Körper und wäre in diesem Moment bereit gewesen, so ziemlich alles mit ihr zu tun … als plötzlich sein Handy trillerte.

Die Magie des Augenblicks verpuffte so jäh, wie sie gekommen war, schon einen Lidschlag später waren sie nur noch zwei halbfremde Menschen in einem Hotelzimmer, durch dessen geschlossene Jalousie das kalte Licht der Straßenbeleuchtung fiel. Ein Mann und eine Frau, die nicht nur das Alter, sondern auch ihre Herkunft um Welten trennte …

Wieder trillerte es. Seit dem letzten Signal schien eine Ewigkeit verstrichen zu sein.

Lerby stieß eine Verwünschung aus. Pallys Hände waren von unter seinem Pullover verschwunden. Sie war einen Schritt zurückgewichen, im Zwielicht stand sie da und starrte verlegen zu Boden.

»Ja?«, meldete er sich, ehe es ein drittes Mal läuten konnte.

»Ich bin's«, ließ sich Perssons rauer Alt vernehmen. »Ich störe doch nicht etwa?«

»Nicht doch«, erwiderte Lerby seufzend. Seine Knie waren weich; vom hastig getrunkenen Alkohol nicht weniger als von der unerwarteten Eskapade. Er ließ sich seufzend auf der Bettkante nieder und strich sich durchs dünne Haar. »Was gibt es?«

»Ich habe Nachricht aus Nuuk.«

»Jetzt schon?« Lerby sah auf die Uhr – es war halb elf.

»Mein Kollege war mir noch einen Gefallen schuldig, und den habe ich eingefordert.«

»Danke«, knurrte Lerby. »Und?«

»Er hat die Blutproben aus der Gasse und vom Motorschlitten miteinander verglichen – sie stimmen mit hoher Wahrscheinlichkeit überein.«

»Hm«, machte Lerby. »Also hat unser vermeintlicher Dämon in jener Nacht tatsächlich mit dem Ski-Doo die Flucht ergriffen.«

»Genau das. Ich habe meinen Kollegen gebeten, die Datenbank damit zu füttern – wenn unser Mann dort vermerkt ist, sollten wir um Mitternacht das Ergebnis haben.«

»Verstanden. Dann in einer Stunde auf der Wache?«

»Kann's kaum erwarten«, versicherte sie.

Lerby beendete die Verbindung und ließ das Handy sinken.

»Persson«, sagte er nur.

»Dachte ich mir.« Pally, die schweigend dabeigestanden hatte, strich eine Strähne ihres Haars zurück und nickte.

»Pally, ich …«

»Ich weiß«, fiel sie ihm ins Wort. »Es wäre ohnehin keine gute Idee gewesen.«

»Vermutlich nicht, nein«, gab er zu.

Sie ließ sich rücklings neben ihm auf das Bett plumpsen, wie ein Kind, das plötzlich müde geworden war und die Lust am Spielen verloren hatte. Und weil Lerby ebenfalls müde war und zudem noch eine Stunde Zeit hatte, ließ er sich auch nach hinten fallen. So lagen sie schweigend nebeneinander und starrten auf die aus weißen Hartschaumquadraten zusammengefügte Decke.

»Ich hab dich gesehen«, sagte Lerby nach einer endlos scheinenden Weile.

»Was meinst du?«

»Am Tag meiner Ankunft. Ich war gerade erst aus dem Helikopter gestiegen. Du bist mir aufgefallen, weil du gerade dabei warst, diesen hilflos aussehenden Jüngling zu beharken.«

»Craig«, sagte sie. Wehmut und Zorn schwangen gleichermaßen in dem einen Wort mit.

»Ist das der Kerl, den dein Großvater meinte? Der Kanadier?«

»Craig«, sagte sie noch einmal. »Er war ein Studienkollege an der Universität von Nova Scotia. Wir haben uns im dritten Semester kennengelernt; ich eine Inuk, er ein angehender Ethnologe … Schätze, wir waren beide fasziniert voneinander. Nach dem Masterabschluss hat er mich nach Illokarfiq begleitet, und ich habe ihm dabei geholfen, seine Doktorarbeit zu schreiben – und als sie fertig war, hat er sich verabschiedet.« Sie seufzte tief und starrte weiter hinauf zur Decke. »Für Großvater war das natürlich ein gefundenes Fressen, denn er hatte mich die ganze Zeit gewarnt: dass es nicht gutgehen würde, dass Craig mich nur ausnutzen würde und so weiter. Aber ich wollte nicht auf ihn hören.«

»Das war dein gutes Recht«, meinte Lerby. »Jeder sollte seine eigenen Erfahrungen sammeln.«

»Ja«, sagte sie, besonders überzeugt klang es allerdings nicht. »Inzwischen weiß ich ehrlich gesagt nicht mehr, was ich mal in Craig gesehen habe. Als er ging, hat er mir mehr oder weniger vorgeworfen, dass ich nicht aufrichtig mit ihm gewesen sei, dass ich nur darauf gehofft hätte, dass er mich von hier fortholen und nach Kanada mitnehmen würde … Vielleicht hatte er sogar recht damit. Viele hier hoffen sowas, weißt du.«

Sie drehte den Kopf und sah Lerby an. »Kurz bevor er mich an jenem Morgen abserviert hat, hoffte ich noch, er würde mir einen Heiratsantrag machen. Ist das zu glauben?«

»Wie lange wart ihr zusammen?«

»Vier Winter.«

»Winter?« Lerby richtete sich halb auf. »Wieso, in aller Welt, zählt man hier oben alles immer nur in Wintern? Zählen die Sommer etwa nicht?«

»Ist so eine Angewohnheit, die wir aus unserer Sprache übernommen haben«, erklärte Pally, offenbar dankbar für den Themawechsel. »Kalaallisut hat für ›Winter‹ und ›Jahr‹ dasselbe Wort – *ukioqut.*«

»Kein Wunder«, brummte Lerby, »hier ist ja auch immer Winter.«

»Schon, aber das ist nicht der Grund. Es geht dabei um etwas, das jeder hier von Geburt an lernt, nämlich dass es sehr viel schwerer ist, einen Winter zu überleben als einen Sommer. Ist der Winter vorüber, ist auch das Jahr geschafft.«

»Klingt nicht gerade nach einem glücklichen Leben.«

»Im Gegenteil.« Pally lächelte. »Wir Inuit sind eigentlich sehr einfach zufriedenzustellen. Die meisten, vor allem unter den Älteren, würden wohl zustimmen, dass ein warmes Heim und ein voller Magen bereits genügen; Großvater allen voraus.«

»Und du?«

Pally seufzte. »Ich fürchte, bei mir ist es ein bisschen komplizierter. Ich liebe meine Leute, weißt du, das tue ich wirklich. Aber es reicht mir nicht, nur im Hier und Jetzt zu existieren wie sie.« Sie drehte wieder den Kopf und sah ihn an. »Ich will Pläne machen, verstehst du?«

»Das verstehe ich sehr gut«, versicherte er und ließ sich wieder zurückfallen. »Vielleicht«, meinte er leise, »bin ich ja viel mehr Inuk, als ich je angenommen hätte.«

Er hatte es als Scherz gedacht, aber Pally lachte nicht. Auch sonst erwiderte sie nichts, sondern blickte ebenfalls wieder hinauf zur Decke.

Erst nach einer langen Weile brach sie das Schweigen. »Es wird nicht einfacher, wenn man älter wird, oder?«

»Nein – die Winter bleiben schwierig.« Nun war es Lerby, der freudlos lachte. Und dann ertappte er sich dabei, wie er völlig entgegen seiner Natur zu reden begann: »Ich habe auch Probleme mit meiner Familie«, gestand er, »ziemliche sogar. Meine Kinder haben sich von mir entfremdet …«

»Du hast Kinder?«

»Zwei, einen Sohn und eine Tochter, beide bereits erwachsen. Oliver lebt in Deutschland, Emma studiert in Kopenhagen. Kunstgeschichte, glaube ich …« Er überlegte kurz und schüttelte dann den Kopf. »Scheiße nochmal, ich weiß es nicht mal genau.«

»Und … deine Frau?«, fragte Pally.

»Wir leben im selben Haus, aber wir sprechen kaum noch miteinander. Das heißt, sie spricht schon, aber ich nicht. Und eigentlich höre ich ihr auch nicht mehr wirklich zu. Dabei konnten wir früher über alles reden.«

»Wie kam es dazu?«

Lerby starrte weiter an die Decke, die vor seinen Augen verschwamm. »Ich habe keinen Schimmer.«

»Der große Ermittler weiß nicht, was passiert ist?«

»Das ist anders … Ich meine, es gibt Indizien, aber es gab nie ein Verbrechen. Und der Schuldige bin diesmal ich.«

»Wieso?« Pally drehte den Kopf und sah ihn an. »Was hast du getan, Leribi?«

Er erwiderte ihren Blick, und zum ersten Mal ahnte er, wie sich ein Verdächtiger bei einem Verhör fühlen musste. Auf der einen Seite die Furcht vor Demütigung und Strafe, die einen davon abhielt, den Mund aufzumachen und die Wahrheit zu sagen. Auf der anderen das schlechte Gewissen, das einen peinigte …

»Ich war wohl einfach unzufrieden.«

»Womit?«

»Womit nicht«, verbesserte er und lachte bitter auf. »Mit meinem Job, meinem Alter, mit der Art und Weise, wie sich die Dinge entwickelten.«

»Wieso? Wie entwickelten sie sich denn?«

»Scheiße, du kannst Fragen stellen!« Lerby zuckte mit den Schultern. »Das Übliche, schätze ich. Kollegen, die weniger auf dem Kasten hatten als ich, aber schneller Karriere machten. Die Kinder, die aus dem Haus gingen und mich nicht mehr brauchten. Dann Eva, die plötzlich in ihrem eigenen Job Erfolg hatte, viel mehr, als ich jemals haben werde …«

»Was arbeitet sie denn?«

»Sie ist Anwältin.«

»Eine Anwältin und ein Polizist«, fasste Pally zusammen.

»Klingt nach einer TV-Serie, ich weiß«, versicherte Lerby. »An unserem letzten gemeinsamen Abend, ehe es für mich nach Grönland ging, da wollte sie mit mir ihre Beförderung feiern. Sie hatte alles vorbereitet, hatte sogar selbst gekocht und sich dabei ihre Designerbluse ruiniert …«

»Und du? Was hast du getan?«

»Das, was ich am besten kann – ich habe alles kaputtgemacht. Danach ist sie gegangen, vermutlich zu einem anderen Kerl, dem Seniorchef ihres Büros. Und ich kann es ihr nicht mal verdenken.«

»Du bist ein *sianiippoq* gewesen«, stellte Pally unbarmherzig fest. Wenn es darauf ankam, konnte sie die Dinge ebenso gut auf den Punkt bringen wie ihr Großvater. Vermutlich hatte sie diese Gabe von ihm.

»Ein riesengroßer *sianiippoq*«, bestätigte er, »und es würde mich nicht wundern, wenn sie endgültig die Nase voll hat und mir nach meiner Rückkehr eröffnet, dass sie die Scheidung will. Ich hätte es wirklich nicht besser verdient. Die Sache ist nur … als ich neulich im Fieber lag und dein Großvater dabei war, die Dämonen zu vertreiben …«

»Mach dich bitte nicht darüber lustig.«

»Keine Sorge«, widersprach er, »denn zumindest ein paar von *meinen* Dämonen hat er tatsächlich vertrieben. Während des Fiebers habe ich nämlich nur an eins gedacht …«

»Deine Familie«, riet sie.

Lerby nickte nur.

»Hast du Eva seitdem mal angerufen?«

»Ich hab's versucht, mehrmals. Aber sie geht nicht ran. Was ich verstehen kann – ich würde mit einem Arschloch wie mir auch nicht telefonieren wollen.«

»Das wird wieder«, war Pally überzeugt.

»Ach ja?« Er sah sie fragend an.

»Ich bin keine Spezialistin für Beziehungsfragen«, gab sie offen zu. »Aber ich weiß zwei Dinge. Erstens: Du bist nicht mehr der Mann, als der du hierhergekommen bist. Du hast dich verändert, Leribi. Grönland hat dich verändert. Die Leute hier haben dich verändert …«

»Und zweitens?«

»Du liebst sie noch immer – denn wenn es nicht so wäre, wäre die Sache vorhin anders ausgegangen«, versicherte Pally im Brustton der Überzeugung.

Dann schwiegen sie wieder.

39

Um kurz vor halb zwölf verließ Lerby das Hotel wieder und schlug den Weg zur Polizeiwache ein. Die eiskalte Luft vertrieb den Nebel der hastig hinuntergestürzten Wodka Martinis und sorgte dafür, dass er wieder einen einigermaßen klaren Kopf bekam.

Was für ein Abend. Nicht nur, dass die Gemeindeversammlung in einem Fiasko geendet hatte und sein Plan, die Einwohner von Illokarfiq mit ins Boot zu holen, kläglich gescheitert war. Es hätte auch nicht viel gefehlt, und er wäre ausgerechnet mit jener Frau, der er zum ersten Mal nach sehr langer Zeit wieder das Prädikat »Freund« verleihen würde, im Bett gelandet.

Nicht, dass sie es nicht beide nötig gehabt hätten. Aber Sex war nicht das, was sie füreinander sein sollten. Zumal sie beide unter Alkoholeinfluss gestanden hatten und Pally nach allem, was geschehen war, wohl auch nicht ganz Herrin ihrer Entscheidungen gewesen war.

Auf dem Hotelbett liegend war sie irgendwann eingeschlafen, und da sie sicher nicht erpicht darauf war, zu Hause bei ihrem Großvater anzuklopfen, hatte Lerby sie einfach dort gelassen. Er hatte ihr die Stiefel ausgezogen und sie zugedeckt, wie man das bei einem guten Kumpel, mit dem zusammen man an der Bar ein paar Drinks zu viel genommen hat, eben tut. Dann hatte er sich auf den Weg gemacht.

Auf der Polizeiwache erwartete Anna Persson ihn bereits. Daavi Keldsen, der sich wegen des Inhaftierten die Nacht um die Ohren schlug, hatte ihr geöffnet. Die Pathologin hatte ihr Notebook unter dem Arm und trat unruhig von einem Bein auf das andere. Offenbar gab es Neuigkeiten.

»Schönen Abend gehabt?«, erkundigte sie sich mit heiterem Augenaufschlag, während sie zu Lerbys Glaskastenbüro gingen. Die Schreibtische waren um diese späte Stunde verwaist, nur hinten im Bereitschaftsraum brannte Licht, wo Keldsen sich mit viel Kaffee wachzuhalten versuchte.

»Du hast ja keine Ahnung«, schnaubte Lerby. »Schon von der Gemeindeversammlung gehört?«

»Nur, dass es nicht gut ausgegangen ist.«

»Es war ein Debakel, wenn auch anders, als ich es befürchtet hatte. Inasson hat zu mir gehalten, dafür hat sich der alte Magnus gegen mich gestellt – es kommt eben manchmal anders, als man denkt«, fügte er mit einem freudlosen Grinsen hinzu, während er die gläserne Tür öffnete und das Licht anknipste.

»Das hier wird dich wieder aufheitern, Sherlock«, versprach Persson. Sie stellte das Notebook auf den Schreibtisch und klappte es auf, wobei es sich von selbst aktivierte. Zahlenreihen erschienen.

»Okay, was haben wir?«, fragte er, während er sich in den Schreibtischsessel fallen ließ und auch ihr einen Platz auf den Besucherstühlen anbot, den sie jedoch kopfschüttelnd ablehnte.

»Einen Volltreffer«, verkündete sie. »Die Sequenzierung ist noch nicht vollständig abgeschlossen, aber es gibt bereits jetzt eine hohe Übereinstimmung.«

»Mit wem?«, fragte Lerby.

Persson betätigte einige Tasten, worauf sich die Darstellung änderte, und das Bild eines etwa 35-jährigen Mannes erschien. Kaukasischer Typ, dunkles, kurzgeschnittenes Haar und eng stehende graue Augen. Soweit erkennbar trug er Kampfkleidung, die Lerby jedoch nicht zuordnen konnte.

»Gordon Kurenko, amerikanischer Staatsbürger, geboren am 6. März 1982 als Gordej Iwanowitsch Kurenko in Nischni Nowgorod, damals noch Gorkij. Seine Eltern sind unter offenbar abenteuerlichen Bedingungen zu einem Verwandten in die USA geflohen. In die Nähe von Atlanta, wo er auch aufwuchs …«

»Ein gebürtiger Russe«, überlegte Lerby laut.

»Ja, wieso?«

»Nichts, es ist nur ... Ich erinnere mich gerade daran, dass das Mädchen Uki aussagte, ihr Verfolger hätte in einer Sprache gesprochen, die sie noch nie gehört hatte. Sie hielt es für irgendeine dunkle Verwünschung, aber in Wahrheit ...«

»... könnte es auch einfach nur Russisch gewesen sein. Das ist durchaus möglich«, räumte Persson ein und wandte sich wieder dem Dossier zu. »Also weiter im Text: Im Alter von siebzehn Jahren Schulabbruch, danach zum Militär, Ausbildung zum Fallschirmjäger in Fort Bragg, North Carolina. Über seine genaue Truppenzugehörigkeit schweigt sich die vom Pentagon freigegebene Akte aus, und wir wissen, was das bedeutet ...«

»Special Ops«, knurrte Lerby.

»So richtig spannend allerdings wird es ohnehin erst nach seiner Dienstzeit – denn seit seiner Entlassung aus den US-Streitkräften ist Kurenko offenbar freischaffend tätig, und zwar überall dort, wo es lichterloh brennt und sich schnelles Geld verdienen lässt.«

»Ein Söldner also?«

»Er hat für eine Reihe zwielichtiger Firmen gearbeitet, offiziell im Personenschutz. Aber seine Akte geht davon aus, dass er auch an anderen Aktionen beteiligt war – Destabilisierung, Entführung, Einschüchterung, das ganze Programm. Während eines Einsatzes in Afghanistan vor etwa fünf Jahren ging etwas schief. Es kam zu einer Schießerei mit der örtlichen Polizei und Angehörigen des amerikanischen Militärs. Seither hat ihn das FBI international zur Fahndung ausgeschrieben. Deshalb haben wir auch Zugriff auf seine Akte. Allerdings hat sie kein Bild enthalten – das hier habe ich erst gefunden, als ich ein wenig tiefer im Internet zu wühlen begann.«

»Du erstaunst mich immer wieder.«

»Ich weiß.« Die Schwedin schnitt eine Grimasse. »Jedenfalls ist dieser Kurenko eine richtige Arschgeige – womöglich sogar der

Mistkerl, der dir das Ding verpasst hat. Leider verliert sich nach dem Zwischenfall in Kabul seine Spur. Man ging bislang davon aus, dass er untergetaucht ist und sich zur Ruhe gesetzt hat.«

»Und das Foto?«

»Ist vermutlich schon ein paar Jahre alt, genau zuordnen lässt es sich nicht.«

Lerby nickte und betrachtete den Mann auf dem Bild, unwillkürlich hatte sich sein Pulsschlag beschleunigt. Sollte dies tatsächlich der Täter sein, in dessen Gesicht er hier blickte? Der vermeintliche *tupilaq*? Der Mann, der vier Menschen grausam getötet hatte?

»Wie sicher können wir sein?«

»Ziemlich sicher.«

»Und seit fünf Jahren ist dieser Bursche komplett vom Radar verschwunden?«

»Der Bursche ja«, räumte Persson ein und machte dabei ein Gesicht, als hätte ihr jemand gesteckt, wo der Weihnachtsmann wohnt.

»Was soll das heißen?«

»Dass ich noch ein wenig weiterrecherchiert habe«, eröffnete sie und setzte sich nun doch, während sie mit flinken Fingern eine Internet-Seite aufrief. Ein Firmenauftritt erschien daraufhin, ziemlich nüchtern und wenig ansprechend gestaltet.

»Das«, verkündete sie feierlich, »ist New Tantalus Enterprises, eine amerikanische Firma, die ihren Sitz in Houston, Texas hat. Sie ist als internationaler Rohstoff-Prospektor tätig, sowohl im Auftrag von Regierungen als auch für global agierende Konzerne. Einem Hinweis zufolge, den die Company allerdings bestritten hat und dem offenbar auch nie wirklich nachgegangen wurde, stand Kurenko auf der Gehaltsliste einer Sicherheitsfirma, die wiederum für NTE arbeitete, als die Sache in Kabul passierte. Und da hatte ich die spontane Idee, eine Freundin in Nuuk anzurufen, die im Rohstoffministerium arbeitet …«

»Um diese Zeit? Ich wette, sie ist jetzt nicht mehr deine Freundin.«

»… und wie es der dumme Zufall will, ist just dieselbe Firma im Besitz einer aktuellen Explorationslizenz für Grönland. Und nun rate, auf welches Gebiet sich diese Lizenz erstreckt, Sherlock.«

»Auf die Ostküste?«, fragte Lerby.

»Auf die Ostküste!«, bestätigte sie. »Genauer gesagt auf die Distrikte Ammassalik und Ittoqqortoormiit. Hier«, fügte sie hinzu und schlug mit der flachen Hand auf den Tisch.

Lerby nickte. Eine Gänsehaut überzog ihn plötzlich von Kopf bis Fuß. »Ich denke«, sagte er leise, »wir wissen beide, dass das kein Zufall ist …«

40

Für Alf Norby-Larson war es kein schönes Erwachen.

Ohne Federlesens war Lerby in seine Zelle gestürmt, hatte ihn am Kragen gepackt, vom kargen Lager hochgerissen, das sonst meist nur Betrunkenen zur Ausnüchterung diente und entsprechend beschaffen war, und ihn wachgerüttelt.

Jetzt saß der Däne im Vernehmungsraum, mit einer grauen Decke um die Schultern und dunklen Rändern um die Augen, vor sich eine dampfende Tasse Kaffee, den Keldsen ihm gebraut hatte.

»Trinken Sie«, forderte Lerby ihn auf, der diesmal nicht saß, sondern vor ihm stand, mit den Armen auf die Tischplatte gestützt. Persson und Keldsen waren als Zeugen zugegen, hielten sich jedoch im Hintergrund. »Ich brauche Sie wach.«

»Was Sie brauchen, ist mir egal«, knurrte der andere verdrießlich. Sein blondes Haar stand wirr in alle Richtungen und schien seinen Seelenzustand zu spiegeln. »Was Sie hier tun, ist nicht in Ordnung. Ich habe Anspruch auf ausreichend Schlaf, von einem Rechtsbeistand ganz zu schweigen.«

»Verklagen Sie mich«, forderte Lerby ihn schnaubend auf, »aber vorher beantworten Sie meine Fragen, denn es kommt jetzt auf jede Minute an. Und hören Sie verdammt nochmal auf, mich zu belügen! Ich will endlich die Wahrheit wissen, verstanden?«

Statt etwas zu erwidern griff Norby-Larson nach der Tasse und nahm einen Schluck. Zu schmecken schien es ihm nicht, er verzog verdrießlich das Gesicht. »Ihr Kaffee ist furchtbar.«

»Tut mir leid«, erwiderte Lerby ohne erkennbares Mitleid, um noch im selben Atemzug zu fragen: »Kennen Sie diesen Mann?«

Ohne Vorwarnung ließ er ihn das Display seines Smartphones

sehen, auf das Persson ihm die Aufnahme von Gordon Kurenko geschickt hatte.

Obwohl der Kaffee angeblich so scheußlich schmeckte, nahm Norby-Larson noch einen Schluck. »Nein«, erklärte er dann – und zu Lerbys Verdruss konnte er nicht den geringsten Hinweis darauf entdecken, dass sein dänischer Landsmann die Unwahrheit sagte. Entweder, der gute Alf war ein noch besserer Lügner, als er angenommen hatte – oder er kannte den Mann auf dem Foto tatsächlich nicht. »Wer soll das sein?«, fragte er mit enerviertem Augenaufschlag.

»Gordon Kurenko, ein international gesuchter Terrorist«, versetzte Lerby – und meinte, für einen kurzen, kaum zu fassenden Moment eine Reaktion im Mienenspiel des anderen wahrzunehmen. Nicht unbedingt echtes Erkennen, eher so etwas wie das Aufflackern einer verloren geglaubten Erinnerung. Es wäre nicht das erste Mal gewesen, dass ein Verdächtiger seine Mitwisserschaft an einem Verbrechen schlicht verdrängt hatte. Lerby hatte die Erfahrung gemacht, dass manche Leute die erstaunliche Fähigkeit besaßen, die Realität zu verdrängen und sich ihre eigene Version davon zu bauen, in der sie sehr viel besser dastanden und – natürlich – unschuldig waren. Dennoch war er hier offenbar auf etwas gestoßen …

»Sagt Ihnen der Name etwas?«, hakte Lerby nach.

»I-ich weiß nicht«, kam es ein wenig hilflos zurück. »Den Mann auf dem Bild hab ich noch nie gesehen.«

»Das war nicht meine Frage.«

»Ich weiß, aber …« Der Rest von dem, was Norby-Larson sagen wollte, oder auch nicht, verschwand in seinem Kaffeebecher.

Lerby seufzte. »Vielleicht sollte ich die Gelegenheit nutzen, Sie an dieser Stelle kurz darüber aufzuklären, wie es im Moment gerade für Sie aussieht, Alf. Durch die Auswertung von DNS-Spuren *wissen* wir, dass es Kurenko war, der in jener Nacht in Illokarfiq gewesen und danach mit einem ihrer Schneemobile geflüchtet ist.

Und wenn Sie nicht eine verflixt plausible Erklärung dafür parat haben, wie dieser Kerl ohne Ihr Zutun in den Besitz eines solchen Fahrzeugs gelangen konnte, stehen Sie in dringendem Verdacht zur Beihilfe – und zwar zu vier vorsätzlich begangenen und bestialisch ausgeführten Morden. Wenn Sie also etwas wissen, ganz gleich, was es ist, dann sollten Sie jetzt den Mund aufmachen und reden, Alf. Sonst könnte es ziemlich hässlich für Sie werden.«

»Ich weiß nichts!«, rief der andere so laut und panisch, dass es von der Decke widerhallte. »Überhaupt nichts!«

»Warum haben Sie dann gerade eben so reagiert, als Sie den Namen hörten?«

»Wie denn?«

»Wie jemand, der etwas verheimlicht«, wurde Lerby deutlicher. »Sind Sie es denn nicht allmählich leid, hier zu sitzen und zu lügen? Wollen Sie dieses Schmierentheater nicht endlich beenden, das Sie uns vorspielen?«

In den Augen seines Gegenübers lag ein seltsamer Glanz. Lerby konnte Verunsicherung erkennen, aber sie reichte noch nicht aus, um ein Geständnis herbeizuführen. Vernehmungen ähnelten Achterbahnfahrten. Den Fahrgast zum höchsten Punkt zu bringen, war mitunter beschwerlich – doch hatte er ihn erst erreicht, gab es häufig kein Halten mehr …

»Es ist offensichtlich, dass Sie mehr wissen, als Sie uns verraten, Alf. Vermutlich denken Sie, dass Sie so irgendwie aus der Sache rauskommen, aber das ist ein Irrtum. Oder geht es Ihnen um die anderen? Sorgen Sie sich um Kurenko und seine Komplizen? Das brauchen Sie nicht, denn ich kann Ihnen versichern, dass die Sie längst fallengelassen haben.«

»Was … heißt das?«

»Ist das nicht offensichtlich? Denken Sie nach, Alf! In dem Moment, da Kurenko Ihr Ski-Doo als Fluchtfahrzeug benutzte, muss ihm die Gefahr, dass Sie dadurch auffliegen könnten, bewusst gewesen sein. Aber das war ihm ziemlich egal, ihm ging es nur darum, seine eigene Haut zu retten. Dieser Mann ist ein Überlebenskünstler, Alf. Er hat mehrere Kriege und dutzendweise Feuergefechte überstanden und dabei noch einen guten Schnitt gemacht. Er wird tun, was immer nötig ist, um seinen Hals zu retten. Und was er Ihnen auch versprochen haben mag, er wird sich wohl kaum daran halten.«

Der andere sah ihn an, und Lerby konnte sehen, wie in den bleichen Gesichtszügen Wut an die Stelle von Furcht trat. »Sie haben keine Ahnung, wovon Sie sprechen …«

»Nein, vielleicht nicht«, gab Lerby zu. »Aber ich weiß, dass Sie nicht wie diese Leute sind. Ich habe keine Ahnung, was in Ihrem Leben schiefgelaufen ist, dass Sie sich mit diesen Arschlöchern eingelassen haben – aber ich denke nicht, dass Sie wie sie sind. Kurenko hat nicht nur jene vier Menschen auf dem Gewissen, er ist ein skrupelloser Killer, der ohne mit der Wimper zu zucken mordet. Sie sind das nicht, und deshalb sollten Sie jetzt Ihr Schweigen brechen und reden, ehe es zu spät ist …«

»Sie wissen nichts«, lautete erneut die Antwort, so als würde Lerby einer kaputten alten Schallplatte lauschen. »Gar nichts wissen Sie.«

»Dann klären Sie mich auf«, verlangte er und sah sein Gegenüber herausfordernd an.

»Was bekomme ich dafür?«

»Wenn Sie kooperieren, wird die Staatsanwaltschaft dies wohlwollend berücksichtigen«, versprach Lerby. »Naturlich kommt es auf den Umfang Ihrer Mitwirkung an, deshalb sollten Sie spätestens jetzt Ihr Schweigen brechen. Letzte Chance, Alf!«

Der Mann, der bis vor einigen Stunden noch das Tourismusbüro von Illokarfiq geleitet, der ihn noch vor wenigen Tagen in seinem Glaskastenbüro auf der Polizeiwache besucht und ihm gönnerhaft angeboten hatte, ihn in die Verhältnisse vor Ort einzuführen, starrte Lerby an. Seine Oberlippe glänzte vor Schweiß, sein Mund stand halb offen, der Blick war leer. »Ich weiß nicht, wer dieser Kurenko auf dem Bild da sein soll«, flüsterte er. »Der Mann, den ich getroffen habe, hat einen anderen Namen genannt …«

Der *point of no return* war erreicht.

Lerby fühlte, dass er den Achterbahnwagen nur noch ein wenig anstoßen musste, und er würde zu Tal donnern, unaufhaltsam und ohne Rücksicht auf Verluste …

»Was für einen Namen, Alf?«, hakte er deshalb nach, sanfter jetzt, während er sich langsam setzte, sein Gegenüber dabei jedoch nicht aus den Augen ließ.

»Roberts … Dwayne Roberts.«

»Dieser Name stand auch auf der Liste, die Sie mir gegeben haben«, erinnerte sich Lerby.

»Genau, er war der Anführer der Gruppe.« Norby-Larson nickte. Paradoxerweise schien er plötzlich erleichtert zu sein. Er wäre nicht der erste Strafverdächtige, der auf eine schräge Art und Weise froh darüber war, dass das Versteckspiel endete. »Nur einmal …«

»Was ist da gewesen?«

»Da hat ihn einer der anderen anders genannt.«

»Wie?«

»Gordej«, kam die leise Antwort. »Könnte aber auch Gordon gewesen sein …«

»Gordej ist Kurenkos eigentlicher Name, Alf«, entgegnete Lerby, »er ist gebürtiger Russe.«

»Es war nur einziges Mal, und wahrscheinlich hätte ich es nicht einmal bemerkt, wenn er nicht so seltsam darauf reagiert hätte, dass einer seiner Leute ihn so ansprach …«

»Wie seltsam? Hat er etwas gesagt?«

»Nein, er hat ihn nur angesehen. Aber das hat genügt, um den anderen völlig einzuschüchtern.«

»Wie ich schon sagte – Kurenko ist niemand, mit dem man sich auf Geschäfte einlassen sollte.«

Norby-Larson nickte, beinahe krampfhaft. Und plötzlich füllten sich seine Augen mit Tränen. »Ich hatte doch gar keine Wahl«, flüsterte er. »Ich hatte das alles nicht verdient …

»Was haben Sie nicht verdient, Alf?«

»Es war nur ein kleiner Fehler«, beteuerte der andere wimmernd. »Andere haben es auch gemacht, und es ist nie jemandem aufgefallen.«

»Wovon genau sprechen Sie?«

»Vom Üblichen.« Er machte eine wegwerfende Handbewegung. »Ein paar Tricksereien hier, ein paar frisierte Spesenkonten dort. An diese EU-Gelder ist leicht heranzukommen, und es tut doch auch niemandem weh. Viele haben das schon immer so gemacht.«

»Aber nur Sie wurden dabei erwischt, richtig?«, fragte Lerby. »Dann haben Sie sich entweder dümmer angestellt als die anderen, oder Sie sind den falschen Leuten auf die Nerven gegangen. Glauben Sie mir, was Letzteres betrifft, kenne ich mich aus.«

»Man hat mich gezwungen, meinen Posten in Nuuk aufzugeben und mich stattdessen hierher versetzt, in dieses Kaff am sprichwörtlichen Arsch der Welt.«

Lerby legte den Kopf schief. »Das klingt ein wenig anders als bei unserer ersten Begegnung …«

»Ich habe versucht, das Beste daraus zu machen und mich mit der Situation zu arrangieren. Das habe ich wirklich! Aber mir war auch klar, dass ich niemals wieder von hier wegkäme, wenn ich mich nicht selbst darum kümmerte.«

»Also haben Sie die Fühler ausgestreckt?«

»Ich habe nichts dergleichen getan.« Norby-Larson schüttelte den Kopf. »Diese Leute sind auf mich zugekommen. Irgendwie hatten sie wohl von der Sache in Nuuk erfahren – und auch von meinen gelegentlichen Ausflügen ins Sperrgebiet. Sie sagten, dass sie einen ortskundigen Führer brauchen und dass sie gut bezahlen würden. Ich konnte doch nicht wissen, dass …«

»Wie hat man zu Ihnen Kontakt aufgenommen?«

»Gar nicht. Die Tür ging auf, und diese Typen waren da.«

»War dieser da dabei?« Lerby zeigte auf das Bild.

»Nein, den sehe ich zum ersten Mal.«

»Sind Sie sicher?«

»Völlig sicher.«

Lerby schürzte die Lippen und sandte Anne Persson einen fragenden Blick. Die Schwedin deutete ein Schulterzucken an. Mal vorausgesetzt, dass der Zeuge die Wahrheit sagte, bedeutete das wohl, dass sie sich geirrt hatte. Womöglich kursierten im Internet auch falsche Bilder von Kurenko, die in Wirklichkeit jemand anderen zeigten …

»Könnten Sie diesen Roberts beschreiben?«

»Er ist ziemlich groß und sportlich, ein wahrer Hüne … Von seinem Gesicht habe ich allerdings nicht allzu viel gesehen. Er trägt einen Vollbart, der die untere Hälfte seines Gesichts bedeckt. Und wann immer wir uns trafen, hatte er eine Sonnenbrille auf.«

Lerby blies durch die Nase – er hatte nichts anderes erwartet. »Wann haben Sie ihn und seine Leute das erste Mal getroffen?«

»Vor etwa zwei Monaten, genau wie ich Ihnen sagte. Die behaupteten, sie wären Touristen auf der Suche nach seltenen Sammlerstücken und hätten gehört, dass ich ab und zu spezielle … Expeditionen anbieten würde.«

»Und da haben Sie freudestrahlend eingewilligt und gegen üppige Bezahlung Kaffeefahrten ins Sperrgebiet organisiert«, ergänzte Lerby nickend. »Wie viele Personen waren es?«

»Zunächst nur zwei, Roberts und noch ein anderer. Später dann fünf. Ich habe Ihnen die Liste gegeben …«

»Diese Liste ist unbrauchbar, die Identitäten sind allesamt gefälscht. Bei diesen Männern handelt es sich um Profis, Alf. Söldner, allesamt Ex-Militärs. Die Leute fürs Grobe.«

»Das konnte ich doch nicht ahnen!« Der andere klang zunehmend verzweifelt.

»Anfangs«, räumte Lerby ein. »Aber irgendwann muss Ihnen

doch gedämmert haben, dass diese Leute nicht das waren, wofür sie sich ausgegeben haben?«

»Na ja, es war offensichtlich, dass sie sich für das alte Zeug, das auf dem Stützpunkt herumliegt, nicht wirklich interessierten. Stattdessen richteten sie dort ihr Lager ein. Ich sagte ihnen, dass das untersagt sei, aber sie scherten sich nicht darum und deuteten an, dass …«

»Dass was?«

»Dass ich es bereuen würde, wenn ich mich an die Polizei wende«, setzte Norby-Larson den Satz kleinlaut fort.

»Spätestens da muss Ihnen doch klar geworden sein, dass das nicht die üblichen Spinner waren?«

»Das stimmt schon … zumal sie mir Fragen stellten. Zu Illokarfiq und seiner Bevölkerung. Und zu …«

»Wozu noch?«, hakte Lerby nach, als der Zeuge plötzlich verstummte und nur noch auf die blankpolierte Tischplatte starrte.

»Ich … ich sollte erzählen, was ich über lokale Mythen weiß«, kam zaghaft die Antwort. »Also habe ich alles berichtet, was ich im Lauf meiner Dienstzeit hier oben so mitbekommen habe …«

»Auch vom *tupilaq*?«

Der andere nickte. »Auch das. Ein alter Fischer hatte mir die Geschichte einmal erzählt. Ich dachte doch nicht, dass …« Er verstummte abermals und hob den Blick, sah Lerby flehend an. »Ich wusste nicht, was die vorhatten. Wirklich nicht.«

»Und als sich die ersten drei Morde ereignet hatten und das Gerücht vom *tupilaq* die Runde machte? Ahnten Sie da noch immer nichts?«

»Ich … ich …« Erneut starrte er auf die Tischplatte, als suche er dort nach der rettenden, alles erklärenden Antwort. Er fand sie wohl nicht, und deshalb schwieg er und sank in sich zusammen wie ein Gummiboot, dem man die Luft abließ.

»Und das alles wussten Sie bereits, als wir uns das erste Mal trafen?«

»Ja.«

»Was war der Grund, warum Sie zu mir kamen? Sollten Sie mir auf die Finger sehen? Kurenko über den Fortschritt der Ermittlungen informieren?«

»Auch das.«

»Und das ganze Gerede über den Schaden für den örtlichen Tourismus? Ihre Verbindungen zu höheren Stellen?«

»Das war nicht gelogen. Aber es sollte wohl auch dazu dienen, den Druck auf Sie zu erhöhen und Sie zu vorschnellen Schritten zu veranlassen …«

»… und dadurch die Entwicklung noch zu beschleunigen«, ergänzte Lerby. »Denn es ging von Anfang an nur darum, in Illokarfiq Panik zu erzeugen, ist es nicht so?«

»Ich … nehme es an.« Der andere nickte.

»Aus welchem Grund? Was steckt dahinter, Alf?«

»Woher soll ich das wissen?« In einer resignierenden Geste hob Norby-Larson die Hände. »Denken Sie, die hätten mich in Ihre Pläne eingeweiht?«

»Wie viel hat man Ihnen bezahlt?«, versuchte Lerby es anders. »Wie viel dafür, dass Sie zunächst als Fremdenführer dienten, dann als Schieber und Informant und zuletzt sogar polizeiliche Ermittlungen behinderten?«

»Ich wollte das nicht«, beteuerte er. »Ich bin da so reingerutscht. Es hat doch ganz harmlos angefangen …«

»Wie viel?«, herrschte Lerby ihn an und schlug mit der Faust auf den Tisch.

»Hun-hunderttausend«, wisperte es kläglich.

»Euro?«

»Dollar. Auf mein Konto in der Schweiz …«

»Wow.« Lerby schützte anerkennend die Lippen. »Ein hübsches Sümmchen, Alf. Und Sie wollen mir ernstlich weismachen, Sie hätten diese Leute für gewöhnliche Sammler gehalten?«

»Nun, ich … ich hatte irgendwann mitbekommen, dass sie

wohl im Auftrag eines global agierenden Unternehmens arbeiten …«

»New Tantalus Enterprises, ein amerikanischer Prospektor, der sich um grönländische Explorationslizenzen bemüht«, erklärte Lerby, »und offenbar ist ihm die einheimische Bevölkerung dabei ein Dorn im Auge. Deshalb werden Söldner vorausgeschickt, die im Vorfeld Angst und Schrecken verbreiten und die Leute verjagen sollen. Einschüchterung und Erpressung – Kurenkos erklärte Spezialitäten.«

»Das würde Sinn ergeben«, hauchte Norby-Larson, als würde ihm in diesem Moment erst manches klar werden – zuvor hatte er offenbar noch nie über mögliche Zusammenhänge nachgedacht. Oder er hatte entsprechende Gedanken bislang einfach erfolgreich unterdrückt, er hatte ja 100000 gute Gründe dafür gehabt. »Bürgermeister Tulimaq gehört der IA an.«

»Was ist das?«, wollte Lerby wissen.

»*Inuit Ataqatigiit*«, erklärte Keldsen, »eine Partei, die sich für den Erhalt der Umwelt einsetzt und vor allem bei jungen Grönländern sehr populär ist …«

»… im Gegensatz zur Partei *Siumut*, die zuvor über Jahrzehnte dominiert und das Land an internationale Konzerne verhökert hat«, fügte Anna Persson grimmig hinzu.

»New Tantalus hat also Angst, dass, was immer sie vorhaben, verboten werden könnte«, folgerte Lerby. »Deshalb haben sie Kurenko und seine Meute angeheuert, um die Leute zu vertreiben?«

»Das … nehme ich an«, flüsterte der Zeuge. »Ich habe sie nie nach dem Grund ihrer Anwesenheit gefragt. Vermutlich«, fügte er hinzu, »hätten sie es mir ohnehin nicht gesagt.« Das Lächeln, das er in Daavi Keldsens und Anne Perssons Richtung schickte, heischte um Verständnis. Doch keiner von beiden verzog auch nur einen Mundwinkel.

»Stellt sich die Frage, warum gerade Illokarfiq«, meinte Lerby. »Was haben die Prospektoren gefunden, dass sie derart schwere

Geschütze auffahren und selbst mehrfachen Mord dafür in Kauf nehmen? Es muss dabei um sehr viel Geld gehen … um gewaltig viel Geld …« Er verstummte und überlegte. »Wann haben Sie Kurenko zuletzt gesehen, Alf?«

»In der Nacht, als die Sache mit dem Mädchen passierte. Er hatte sich am Arm verletzt und blutete. Ich habe ihn notdürftig verbunden und ihm einen meiner Motorschlitten überlassen. Er meinte, am nächsten Tag könne ich ihn mir wieder zurückholen.«

»Was Sie ja auch versucht haben.« Lerby nickte. »Hatte er vor, dass Mädchen in jener Nacht zu töten?«

»Ich weiß es nicht, ich habe erst am nächsten Tag von der Sache erfahren. Das schwöre ich! Aber … ich nehme es an. Er wirkte gehetzt, sagte, dass die Zeit langsam knapp werde …«

»Wofür?«

»Das hat er nicht gesagt. Und ich habe auch nicht gefragt.«

Lerby nickte und sah zu seinen Kollegen. »Vielleicht waren Kurenkos Auftraggeber mit den Ergebnissen nicht zufrieden und haben ihm eine Frist gesetzt.«

»Oder sie sind wegen der polizeilichen Ermittlungen unruhig geworden«, gab Keldsen zu bedenken.

»In beiden Fällen würde es erklären, warum er das Risiko eingegangen ist, nach Illokarfiq zu kommen«, folgerte Lerby. »Womöglich konnte er nicht anders, als alles auf eine Karte zu setzen: Der nächste Mord würde sich inmitten der geschützten Siedlung ereignen und dadurch eine handfeste Panik auslösen …«

»Noch dazu, wenn auf den Überwachungskameras im Ort ein waschechter Dämon zu sehen ist«, fügte Persson trocken hinzu.

»Es war Absicht«, schloss Lerby. »Er wollte, dass die Kameras ihn dabei aufnehmen, denn ihm war klar, dass selbst die Polizei die Leute dann nicht mehr beschwichtigen konnte. Womöglich«, wandte er sich wieder Norby-Larson zu, »hat ihm ja auch jemand gesteckt, dass der Schamane dann unter Umständen fordern würde, die Siedlung aufzugeben, weil die Macht des Bösen zu stark geworden sei …«

»Ich kann nichts dafür«, sah der andere sich einmal mehr veranlasst zu versichern. »Ich hab das alles nicht gewusst! Und selbst wenn, hätte ich es nicht verhindern können.«

»Vermutlich nicht – aber Sie hätten uns verdammt nochmal sagen können, was hier läuft, statt noch dabei zu helfen, diese ganze Scheiße zu vertuschen!« Lerby hielt es nicht mehr auf seinem Stuhl, wütend schoss er in die Höhe und wandte sich ab. Er konnte den Anblick des in Selbstmitleid zerfließenden Zeugen nicht mehr ertragen.

»I-ich habe Ihnen jetzt alles gesagt, was ich weiß«, drang es kleinlaut von der anderen Seite des Tisches. »Was wird nun werden?«

Lerby ließ sich mit der Antwort Zeit. »Ein Gericht wird das entscheiden«, sagte er dann, während er sich langsam wieder zu ihm umdrehte, »aber Sie können noch etwas tun, um diese Entscheidung günstig zu beeinflussen.«

»U-und was wäre das?«

Lerby kehrte an den Tisch zurück und beugte sich wieder darüber, diesmal allerdings soweit, dass sein Gesicht über dem von Norby-Larson schwebte, bedrohlich wie ein Racheengel. Ihm war klar, dass ein findiger Advokat das als Einschüchterung brandmarken würde, aber das war ihm in diesem Augenblick so egal, wie es nur sein konnte. »Wo sind diese Leute jetzt?«, fragte er und betonte jedes einzelne folgende Wort: »Wo haben die ihren Schlupfwinkel?«

Der Blick, mit dem der einstmals so selbstsichere Beamte ihn betrachtete, glich dem einer Maus vor der Schlange. Seine Augen waren geweitet, die Nasenwurzel zuckte nervös.

»I-ich weiß nicht«, stieß er schließlich stammelnd hervor. »Zu Beginn habe ich sie einmal von einer Höhle reden hören, dort gibt es wohl ein provisorisches Lager …«

»Das wurde inzwischen aufgelöst«, wusste Lerby – der alte Noomi hatte sich also doch nicht geirrt. »Es muss noch ein anderes Versteck geben.«

»Davon weiß ich nichts«, beteuerte der andere. »A-aber soviel ich weiß, gibt es ein Schiff. Und sogar einen verdammten Hubschrauber!«

Lerby horchte auf. Er musste an die Kufenabdrücke im Schnee denken, die Inasson nahe der Fundstelle des Ski-Doos entdeckt hatte. Und dass eine Firma, die als Prospektor arbeitete, ein Schiff draußen vor der Küste hatte, erschien ebenfalls recht plausibel.

»Für den Einsatz eines Schiffes ist es noch zu früh im Jahr«, wandte Keldsen ein. »Die meisten Buchten und Fjorde sind wegen des Eises noch unpassierbar.«

»Vielleicht wollen sie das ja gar nicht«, überlegte Lerby. »Vermutlich dient das Schiff Kurenko und seinen Leuten lediglich als Operationsbasis. Wahrscheinlich kreuzt es außerhalb der 12-Meilen-Zone in internationalen Gewässern.«

Für einen Moment erwog er, seine Behörde zu verständigen, damit sie ein Ersuchen um Amtshilfe an die Amerikaner stellte; schließlich war Kurenko durch das FBI international zur Fahndung ausgeschrieben. Mit Unterstützung einer US-Spezialeinheit aus der Thule Air Base wäre es auch kein Problem, ein ganzes Schiff hochzunehmen, aber es würde dauern, und wenn sie eines nicht hatten, dann war es Zeit.

Falls Norby-Larson die Wahrheit sagte (und Lerby hatte das Gefühl, dass ihm inzwischen einfach die Kraft zum Lügen fehlte), dann hatte die Aktion *tupilaq* einen kritischen Punkt erreicht. Nach dem jüngsten Fehlschlag stand Kurenko unter Zugzwang und musste rasch handeln, um seine Auftraggeber zufriedenzustellen – und Lerby zweifelte keinen Augenblick daran, dass er dabei über Leichen gehen würde …

»So geht es nicht«, entschied er. »Statt uns selbst in die Höhle des Löwen zu begeben, müssen wir ihn herauslocken.«

»Wie wollen Sie das anstellen?«, plärrte der Zeuge.

Lerbys einzige Antwort war ein bedeutsamer Blick.

»Nein!«, rief Norby-Larson daraufhin erschrocken aus, so als könne er seine Gedanken lesen. »Das kommt nicht in Frage! Vergessen Sie's!«

»Sie stecken zu tief in der Sache drin, um jetzt noch einen Rückzieher zu machen, Alf. Und ich bin sicher, die Staatsanwaltschaft wird Ihre Unterstützung positiv zu bewerten wissen. Wer weiß? Vielleicht gehen Sie sogar straffrei aus …«

Der andere schnaubte, atmete tief ein und aus, während er flehend zu Keldsen und Persson blickte. Aber von denen war keine Hilfe zu erwarten. »Na schön«, schnaubte er schließlich nochmal, kraftlos resignierend. »Was soll ich tun? Ihn zum Tee einladen?«

Lerby grinste freudlos. »Ich fürchte, ein wenig reizvoller werden wir den Köder schon gestalten müssen. Zuerst einmal werden Sie Kurenko kontaktieren …«

»Sie meinen Roberts.«

»Nein.« Lerby schüttelte den Kopf. »Sie werden ihn bei seinem richtigen Namen nennen und durchblicken lassen, dass Sie mehr über ihn herausgefunden haben, als ihm lieb sein kann. Und dass Sie sich mit ihm treffen wollen, um über die«, – er unterbrach sich und suchte nach den passenden Worten, – »Modalitäten Ihres Schweigens zu verhandeln.«

»Über die Modalitäten meines …?« Norby-Larson sah ihn an, als hätte er den Verstand verloren. »Ich soll so tun, als wollte ich ihn erpressen? Und den verdammten Köder für Sie spielen?«

»Sie erhalten dadurch Gelegenheit, sich zu rehabilitieren«, konterte Lerby. »Außerdem werden wir ganz in der Nähe sein und ihn festnehmen, sobald er auftaucht.«

»Ach ja?« Der ehemalige Leiter des Tourismusbüros war nicht überzeugt. »Und wie wollen Sie so nah an ihn herankommen, ohne dabei gesehen zu werden?«

»Indem wir das Treffen an einem Ort stattfinden lassen, der

ein solches Vorgehen zulässt – nämlich im Sperrgebiet, beim alten Stützpunkt.«

»Warum gerade da?«, fragte Keldsen und verzog sichtlich angewidert das Gesicht. »Das ist kein guter Ort, Kommissar.«

»Wir können uns in all dem Zeug da oben verbergen, ohne gesehen zu werden«, wandte Lerby ein. »Außerdem laufen wir dort nicht Gefahr, Unbeteiligte zu gefährden.«

Anna Persson hob die Brauen. »Hältst du das für eine gute Idee, Sherlock?«

»Ich hatte vermutlich schon bessere«, gab Lerby zu. »Aber die Zeit drängt, und um an Kurenko heranzukommen, ist es die schnellste und vielversprechendste Vorgehensweise.«

»Scheiße«, sagte Norby-Larson nur.

41

»Du verlangst ziemlich viel, weißt du das?«

Pally saß auf dem Bett in Lerbys Hotelzimmer. Sie trug noch immer die Kleidung vom Vortag, ihre Gesichtszüge waren blass, das Haar wild und ungeordnet.

»Ich weiß«, versicherte Keldsen. Er trug bereits den Einsatzoverall in Schneetarnmuster, den Inasson ihm gegeben hatte, darunter eine Kevlar-Weste, das IIIA-Modell aus dänischer Fertigung, von dem er hoffte, dass er es nicht brauchen würde. Die USP Compact, die er sonst, wenn überhaupt, nur verdeckt trug, hatte er jetzt im Holster am rechten Oberschenkel. Pally hatte nicht schlecht gestaunt, als er sie in diesem Aufzug geweckt hatte, jedoch sofort die richtigen Schlüsse gezogen.

»Die ganze Zeit über habe ich dir geholfen …«

»Das hast du«, versicherte er.

»… und jetzt, wo es ein bisschen gefährlich wird, soll ich zu Hause bleiben?«

»›Ein bisschen gefährlich‹ trifft es wohl nicht ganz. Kurenko und seine Leute sind Schwerverbrecher, Pally, skrupellose Killer. Das haben sie mehrfach bewiesen.«

»Dann verstehe ich erst recht nicht, wieso du allein dorthin gehen musst. Hast du noch nicht genug abbekommen?«

»Ich hab diesmal eine Weste an«, meinte er und versuchte es mit einem Grinsen, das sie jedoch nicht erwiderte. »Außerdem bin ich nicht allein«, fügte er hinzu, »Keldsen und Inasson begleiten mich, und Tasiilaq hat zwei Beamte zur Verstärkung geschickt. Und vergiss Alf Norby-Larson nicht. Schon der Name allein schlägt jeden Gegner in die Flucht!«

Nun rang sie sich doch ein Lächeln ab. »Trotzdem«, beharrte sie, »du hast selbst gesagt, dass das eiskalte Killer sind.«

»Kurenko wird sich vor allem auf Alf konzentrieren. Wir haben den Zeitpunkt und den Ort vorgegeben, wir kontrollieren die Situation.«

»Ist das so?«

»Ist es«, bestätigte er und gab sich Mühe, dabei zuversichtlich zu klingen. Dass auch er leise Bedenken hegte, sagte er nicht, zumal er keine andere Chance sah, diesen Fall rasch und ohne weitere Opfer zum Abschluss zu bringen. Die Beweislast anhand der DNS-Spuren reichte aus, um Kurenko zu verhaften. Was dann geschah, würde die Staatsanwaltschaft bestimmen. In jedem Fall würde der Mistkerl erst einmal aus dem Verkehr gezogen sein und keinen weiteren Schaden mehr anrichten.

»Ich weiß, dass das nicht einfach für dich ist«, versicherte Lerby.

»Ist es nicht«, erwiderte sie.

»Pass auf dich auf, Pally.«

»Du auch.«

Ihre Blicke begegneten sich, und sie nickten einander zu, dann machte er auf dem Absatz kehrt und verließ das kleine Zimmer, das jetzt irgendwie zu ihrem geworden war.

Draußen vor dem Hotel wartete ein Polizeiwagen. Inasson saß am Steuer, wie Lerby im Tarnanzug. Auf der Rückbank hockte Norby-Larson, der ziemlich elend aussah und in seinem Daunenmantel entsetzlich zu frieren schien. Neben ihm saß Elona Nielsen, eine der beiden Beamten, die die Dienststelle in Tasiilaq zur kurzfristigen Verstärkung geschickt hatte. Lerby öffnete die Tür und stieg auf den Beifahrersitz, dann ging es los.

Es war noch früh am Morgen. Die Sonne war soeben aufgegangen und Illokarfiq zaghaft dabei, zum Leben zu erwachen. Nur ganz vereinzelt sah Lerby Leute, die an ihren Häusern hantierten oder die Hunde fütterten, und er ertappte sich dabei, dass ihn der Anblick mit Beklemmung erfüllte. Wider ihren Willen und ohne jede Schuld waren diese Menschen zu Zielscheiben geworden, Figuren in einem Spiel, von dem sie noch nicht einmal etwas ahnten. Irgendjemand, der sehr weit entfernt von hier weilte und vermutlich einen Designeranzug trug, manikürte Hände hatte und wohl noch nie einen Fuß in dieses raue Land gesetzt, hatte entschieden, dass all diese Leute, die hier seit Jahrzehnten lebten und sich hier unter großen Mühen ihre Existenz aufgebaut hatten, von hier verschwinden sollten. Lerby hatte keine Chance, dieses perfide Spiel zu beenden oder an die Schlipsträger heranzukommen, die so etwas beschlossen; aber er hatte einen Eid geleistet, die Menschen hier zu beschützen, und zumindest das wollte er tun. Schon lange war es ihm nicht mehr derart bitterernst mit etwas gewesen. Er war zum Äußersten entschlossen – und was Inasson anging, so brauchte er nur in dessen versteinerte Miene zu blicken, um zu wissen, dass er ebenso empfand.

Keldsen war noch vor Sonnenaufgang mit einem zivilen Ski-Doo aufgebrochen, um vor Ort alles vorzubereiten, zusammen mit dem zweiten Beamten aus Tasiilaq. In Gedanken ging Lerby den Plan wieder und wieder durch, fragte sich, ob er etwas übersehen oder vergessen hatte. Auch wenn er sich lieber die Zunge abgebissen hätte, als es offen zuzugeben, hatte Pally allerdings leider recht gehabt – sie waren zu wenige für einen Einsatz wie diesen. Natürlich hatten sie versucht, noch weitere Verstärkung zu bekommen, doch so rasch würde daraus nichts werden, schon wegen eines heftigen Sturmes, der gerade über der Südspitze Grönlands tobte.

Sie waren auf sich gestellt.

Inasson lenkte den SUV die Straße zum Heliport hinauf. Er hatte die halbe Nacht telefoniert, um eine Maschine zu organisieren, die sie rasch ins Sperrgebiet bringen konnte. Das grau gestrichene Ding, das auf der Landeplattform stand, war eine Hughes OH-6 Cayuse aus altem Militärbestand. Lerby musste ein wenig schmunzeln, weil es genau dieses Modell gewesen war, das in ihm einst den Wunsch geweckt hatte, Ermittler zu werden. In der alten Krimiserie »Magnum P.I.« hatte es – wenn auch mit anderer Lackierung – nämlich eine wichtige Rolle gespielt. Dieses Exemplar hier sah zwar nicht mehr besonders Vertrauen erweckend aus, aber es war besser als nichts.

»Sie wurden informiert?«, fragte Lerby den Piloten, während er auf dem Co-Pilotensitz Platz nahm. Die anderen mussten mit Notsitzen auf dem Boden vorliebnehmen, da die OH-6 nur für drei Passagiere ausgelegt war und zudem auch noch die Rucksäcke mit der Ausrüstung transportiert werden mussten.

Der Pilot, ein Einheimischer mit blond gefärbtem Haar, dessen Gesicht hinter der riesigen verspiegelten Brille kaum auszumachen war, reckte den Daumen hoch. Schon kurz darauf hoben sie ab.

Lerby sah, wie die Landeplattform und die Gebäude des Heliports unter ihnen zurückfielen, dann neigte sich die Maschine auch schon und zog in nordöstlicher Richtung davon. Dabei hielt sich der Pilot genau an die Anweisungen und blieb dicht über dem Boden, um kein Aufsehen zu erregen. Mit atemberaubender Geschwindigkeit raste der verschneite Grund unter ihnen dahin. Zur Rechten war die See zu erkennen, die Eis und Himmel durch eine scharfe blaue Linie trennte; auf der anderen Seite ragten die Berge des Inlandeises auf, majestätisch und Ehrfurcht gebietend.

Irgendwann, das schwor sich Lerby in diesem Augenblick, wollte er hierher zurückkehren und dieses raue Land, das er zunächst so verabscheut hatte und dessen Schönheit ihm nun immer mehr zu Bewusstsein kam, mit den Augen eines Reisenden betrachten, neugierig und staunend.

Vorausgesetzt, er bekam noch die Gelegenheit dazu …

Seine Wunde machte wieder Ärger, sie war noch zu frisch. Wann immer er sich zu viel zumutete, ließ sie ihm eine Warnung in Form stechenden Schmerzes zukommen. Lerby ignorierte sie so gut es ging. Es war seine Pflicht, die Morde von Illokarfiq aufzuklären und den Täter zu fassen, und er war fest dazu entschlossen. Doch wie die Sache ausgehen würde, war schwer zu sagen.

Hätte Lerby nicht ab und zu auf die Uhr gesehen, hätte er nicht zu sagen vermocht, wie lange der Flug dauerte; jedes Zeitgefühl war ihm verloren gegangen. Als der Helikopter endlich dem Boden entgegensank und sie in einer von Eisformationen umgebenen Mulde unweit des Sperrgebiets absetzte, schienen Stunden oder nur Minuten vergangen zu sein. In aller Eile verließen Lerby und sein Team die Maschine, die daraufhin sofort wieder in den Himmel stieg und nach Illokarfiq zurückflog. Es wäre Lerby wohler dabei gewesen, sie weiter in Reichweite zu haben, aber die Gefahr, dass der in Bereitschaft stehende Hubschrauber aus der Luft entdeckt und ihr Plan auffliegen würde, war einfach zu groß. Zumal damit gerechnet werden musste, dass Kurenko nicht allein zu dieser Party erschien.

Die Distanz zum Sperrgebiet betrug rund einen Kilometer. Lerby und die anderen Polizisten legten den Weg größtenteils schweigend zurück, nur ihr ziviler Begleiter lamentierte unaufhörlich.

Über die Kälte, die unter seinen Mantel kroch.

Den rauen Ostwind, der ihnen entgegenblies.

Und das Risiko, dem man ihn aussetzte.

Dass er selbst einen guten Teil zu der Lage beigetragen hatte, in der er sich nun befand, erwähnte er nicht.

Lerby sah sich nach allen Seiten um. Von Daavi Keldsen und dem anderen Kollegen war nichts zu sehen, aber er war sicher, dass die beiden zur Stelle waren und sie von ihrem Versteck aus im Blick hatten. Keldsen hatte ihm erzählt, dass sein Vater bei zweistelligen Minusgraden oft stundenlang reglos vor einem ins Eis geschlagenen Robbenloch ausgeharrt hatte – Lerby konnte nur hoffen, dass der junge Polizist diese Fähigkeit von seinem alten Herrn geerbt hatte.

Aus den weißen Nebelfetzen, die um diese Zeit noch über der Ebene lagen, schälten sich die Überreste des alten Lagers. Morbide waren sie Lerby schon bei seinem letzten Besuch erschienen, jetzt kamen ihm die kahlen Gerippe und das rostige Metall erst recht wie Skelette vor, die als trostlose Todesboten inmitten der Eiswüste lagen.

Sie passierten das Schild, das das dahinter liegende Gelände als Sperrgebiet deklarierte, und an den alten Wracks vorbei gelangten sie zum Kern des ehemaligen Stützpunkts. Im alten Munitionsbunker, dem einzigen noch halbwegs intakten Gebäude, bezogen sie Posten. Hier hatte Keldsen auch das Ski-Doo versteckt, dass sie nun hervorholten und gut sichtbar abstellten, um den Anschein zu erwecken, Norby-Larson wäre damit gefahren.

Inzwischen war Eile geboten. Bis zum Treffen um elf Uhr waren es nur noch knapp zwei Stunden, und Lerby wollte nichts dem Zufall überlassen.

In einem der Wracks deponierte er seine mit Fernauslöser zu bedienende Digitalkamera, das dazugehörige Mikrofon montierte er so, dass der Wind die Aufnahme nicht beeinträchtigte. Mit Norby-Larson ging er alles noch einmal durch und machte ihm vor allem klar, wo dieser genau zu stehen hatte, sodass sie ihn wirkungsvoll beschützen konnten.

Dann warteten sie.

Um 10.51 Uhr meldete Keldsen über verschlüsselten Funk, dass sich von Nordwesten ein Helikopter näherte. Noch einmal schärfte Lerby allen ein, dass sie sich exakt an den Plan halten sollten, dann konnten sie die Maschine bereits hören. Der Wind trug das Knattern der Rotoren heran, im nächsten Moment tauchte der Helikopter aus den grauen Wolken auf. Den Typ konnte Lerby von seinem Versteck im Bunker aus zunächst nicht ausmachen, dann glaubte er an der charakteristischen Form eine Agusta A119 zu erkennen.

Der Hubschrauber trug keine Hoheitsabzeichen oder sonstige Markierungen. In einer engen Schleife flog er über das Lager hinweg. Lerby und Nielsen zogen die Köpfe ein, und Lerby hoffte inständig, dass Inasson, der dem Bunker gegenüber im Wrack eines alten Lkws kauerte, dasselbe tun würde, ebenso wie Keldsen und sein Kollege. Wenn Kurenko auch nur den geringsten Anlass zu Misstrauen fand, würde er schneller verschwinden, als sie ihn fassen konnten – und damit auch alle Hoffnung, ihn zu kriegen.

Ein Stück vom alten Lager entfernt, aber noch innerhalb des Sperrgebiets, setzte die A119 zur Landung an. Sie hatte kaum aufgesetzt, als ein Mann aufs Eis sprang, der dunkelblaue Funktionskleidung trug. Die Kapuze seines Anoraks hatte er oben, eine Schneebrille verdeckte einen großen Teil seines bärtigen Gesichts. Lerby, der von seinem Versteck aus einen guten Ausblick hatte, beobachtete, wie er sich näherte, während Norby Larsen draußen stand, von einem Bein auf das andere trat und sich in seinem teuren Mantel erkennbar unwohl fühlte.

Lerbys Pulsschlag ging schneller.

Elona neben ihm bekreuzigte sich.

Der Pilot des Hubschraubers ließ die Rotoren in niedriger Drehzahl weiterlaufen. Kurenko ließ also Vorsicht walten, aber das war kein Problem. Um den Piloten würden Keldsen und sein Kollege sich im Zweifel kümmern, seine ganze Aufmerksamkeit hatte dem Hünen zu gelten.

Je näher der Amerikaner mit den russischen Wurzeln kam, desto mehr Einzelheiten konnte Lerby erkennen. Seinem Berufsstand entsprechend trug Kurenko paramilitärische Kleidung – Thermostiefel und Kommandohosen in grauem Tarnmuster sowie über dem Anorak ein Gürtel mit Holster, aus dem der klobige Griff einer Glock ragte. Er war groß, eins neunzig mindestens, und von athletischem, breitschultrigem Körperbau – ein weiterer Anhaltspunkt dafür, dass dies ein Mann war, der die Kraft besaß, vier Menschen auf diese bestialische Weise zu ermorden. Seine Visage bekam Lerby allerdings auch diesmal nicht zu sehen, denn was unterhalb der Schneebrille von Kurenkos Gesicht zu sehen war, war von schwarzem Bart überwuchert. Ein breites Grinsen spielte um den breiten Mund.

Lerby ballte in seinem Versteck die Fäuste. Er widerstand der Versuchung, hinauszulaufen, dem Mistkerl die Dienstwaffe unter die Nase zu halten und ihn einfach zu verhaften. Er wollte sichergehen, dass die Beute auch wirklich in der Falle saß, ehe er sie zuschnappen ließ …

Kurenko rief Norby-Larson eine Begrüßung zu, die dieser halblaut erwiderte. Dann sagte er seinen Spruch auf – dass er über eine Informationsquelle im Außenministerium Einsicht in ein paar Akten bekommen hätte und Kurenkos wahre Identität und seine Pläne kenne. Und dass er gerne bereit wäre, weiter den Mund zu halten, sofern der andere sich dafür erkenntlich zeigen würde …

Im Versteck entsicherte Lerby seine Waffe.

Das Herz raste in seiner Brust, trotz der Kälte stand ihm Schweiß auf der Stirn. Dennoch wartete er den geeigneten Augenblick ab – den Moment nämlich, in dem sich Kurenko weit genug genähert hatte, dass Inasson ihm von seinem Versteck aus den Weg abschneiden und sie ihn in die Zange nehmen konnten, aber wiederum nicht so weit, dass der Verdächtige sich den Köder schnappen und ihn als Geisel nehmen konnte.

In seinem Kopf lief lautlos ein Countdown.

3 … 2 … 1

Dann gab er den Befehl.

»Zugriff!«

42

Es war kaum Zeit gewesen, diesen entscheidenden Moment zu üben. Doch ob es nun daran lag, dass sie alle mit höchster Konzentration bei der Sache waren, oder vielleicht auch nur daran, dass jedem bewusst war, wie wichtig dieser Einsatz war – reibungsloser hätte der Zugriff kaum ablaufen können.

In dem Augenblick, als Lerby und Politiassistent Nielsen aus dem alten Munitionsbunker stürmten, ihre Dienstwaffen beidhändig erhoben, war auch Ejnari Inasson zur Stelle, die Heckler & Koch MP5 im Anschlag, von der es im Waffenschrank der Polizeiwache nur diese eine gab. Gleichzeitig ließ Norby-Larson sich zu Boden fallen, wobei er einen gellenden Schrei von sich gab.

»Polizei! Keine Bewegung!«, schleuderte Lerby Kurenko auf Englisch entgegen – und noch ehe dieser auch nur begriff, wie ihm geschah, blickte er bereits in die Läufe dreier schussbereiter Waffen, wobei Inassons Maschinenpistole wohl den größten Eindruck machte.

»Gordon Kurenko alias Gordej Iwanowitsch Kurenko, Sie sind hiermit verhaftet!«, bellte Lerby in die eiskalte Luft. »Nehmen Sie die Hände hoch und verschränken Sie sie hinter dem Kopf. Falls Sie zur Waffe greifen, werden wir schießen …«

Bleierne Stille lag plötzlich über dem alten Lager, nur noch der heulende Wind war zu hören.

Kurenko stand unbewegt, wie zur Salzsäule erstarrt. Wenn er überrascht war, so war es ihm das angesichts seiner verhüllten Gesichtszüge nicht anzusehen.

»Gut so«, knurrte Lerby. »Jetzt knien Sie langsam nieder! Meine

Kollegin wird zu Ihnen kommen und Sie entwaffnen, leisten Sie keinen Widerstand!«

»Sind Sie jetzt fertig?«

Es war das erste Mal, dass Lerby Kurenkos Stimme hörte. Sie war hart und mitleidlos, sein Englisch amerikanisch; ein russischer Akzent, wenn überhaupt, nur im Ansatz zu erahnen – er war noch jung gewesen, als seine Eltern in die USA ausgewandert waren.

Statt die Hände hinter dem Kopf zu verschränken, wie Lerby ihm befohlen hatte, nahm Kurenko die Schneebrille ab und warf sie achtlos weg. Die Gesichtszüge, die darunter zum Vorschein kamen, waren Lerby gänzlich unbekannt. Fest stand nur, dass dies nicht der Kerl von dem Bild war. Die Augen standen viel enger beisammen, und über Kurenkos linke Wange verlief eine Narbe.

»Die Hände hinter den Kopf, wird's bald?«, beharrte Lerby und verlieh seiner Forderung mit der Waffe Nachdruck – doch plötzlich erschien auf Kurenkos bärtigen Zügen ein Grinsen. Es war unpassend und es war unverschämt. Und es wollte Lerby ganz und gar nicht gefallen …

»Langsam«, sagte der Verhaftete mit einer Gelassenheit, die Böses ahnen ließ. Nichts an seiner Miene, seiner Stimme oder seiner Haltung ließ Unruhe oder gar Furcht vermuten. »Wenn ich einen Augenblick lang Ihre Aufmerksamkeit haben dürfte?«

»Was wollen Sie?«

»Sie nur rasch darauf aufmerksam machen, dass die Dinge nicht so liegen, wie Sie sich das womöglich vorstellen, Kommissar Lerby.«

Lerbys Miene blieb unbewegt, seine Hände fest um den Griff der USP geschlossen – während er zugleich das Gefühl hatte, als würde der Boden unter seinen Füßen wanken. Er wusste nicht, worüber er mehr entsetzt sein sollte: Darüber, dass sein Gegenüber nicht im Geringsten überrascht zu sein schien, oder über die Tatsache, dass der Mann seinen Namen kannte.

Sein Magen begann sich zu melden.

Und das war nie ein gutes Zeichen.

»Was denn? Sind Sie überrascht, dass ich weiß, wer Sie sind? Sie wissen doch auch, wer ich bin. Das nenne ich ausgleichende Gerechtigkeit!«

»Die Hände nach oben, sofort!«, brüllte Lerby, dem die selbstgefällige Attitüde zunehmend auf die Nerven ging.

Kurenko schnalzte mit der Zunge wie jemand, der ein unartiges Kind maßregelt. Dann sagte er etwas in den Kragen seines Anoraks, einen kurzen Befehl. Bei dem Helikopter, der in etwa zweihundertfünfzig Metern Entfernung in der eisigen Ödnis wartete, wurde daraufhin eine der Seitentüren eröffnet – und was dann geschah, ließ den Boden unter Lerbys Füßen nicht bloß wanken, sondern zog ihn einfach weg.

Drei Gestalten erschienen.

Zwei waren Söldner, gekleidet wie Kurenko.

Die dritte Person – Lerby entfuhr ein lautes Ächzen – war Pally.

Entsetzen packte ihn, alles in ihm krampfte sich zusammen. Unbewegt stand er da, war Augenblicke lang nicht in der Lage, einen klaren Gedanken zu fassen.

Die beiden Männer, deren Gesichter hinter Bärten und verspiegelten Brillen kaum zu sehen waren, näherten sich, ihre Geisel in der Mitte. Beide hielten Sturmgewehre in ihren Händen, mit denen sie Pally bedrohten. Lerby fühlte einen Stich im Herzen, als er sah, dass sie noch dieselben Sachen wie im Hotel trug, darüber nur einen dünnen Anorak. Vermutlich zitterte sie am ganzen Körper.

Und das nicht nur der Kälte wegen …

»Verdammter Mistkerl, was haben Sie getan?«

»Sie werden lachen – eigentlich hatten meine Leute den Auftrag, sich um Sie zu kümmern, Kommissar Lerby. Dass die junge Dame dort anwesend war, kam ein wenig überraschend – aber da sie wohl kaum in Ihrem Hotelzimmer wäre, wenn Ihnen nicht etwas an ihr gelegen wäre, haben wir uns ihrer angenommen.«

Lerby brachte kein Wort hervor. Seine Kieferknochen mahlten, während er Gordon Kurenko mit Blicken erdolchte – dabei galt sein Zorn eigentlich sich selbst.

In der Annahme, seinem Gegner einen Schritt voraus zu sein, hatte er geglaubt, dass Pally sicher war, wenn sie auf seinem Zimmer bliebe. Nun stellte sich heraus, dass er sie dadurch erst in Gefahr gebracht hatte.

In tödliche Gefahr.

»Wie Sie sehen, halte ich alle Trümpfe in der Hand, Kommissar«, fasste Kurenko die Situation genüsslich zusammen. »Ich würde Ihnen also nun meinerseits empfehlen, die Realitäten anzuerkennen und die Waffen sinken zu lassen.«

Lerby nickte langsam. Er hatte den ersten Schock überwunden, sein Verstand arbeitete wieder und wog in aller Eile seine Chancen ab …

»Oder aber«, wandte er daraufhin grimmig ein, »Sie befehlen Ihren Leuten, ihre Geisel augenblicklich frei zu lassen und sich zurückzuziehen – denn just während Sie reden, hat einer meiner Beamten Sie im Visier, Kurenko.«

»Verstehe.« Der andere nickte, für einen Moment blickte er zu Boden wie ein Schauspieler, der seinen Text vergessen hatte. Als er wieder aufblickte, grinste er erneut. »Sie spielen damit wahrscheinlich auf den guten Polizeimeister Keldsen an, der rund sechshundert Meter westlich von hier in einem kalten Eisloch sitzt – oder vielmehr saß. Denn er und sein Kollege befinden sich inzwischen nicht länger dort.«

»Sie bluffen«, knurrte Lerby, aber das war mehr Wunsch als Vorwurf.

Kurenko, der die Hände noch immer nur halb erhoben hatte, sprach daraufhin noch einmal in den Kragen seines Anoraks – und hinter einem der rostigen Fahrzeugwracks, die das alte Lager wie eine bizarre Mauer umgaben, kamen zwei Männer hervor, die Lerby beide kannte. Der eine war Daavi Keldsen, die andere der

Polizist aus Tasiilaq, Elona Nielsens Kollege. Beide blickten finster drein und hielten die Hände so hinter dem Kopf, wie Lerby es gerne bei Kurenko gesehen hätte.

Hinter ihnen schritten zwei Gestalten, die auf den ersten Blick wie leibhaftige Schneemenschen aussahen, Monstren aus einem Albtraum; tatsächlich trugen sie weiße Ghillie-Tarnanzüge, deren unförmige Kontur nicht nur ihre Körper, sondern auch ihre Bewegungen nahezu vollständig mit der eisig weißen Umgebung verschmelzen ließ. Im Anschlag hielten sie ebenfalls weiße, schussbereite Schnellfeuergewehre des deutschen Typs HK416 … Lerby war kein Waffenspezialist, aber wenn er sich nicht sehr irrte, benutzten diese Gewehre dasselbe Kaliber, mit dem vor einigen Tagen auf sie geschossen worden war. Und die ausdruckslosen Gesichtszüge unter den Kapuzen der Ghillies ließen vermuten, dass diese Männer kein Problem damit hatten, erneut abzudrücken.

Lerby stieß eine Verwünschung aus. Seine Gedanken begannen, sich im Kreis zu drehen, Dutzende Fragen stürmten auf ihn ein, auf die er im Augenblick keine Antwort mehr fand.

»Nun?«, erkundigte sich Kurenko herablassend.

Lerby zögerte noch einen Augenblick. Sein Blick ging von Pally zu den gefangenen Kollegen und wieder zurück.

Dann sicherte er seine Waffe und ließ sie sinken.

Nielsen und Inasson taten es ihm gleich.

Kurenko feixte. »Sie haben doch nichts dagegen, wenn ich meine Hände nun wieder herunternehme, Kommissar?«

»Tun Sie doch, was Sie wollen.«

Der andere lachte nur. Die gefangenen Polizisten wurden zu ihnen gebracht. Der Blick, den Daavi Keldsen ihm schickte, war voller Bedauern, aber Lerby schüttelte nur den Kopf. Wenn, dann war das hier seine Schuld. Von den jüngsten Ermittlungserfolgen getragen, hatte er den unverzeihlichsten aller Fehler begangen und seinen Gegner unterschätzt.

Man nahm ihnen die Waffen ab und trieb sie zusammen. Es bereitete Kurenko offenkundiges Vergnügen, ihnen zu befehlen, die Hände hinter den Kopf zu nehmen und auf die Knie zu gehen. Alles in Lerby sträubte sich dagegen, aber selbst in seinem hilflosen Zorn war ihm klar, dass jede Gegenwehr in einem Blutbad enden würde.

Auf dem Boden kauernd warteten sie ab, bis die anderen beiden Söldner Pally brachten. Natürlich hatte sie Angst und fror vermutlich erbärmlich im eisigen Wind, doch tapfer ließ sie sich weder das eine noch das andere anmerken. Sie stießen sie nieder und ließen sie neben den anderen knien. Pallys Miene war erstarrt, ihre sonst so heiteren und lebensfrohen Züge zur Maske gefroren. Es war Lerby unerträglich, sie so zu sehen – noch schlimmer war nur der schallgedämpfte Lauf des Sturmgewehrs, der jetzt direkt auf ihren Kopf zeigte.

Ihre Blicke begegneten sich. Pallys Augen glänzten, sie versuchte ein gequältes Lächeln.

»Keine Sorge, es wird alles gut«, würgte er hervor und fühlte sich dabei so hilflos wie selten zuvor in seinem Leben. »Es kommt alles in Ordnung ...«

»Damit würde ich offen gestanden nicht unbedingt rechnen, Kommissar«, beschied Kurenko ihm kalt.

»Was wollen Sie tun? Uns alle töten?«, fragte Lerby. »Man bringt nicht eben mal fünf Polizisten um.«

»Nein«, gab der andere zu. »Andererseits dürfte kaum ein Ort auf der Welt geeigneter sein, um ein paar Leichen verschwinden zu lassen – man braucht sie nur ins Wasser zu werfen: Zuerst kommen die Orcas, dann die Haie, und was die übriglassen, das holen die Krabben.«

»War's das?«, fragte Lerby genervt.

»Bitte«, ließ sich Alf Norby-Larson jetzt vernehmen. Die ganze Zeit über hatte er den Kopf unten behalten und wie eine Flunder am Boden geklebt, vermutlich in der vagen Hoffnung, dass man ihn vielleicht übersehen oder gleich ganz vergessen würde. Nun schien er zu dem Schluss gekommen zu sein, dass er aktiv werden musste, wenn er überleben wollte … »Sie müssen mir glauben, dass ich das nicht wollte, Kurenko!«

»Wer hat dich gefragt, du Made?«

»Bitte«, wiederholte der Gescholtene. Den Oberkörper hatte er aufgerichtet, blieb aber vorsorglich gleich auf den Knien wie die anderen Gefangenen. »Vergessen Sie nicht, dass ich es war, der Ihnen die Geschichte vom *tupilaq* erzählt hat. Ohne mich wären Sie womöglich nie auf die Idee gekommen …«

»Womöglich«, räumte Kurenko ein.

»Ich wollte das nicht, es war alles Lerbys Plan! Er hat mich dazu gezwungen, den Köder zu spielen und so zu tun, als würde ich Sie erpressen wollen! Ich hatte keine andere Wahl …«

»… als mir eine Falle zu stellen? Natürlich, Alf, das verstehe ich.« Kurenko trat zu ihm, tätschelte ihm gönnerhaft das aschfahle Gesicht.

»Dieser elende Verräter«, knurrte Inasson halblaut. »Er muss unseren Plan verpfiffen haben.«

»Wie denn?«, fragte Lerby dagegen. »Wir hatten ihn doch die ganze Zeit unter Aufsicht.«

»Das würden Sie gerne wissen, nicht wahr?« Kurenko grinste, während seine gesichtslose Truppe die Gefangenen weiter in Schach hielt. »Statt den armen Alf zu verdächtigen, sollten Sie lieber vor der eigenen Haustür kehren, Gentlemen. Schließlich ist es ziemlich leichtsinnig, sein Smartphone aktiviert herumliegen zu lassen …«

»Sie haben mein verdammtes Handy gehackt und uns belauscht?«, fragte Lerby. »Wie?«, fügte er fassungslos hinzu, immerhin arbeitete sein Dienstgerät mit modernster Verschlüsselungstechnik, und die Daten darauf waren codewortgesichert.

»Das war einfach – indem wir Ihnen etwas gegeben haben, das Sie unbedingt wollten.«

»Indem Sie …?« Lerby dachte darüber nach, was dieser Hinweis nun wieder bedeuten sollte. Er überlegte, was er in jüngster Zeit auf sein Handy geladen hatte, das Kurenko darauf Zugriff gegeben haben mochte – und plötzlich begriff er. »Das verdammte Foto, das Persson im Internet gefunden hat …«

Kurenko lächelte genüsslich. »Nach dem Zwischenfall in Illokarfiq musste ich vorsichtig sein. Die gute Dr. Persson war so darauf versessen, Informationen über mich zu finden, dass sie nicht mehr darauf geachtet hat, woher diese stammten. Als sie die Aufnahme fand, hat sie sie bereitwillig auf ihr System geladen – und mit ihr ein kleines, aber unfreundliches Programm, das ein Freund von mir geschrieben hat.«

»Arbeitet dieser Freund zufällig für New Tantalus Enterprises?«, wollte Lerby wissen.

Kurenko lachte nur. »Für meinen Geschmack sind Sie etwas zu smart, Kommissar.«

»Was denn?«, blaffte Lerby. »Haben Sie wirklich gedacht, Sie würden mit alldem durchkommen? Mit bestialischen Morden an vier unschuldigen Menschen?«

»Immer noch Polizist.« Kurenko grinste, breit und gönnerhaft. »Selbst im Angesicht des Todes wollen Sie mir noch ein Geständnis entlocken. Also bitte, weil Sie es sind, Kommissar: vier Morde an vier Versagern, die niemand wirklich vermissen wird – und die durch ihren Tod dem Fortschritt Tür und Tor geöffnet haben!«

»Mistkerl«, stieß Lerby angewidert hervor. Er konnte nur hoffen, dass das Englisch seiner grönländischen Kollegen nicht gut genug war, um alles zu verstehen. Pally allerdings gab einen wütenden Laut von sich. Ihr ganzer Körper bebte, ihre Fäuste ballten sich, so als wollte sie sich jeden Augenblick auf Kurenko stürzen – was ihr sicherer Tod gewesen wäre.

»Worum ging es dabei?«, fragte Lerby einfach weiter, um die Situation zu beruhigen und Zeit zu gewinnen, denn mehr konnte er im Augenblick nicht tun. »Von was für einer kranken Art Fortschritt sprechen wir hier?«

»Von dem großen Spiel natürlich, das neuerdings hier oben im Norden gespielt wird.«

»Was soll das für ein Scheißspiel sein?«

»Der Kampf um Rohstoffe natürlich!«, eröffnete Kurenko im Duktus eines Moderators beim Fernsehquiz. »Jahrmillionen lang waren die Bodenschätze Grönlands vom Permafrost bedeckt – doch durch das fleißige Zutun des Menschen kommen sie nun alle hübsch zum Vorschein. Der Klimawandel macht's möglich. Und es gibt Interessenten, die daran verdienen wollen.«

»So wie New Tantalus Enterprises«, folgerte Lerby.

»Tantalus ist bei Weitem nicht der einzige Spieler am Tisch, aber nun mal der, der uns bezahlt«, gestand Kurenko mit jovialer Offenheit. »Abbaubare Rohstoffe zu entdecken, ist heutzutage keine Herausforderung mehr – die besteht darin, die Schürfrechte zu erhalten. Übervorsichtige Geologen, schwarzsehende Umweltapostel, verrückte Eingeborene, die sich verzweifelt an das Stückchen Dreck klammern, das sie Heimaterde nennen – all das hemmt den Fortschritt. Und da kommen meine Leute und ich ins Spiel.«

»Verstehe«, sagte Lerby nur.

»Unter uns, eigentlich ist es mehr als ein Spiel. Es ist ein veritabler Krieg, der hier oben im schmelzenden Eis entbrennt, Kommissar. Und im Krieg gibt es Opfer.«

Lerby biss sich auf die Lippen. Er erinnerte sich, vor einiger Zeit eine TV-Reportage zum Thema gesehen zu haben, jedoch hatte er nicht angenommen, dass es bereits derart brisant war – noch, dass es ihn schon so bald persönlich betreffen könnte. Natürlich ging es um Geld. Wie immer, wenn der Mensch derart niederträchtig und skrupellos wurde, ging es um unvorstellbar viel Geld …

»Warum hier?«, wollte er wissen. »Warum haben Sie es ausgerechnet auf Illokarfiq abgesehen?«

»Weil diese dämlichen Eskimos … Haben Sie übrigens gewusst, dass das genetisch gesehen alles Schlitzaugen sind?«

»Eigentlich«, widersprach Lerby in sinnloser Genugtuung, »sind es eher Russen.«

»Jedenfalls sitzen diese Primitiven, ohne etwas zu ahnen, auf dem größtem Uranvorkommen weit und breit«, fuhr Kurenko unbeirrt fort.

»Es geht um Uranerz?«, hakte Lerby nach.

»Natürlich – warum wohl, dachten Sie, ist das Gelände hier Sperrgebiet? In den frühen Sechziger Jahren gab es bereits ein geologisches Gutachten, das jedoch unter Verschluss gehalten wurde. Radioaktivität war vermutlich auch der Grund dafür, dass die Nazis hier draußen so elend zugrunde gegangen sind.«

Lerby hielt den Atem an. Der Mythos vom *tupilaq* – sollte das die ebenso einfache wie erschütternde Erklärung sein? Jener wahre Kern, auf dem so ziemlich jeder Mythos fußte?

»Der Uranabbau in Grönland ist seit 2021 verboten!«, wandte Pally entrüstet ein.

»Vorläufig – aber was denkt ihr dämlichen Eskimos, wie lange eurer Völkchen dem Druck noch standhalten kann? Ein US-Präsident hat bereits bekundet, den ganzen beschissenen Eisklotz kaufen zu wollen – da ist es doch nur noch eine Frage der Zeit, bis die Mächtigen der Welt über die Beute herfallen und die Filetstücke aus ihren Rippen schneiden werden. Und bis dahin wird es in Illokarfiq keine Menschen mehr geben, weil sie alle Hals über Kopf geflohen sind«, schloss Kurenko seine Erklärung mit besserwisserischem Grinsen.

»Niemals!«, widersprach Pally entschieden. Sie fletschte die Zähne, Hass schlug jetzt aus ihren Augen.

»Sie hat recht«, fügte Keldsen in akzentbeladenem Englisch hinzu. »Unser Volk wird niemals weichen!«

»Doch, wird es.« Kurenko zuckte gleichgültig mit den Schultern. »Die moderne Welt hat es ohnehin nie besonders gut mit euch gemeint, aber nun gibt sie euch den Rest. Und mit euch hier werden wir den Anfang machen.«

Er nickte seinen Leuten entschlossen zu, die daraufhin die Waffen entsicherten und vortraten.

»Bitte nicht!«, schrie Alf Norby-Larson laut. »Ich bin doch auf Ihrer Seite …«

Kurenko antwortete auf seine Weise. Noch ehe jemand auch nur begriff, was er vorhatte, hatte er bereits seine Glock gezückt und feuerte aus nächster Nähe auf seinen ehemaligen Informanten.

Norby-Larson hatte keine Chance. Das großkalibrige Projektil traf ihn in die Brust und zerfetzte sein Herz. Er war tot, noch ehe sein Oberkörper schlaff nach vorn fiel und auf dem hart gefrorenen Boden aufschlug.

Pally und Keldsen schrien auf. Inasson wollte aufspringen, doch ein Gewehrkolben, der ihn in den Rücken traf, schickte ihn sogleich wieder auf die Knie. Lerby kauerte nur da und starrte auf den leblos daliegenden Körper. Weder hatte er den Leiter des Tourismusbüros sehr gut gekannt noch ihn besonders gemocht. Er war ein Intrigant gewesen, der kein Problem damit gehabt hatte, sich um des eigenen Vorteils willen Verbrechern und Mördern anzudienen. Dennoch hatte er ein solches Ende nicht verdient, und es erschütterte Lerby, seinen leblosen Körper in einem Fleck dunklen Blutes liegen zu sehen, das sich unter ihm ausbreitete und sofort gefror.

»Seien Sie bitte nicht traurig, Sie alle werden sich ihm bald anschließen«, sagte Kurenko mit bösem Grinsen voraus – und deutete auf Pally. »Das Mädchen als Nächstes«, wies er seine Leute an.

»Nein!«, begehrte Lerby auf. »Lassen Sie sie gehen, verdammt nochmal! Sie hat nichts mit alldem zu tun! Nehmen Sie mich an ihrer Stelle!«

»Du meine Güte.« Der andere verzog das bärtige Gesicht in unverhohlenem Spott. »Ein selbstloser Pfadfinder.«

»Eigentlich nicht«, verneinte Lerby. »Ehrlich gesagt war mir bis vor Kurzem alles ziemlich scheißegal – die Leute um mich herum, und ich selbst sowieso.«

»Was hat sich geändert?«

»Diese Menschen hier«, erwiderte Lerby leise. »Sie haben mir beigebracht, was das Leben wert ist. Und dass es sich lohnt, darum zu kämpfen.«

»Wie pathetisch! Ihnen scheint ja wirklich etwas an diesen Halbwilden zu liegen.

»Diese Halbwilden, wie Sie sie nennen, siedeln seit vier Jahrtausenden in diesem Land. Sie sollten nicht den Fehler begehen, sie zu unterschätzen.«

»Und Sie sollten sie nicht *über*schätzen«, konterte Kurenko genüsslich. »Immerhin hat es nicht allzu viel gebraucht, um diese Leute glauben zu machen, dass ein leibhaftiger Dämon in dieser Gegend sein Unwesen treibt. Nichts als zwei alte Walrosszähne, ein noch älteres Wolfsfell – und natürlich ein wenig Blut.«

»Es war nicht nur ein wenig«, brachte Lerby in Erinnerung. Er spürte, wie sein eigenes Blut in Wallung geriet und der Zorn alle Furcht zu überwiegen begann. Es war nicht nur hilflose Wut, die ihn überkam, es war nackte Verzweiflung.

Er erwog, aufzuspringen und den Söldner anzugreifen, der ihm am nächsten stand. Zweifellos würde der Kerl das Feuer eröffnen, aber es war immer noch besser, als auf dem Boden kniend dasselbe traurige Ende zu finden, das Norby-Larson ereilt hatte. Lerbys Muskeln und Sehnen spannten sich, während einer von Kurenkos Handlangern einen Sack aus schwarzem Stoff nahm und ihn Pally über den Kopf stülpte. Es war keine Geste der Menschlichkeit, sie wollten nur verhindern, dass sich ihr Gehirn im weiten Umkreis verteilte, wenn sie ihr in den Kopf schossen, und dabei Spuren hinterließ, die sie nicht wollten.

Pally zeigte keine Regung.

Sie war unglaublich tapfer im Angesicht des nahen Todes, was

Lerby in seinem Vorhaben nur noch bestärkte. Er wollte, dass sie lebte, mehr als alles andere, und wenn er sich selbst dafür …

»Erschieß sie«, gab Kurenko seinem Schergen den Befehl.

Es war der Moment, als Lerby aufspringen und seinen Bewacher angreifen wollte.

Da peitschte schon der Schuss.

43

Der Kerl, der mit der schussbereiten Waffe hinter Pally stand und sie ohne Skrupel getötet hätte, zuckte zusammen.

Seine Hände, die das HK416 hielten, fielen herab, während er sich auf unnatürliche Weise zur Seite drehte – und mit einem Aufschrei zusammenbrach. In seiner rechten Schulter klaffte eine Schusswunde, eine dünne Blutfontäne stieg davon auf, die in der kalten Luft sofort gefror und als roter Schnee wieder zu Boden fiel.

Lerby war der Erste, der begriff.

»Auf den Boden, Pally!«, brüllte er, da sie ja nicht sehen konnte, was um sie herum geschah. Sie ließ sich einfach fallen, und die gefangenen Polizisten taten es ihr gleich, während rings um sie ein wahres Inferno losbrach.

Weitere Schüsse fielen, und ein gellender Schrei erklang. Ein Schnellfeuergewehr ratterte und Mündungsfeuer flammte auf. Zugleich schwoll der Rotorenlärm des Hubschraubers an, der draußen in der Ebene stand. Die Maschine verließ den Boden, doch nachdem sie wenige Meter Höhe gewonnen hatte, neigte sie sich plötzlich nach vorn und stürzte zurück auf das Eis. Die charakteristisch spitze Nase der Agusta verformte sich, als der Hubschrauber aufschlug, im nächsten Moment neigte er sich zur Seite. Die Rotoren barsten, als sie auf dem Boden auftrafen, der Motor heulte schaurig, während die Maschine auf der Seite zu liegen kam wie ein gestrandeter Wal. Dichter Rauch quoll aus dem Inneren, den der eisige Wind zum Lager herübertrieb – zusammen mit einem Geräusch, mit dem niemand gerechnet hatte …

Es war das Gebell von Hunden!

Bäuchlings auf dem Boden liegend, hob Lerby den Blick, nur

um zu sehen, wie sich die Umrisse mehrerer Hundegespanne aus dem grauen Rauchnebel lösten, gefolgt von den Schlitten und den Männern, die sie lenkten.

Die Jäger der Inuit!

Sie kamen ihnen zur Hilfe!

»Verdammte Bastarde! Knallt sie ab!«, brüllte jemand.

Lerby warf sich herum, sah den Söldner, der über ihm stand und auf die Inuk anlegen wollte – und handelte, ohne nachzudenken.

Er trat mit dem Fuß zu, erwischte den Schützen am Knie. Trotz des Ghillie-Anzugs kam der Tritt an, der Kerl stieß eine Verwünschung aus und richtete seine Waffe auf Lerby. Mit geweiteten Augen starrte dieser in die Mündung, davon überzeugt, dass dies das Ende sei – als von der Seite etwas heranwischte und sich auf den Söldner stürzte. Es riss den Mann von den Beinen und brachte ihn zu Fall. Erst als beide auf dem Boden lagen, wurde Lerby klar, dass es Inasson war, der sich todesmutig auf den Schützen gestürzt hatte.

Lerby kam ihm zur Hilfe.

Während Inasson auf dem Mann lag und seine Waffe fixierte, versenkte Lerby seine Faust in den Gesichtsausschnitt der Kapuze, und das mehrmals hintereinander. Im verzweifelten Bemühen, die beiden Angreifer wieder loszuwerden, warf sich der Söldner hin und her, betätigte den Abzug der Waffe – doch die Garbe, die schließlich aus dem Lauf sengte, verlor sich im Nirgendwo. Beim nächsten Hieb, den Lerby mit der Kraft schierer Verzweiflung ins Ziel lenkte, brach die Nase des Mannes und verwandelte sie in einen formlosen Klumpen. Tränen und Blut schossen dem Kerl in die Augen und sorgten dafür, dass er nichts mehr erkennen konnte. Inasson nahm ihm die Waffe ab und setzte ihn mit einem Kolbenhieb außer Gefecht, während sich Lerby herumwarf und hastig auf die Beine rappelte, um den anderen zur Hilfe zu kommen.

Doch die Arbeit war bereits getan.

Keldsen lag noch am Boden. In dem Augenblick, als der Schusswechsel begonnen hatte, hatte er sich schützend über Pally geworfen. Dabei hatte er wohl etwas abbekommen, denn von seinem linken Ohr lief Blut herab und färbte seinen Tarnanzug rot, ansonsten schien er jedoch unversehrt zu sein. Ebenso wie die Kollegen aus Tasiilaq, die ihrerseits einen Söldner überwältigt hatten. Der Mann blutete heftig aus einer Armwunde, offenbar hatte ihn eine Kugel getroffen. Mit einer erbeuteten HK416 hielt Nielsen ihn in Schach.

»Pally!«

Lerby eilte zu ihr. Gerade kam sie wieder hoch, und Keldsen zog ihr die Kapuze vom Kopf.

»Alles in Ordnung?«, erkundigte sich Lerby besorgt.

Sie nickte nur, zu verängstigt und verwirrt, um zu begreifen, dass sie gerettet war.

In diesem Moment langte das erste Hundegespann im Lager an.

Auf dem Schlitten saß kein anderer als Magnus. Ihm folgten zwei weitere fächerförmige Gespanne, sowie mehrere Jäger, die zu Fuß nebenher liefen und mit Jagdgewehren bewaffnet waren. Bekleidet waren sie mit Anoraks und Hosen aus Eisbärenfell, die sie in der arktischen Landschaft unsichtbarer machten als jeder Tarnanzug. Aller Eliteausbildung zum Trotz hatten die Söldner sie nicht herannahen sehen, denn dies war die Welt der Inuit, und niemand kannte sie so gut wie sie.

Mit einer Agilität, über die man nur staunen konnte, sprang Magnus vom Schlitten.

»Ihr seid doch gekommen!«, rief Lerby dem Alten entgegen und konnte sein Glück dabei kaum fassen. »Du hast meine Nachricht von heute Morgen also erhalten?«

Magnus nickte nur und ging an Lerby vorbei zu seiner Enkelin, beugte sich ächzend zu ihr hinab.

»Großvater …«, begann sie.

Magnus ließ sie nicht weiterreden.

Er bediente sich des Grönländischen, doch man brauchte der Sprache nicht mächtig zu sein, um zu begreifen, dass er sie um Vergebung bat für das, was am Vorabend in der Gemeindehalle vorgefallen war – und Pallys Tränen waren der Beleg dafür, dass sie ihm verzieh. Sie umarmten einander nicht, sondern kauerten beide am Boden, mit geschlossenen Augen und aneinandergelegten Nasen, wie die Inuit es als Zeichen inniger Vertrautheit zu tun pflegen. Es war ein berührender Moment – und er war kurz.

»Kurenko«, stieß Lerby hervor. »Wo ist er?«

Zwei der Söldner waren von den Jägern erschossen worden. Der, den Lerby und Inasson gemeinsam überwältigt hatten, lag bewusstlos am Boden, einen vierten hielten Nielsen und ihr Kollege mit dem erbeuteten Gewehr in Schach. Vom Anführer des Trupps jedoch fehlte jede Spur …

Lerby wollte zum Bunker gehen, wo er seinen Rucksack mit dem Feldstecher deponiert hatte. Doch einer der Jäger – Lerby erinnerte sich, ihn am Vorabend im Gemeindehaus gesehen zu haben – packte ihn am Arm und hielt ihn fest.

»Was ist?«

Der Mann, der um die sechzig Jahre alt sein mochte und offenbar kein Dänisch konnte, deutete an ihm vorbei in die Ebene. Und tatsächlich, nordöstlich des noch immer schwelenden Hubschrauber-Wracks konnte man eine schwarze Gestalt erkennen, die sich im Laufschritt entfernte.

Lerby bedankte sich mit einem Nicken, dann fletschte er die Zähne, nun beinahe selbst ein Raubtier. »Holen wir uns den Mistkerl«, knurrte er.

»Das musst du nicht«, sagte Magnus, der sich wieder erhoben hatte und zu ihm trat. »In der Richtung, in die er läuft, gibt es nichts außer Kälte und Eis.«

»Ich … soll ihn laufen lassen?« Lerby sah den Schamanen fragend an. »Er hat fünf Menschen kaltblütig umgebracht!«

»Was wird geschehen, wenn du ihn einfängst?«

»Er wird verhaftet und vor Gericht gestellt.«

»Und dann?«

Lerby sah die tiefen Falten, die das Gesicht des alten Inuk zerfurchten. Nicht eine einzige davon regte sich, es war ihm völlig ernst mit dem, was er sagte.

Lerby holte Luft zu einer Erwiderung, wollte entschieden widersprechen – doch war es nicht genau das gewesen, was ihn an seinem Beruf so angewidert hatte? Dass es stets nur Strafen gab, aber niemals Antworten? Dass kein Richter und kein Gesetz jemals ermessen konnten, wie viel Leid ein Täter über seine Opfer gebracht hatte?

Hier war es anders.

Die Strafe, die Gordon Kurenko ereilen würde, hatte kein Gericht festgesetzt. Der grausame Kältetod, der ihn ereilen würde, war die direkte Folge seiner Taten und aus ihnen erwachsen. In gewisser Weise *war* sie die Antwort …

Seinem Diensteid zum Trotz führte Lerby einen inneren Kampf, wenigstens einen Augenblick lang.

»Scheiße«, sagte er dann, bückte sich und hob ein herrenloses Sturmgewehr vom Boden auf. Mit der Waffe in Händen ging er zu dem Ski-Doo, das neben dem Bunker stand.

»Was hast du vor?«, rief Magnus ihm nach.

»Mir den Mistkerl holen«, erklärte Lerby.

»Aber nicht allein«, wandte Ejnari Inasson ein.

Nur Augenblicke später saßen sie beide auf der Maschine, und die drei Hundeschlitten folgten ihnen, jeweils mit einem Jäger und einem Polizisten besetzt.

Die Distanz verringerte sich rasch.

Zu Beginn war Kurenko kaum mehr als ein verschwommener Punkt in der Ferne gewesen, inzwischen konnte man Einzelheiten erkennen. Noch immer lief er, seinen schweren Stiefeln und der eisig kalten Luft zum Trotz. Er schien wild entschlossen, seinen

Häschern zu entkommen. Vielleicht hatte er über Funk auch Hilfe angefordert – aber woher sollte die kommen? Seine Leute lagen tot oder verwundet, der Hubschrauber, der sie vom Explorationsschiff hergebracht hatte, war nur noch ein schwelender Haufen Schrott, der Pilot vermutlich tot, von einer Kugel der Inuit getroffen.

Die primitiven Wilden, wie er sie so überheblich genannt hatte, hatten seine Pläne durchkreuzt und seinen Trupp von notorischen Killern aufgerieben. Alles, was ihm noch blieb, war die Flucht, und dass er noch nicht aufgegeben hatte, zeigte nur, über welch herausragende Physis der einstige Elitesoldat verfügte, von einem eisernen Willen ganz zu schweigen. Vermutlich hatten sich seine Bronchien infolge der eiskalten Luft bereits zusammengezogen, und er litt längst unter Atemnot. Je gieriger und tiefer er die Kälte in sich einsog, desto schneller würde sie seine Lungen zerstören.

Bis auf fünfzig Meter waren sie an ihn herangekommen.

Im Schnee waren jetzt in regelmäßigen Abständen dunkle Flecke zu erkennen – Blut, das er gespuckt hatte und das sofort gefroren war. Erst jetzt schien er den Lärm des Motors und das Gebell der Hunde wahrzunehmen, und er wandte sich um, griff nach seiner Waffe. Ein Schuss krachte, aber er schien sich mehr zufällig gelöst zu haben, an sorgfältiges Zielen war nicht länger zu denken. Kurenkos Bewegungen waren krampfhaft und fahrig, er schien nicht mehr Herr seiner selbst zu sein.

Er wankte und fiel hin, noch ehe sie ihn erreichten. Als sie endlich zu ihm aufschlossen, kauerte er im Schnee und wandte ihnen den Rücken zu, so als interessierten sie ihn nicht einmal mehr.

»Keine Bewegung!«, rief Lerby, der vom Sattel gesprungen war und sich dem Knienden näherte, das Sturmgewehr im Schulteranschlag. Inasson folgte ihm, während die Schlittenführer ihre Gefährte in einem weiten Bogen um ihn herum lenkten, um ihm den Weg abzuschneiden. Es war wohl nicht mehr notwendig, an Flucht war ohnehin nicht mehr zu denken, doch gab sich Lerby keinen Illusionen hin. Ein Mann wie Kurenko war auch in diesem Zustand noch gefährlich. Der Vergleich mit einem verletzten und in die Enge gedrängten Raubtier drängte sich auf, dessen Biss man immer noch fürchten musste …

»Kurenko, hören Sie mich? Strecken Sie die Hände aus, sodass ich sie sehen kann!«

Der Mann kauerte nur da und regte sich nicht. Weder leistete er Widerstand noch machte er Anstalten, der Aufforderung Folge zu leisten.

»Kurenko …?«

Lerby kam um ihn herum.

Der Mann, der so viele Menschen glauben gemacht hatte, ein zum Leben erwachter Dämon zu sein, hockte vornübergebeugt, den Blick zu Boden gerichtet. Sein Atem ging rasselnd und ungleichmäßig, aus Mund und Nase rannen Blutfäden, die bis zum Boden reichten. Sein Oberkörper, seine Arme und Hände bebten, krampfhaft umklammerte er noch immer die Glock, als wäre sie sein letzter verzweifelter Rettungsanker.

»Die Waffe weg, Kurenko«, forderte Lerby, obwohl er sich nicht sicher war, ob der andere ihn überhaupt noch verstehen, geschweige denn die Anordnung ausführen konnte.

Kurenko reagierte wieder nicht, dafür hob er nun langsam den Kopf. Gesicht und Bart waren blutverschmiert, doch in seinen Augen lag etwas, das Lerby mit Grauen erfüllte.

Es war der ausdruckslose Blick von jemandem, der zahllose Leben genommen hatte – und der nun, da er sich selbst am Ende wähnte, in einen dunklen, bodenlosen Abgrund blickte.

»Ich werde Sie jetzt entwaffnen, Kurenko«, kündigte Lerby an. »Leisten Sie keinen Widerstand, und Sie werden leben. Wir haben einen Hubschrauber, der sie nach Tasiilaq ins Krankenhaus bringen wird …«

Der Blick der grauen Augen hob sich noch weiter, bis er Lerby direkt ansah. »Wozu?«, hauchte Kurenko, wobei ein weiterer Blutschwall über seine Lippen trat. Lerby erkannte, dass es nicht die Kälte war, die Kurenkos Oberkörper krampfhaft erbeben ließ.

Es war Gelächter.

Der Mörder lachte über die Einsicht in die Endlichkeit seines Daseins und die Frustration darüber, dass eine Handvoll vermeintlich primitiver Eingeborener seine Pläne vereitelt hatte, lautlos in sich hinein. Vielleicht war für einen kurzen Augenblick sogar eine Spur von Reue dabei.

Im nächsten Moment richtete er die Waffe unter sein Kinn und drückte ab.

Das Projektil drang knapp oberhalb des Kehlkopfs in den Unterkiefer und durchschlug ihn, um im Hinterkopf wieder auszutreten. Die halbe Schädeldecke wurde davongerissen, begleitet von einer bizarren Fontäne aus Blut und Hirnmasse, in deren rotem Rausch Kurenko reglos liegen blieb, die Beine noch immer angezogen, der Oberkörper rücklings auf dem blutigen Eis liegend.

Lerby stand unbewegt.

Er brauchte einen Moment, um zu begreifen, was geschehen war. Dann wandte er sich von Grauen geschüttelt ab, sein weißer Overall von Kurenkos Blut besudelt.

Der Fall war gelöst.

EPILOG

Fünf Tage nach den dramatischen Ereignissen gab es im Gemeindehaus von Illokarfiq eine Feier.

Die Inuit, das hatte Jens Lerby inzwischen gelernt, waren kein Volk, das ständig feierte; dazu gaben das raue Land und die harten Bedingungen ihres kargen Lebens wenig Anlass. Doch wenn sie es taten, herrschte eine ehrliche Freude, wie Lerby sie zu Hause nur selten erlebt hatte. Und niemals auf Empfängen, zu denen Bürgermeister oder andere höhere Würdenträger geladen hatten. Allein seine – zugegebenermaßen leicht verschwommene – Erinnerung an die Verabschiedung des Polizeipräsidenten, bei der seine Reise in gewisser Hinsicht ihren Anfang genommen hatte, reichte aus, um dies zu belegen.

Auch in Illokarfiq wurden Reden geschwungen, aber sie waren kurz und bündig. Knut Tulimaq, der Bürgermeister, den Lerby in diesem Zusammenhang zum allerersten Mal in längeren Sätzen sprechen hörte, dankte der Polizei für ihren tapferen Einsatz. Auf die Morde, die in seinem Städtchen geschehen waren, kam er erst gar nicht mehr zu sprechen. Es war genau, wie Pally einmal gesagt hatte: Die Inuit lebten im Hier und Jetzt, und ihre Ansprüche waren sehr viel bescheidener als die der meisten Menschen, die Lerby zu Hause kannte. Das Grauen, das sie durchlebt hatten, interessierte sie nicht mehr. Die Gefahr war vorüber, und sie waren mit ihrem Dasein wieder zufrieden.

Mehr oder weniger.

Natürlich würde es eine Aufarbeitung des Falles geben; sowohl eine kriminologische bei den Behörden in Nuuk und Kopenhagen, als auch eine politische. Lerby hatte alle Hinweise, die er auf eine Zusammenarbeit zwischen Kurenkos Truppe und New Tantalus Enterprises hatte, an die Behörden weitergeleitet, und er war ziemlich sicher, dass die Texaner ihre Explorationslizenz verlieren würden. Vielleicht würde der Fall sogar dazu führen, dass künftig weniger solcher Lizenzen ausgestellt würden, zumal in Grönland erstmals in der Geschichte eine Partei in der Regierungsverantwortung war, die es nicht auf kurzfristigen Profit abgesehen hatte, sondern das Land schützen und seinen Bewohnern echte Perspektiven für die Zukunft eröffnen wollte. Doch dies war eine Anstrengung, die Jahrzehnte in Anspruch nehmen würde, und bis dahin würde vieles, was das Leben der Menschen in Illokarfiq beeinträchtigte, so bleiben, wie es war – die Arbeitslosigkeit, der Alkoholmissbrauch, die häusliche Gewalt. Doch ein wenig hatte Lerby das Gefühl, dass der Abschluss des Falls den Menschen auch Mut gemacht hatte. Dass man einen Dämon fürchten musste, wurde schon den kleinen Kindern beigebracht – dass man ihn jedoch auch besiegen und die Dunkelheit vertreiben konnte, war eine neue Erkenntnis. Entsprechend gespannt war Lerby auf das, was der alte Magnus zu sagen haben würde, als er in seiner Eigenschaft als Schamane die Bühne betrat.

Die Gespräche im Saal legten sich, noch ehe der *angakkoq* die Arme hob, und aller Augen richteten sich auf ihn – auch die Pallys, die neben Lerby im Publikum saß. Ganz offenbar hatte sie ihren Frieden mit ihrem Großvater gemacht. Was die beiden einander zugeflüstert hatten, nachdem der alte Schamane seine Enkelin aus der Gewalt der Geiselnehmer befreit hatte, wusste Lerby nicht und würde es wohl nie erfahren. Doch seither schien sich etwas zwischen ihnen verändert zu haben.

Pally sah mächtig hübsch aus an diesem Abend. Ihr schwarzes Haar hatte sie hochgesteckt, und zum ersten Mal, seit Lerby sie kannte, hatte sie Make-up im Gesicht, wenn auch sehr dezent, es betonte nur ein wenig ihre Wangen und die dunklen Augen. Das Abendkleid, das sie trug, stammte aus ihrer Zeit in Kanada – wie sie ihm erzählte, hatte sie es bei ihrer Abschlussfeier getragen. Es war tiefrot mit etwas Glitter und so raffiniert geschnitten, dass es nicht nur Lerby den Atem raubte. Vor allem Daavi Keldsen, der auf Pallys anderer Seite saß und in seiner Ausgehuniform wie aus dem Ei gepellt aussah, schien mehr Augen für sie zu haben als für den Schamanen auf der Bühne, gleichwohl dieser in seiner traditionellen Kleidung einen respektgebietenden Anblick bot.

Magnus' Ansprache begann mit einem Gesang zur Trommel. Da er einmal mehr auf Tunumiutut sang, wusste Lerby natürlich nicht, worum es ging. Doch ihm fiel auf, dass sich immer wieder Leute zu ihm umdrehten und ihm ein Lächeln schenkten – oder bildete er sich das nur ein?

Als ein paar Kinder auftauchten und ihm aufgeregt zuwinkten, war er ziemlich sicher, dass es keine Einbildung war. Der alte Magnus redete – oder vielmehr sang – dort oben über ihn, und die Tatsache, dass Lerby nicht wusste, was in jenem Gesang erzählt wurde, machte ihn ein wenig nervös. Natürlich fragte er Pally, aber die weigerte sich schlicht, zu übersetzen, und sagte, dass er einfach abwarten solle.

Der Schamane sang und tanzte unbeirrt weiter. Die Augen hielt er dabei geschlossen und schien Dinge zu tun und zu sagen, die nicht aus ihm selbst heraus kamen, sondern aus dem großen Vermächtnis, aus der Tradition, in der er stand. Als er schließlich zum Ende kam, war es ein wenig, als würde er aus einem Traum erwachen. Einen Moment lang schien er benommen, und Knut Tulimaq, der ebenfalls noch auf der Bühne war, trat hinzu, um ihn zu stützen. Es dauerte jedoch nicht lange, da hatte sich der zähe Alte wieder im Griff und trat an das Rednerpult, das den *uuaq* zeigte, das Symbol von Illokarfiq.

»Das Lied, das ich gesungen habe«, sagte er, jetzt auf Dänisch und – jedenfalls hatte Lerby das Gefühl – mehr oder weniger direkt an ihn gewandt, »handelte von *Aningaaq*, dem Mann im

Mond. Unsere Ahnen beteten zu ihm, und seine Geschichte ist nicht nur uns *Livi*, sondern allen Inuit bekannt. Und so wie schon unsere Vorfahren um die Kraft des Mondes wussten und um sein Licht, das den Schnee tränkt und auch in dunklen Nächten den Weg weist, so wussten sie auch, dass der Mondmann bisweilen zur Erde zurückkehrt, nicht als er selbst, sondern in vielerlei Gestalt. Er kann ein Schamane sein, der einem Verirrten einen Rat erteilt. Ein Jäger, der reiche Beute macht, obwohl alle Anzeichen dagegen sprechen. Oder ein Polizist ...«, fügte er hinzu. Und Lerby wurde klar, worauf all dies hinauslief.

Schon nach jenen fiebrigen Nächten, in denen er für Lerby gesungen hatte und die bösen Geister vertrieben, hatte Magnus ihn als »Mondmann« bezeichnet, doch hatte Lerby es eher für einen wohlmeinenden Scherz gehalten. Inzwischen schien Pallys Großvater allerdings zu der Überzeugung gelangt zu sein, dass etwas Wahres daran war. Und die Anwesenden, von den Kindern bis zu den Alten, schienen diese Meinung zu teilen ...

»In den alten Liedern bekämpft der Mondmann das Böse und beschützt die Inuit – genau wie Kommissar Leribi das Böse bekämpft hat. Der Dämon, der in *Sumi* lauerte, ist nicht länger dort, und das verdanken wir ihm. Als alle sich fürchteten – und ich gebe zu, dass ich zu ihnen gehört habe – hat er uns Mut gemacht und uns ermuntert, den Kampf gegen das Böse aufzunehmen. Das mag uns nicht gefallen haben – mir jedenfalls nicht«, gab Magnus offen zu, »aber unser Volk hat vor allem aus einem Grund so lange in Kälte und Dunkelheit überlebt: weil es stets dazugelernt und niemals aufgegeben hat. Und das hat es auch diesmal nicht getan. Und wie der Mondmann ein Fremder auf unserer Welt ist, so ist auch Leribi als ein Fremder zu uns gekommen, aber das ist er nicht mehr. Meine Freunde: Kommissar Jens Leribi.«

Applaus brandete auf, und nicht nur Magnus' erwartungsvoller Blick, sondern der praktisch aller Menschen im Saal richtete sich auf Lerby. Auch Keldsen und Pally sahen ihn auffordernd an.

»Los doch«, sagte sie und stieß ihn mit dem Ellbogen an. »Worauf wartest du?«

Empfänge und Ehrungen aller Art waren Lerby schon immer verhasst gewesen, aber er sah ein, dass es kein Entkommen gab. Schwerfällig erhob er sich, und indem er freundlich lächelte, bahnte er sich einen Weg durch die Sitzreihen und den Applaus, vorbei an Gesichtern, die er kannte. Da waren die Verkäuferin aus dem Supermarkt und Ejnari Inasson, der übers ganze Gesicht grinste; sogar Biri Andersen war darunter, der Junge, den Lerby in die Ausnüchterungszelle gesteckt hatte – eine Ewigkeit schien seither vergangen zu sein. Anna Persson hingegen war nicht mehr da, nach Abschluss des Falles war sie nach Nuuk zurückbeordert worden und vor zwei Tagen abgereist. Lerby war sicher, dass sie einen ebenso passenden wie bissigen Kommentar auf Lager gehabt hätte.

Noch immer von Beifall begleitet, erklomm er die Bühne und nahm den Platz am Rednerpult ein, den Magnus ihm mit einem ermunternden Nicken überließ. Vermutlich wusste der alte Fuchs ziemlich genau, was für eine Aversion Lerby gegen solch emotionale Auftritte hatte. Und ebenso vermutlich hatte er ihn gerade deswegen in diese Situation gebracht.

»Ich danke euch«, sagte Lerby in das Mikrofon. Er musste es mehrmals hintereinander sagen, bis es endlich leiser wurde und der Applaus sich legte. Von der Autorität eines *angakkoq* schien er noch immer weit entfernt.

Er hatte sich ein paar Worte zurechtgelegt und machte den Mund auf, um sie loszuwerden – aber er zögerte. »Ich weiß nicht, ob ich eine Inkarnation des Mondmannes bin«, sagte er dann und warf sein ursprüngliches Konzept einfach über den Haufen, »ehrlich gesagt habe ich da erhebliche Zweifel, denn ein Held bin ich sicher nicht; ich tauge nicht dazu. Aber Magnus hat Recht, wenn er sagt, dass ich als Fremder zu euch gekommen bin. Ihr habt mich nicht verstanden und ich euch nicht, und wenn ich ehrlich bin, wollte ich das zunächst auch gar nicht … Aber Begegnungen können uns verändern, und ich hatte das Glück, hier in Illokarfiq ganz besonderen Menschen zu begegnen. Sie alle« – sein Blick ging von Pally zu Daavi Keldsen, wanderte weiter zu Ejnari Inasson und landete zuletzt beim alten Magnus – »haben ihren Teil dazu beigetragen, nicht nur mich zu verändern, sondern auch die Art und Weise, wie ich auf dieses Land, seine Kultur und seine Bewohner blicke. Ihnen verdanke ich, dass ich als ein anderer hier oben stehe, als der ich nach Illokarfiq gekommen bin.

Ich meine«, fügte er nach einer kurzen Pause einschränkend hinzu, was für einiges Gelächter sorgte, »versteht mich nicht falsch, ich bin immer noch derselbe schwierige und sture Mistkerl, und noch immer gibt es viele Dinge, die ich nicht verstehe. Doch hier im Norden, wo das Leben oft so gefährdet ist, habe ich es wieder schätzen gelernt. In Wahrheit bin ich es also, der zu danken hat, und zwar euch allen«, fügte er hinzu, wobei er seinen Blick über die Reihen der Zuhörer schweifen ließ, die nicht weniger aufmerksam lauschten als vorhin bei Magnus. Nur hier und dort wurde leise getuschelt und flüsternd übersetzt.

»Zumal ich bei meinen Ermittlungen niemals allein gewesen bin«, fuhr Lerby leise fort. »Es ist wahr, ich habe die Ermittlungen geleitet und die Spur verfolgt, die zum Täter führte, doch ich hatte dabei Hilfe von Kollegen und von Freunden, die mir zur Seite standen. Am Ende wären meine Ermittlungen gescheitert, wären meine Leute und ich verloren gewesen, hätten die mutigen Jäger der Livi nicht im entscheidenden Moment eingegriffen. Das werde ich euch niemals vergessen. Mondmann oder nicht – ihr selbst seid es gewesen, die den Dämon am Ende vertrieben haben, und ihr habt allen Grund, stolz auf euch zu sein, auf euren Mut und auf eure Traditionen und auf das, was ihr seid. Ich jedenfalls«, fügte er mit einem Lächeln hinzu, »bin es.«

Er sprach noch weiter, verabschiedete sich, da er schon bald nach Kopenhagen zurückkehren würde, aber das war nicht mehr zu hören in dem Applaus, der aufbrandete und, am stillen Gemüt der Grönländer gemessen, an frenetischen Jubel grenzte. An das, was danach kam, hatte Lerby später nur noch verschwommene Erinnerungen. Die Scharen an fröhlichen Gesichtern, in die er sah, die zahllosen Hände, die er schüttelte, und die vielen Umarmungen überforderten sein Erinnerungsvermögen. Und dass im Abschluss auch noch der eine oder andere Wodka getrunken wurde, machte es nicht besser.

Einen klaren Kopf bekam er erst wieder, als er später am Abend hinaus vor die Tür trat und die kühle, klare Luft atmete. Er begleitete Magnus, der feierlich erklärt hatte, müde zu sein und nach Hause gehen zu wollen.

»*Kunaat*, Leribi«, verabschiedete sich der Alte.

Lerby reckte wissbegierig das Kinn vor. »Darf ich dich etwas fragen?«

»Natürlich.«

»Glaubst du wirklich, dass ich der Mondmann bin?«

»Das lässt dir wohl keine Ruhe, was?« Der Schamane lächelte. »Es ist nicht wichtig, was ich glaube, Leribi. Ich *weiß*, dass der Mond und die Gestirne für die Ordnung stehen, für das Gleichgewicht in der Natur – und auch du bist zu uns gekommen, um die gestörte Ordnung wiederherzustellen, das natürliche Gleichgewicht.«

Lerby nickte. »Genau das haben Kurenko und seine Leute ausgenutzt.«

»Was meinst du?«

»Norby-Larson hat ihnen alles über den Glauben der Inuit erzählt – jedenfalls das, was er darüber wusste. Er war es, der ihnen vom *tupilaq* erzählte, und sie haben euren Glauben als Waffe gegen euch verwendet. Ich bin ihnen auf die Spur gekommen, weil ich *nicht* daran geglaubt habe.«

»*Ajunngilaq*«, stimmte Magnus zu, »aber aufklären konntest du den Fall nur, weil andere es getan haben, richtig?«

Lerby schürzte erstaunt die Lippen – so hatte er es noch nicht betrachtet. »*Ajunngilaq*«, stimmte er zu, und beide lächelten. Es war ein weises, wissendes Lächeln in stiller Übereinkunft, wie unter uralten Freunden.

»Etwas wollte ich noch loswerden«, sagte Lerby schließlich.

»Ja?«

»Es geht um Pally … Sie hat euch nicht verraten, noch würde sie es jemals tun. Sie liebt ihr Volk und seine lange Tradition, so wie sie es liebt, Fragen zu stellen und Neues zu lernen. Junge Menschen wie sie sind eure Zukunft, Magnus. Falls du jemals eine Nachfolgerin suchen solltest, wäre sie …«

»Ich weiß, Leribi«, sagte der Alte nur und lächelte wieder, diesmal rätselhaft und unergründlich. »Aber vielleicht solltest du ihr das sagen und nicht mir.«

Damit wandte er sich ab und ging, ließ Lerby einfach stehen, und noch bevor dieser etwas erwidern konnte, trat keine andere als Pally durch die gläserne Front der Eingangstür.

»Verdammt, wie hat er …?« Verblüfft wandte sich Lerby nach dem Schamanen um, aber der war schon jenseits des Scheins der Straßenlaterne verschwunden, in dem einzelne Schneeflocken zu Boden tanzten. Manche Dinge, sagte er sich, würde er wohl nie ganz verstehen …

»Was machst du hier draußen ganz allein?«, fragte Pally. Sie trug einen Mantel über ihrem Abendkleid und sah wunderschön aus inmitten der schwebenden Flocken. Ihr Atem formte kleine weiße Wolken, wenn sie sprach.

»Nachdenken«, gab er zurück. »Wieder alles gut zwischen dir und deinem Großvater?«

»Ja.« Sie nickte. »Er hat sich bei mir entschuldigt. Das ist ehrlich gesagt noch nie vorgekommen.«

»Manchmal ändern sich die Dinge«, meinte Lerby und konnte selbst kaum glauben, dass ausgerechnet er das sagte.

»Sieht ganz so aus.« Sie grinste.

»Sag mal, was ist das eigentlich mit dir und Daavi Keldsen? Bahnt sich da etwa was an?«

»Und wenn?« Sie legte den Kopf schief und sah ihn verschmitzt an. »Er hat schließlich sein Leben riskiert, um mich vor den Kugeln zu schützen – Craig hätte das nie getan.«

»Wohl wahr.« Lerby nickte. »Daavi ist ein feiner Kerl, Pally. Brich ihm nicht das Herz, okay?«

»Versprochen.« Sie lächelte und sah ihn durchdringend an. »Danke, Leribi«, sagte sie dann.

»Wofür?«

»Du hast mir das Leben gerettet.«

»Dasselbe könnte ich auch von dir sagen«, versicherte er.

»Vielleicht haben wir uns ja gegenseitig gerettet?«

Er erwiderte ihr Lächeln und nickte. Es stimmte wohl, sie hatten einander nicht gesucht und dennoch gefunden, zwei Verlorene auf der Suche nach einem neuen Weg.

Sie trat auf ihn zu, und er breitete die Arme aus, um sie zu umarmen, doch stattdessen nahm sie sein Gesicht in ihre Hände, stellte sich auf die Zehenspitzen und legte ihre Nase an seine, wie sie es zuletzt bei ihrem Großvater getan hatte, wobei sie leise und stoßweise ein- und ausatmete. Lerby erwiderte die Geste, und nichts daran war seltsam oder befremdlich. Sie tauschten ihren Atem, der Spiegel des Lebens und der Seele ist, ein Ausdruck tiefer Verbundenheit.

»Und wie sieht es bei dir aus, Leribi?«, fragte sie, als sie sich wieder voneinander lösten.

»Was meinst du?«

»Ich denke, du hast ein Telefonat zu führen.«

»Sie wird nicht rangehen.«

»Hast du's heute schon versucht?«

»Nein, aber …«

»Probier's aus«, raunte sie und sandte ihm dabei einen vielsagenden Blick, während sie sich bereits abwandte und wieder zurück ins Gemeindehaus ging. »Die Enkelin des Schamanen hat ein gutes Gefühl dabei«, rief sie über die Schulter zurück.

»Ist das so.«

Lerby lachte zweifelnd auf, zückte dann aber doch sein Handy und rief die vertraute Nummer aus dem Speicher ab.

Mehrmals tutete es ins Leere, so wie all die anderen Male zuvor. Er wollte es endgültig aufgeben, als es am anderen Ende der Verbindung plötzlich klickte.

»Ja?«

Es war ihre Stimme. Sie nach einer gefühlten Ewigkeit zu hören, ließ sein Herz schneller schlagen.

»Eva?«, fragte er überflüssigerweise.

»Jens.« Es war keine Frage, mehr eine Feststellung. Und es war nicht zu erkennen, was sie dabei empfand.

»Wie … geht es dir?«

»Ganz gut, danke. Dir?«

»Auch ganz gut«, behauptete er; die erst halb verheilte Schusswunde in seiner Seite überging er.

»Bist du noch in Grönland?«

»Ja, immer noch.«

»Wie laufen die Ermittlungen?«

»Der Fall ist abgeschlossen.«

»Ich gratuliere.«

»Danke.« Lerby biss sich auf die Lippen, druckste herum. »Das bedeutet, dass … dass ich bald nach Hause kommen könnte. Wäre das … okay?«

»Warum fragst du?«

»Weil …« Er brach ab und verwünschte sich selbst. Bei einem Verhör mochten ihm stets die richtigen Fragen einfallen, in Situationen wie dieser versagte er regelmäßig. »Ich habe mich gefragt, ob wir uns am Wochenende vielleicht ein wenig Zeit nehmen könnten … und reden«, fügte er leise hinzu.

»Reden? Du?«

»Klingt komisch, ich weiß«, beteuerte er, »und ich verstehe gut, wenn du nicht willst, ich meine …«

»Das ist eine gute Idee«, fiel sie ihm ins Wort.

»Wirklich?«

»Deine beste Idee seit Langem«, bekräftigte sie – und er stellte sich vor, dass sie dabei lächelte.

»Danke«, flüsterte er.

Wieder entstand eine Pause. »Jens?«, fragte Eva in die Stille. »Ist alles in Ordnung?«

Er ließ sich mit der Antwort Zeit. Sein Blick schweifte hinüber zum Gemeindehaus und zu den fröhlichen Silhouetten, die durch das Glas zu sehen waren. Er sog die kalte, nach Schnee und Leben riechende Nachtluft tief in seine Lungen. »Klar«, versicherte er dann.

Zum ersten Mal nach sehr langer Zeit war alles in Ordnung.

ENDE

Was tust du wirklich, wenn du schläfst?

Marc Meller
DAS SCHLAFLABOR
Du kannst nicht schlafen. Du suchst Hilfe. Und der Albtraum beginnt
Thriller

384 Seiten
ISBN 978-3-7857-2791-1

Tom Sonnborn hat alles versucht, um seine Schlafstörungen loszuwerden – ohne Erfolg. Als er von einem Schlaflabor in den Schweizer Alpen hört, das auf eine neuartige Therapieform setzt, schöpft er neue Hoffnung. Und tatsächlich: Bereits kurz nach seiner Ankunft in der Klinik schläft Tom so gut wie lange nicht mehr. Auch zuhause wird er zum regelrechten Langschläfer. Er ist überglücklich – bis er eines Morgens blutverschmiert aufwacht und die Polizei ihn verdächtigt, einen Mord begangen zu haben. Tom kann sich nicht erinnern und zweifelt plötzlich: Schläft er nachts wirklich? Schlafwandelt er etwa? Noch ahnt er nicht, dass die Wahrheit düsterer ist als jeder Albtraum.

Lübbe